U0137786

社会转型与
晚清民国词学流变

朱惠国◎著

华东师范大学出版社
上海

**图书在版编目（CIP）数据**

社会转型与晚清民国词学流变/朱惠国著. —上海：
华东师范大学出版社,2023
ISBN 978-7-5760-4524-6

Ⅰ.①社… Ⅱ.①朱… Ⅲ.①词学—诗词研究—中国
—清后期—民国 Ⅳ.①I207.23

中国国家版本馆 CIP 数据核字（2023）第 251626 号

## 社会转型与晚清民国词学流变
（学术文库）

著　　者　朱惠国
责任编辑　时润民
特约审读　邹佳茹
责任校对　时东明
装帧设计　卢晓红

出版发行　华东师范大学出版社
社　　址　上海市中山北路 3663 号　邮编 200062
网　　址　www.ecnupress.com.cn
电　　话　021-60821666　行政传真 021-62572105
客服电话　021-62865537　门市(邮购)电话 021-62869887
地　　址　上海市中山北路 3663 号华东师范大学校内先锋路口
网　　店　http://hdsdcbs.tmall.com

印　　刷　上海盛隆印务有限公司
开　　本　890 毫米×1240 毫米　1/32
印　　张　10.25
插　　页　1
字　　数　248 千字
版　　次　2024 年 4 月第 1 版
印　　次　2024 年 4 月第 1 次
书　　号　ISBN 978-7-5760-4524-6
定　　价　78.80 元

出版人　王　焰

华东师范大学文化传承创新研究
专项项目成果

华东师范大学新世纪学术著作
出版基金资助项目

# 目　录

## 下篇　词学新旧转化与词学家代际替换

# 绪　论

　　晚清民国时期,中国发生巨变,延续几千年的封建制度走向终结,西学东渐成为一种趋势。和中国封建时期历代的改朝换代不同,清朝覆灭与民国建立不再是一次普通意义上的鼎革之变,而是一次全方位、深层次的社会变革,是"千年未有之大变局"。在此过程中,中国传统社会的政治制度、社会结构、思想意识、文化教育,以及生产技术、交通方式等,均发生了前所未有的重大变化,整个社会开始了现代转型。

　　社会形态的变化必然会影响文学艺术。"五四"新文化运动在一定程度上就是文化领域对近代中国社会变化的一种呼应,当然,其本身也构成了该时期中国社会变化的一部分。在这场轰轰烈烈的新文化运动中,诗歌、散文、小说、戏曲等各种文学形式及其观念都发生了变化,但是词,由于其"调有定格、字有定数、韵有定声"的形态规范和倚声、按谱、次韵等的特殊创作方式,在西方文学样式中找不到相对应的文体,因此在文体形式上没有受到太大影响,保持着相对的稳定性。但是社会形态的变化对文学艺术的影响是全方位的,虽然词的文体形式保持着相对的稳定,词人、词的观念以及所处的词坛在这场社会重大变动中却不可能无所反应,正如我们在讨论民国词集时所说:"民国词人词坛,对于其背后的社会结构、政治体制、文化理念、生活方式以及器物工具等全方面的时代大变革,不能没有一定程度的反映与表现,又不能不受其影响与冲击。"①这种影响,"最直接、最主要地表现在词作内容方面"。与传统词相比,晚清民国词在内容上出现四方面比较明显的变化:其一,以摹写新式艺术表演、新型娱乐方式为题材的新型观演词逐渐兴起;其二,以歌咏现代性器物为题材的新型咏物词应运而生;其三,新的社会气象、思想观念成为词作的特色主题;其四、域外词空前勃兴,词的表现范围进一步拓展。② 当然,晚清民国时期词作内容的变化并非这四方面所能囊括,只是这四个方面比较明显,容易被看到。

除了词的内容,晚清民国以来围绕词人、词的观念以及词学活动所发生的一系列变化,无不与社会转型密切相关。对于晚清民国时期社会转型与词学的关系,已经有学者加以关注并出了一些很好的成果,但这些成果或者立足于建构晚清民国词史,或者重点讨论中国词学现代转型的问题,都不是专门谈二者的关系。本书打算立足史料,从词人、词的观念、词学活动三个方面集中讨论社会转型与词学的关系。全书拟分上下两篇,上篇偏重于宏观层面的讨论,主要考察词的观念、词学活动与社会转型的关系,其中词的传习方式、传播方式、结社方式的变化最能体现时代的影响;下篇偏重于微观层面的个案研究,主要从词人的角度考察社会转型过程中词的观念与创作环境的变化,以及词人代际替换的发展轨迹。下面结合本书的主要章节,对社会转型与晚清民国词学演变的关系作简要的阐述。

---

① 朱惠国、余意、欧阳明亮《民国词集研究》,中华书局,2022 年,第 100 页。
② 参见朱惠国、余意、欧阳明亮《民国词集研究》第三章"民国词集的新内容与新风格",中华书局,2022 年,第 75—100 页。

## 一

晚清民国时期的词学活动和历代相比,发生了很多新的变化,其中又以词的传习方式、词社活动、词的传播方式改变表现得最为明显。这些富有时代特征的变化均与社会转型密切相关。

先说词的传习方式。晚清民国时期词传习方式的改变与社会转型、现代学校的出现直接相关。晚清时期的洋务运动,催生了中国第一批以学习"西文""西艺"为主要内容的近代官办新式学堂;外国教会也相继开办学校,引进西方近代教育模式。1904 年 1月,清廷正式颁布《奏定学堂章程》,由此确立了中国现代学制的基本模式和框架。现代学校的出现,尤其是现代高等学校的出现,对词的传授方式产生了非常直接的影响,课堂讲授加课后实践成为这一时期比较常见的词学传授方式,并有逐渐取代师徒传授、私塾讲学等传统方式的趋势。这种传习方式具有现代教育的基本特点,如以现代学校为支撑,以学科体系为核心,以教授的课堂讲授为基础等,但词学作为中国传统诗学的一个分支,具有中国传统学术的一些特点,加上词学教授本身也长期受到传统词学教育模式的浸染和影响,因此这种传习方式也没有完全脱离传统词学教育的影响。从教学实际看,这种传习方式的一个重要特点就是重视实践性,注重培养学生的创作能力,这在师资构成、教学方式等方面都有非常明显的体现。从师资的构成情况看,担任词学课程的教授大部分都有诗词创作的实际经验;不少教授本身就是著名的词家,有的甚至还是一流名家,如吴梅、陈洵、龙榆生等。这样的师资状况,为培养学生词的创作能力提供了必要条件。除了师资,教学方式也体现出对学生创作能力的培养。由于声像材料的缺乏,当年有声的词学课堂早已消失,但我们通过师生的回忆录、日记等,依然可以部分还原当时的词学教学情况。总体上看,这时期的课堂教学,除了必要的讲授外,还比较多地采用诗词吟诵、作业批改、通信指导等方式,非常注重培养学生的创作技能。至于课外的诗词社团活动,更是实践性教学的集中体现,是这种传习方式的一大特色。这些社团活动既有中国传统词社活动的基本特点,又是现代学校词学教育的重要补充,非常有特点,对于培养和锻炼学生的创作能力起到很大作用。从历史上看,以师生创作为主,带有教学、传承性质的诗词合集也是有的,但结社性质的不多,而且从规模上来说,一般也比较小。到了晚清民国时期,随着现代学校的建立,以师生为主体的校园教学型词社开始逐渐出现。这些词社或大或小,设立的目的也有所不同,但全部依托现代学校,以学校师生为主要成员,具有鲜明的教学色彩。其中比较著名的有东南大学的潜社、中央大学的梅社、上海正风文学院的因社、河南大学的夷门词社等,另外上海光华大学的潜社和上海暨南大学的莲韬词社等也比较有特色。这些词社以教师辅导学生诗词创作为主,还有少数的以词学研讨为主,如上海暨南大学的莲韬词社。为了保存社团活动成果,社员往往将成果发表在学校期刊上或者直接结集出版。总起来说,作为词学教育的补充和拓展,这类校园教学型词社在培养词学人才、繁荣词的创作方面均起到了重要作用。

　　再看词社活动。这时期的词社活动也与社会转型密切相关,富有时代特征。从晚清民国词社的性质和活动情况看,与历史上的词社并没有太大区别,但晚清民国毕竟和历史上其他朝代不同,所处时代已逐渐进入以城市化、工业化为特征的现代社会,这对词的创作以及词社活动都会产生明显的影响。首先,由于交通工具的改善,人们出行更加便利,词社的空间局限少,活动范围变得更大,活动也更频繁。晚清民国词社的活动场地有些是在社友的家中,如聊园词社多在谭祖任家中活动,由其家人掌勺设宴,称之为

"谭家菜",每月一集;须社则多在郭则沄、林葆恒、陈曾寿等社友的家中,每月三集,更加频繁。参与者虽同在一个城市,但如果不借助汽车等现代交通工具,来回也不方便,对于一些年老的社友,更是如此。上海春音社的活动,就常常用赵尊岳的汽车接送朱祖谋。有的活动则是在室外,如天津须社就在水西庄、李园等地举办过活动。上海春音社走得更远,据王蕴章在《春音余响》中回忆,社事最盛时,"曾约间一二月为近足之游,故昆山之行、鸳湖之行、吴门之行,皆命俦啸侣,特雇画舫,尽一日之乐。谒刘墓一集,尤兴会飙举"。不借助于现代交通工具,这些远足活动就很难举办,至少不能经常举办。当然,此类活动古代也有,但要讲便捷的程度以及活动的频次,与晚清民国时期是无法比的。因此,晚清民国词社活动的规模、频度以及活动地点的选择等,都带有时代的特征。其次,由于现代报刊的出现以及机器印刷业的快速发展,民国词社的社集出版更加快捷,社作的发表也更加容易。晚清民国时期,机器印刷已十分普遍,这为词社社集的刊印提供了极大的便利。与传统的印刷术相比,现代化的机器印刷在时间成本和经济成本上都有一定的优势,因此晚清以后,采用铅印等现代印刷技术的书籍不断增多,逐渐成为主流。词集作为一种传统文化的载体,客观上讲,采用传统的印刷技术更适宜一些,但实际情况正好相反,采用铅印或石印的词集越来越多。这些词集在版面设计上与传统的刻本看上去差不多,也有版心、边栏、界栏、象鼻、鱼尾等古籍印版符号,但实际上采用了铅印或石印技术,很好地解决了古籍传统与印刷便利性的问题。一些大型诗词文社的社集,如南社的社集就采用铅印技术,一集一集地连续印下去,十分方便,也十分快捷。与南社一样,一些知名词社的社集也采用了现代化的铅印技术,如民国十年(1921)出版的《瓯社词钞》、民国二十二年(1933)出版的《烟沽渔唱》、民国二十二年（1933）出版的《沤社词钞》、民国二十五年（1936）出版的《如社词钞》、民国二十九年（1940）出版的《午社词》等。除了铅印，有的小型词社出于经费等原因，甚至还会采用更加简单方便的油印技术。这些现代印刷技术的运用，为社集的出版节省了时间，变得更加简单和方便。与中国历史上的词社相比，民国词社出版的社集更多，也更及时，这不能不说是时代的特征。除了社集，由于报刊业的发达，尤其是《词学季刊》《同声月刊》《青鹤》等文学类刊物出现，还为社友的社作发表提供了新的园地，这在中国历史上也是从未有过的。再次，伴随现代学校和现代报刊业的出现，民国词社出现了新的类型，即校园教学型词社和报刊型诗词文社。校园教学型词社在讨论词的传习方式时已经谈到，不再赘言。至于报刊型诗词文社，更是民国词社的一大特色。

　　词传播方式的变化，更是与社会的转型密切相关。近代以来，随着机器印刷工业的建立和现代报刊业态的发展，词学的传播方式有了重大变化，这种变化在现代词籍印刷和词学刊物出现这两个方面体现得最为明显。关于机器印刷与词籍的关系，上面在阐述晚清民国词社社集时已经涉及，不再展开。相比之下，现代文艺专刊，尤其是专业词学刊物的出现，对词的传播方式、传播效率的影响更加值得关注，其与传统传播模式的差异也更大。这一时期，《词学季刊》《同声月刊》等专业词学刊物不仅发表词学研究文章，也定期刊载词作，除此之外，《小说月报》《青鹤》等现代文艺专刊也会经常刊载词作，这些现代刊物成为了晚清民国旧体词传播的重要载体。专业词学刊物往往能吸引、集中全国范围内最优秀的词人，与主流词坛声息相通，其所载作品反映了沧海横流之际词人们的文化立场、生存境遇和美学追求，充分展现了当时词坛的创作水平与审美风尚。除了词的创作与传播外，现代文艺专刊，尤其是专业词学刊物的出现,还一定程度上改变了词学研究格局。由于交通工具与通讯手段的局限,中国传统意义上的词学中心一般都有地域性特征,此点在清代表现得尤为明显。清代的词派往往以地域命名,大的词派如浙西词派、阳羡词派、常州词派,小的词派如西泠词派、柳州词派、梅里词派等,词派重要成员之间也大都以血缘、学缘、地缘等为纽带展开创作与研究活动,并逐渐影响全国。但现代词学专业刊物打破了这种传统的词学格局,这些刊物以主编为旗帜,以刊物为纽带,联络全国的词学"同人",形成了一个跨越阶层与地域的、事实上的词学中心。以《词学季刊》为例,刊物在反映词坛动态,联系各地词社和词家、引导词学研究等方面均起到重要作用。① 此外,现代词学刊物还对当时词的活动方式产生一定影响,如上面提到的报刊型诗词文社就是一个很好的例子。这类诗词文社共同的特点是办有连续出版的刊物,以此联结社友。社团与刊物的结合比较紧密。比较著名的如南社与《南社》、越社与《越社丛刻》、希社与《希社丛编》、同南社与《同南》、虞社与《虞社》、慎社与《慎社》、东社与《东社》、沧社与《沧海》、醒旧诗文社与《射南新报》、新社与《新社草刊》等。这类社团一般都是综合性的,刊物连续出版,编选社友的作品。刊物主体包括诗、词、文三部分,有的还有一些笔记、小说等,都是旧体形式。民国时期还有一种依托报刊,以函授为主的特殊诗词文社,属于传统结社与现代学校的结合体。此类社团虽然影响不大,留下作品也很少,但更有时代的特点。

## 二

　　词的传习方式、传播方式以及词社活动与社会转型的关系比

---

① 参见朱惠国《词学刊物与现代词学研究格局的构建——以〈词学季刊〉"词坛消息"栏目为例》,《社会科学战线》2016 年第 2 期。

较密切,也比较容易被看到,总体来说是显性的。在晚清民国这场社会大变动中,词坛更深层次的变化是在西学东渐的背景下,词人对词的功能定位、审美标准等有了新的认识,与此相关,这时期词学风尚也发生了明显的变化。

总体来看,从晚清到民国,词坛的风气发生了三次比较明显的改变,这三次改变均与中国社会的变动有比较密切的关联性,可以视为社会政治对词学的影响。第一次词学风尚的变化发生在晚清时期,就是常州词派的崛起并成为词坛主流。常州词派的创始人是生活于乾嘉时期的张惠言,但该派在早期的影响比较有限,理论也不很成熟,常州词派理论真正成熟是要到周济寓居金陵春水园之后,而其产生大范围的影响则要更晚。周济的重要词学著作《宋四家词选》完成于春水园居所,据其《目录序论》的落款,时间是道光十二年(1832)冬,但潘祖荫据符南樵手抄本刊刻《宋四家词选》,要到同治十二年,即1873年;周济另一本重要著作《词辨》完成得更早,据其《自序》的落款,是嘉庆十七年(1812),但该书不慎落入水中,十卷仅存二卷,以后潘曾玮刊刻此二卷,以及卷前的杂录(即《介存斋论词杂著》),时间是在道光二十七年,即1847年。可见周济两部重要词学著作均完成于1840年鸦片之前,而潘曾玮、潘祖荫刊刻两书,使之大范围传播则均在鸦片战争之后。此时,中国社会发生了重大变化,国内外各类矛盾开始积聚,冲突不断。常州词派的核心理论设计于鸦片战争之前,主要针对后期浙派的流弊,有词学发展的自身因素,但其重功利的词学观念却非常适合鸦片战争后动荡的中国社会。常州词派能取代浙西词派,成为风行一时的主流词派,有其必然性与合理性。可以说,是鸦片战争后的中国社会选择了常州词派。

第二次词风变化发生在常州派内部,同样与社会的变化密切相关。以朱祖谋为代表的后期常州派词人虽然秉承词派的词学观,但鼎革之后,他们中很多人的政治身份发生了重大变化,这无疑会影响他们的词学趣味与风尚。如朱祖谋本人,曾任清廷礼部侍郎、吏部侍郎、广东学政等职,参与国家政治,其词的创作也往往抒发家国情怀。虽然他解职北归后,事实上已经离开政坛,宣统时被招也一再借故不就,但其政治身份依然是统治集团的一分子。而当满清覆灭后,一切都变了,他以及所在的政治集团已经退出历史舞台,其本人也从封建官吏变为前清遗民,由社会政治的参与者变为了旁观者,这时常州词派所强调的家国,其实已经与他没有多少关系了。他们虽然也会在词中抒发世事沧桑的感伤,但更多的是将兴趣转移到校词、研习声律等偏重于技艺性的词学活动中。当然这种风气的转化有一个过程,这个过程与朱祖谋等人开始对清朝失望、逐渐离开政坛,最后清朝覆灭,成为遗民基本上相一致。从时间上看,朱祖谋与王鹏运合校《梦窗词》是在清朝覆灭之前的1899 年,王鹏运校刊《四印斋所刻词》也是在晚清时期,他本人更是在民国成立之前就去世了,但从一个更大的时间范围看,这些行为是这次词风转换的一部分。而风气一旦形成,就会更大范围地影响词人和词坛,事实上,民国前中期严守声律,热衷于四声的词人也不仅仅是一些前清遗老。但从总体看,晚清民国年间形成的所谓“清真教”,以及盛行一时的“梦窗热”,都与这种社会大背景有关。

　　第三次词学风气的变化是西学对中国传统词学的影响,并进而推动中国词学现代化转型的最后完成。这次词风的变化从时间上看,与上述第二次词风发变化基本上平行,但开始得早,结束得晚,而且大致是在两个不同的群体中进行。这里涉及两个相互关联的问题:其一是西学对中国传统词学的影响,其二是中国传统词学的现代化进程。这两个问题都非常直接地反映了社会转型对晚清民国词学的影响。

先看第一个问题。鸦片战争后，随着国门被打开，西学东渐成为一种无法逆转的趋势，在此背景下，中国传统的词学也受到冲击，发生了一些新的变化，其中梁启超、王国维的词学观较早地体现了这一点。梁启超、王国维均非专业的词学家，但两人都爱好词学，有较好的传统词学根基，又在西学东渐的思想大潮中受到西方文艺观的影响。梁启超强调以文艺开启民智，改造国民品质，并将社会价值作为评判文学作品的主要标准；王国维则运用西方文艺观点和美学思想来研究中国词学，强调文学本身的审美价值。两人都试图跳出传统词学的束缚，从社会文艺学和纯文学两个方向上对词作出阐释。尽管两人的词学观都有一定的局限性，但都为中国传统词学提供了新的元素，代表了这一时期词学的新动向。梁启超、王国维两人分别出生于1873年和1877年，所受的基本上是传统教育，他们主要是在社会变动中受到西学的影响。稍后于他们的小一辈词学家，如唐圭璋等，则大部分是在新式学校中接受基础教育，其生活环境、教育环境已经与上辈学人不同，本身已经包含了西学的因素，因此他们的词学虽然依然根植于传统，但西学的影响自始至终都是存在的。

再看第二个问题，中国传统词学现代转型的问题。这一问题近几年学界关注较多，也有一些不同意见，但有一点首先需要说明，词体形式的稳定和词学观念的变化是两个不同的概念。从十九世纪中叶到二十世纪三四十年代的近百年，词的形式没有什么变化，其创作也呈现出一种稳定的状态，但词学却经历了从传统到现代的转换。这种转换从表层看，词学专著与系统性论文逐渐替代了选本、点评、序跋、词话等传统的形式；从深一层看，现代的词学研究以融合西学的现代文艺学为理论基础,以现代科学方法为手段,而传统词学则以个人感受加理性思索为主要研究手段。词学的现代转换与中国近代社会的形态变化密切相关。具体来说,鸦片战争后西学东渐的社会思潮与"五四"新文化运动是中国传统词学蜕变的社会、政治、文化背景,也是其主要推力。词学从传统到现代的转换经历了几个大的关节点:首先是梁启超与王国维,如上所述,两人的词学观都明显带有西学的色彩,但一个重社会性,一个重艺术性,正好代表了两个相反的倾向;其次是胡适,他是"五四"新文学运动的主要倡导者,将词学放到新文化的视野中去观察,尽管对词的宏观把握非常好,产生相当大的影响,但他与梁启超一样,不太注重对词的艺术本体的研究,因此很难被专业词家所认同;最后是夏承焘、唐圭璋、龙榆生等,他们既有深厚的传统词学功底,又不乏现代思想意识,中国现代词学在他们手中得以确立,并非偶然。以夏承焘、唐圭璋、龙榆生等为代表的现代词学家取得词学研究的主流地位,标志着中国现代词学的正式形成。

### 三

词学环境的改变以及词学的现代转型,说到底都是由人,即词学家的各种词学活动,包括研究与创作活动、社交活动等来体现的,因此,讨论社会转型对晚清民国词学的影响,最终还是要落实到对这一时期代表性词学家的考察。

晚清民国时期代表性的词学家可以从纵横两个方面进行区分与分析。所谓横向区分,主要是考察不同类型的词学家,胡明1998年在《文学遗产》上发表《百年来的词学研究:诠释与思考》一文,提出"体制内"词学家和"体制外"词学家的说法,影响很大。他认为三十年代的词坛可以分为"两队人马",胡适为首的一队属于"体制外"词学家,主要成员有胡云翼、陈中凡、郑振铎、陆侃如、冯沅君、柯敦伯、薛砺若、刘大杰等；"体制内"的一派则阵容强大,有夏敬观、刘毓盘、梁启勋、吴梅、王易、汪东、顾随、任讷、陈匪石、刘永济、蔡桢、俞平伯、夏承焘、唐圭璋、龙榆生、詹安泰、赵万里等。这种区分法简洁明了,也基本符合历史事实,容易被接受。但胡明主要是就二十世纪三十年代的词坛来区分的,如果将时间拉长,从晚清民国的视角看,这样的二分法就会有一些局限。曾大兴在他的《20世纪词学名家研究》一书中,对二十世纪词学界存在两个词学流派的问题作了梳理。他说:查猛济先生在《刘子庚先生的词学》一文中就提到过这一点,并将其命名为"朱况派"与"王胡派",即以朱祖谋、况周颐为代表"侧重音律"的一派和以王国维、胡适为代表的"侧重意境"的一派。到了二十世纪九十年代后期,胡明又把这两派称为"体制内派"与"体制外派",刘扬忠则把这两派称为"传统派"和"新派"。曾大兴表示,他不太赞同这些提法①,理由是:"'朱况派'与'王胡派'这个命名并不准确,而'体制内派'与'体制外派'、'传统派'与'新派'这两个命名则明显地含有褒贬之意,有先入为主之嫌。"因此他主张:"从地域的角度,给他们一个中性的命名,即'南派词学'与'北派词学'。"②曾大兴近年从事文学地理学研究,他从文学地理学的角度提出"南派词学"和"北派词学"的说法颇有特色,为我们考察晚清民国词学提供了新的思路。但我们从曾大兴的梳理中看到,"体制内派"与"体制外派"从渊源上看,其实来自于"朱况派"与"王胡派",这就将视野从三十年代延伸到了清末民初时期。从这一个时间跨度看,朱祖谋、况周颐与年辈后一些的夏承焘、唐圭璋、龙榆生等人还是有一些差异的,从词学

---

① 参见曾大兴《20世纪词学名家研究》,中华书局,2011年,第5页。
② 曾大兴《20世纪词学名家研究》,中华书局,2011年,第363—364页。

现代转型的角度看,他们也处于两个不同的阶段。因此,就整个晚清民国词坛而言,除了"体制内"的朱祖谋、况周颐和"体制外"的王国维、胡适,将夏承焘、唐圭璋、龙榆生等这些现代词学家称为"内外兼修"的词学家更为合适一些,也更加接近历史事实。

所谓纵向区分,主要是考察从晚清到民国,词学家的代际替换与本时期词学演化的轨迹。由于纵向区分是以时间为线索,这就更能看出不同时期词学家在时代大潮中的差异与变化,也更能体现出词学家与社会转型之间的密切关系。为了更好地说明这个问题,我们不妨借用施议对在《百年词学通论》中对词人的世代划分。施议对根据二十世纪词人的出生年份,将他们划分为五个世代:第一代,自1855年至1875年间出生的词人;第二代,自1875年至1895年间出生的词人;第三代,自1895年至1915年间出生的词人;第四代,自1915年至1935年间出生的词人;第五代,自1935年至1955年间出生的词人。[①] 从晚清民国词学所涉及的词人来看,主要有三代,即第一、第二、第三代词人。这三代人处于晚清民国社会转型的不同时期,因此其词学观除了个性差异外,其时代共性也各不相同;如果将他们的词学观联系起来并作前后对比分析,正好可以看出晚清民国时期词学的演化过程。

第一代词人以朱祖谋为代表,其词学观基本上是传统的。我们曾以其词集序跋为对象,专门讨论过朱祖谋的词学观[②],认为其在社会转型的大背景下也有比较开通的一面,能接受一些新变化,如他为廖恩焘的《忏庵词》作序,对这些域外词大加赞赏,以为"至其惊采奇艳,则又得于寻常听睹之外,江山文藻,助其纵横,几为倚

---

① 详见施议对《百年词学通论》,《文学评论》2009年第2期。
② 参见朱惠国、余意、欧阳明亮《民国词集研究》第一编第五章,中华书局,2022年。

声家别开世界矣"①,但总体上还是继承常州词派的观念,变化不大。第二代词人可以吴梅为代表,吴梅出生于 1884 年,比朱祖谋小 27 岁,但两人的区别还是比较明显的。吴梅作为现代词曲大家,上承朱祖谋等旧派词人,下启唐圭璋等新一代学者,处于中间位置。从身份的角度来看,吴梅兼具传统词人和现代学者双重身份,这使得他的词学呈现出"新旧之间"的状态。吴梅进入高等院校开设词曲课程,授课内容上教授学生填词的基本知识,同时也提供"词曲合并研究""通代词史观"等基于填词法形成的研究思路;其代表性著作《词学通论》在形式上与传统词话、词选相似,但在"历代词概论"部分又接近于现代词史的论述,体现了吴梅将传统词学资源转化为现代词学论述的特点。其词学观主要承袭常州词派的比兴寄托等理论,重视词体特性,讲求声律,但是与当时的"四声词""梦窗热"保有一定的疏离。这种"新旧之间"的状态,是词学由传统向现代过渡的初始阶段,也是现代词学的起步阶段。第三代词人可以夏承焘、唐圭璋、龙榆生等现代词人为代表,他们三人分别出生于 1900 年、1901 年和 1902 年,平均下来正好比吴梅小了 17 岁。与吴梅的新旧之间不同,他们完成了由旧到新,由传统到现代的转换。如夏承焘,由于师承以及词学大环境等因素,他与常州词派有一定渊源,并在词的比兴寄托、源流正变、推尊词体等问题上受其影响,使其词学观点不可避免地带上常州词派的色彩。但夏承焘对常州词派并非被动接受,而是有所甄别,有所选择,总体上采取一种取其精华、去其糟粕的科学态度,并在此基础上形成了自己的词学特色。又比如唐圭璋,同样由于师承等原因,与常州词派有着较深的渊源。他受周济、况周颐等人的影响,对"拙重大"

---

① 朱祖谋《忏庵词题注》,廖恩焘《忏庵词》卷首,民国二十年(1931)铅印本。

"出入说"等常州派理论均有很好的阐发或实践；但他并未被常州派所束缚，在如何评价张惠言理论、姜夔历史地位以及强化"真情真性"、倡导"抒发灵性""赋体白描"等问题上，均表现出自己的个性化特征。唐圭璋最终突破常州派的藩篱，形成自己的词学特色。从朱祖谋到吴梅，再到夏承焘、唐圭璋、龙榆生等现代词人，三代人词学观的变化，从一个侧面勾画出晚清民国时期主流词学的演化轨迹，这一轨迹与中国传统词学的现代转化过程基本一致。

晚清民国是中国社会发生巨变的历史时期，也是中国传统词学现代转换的关键时期，研究这一时期社会转型与词学新变的关系，不仅可以弥补以往词学研究的一个薄弱环节，还可借此考察社会转型时期中国传统文学样式与文学观念遇到的挑战与出路，从文学发展的角度总结其经验与教训，增强中华民族的文化自信心。

# 上　篇
# 晚清民国词学的新变

# 第一章
# 晚清、民国词风演进历程及其反思

晚清至民国时期，伴随中国社会的巨变，传统词的创作经历了由盛而衰的过程，其间词学风气一变再变，体现了不同社会形态以及不同发展阶段对传统文学的要求与影响。尽管这一转变主要发生在清末民初，但其缘起以及后续影响则明显超出这一时限，因此本章以清末民初为重点，考察上起清嘉道年间、下至二十世纪二三十年代的三次词学风气的变化。探究其形成原因、转换过程以及词学史意义，并在此基础上尽可能准确地描画出这一时期传统词创作以及词学观念的演化轨迹和发展趋势。

## 第一节　晚清社会发展与"浙""常"
## 两派的相互消长

本时期第一次词风转换是常州词派取代浙西词派，使词学创作重新回到质实、重功利的轨道上来。关于这次词风变化已经有无数词学研究者作了清晰而详尽的描述与阐释，无须在此赘言，但有三点一直为人忽视，权作补充。

其一，此次词风转换肇始于嘉道年间，但转换的主体部分发生在晚清时期。一般人认为，张惠言是常州词派的创始人，因此常州

词派理所当然地形成于嘉庆时期。这其实是一种误解。张惠言的
《词选序》固然是常州词派的理论基础，但该序文在当时词坛的影
响非常有限。有学者曾指出，张惠言在世时，常州词派并无影响，
该派真正在词坛形成气候，要到周济时期。他们以为，人们只是在
常州词派全盛时溯源，才发现并"追尊"张惠言。[①] 这一说法基本
符合实际。可以这样认为，张惠言在世时，常州词派作为一个词学
流派并未真正形成。常州词派真正形成，并在词坛取代浙西词派
的主流地位，应是在道光后期。因为周济虽然出生于乾隆四十六
年(1781)，但前半生主要是以豪士、侠客的面貌出现。[②] 作为一个
著名词学家，他主要的词学活动是在寓居金陵春水园以后。魏源
《荆溪周君保绪传》："(周济)寓金陵之春水园。时道光八年也，年
四十七。"[③]他最重要的两部词学著作《宋四家词选》和《宋四家词
选目录序论》均完成于道光十二年，此时已 51 岁。周济自称："余
少嗜此，中更三变，年逾五十，始识康庄。"[④]这一选一论，代表了周
济比较成熟的词学思想，也集中体现了早期常州词派的主要理论。
考虑到这两部词学论著从传播出去到产生广泛的社会影响，均需
一段不短的时间。因此常州词派理论体系形成，并在主流词坛形
成风气，至少是在道光十二年(1832)以后较长的一段时间。以此
推算，本时期第一次词风转换的完成，应当是在晚清时期。

　　其二，常州词派本质上是常州学派通经致用观点在词学领域
里的一种延伸，是儒家功利主义文学观的具体表现。该派之所以

① 详见严迪昌《清词史》，江苏古籍出版社，1999 年，第 471—472 页。
② 详见朱惠国《豪士 侠客 文人——晚清词学大家周济》，《文史知识》2007 年第 10 期。
③ 魏源《荆溪周君保绪传》，《魏源集》，中华书局，1976 年，第 364 页。
④ 周济《宋四家词选目录序论》，唐圭璋编《词话丛编》，中华书局，1986 年，第 1646 页。
　 下引《词话丛编》均为此版本，不再一一注明。

能在晚清时期盛行,主要是词派核心理论与当时社会发展趋势相一致,与清词发展的内在需求相一致,而并非理论本身的先进性。从文艺学的角度看,常州词派理论有很大的局限性,而且正是这种局限性,导致了晚清及民国词创作成就的相对低下。因此对于这次词风的转换,必须作全面、客观的评估。

　　学界在分析常州词派取代浙西词派的原因时,比较通行的看法是清词自身演化的结果。这种观点的源头最早可追溯到张德瀛的"三变说"。张德瀛以为:"愚谓本朝词亦有三变:国初朱、陈角立,有曹实庵、成容若、顾梁汾、梁棠村、李秋锦诸人以羽翼之,尽祛有明积弊,此一变也。樊榭崛起,约情敛体,世称大宗,此二变也。茗柯开山采铜,创常州一派,又得恽子居、李申耆诸人以衍其绪,此三变也。"①至于这第三变的内在原因,普遍认为是匡救浙派末流的空疏。金应珪曾以"三蔽"概括常州词派产生前的词坛状况,即淫词、鄙词、游词,以为张惠言编《词选》,阐述词的政教功能,其目的就是匡救词坛积弊,指明作词的正确方向。我们认为,清词演化的自身规律,的确是常州词派在晚清盛行的重要原因,但除此之外,还有更为重要的因素,就是常州词派理论与晚清社会发展趋势的高度契合。

　　常州词派产生于清政府开始转衰时期,政治的巨大阴影直接投射在词派之上,因此词派的一个鲜明特征就是涉世与实用。词派的核心理论,如词史论、比兴寄托论等都是围绕词的政教作用而展开。一般而言,这种偏于实用功能的词派或其他文学流派,往往伴随某种社会思潮而产生,但能否风行则并非取决于自身。它们是社会政治间接的产物,因此其生命力与社会政治息息相关;一旦

---

① 张德瀛《词征》,唐圭璋编《词话丛编》,第 4184 页。

社会发展的轨迹发生变化,它们赖以生存的环境消失,那么它们的生命也就走到尽头了。从这一角度讲,常州词派能否风行,主要取决于张惠言、周济以后的社会环境。常州词派的幸运在于它的产生、发展与社会演化的步调保持一致。张惠言死于嘉庆七年(1802),周济死于道光十九年(1839),这一时期是常州词派的孕育与形成期,也是清政府各种社会矛盾的积聚与显现期。道光十九年以后,清政府内外矛盾开始激化,1840年的鸦片战争和此后的太平天国运动更是两次集中爆发。可以这样说,从常州词派孕育的嘉道时期到中国传统词学现代化转型基本完成的二十世纪二三十年代,这一百年是中国历史上动荡最激烈、变化最巨大的非常时期。常州词派伴随着中国社会一起走完这一段痛苦而又艰难的路程。时代是决定文学发展走向的基本要素,嘉道以后动荡的社会决定了这一时期的词学只能是一种担负社会责任的词学,一种重功利的词学。常州词派产生于社会欲变未变时期,其核心理论正为可能出现的世象而设计;而以后历史的演化又恰好印证这种设计的合理性。也就是说,常州词派的理论完全契合了社会的发展趋势。这是常州词派能在近代中国迅猛发展的最根本原因。

客观上讲,常州词派的产生的确扭转了当时不良的创作风气,使词的创作重新回到重视社会功能的轨道上来,满足了清词自身发展与社会政治的双重需求。从这一角度看,常州词派功不可没。但事物总有两面性,常州词派在纠正浙派之弊、给词坛带来一种清新词风的同时,也暴露了自身的弱点。由于常州词派是一个重功利的词派,过于强调词的政教功能,因此在创作过程中十分讲究寄托的手法,要求表达微言大义,这又在客观上弱化了词的抒情功能,与词的体裁特点相悖。或许这就是常州词派在晚清乃至民国初风行一时,却又无法在创作上取得较高成就的主要原因。从长远看,这种理论会在一定程度上削弱词的审美功能,不利于词体本身的健康发展。因此,我们在肯定常州词派成功转换词学风气的同时,对其理论的局限性也要有清醒的认识。

其三,常州词派占据词坛主流地位以后,浙西词派并没有从词坛彻底消失,成为一个历史概念。相反,在整个晚清时期,浙西词派与常州词派长期共存,并表现出相互交融的趋势。在理论倡导方面,常州词派作为新兴的词派,其影响力明显压倒浙西词派,但在词的创作实践上,两派差不多势均力敌。

现在很多人,包括一些学者都有一个认识误区,以为常州词派与浙西词派是一个简单的取代过程,随着常州词派的兴起,浙西词派很快就退出了历史舞台。显然,这将复杂问题简单化了。我们认为,常浙两派在词学主张以及创作风貌上固然不同,甚至对立,但这种不同主要表现在对词体功能的理解上,对不同美学趣味的追求上。它们之间不是非此即彼的单一选择,更不是你死我活的生死之争,而是两种不同理论主张与创作风格的差异,具有一定的包容性和互补性。常州词派产生之初,由于负有纠浙派末流之弊的责任,比较强调词的社会功能,因此常浙两派的联系与互补并不明显,更多的是一种竞争与取代。但随着常州词派自身弱点的逐渐暴露,词坛自动作了调整,以浙补常,两者更多的是一种互补的关系。晚清民初词坛对王沂孙、姜夔等词人的重新重视就是一个有力证据。当然,这种互补是以常州词派为主的,毕竟它是一种主流词学。

晚清词坛常浙两派共存与交融的现象主要表现在理论倡导与创作实践两个方面。就理论而言,孙麟趾、黄燮清、沈祥龙等人的词学观念都明显地表现出浙派的特征,即使被认为是常派理论家的谢章铤,其理论体系中也明显有一些浙派的因素,表现出融合常浙的倾向。至于不以派标榜、自成门户的刘熙载，更是融合常、浙两家的理论精髓，形成独特的"厚而清"词学观。而在创作实践中，浙派的影响尤其大。一般认为，嘉道以后最有成就的词人当数蒋春霖，而蒋春霖词一个重要特征就是清丽、骚雅，颇具浙派之遗风。蒋春霖的好友、词论家杜文澜就以为蒋春霖"性好长短句，专主清空，摹神两宋"①。当然，也有学者认为蒋春霖属于常派，主要理由是其词反映了当时的战乱，具有社会价值。我们认为鹿潭词清丽凄苦，是典型的浙派风格，至于内容反映现实，并非就是属于常派的理由，其他词派的词也可以表现现实，只不过常派更强调寄托的手法罢了。除了蒋春霖，周之琦的创作也取得较高成就。周之琦的词风总体上是境界幽美，凄婉多情，既重韵律之美，又强调意蕴，同样带有不少浙派的风格特征。目前对周之琦的词风仍有争议，有人以为偏常，有人以为偏浙，但从艺术风格看，无疑更近于浙。当然也有学者取比较折中的说法，以为："盖之琦之词托体甚高，曲折顿宕，意致深纯。浙西常州之外，居然一大家也。"②钱仲联先生在《清词三百首》中也持相似观点，认为周之琦非浙非常，自成一家。但不管怎么说，周之琦受浙派影响颇深是可以肯定的。可见，浙派在当时词坛依然具有强大的实际影响力，并没有退出词坛。

## 第二节　常州派理论的演变与自我否定

　　本时期第二次词风转变是常州词派及其理论自身的演变，其标志就是朱祖谋的主盟词坛以及梦窗热的形成。常州词派开始由

①　杜文澜《憩园词话》，唐圭璋编《词话丛编》，第 2922 页。
②　中国科学院图书馆整理《续修四库全书总目提要(稿本)》第 16 册，齐鲁书社，1996年，第 626 页。孙人和所撰。

关注社会转为更多地关注词艺,词学风气乃至词学观念在事实上发生变换。

关于此次词风转变,目前学界并没有明确的断论,但关于朱祖谋以及梦窗热的现象已经为许多词学研究者所关注。较早明确提出这一问题的是龙榆生,他于 1941 年在《同声月刊》上发表《晚近词风之转变》一文,对王鹏运、朱祖谋时期的词坛及其新的词学风气专门进行讨论。他首先认为王鹏运与朱祖谋是这一时期的开风气人物,所谓:"晚近词坛之中心人物,世共推王半塘(鹏运)、朱彊村两先生,而风气之造成,则《薇省同声集》,实推首唱,而《庚子秋词》之作,影响亦深。"并明确将两人归为常州词派,以为"晚近词坛之悉为常州所笼罩也"。在分析当时词风形成的原因时,着重指出两点:一是大背景,"逊清末叶,内忧外患,岌岌可危,士大夫于感愤之余,寄情声律,缠绵悱恻,自然骚辨之遗";另一是小环境,"鼎革以还,遗民流寓于津沪间"。至于词坛新风气的具体表现,主要为两个方面:其一是"恒借填词以抒其黍离麦秀之感,词心之酝酿,突过前贤";其二是"彊村先生益务恢弘声家之伟业,网罗善本,从事校刊唐、宋、金、元人词,以成《彊村丛书》"①,并在当时词坛形成一时风气。龙榆生这段话表明他已经看到了晚清民初词风的变化,以为此种词风不仅与清词整体风貌有别,且与张惠言、周济时期的常州词派也不同。这段话比较客观地指出了晚清民初词风新特点,表现了龙榆生的学术敏感性。但龙榆生将王鹏运、朱祖谋共同视为这种新词风的代表人物,并将这一时段划得很长,从晚清一直到划到二十世纪三十年代初的朱祖谋逝世,则并非很妥。

---

① 龙榆生《龙榆生词学论文集》,上海古籍出版社,1997 年,第 380—382 页。下引此书均为此版本,不再注明。

　　我们认为，王鹏运和朱祖谋尽管有密切联系，但分别代表了两个不同时期的不同词风。王鹏运可以视为传统常州词派的后期代表人物之一，他的理论以及创作都不同程度地体现了常州词派的基本特点。龙榆生提到的《薇省同声集》和《庚子秋词》虽然与张惠言、周济时期的创作有所不同，但这种不同主要是创作环境的差异。从词人对词的理解以及创作的主体风貌看，王鹏运与前期常州词派并没有本质的区别，因此很难得出词风转换的结论。

　　真正引领词坛风气转换的是朱祖谋。朱祖谋的词学活动大致可分为前后两段。前段与王鹏运联系比较紧密，创作上也有相同之处，所谓"士大夫于感愤之余，寄情声律，缠绵悱恻，自然骚辨之遗"。另外他的校词经历，也起始于这一时期与王鹏运的合校梦窗词，但由于年辈和声望的关系，影响明显不如王鹏运。这时段的朱祖谋只是以王鹏运为首的词人群体中的一个，并没有形成自己独立的风格与影响力。后段才是真正的"彊村时代"。1904年王鹏运去世，朱祖谋成了词坛的核心人物。从清朝灭亡直到1931年朱祖谋去世，他以遗老身份主持词坛，并以自己的词学活动影响了词风的变化。

　　这种变化可以从两方面来考察：首先从创作上看，虽然有"借填词以抒其黍离麦秀之感"的遗民心态，但这种心态随时间的推移也在渐渐淡化。词人的关注重点明显由词心转向词艺。事实上"五四"新文化运动以后，词已经退出主流文学样式的行列，更多地染上私人化色彩，其关注社会、干预社会的功能已经退化。填词在当时或是一种个体化的情感寄托方式，或是一种文人雅士的文化休闲方式，或是一种以文人雅集为形式的群体化鉴赏与交流活动，如当时的词社。虽然从作者角度看，仍然会用词的形式表达某种私人感情甚至社会情绪，其中比较明显的是遗老的黍离之悲和灵魂难以安顿的失落之感,但从社会普通读者的角度看,已经较少地通过词的阅读去感受时下的社会生活。因此就词的创作活动而言,其艺术因素渐趋加强而社会因素慢慢消减。随举一例,作为前清遗老的朱祖谋曾主持民国时期的春音词社和沤社,但这两个词社的成员构成比较多元化,并没有太多的遗老色彩。尤其值得注意的是,不少南社成员也多次参加春音词社和沤社的唱和活动,而南社在成立之初是明显有反清倾向的。可见词社的创作活动并没有太浓的政治色彩,大家的关注点主要是在词艺的切磋乃至唱和活动本身的风雅。朱祖谋在当时经常给后辈传授词艺,但没有刻意用遗老情绪去影响后人。反过来说,不少新一代词人和词学家,如龙榆生、夏承焘等,都曾向朱祖谋请教过词艺,但基本没有受到他遗老色彩的影响。显然,当时的风气已经与《庚子秋词》时期有了很大的变化。

其次从词学活动看,朱祖谋时期更重视词集的校勘和声律的研究,其直接的后果就是"梦窗热"的形成。关于晚清民初的"梦窗热",已有学者作了十分详细的论述,不再赘言。我们感兴趣的是"梦窗热"出现的时间、背景和本质。考朱祖谋一生四校梦窗词,时间分别是1899年之前(与王鹏运合校)、1908年、1913年和1931年,后三次都是在他1906年"以病乞解职,卜居吴门"之后,其时朱祖谋的政治热情已经消退,主观上有远离政治中心的想法,最明显的例子就是1909年宣统"特诏征召"而"未赴"。作为词学活动上的反映就是将大量的精力投入到纯粹技术性的校勘活动中。除了校梦窗词以外,他还校了《东坡乐府》等几十种词集。据马兴荣先生所作《朱孝臧年谱》,朱祖谋除了1899年首校梦窗词和1900年校周密《草窗词》外,所校几十种词籍基本上都是在1906年之后,尤其是在1911年辛亥革命以后。显然,他的校词既是一种整理与保存资料的词学活动,也是一种遗老的处世方式和生活行为。由于朱祖谋在词坛的地位,也由于其校词的心态和方式在当时具有一定代表性,他的行为在当时形成一时风气,如龙榆生所言,"一世词流,如郑大鹤(文焯)、况夔笙、张汀莼(上龢)、曹君直(元忠)、吴伯宛(昌绶)诸君,咸集吴下,而新建夏映庵(敬观)、钱塘张孟劬(尔田),稍称后起,亦各以倚声之学,互相切磨,或参究源流,或比勘声律,或致力于清真之探讨,或从事梦窗之宣扬,而大鹤之于清真,弘扬尤力,批校之本,至再至三,一时有'清真教'之雅谑焉"①。当然,在这些声律探讨与校勘活动中,对梦窗词的校勘与研究是最为有名的。以至"梦窗由平行的诸家数中的一家,而迥拔于诸家之上,吸引了校勘家、注释家、谱牒家和鉴赏家的特别注意,以此导引一时词学潮流"②。钱仲联先生在他的《清词三百首·前言》里提出"彊村派"的概念,并以为"这派的中心领袖是朱祖谋,影响从清末直到民国二十年以至朱的身后",其着眼点也在此。钱先生以为"朱氏门弟子众多,宣传标榜,其声势超过了常州派"③,显然是将"彊村派"视为新的词学流派。关于此观点尚可进一步探讨,但至少可以说明此时的常州词派的确已经发生了明显的变化。

此次词风转变的原因有多种,但最主要的一点是词派领袖人物与主要成员的社会角色发生了根本性的变化。之前他们是社会政治的主要参与者,无论在身份的认同上,还是在情感的倾向上,都与统治集团一致,因此希望用词的形式有补于世,体现词人的社会责任与词的社会价值。他们强调词要涉世,强调比兴寄托,要求

---

① 龙榆生《龙榆生词学论文集》,第 382 页。
② 彭玉平《朱祖谋与晚清和民国时期的梦窗词研究》,《词学(第十五辑)》,华东师范大学出版社,2004 年,第 192 页。
③ 钱仲联选注《清词三百首》,岳麓书社,1992 年,第 7 页。

用词来表现社会生活和时代情绪，所谓"诗有史，词亦有史"①，无不体现这一点。但进入民国后，他们被排挤出主流社会，客观上成了边缘化群体，只能用局外人的眼光来打量世界，其心态也由外张转为内敛，由积极变为消极。就词学活动而言，除了用词的形式抒发遗民的情绪或其他私人化感情外，无法也不愿用词的形式来参与社会政治，更不会强调用词来有补于世。事实上，这个"世"已经与他们不太相关了。于是他们对词的关注由其社会功能转向审美功能与文献价值，将更多的精力用到词籍的校勘与词艺的切磋上。从某种程度上说，整理词集与切磋词艺已经成了他们日常的消遣行为，或者说是一种避世的方式了。民国时期的梦窗热，其本质大致如此。

由于常州词派的这种变化是在词派内部发生的，是隐性的，因此不大容易被人察觉，这就是较少有人注意到此次词风转换的主要原因。我们现在很难用几句话说清楚此次词风变化的利弊得失，但就常州词派本身而言，则是一种理论上的自我否定：词派由否定浙派末流出发，最后又重新回到与浙派末流相近的方向，尽管两者在表现形式上是不同的。

## 第三节　西学东渐与新型词学观念的形成

本时期第三次词风变化起始于晚清时期的西学东渐，完成于朱祖谋去世后的二十世纪三十年代，其本质是外来文化影响下新型词学观念的形成。无论是持续时间、变化的方式，还是最后完成的标志，都显得比较特殊。从时间上看，此次词风之变差不多与本

---

① 周济《介存斋论词杂著》，唐圭璋编《词话丛编》，第 1630 页。

时期第二次词风变化同时开始,但转变的最后完成却要到二十世纪三十年代,持续的时间比较长。或者这样说,此次词风之变与本时期第二次词风变化基本上是一种平行的关系,只不过是在两个不同的词人群体内分别进行。当朱祖谋他们醉心于编校词籍、切磋词艺时,以王国维、梁启超为代表的新型词学家及其词学观念已经在文学界产生影响,两者按各自的线路同时向前发展,只是一家源自传统词学本身,易被词人接受,形成当时词坛的主流;另一家则主要来自传统词学界之外,被认为是"体制外"的,较难影响主流词坛。因此从清末到二十世纪三十年代初,中国词坛基本上都以"彊村派"的活动为中心,形成一时风气。只有到朱祖谋去世,传统词学家的影响力有所削弱,新一代词学家逐步适应新的文艺观念,加之胡适有强大的个人影响力,融合西学的新型词学才开始影响主流词坛,并最终被主流词坛所吸收,完成中国词学的现代化转换。

关于此次词风的变化,以往学界也有所关注,但大多重头不重尾,重点不重线。所谓重头不重尾,就是比较多地关注王国维、梁启超两人在词学界开新风气的作用,如一般词学史著作往往将两人视为词学新时代的开始,但对两人词学思想的实际影响力以及最终的词学史作用缺乏必要的关注。所谓重点不重线,就是着重阐释两人的词学思想,尤其是王国维以"境界说"为核心的词学思想,但忽视两人的持续影响力,没有梳理他们之后的词学演化过程,也没将胡适的词学活动视为他们所开创的词学风气的一种延伸。

事实上,王国维和梁启超的词学理论并非孤立产生,从本质上讲,都是西方文艺思想对中国传统词学的一种渗透与影响。无论是王国维注重文艺本身特性的词学观还是梁启超注重社会学功能的词学观,都含有用西方文艺理论重新审视传统词学的特性。如果再往大处看,其实是西学东渐在词学领域的一种体现。晚清时期,随着国门的洞开,西学对中国传统社会的影响是全方位的,就文学而言,无论是诗歌、小说还是戏剧,都受到西方文艺思想的冲击,出现一系列的变革。即使是传统文学样式中受西方文艺思潮影响较小,表现一直比较稳定的词,在创作上也多少出现了一些新的变化,如当时曾有不少在题材、词语以及意象选用上都与传统词有很大差异的新潮词。这些词或写华洋杂处的上海风情,如高翀的一些作品;或写域外风光,如廖恩焘的一些作品;或咏"地火""电线""轮船"等新生事物,如晚清民初报刊上刊载的一些作品。因此王国维和梁启超的词学理论某种程度上与这些作品一样,都是传统文学面对社会变化的一种正常反应,体现了一种新的风尚。这点在梁启超的词学理论中表现得尤其明显。但是与小说、戏剧、诗歌不同的是,词学领域无论是创作还是理论,这种变化都没有得到充分发育,更没有形成一种本质上的变革。就创作而言,上述所谓的新潮词本来比例就很小,而且一般不为传统词人所关注,作者主要是一些记者、编辑、留洋学生、驻外使者等,作品也主要发表在一些新式报刊上,总体上没有影响到词的传统风貌。就理论而言,王国维、梁启超之后,再没出现有影响的同类词论家,相反,从《人间词话》到《清真先生遗事》,王国维对自己的观点倒是有所修正。至于词学领域为何没有像小说、戏剧、诗歌那样,最终引起变革,其原因比较复杂,有待专文讨论,但这一事实是比较清楚的。也就是说,王国维、梁启超之后,后续的理论呼应比较微弱。两人尽管开了一种新风气,但并没有完成主流词坛风气的转换。这也就是晚清至二十世纪三十年代之前依然以"彊村派"为中心的主要原因。

这种情况直到1927年胡适出版《词选》以及1931年朱祖谋去世才有所改变。胡适的词学观从微观上看,确实与王国维、梁启超不同,他主要是推崇苏辛一派,倡导一种刚健、明朗的词学风气,但从宏观上看,同样是一种融合西学要素的词学思想。这种词学观既是新文化思想在词学领域里的一种延伸,也是王、梁两人所开创新词学观念的一种后响。更为重要的是,如果王国维和梁启超只是开启一种新的风气,那么这种风气最终在中国词坛真正产生影响并形成气候,是从胡适开始的。之前较少有人看到这一点,其原因主要是胡适向来被认为是体制外词学家,其观点往往不为传统词学家所重视与认可,加之二十世纪五六十年代过分褒扬"豪放派",贬抑"婉约派",造成学界反感,以至引发八十年代以后对胡适词学观以及所推崇的"豪放派"矫枉过正式的排斥。事实上,以胡适的影响力以及在文化界的特殊地位,的确推动了当时词坛风气的变化。龙榆生先生并不同意胡适的一些具体的词学观点,但客观描述了这种变化:"自胡适之先生《词选》出,而中等学校学生,始稍稍注意于词;学校中之教授词学者,亦几全奉此书为圭臬;其权威之大,殆驾任何词选而上之。"①又说:"近人胡适辑《词选》,独标白话……其在现代文学界中,影响颇大。"②从龙榆生先生的两段话我们大致可以看到这样两个事实:其一,胡适的《词选》以及通过《词选》所表现出来的词学观念在当时产生了相当大的影响力,甚至连以前对古代文学关注不多的中等学校学生也开始"稍稍注意于词"。其二,这种影响主要是在普及的层面,但对于词学研究层面也产生一定的冲击。龙榆生先生说"学校中之教授词学者,亦几全奉此书为圭臬",而从当时词学研究界的人员组成情况看,学校教师,尤其是高等学校教师是一支非常重要的力量,这些教师的

---

① 龙榆生《论贺方回词质胡适之先生》,《龙榆生词学论文集》,第304页。
② 龙榆生《研究词学之商榷》,《龙榆生词学论文集》,第99页。

词学观点，必然会影响到当时的词学研究。由此也可见胡适词学观的实际影响力。

由于此次词风转换由并非专业词家的胡适所倡导，首先在社会文化层面发动，然后再影响到专业学术圈，因此呈现出由外而内的特征。与之前两次词风转换情况相比，此次有两个比较明显的不同：其一是社会影响比较大。之前两次词风转换基本上都限于词学界内部，倡导者和参与者主要是专业词家，社会知名度与影响力都比较有限，因此总体上没有引起太大的社会反响。而这次词风变化由新文化领袖人物倡导，主要在普及层面进行，社会反响非常大。其二是影响的持续时间比较长。前两次词风转换所产生的影响力主要在一个时段，一般随着社会形态变化或者词坛参与者变更而逐渐式微。而此次词风的变化不仅对二三十年代的词坛直接产生冲击，余波还一直持续到二十世纪的五六十年代。有意思的是，二十世纪五六十年代我们一方面对胡适个人持否定态度，一方面又几乎全盘接受了他的词学思想；如果有兴趣翻看一下当时发行量最大的词的选本以及文学史教科书，这一点是相当明显的。

此次词风变化的词学史意义，有两点比较突出：首先是削弱了中国词坛持续多年的梦窗热，并对传统词学形成有效冲击。胡适词学观产生的一个重要背景是当时词坛从晚清一直持续到民国初的梦窗热。胡适批判梦窗词，将梦窗词风作为革除的对象，其初衷并非单纯地从词学着眼，而是出于新文化运动的需要。他要建立一种白话的、平民化的文学，因此把他看来是晦涩难懂的梦窗词视为批判的靶子，为建立新的文学扫清道路。但由于当时朱祖谋在词坛依然有十分强大的影响力，胡适的努力在传统词坛内部并没有产生明显的效果，尽管就全国而言，新文学运动取得了胜利，但词学界内部却依然保持着对梦窗词的高度热情。直到胡适《词选》出版,其推崇苏辛,提倡清新刚健词风的词学观才开始影响词坛,加之朱祖谋与其他一些传统词学家相继过世,词坛的风气有所改变。虽然词坛对梦窗的研究并未就此终结,但作为晚清以来的一种梦窗热,则在社会大众的普及层面上受到削弱。与此相应,传统词学的影响力也受到明显的冲击。二十世纪三十年代以后,无论是词学研究的方式、视角、手段还是基本的学术观念、成果形式、传播方法等,都发生了明显的变化。当然,这种变化是一个逐渐演化的过程,是一种社会合力的推动,但胡适的影响力也是不可忽视的一个要素。其次是由外而内地影响中国词学,并一定程度上推动中国现代词学的最终形成。新文化运动以后,随着朱祖谋、况周颐等老一辈词学家逐渐淡出词坛和胡适等新文学提倡者涉足词学,中国词学研究格局有了新的变化,词学家清晰地表现出三种大体的类型:其一是传统词学家,我们称之为"由内而内"的词学家。其二是以龙榆生、夏承焘、唐圭璋为代表的现代词学家,我们称之为内外兼修的词学家。其三就是以胡适为代表的新型词学家,我们称之为"由外而内"的词学家。中国词学现代化转换的任务,最终是在第二类词学家手中完成的。但在这过程中,从王国维、梁启超开始,至胡适完成的第三次词风的转换,起了非常重要的推动作用。第二类词学家从学问根底来说,继承传统的东西多一点,如龙榆生一般被认为是朱祖谋的入室弟子,朱氏授砚于他,曾被传为一段佳话,夏、唐两先生也有很好的词学渊源。但三人均出生于二十世纪初,接受的基本上是新式教育,王、梁开启的词学风气对他们多少会有影响,至于胡适的词学活动是否也对他们产生作用,有待进一步考察,但至少为他们走上主流词坛扫清了一些障碍。因此当他们继承传统词学的精华,又融合西学的观念、方法,创造一种新的词学时,总体表现得比较顺利。显然,在中国现代词学的产生过程中,前有王国维、梁启超的引导,后有胡适的推动,他们的作用是不可低估的。

## 第四节 三次词风改变的总体趋向与思考

追溯晚清到民国的三次词风之变,可以清晰地看到中国词学由传统向现代转化的发展轨迹。在此过程中,有三个现象值得引起关注与探讨。

其一,中国传统词学具有强大的自我调节功能,这种调节功能使其保持足够的生命力和对不同环境的适应能力,并使其长期得以生存与发展。纵观整个清代以及民国词风的变迁,其实就是传统词学不断适应环境,调节自我、完善自我的过程。嘉道时期,社会矛盾开始积聚,浙派末流空疏的理论难以适应新的时代,于是常州词派质实的理论应时而生,并取得迅猛发展,成为一时之主流,充分表现了传统词学调节自我、顺应世事的能力。而当清朝灭亡、封建时代终结时,传统词学也适时应变,在保持常州词派基本理论特征的前提下,从外向变为内敛,由高亢转为低沉,并在词艺的探讨和词籍的校勘上投入较多精力;即便面临西学东渐以及新文化的巨大冲击,也能调节自我,融合新学,并成功转型。与小说、戏剧等不同,中国现代词学理论并非脱离传统而由西方引进,也非在西方理论框架的基础上融合中国要素,而是始终以中国传统词学理论为主体,在此基础上融入西方文艺理论的观念和方法,因此是一种本土化的文艺理论,与传统词学保持着嫡亲母子的血缘关系。形成这种情况的原因固然较多,但中国传统词学的自我调节功能无疑是最为重要的一条。

其二,词学的发展有其自身的规律,不可能与社会的变动完全重合，但从大的方面看，词学应时而变，两者的发展轨迹基本上保持一致。从晚清到民国，词学经历三次比较大的变化，这三次变化都与社会的变动相呼应，但在具体的时间节点上又有差异，体现出词学发展自身的节奏与规律。三次变化，第一次缘起于嘉道时期，完成于晚清，而中国社会用以划分古代与近代的时间点是 1840年，既道光二十年的中英鸦片战争，此后清政府日益衰弱，社会矛盾迅速积聚。显然词学的变化要早一些，表明词学以及词学家对社会变动十分敏感。第二次变化也是如此，从词学本身来说，1904年王鹏运去世和 1931 年朱祖谋去世是两个比较重要的时间节点，这一时段朱祖谋主盟词坛，词学呈现出后封建时代的特征，遗民情绪与去社会化倾向均比较明显。而从社会变革的角度看，1911 年的辛亥革命和 1919 年的"五四"运动是两个比较重要的时间节点，前者结束了中国两千多年的封建时代，后者则成为划分中国近代与现代的分界线。显然词学依然要比社会变化反应快。第三次变化则有所不同。梁启超、王国维的词学活动主要是在清末民初，其中王氏 1908 年底在《国粹学报》上连载《人间词话》是一个重要事件，表明一种新的词学风气正在开始提倡。王、梁之后，新派词学家中缺乏有足够影响力的词家，直到 1927 年胡适《词选》出版，才再次形成对传统词坛的冲击。整个过程，大约从世纪初持续到二十世纪三十年代初。而从相应的社会事件看，西学东渐的思潮早就开始冲击中国文化界，即便是清朝政府大规模的洋务运动，也远早于词坛的变化。可见传统词学对中国社会本身的变化比较敏感，而对外来文化的反应相对滞后。但总体上看，它与社会政治、文化发展的大趋势是一致的。

其三，传统词学与融合西学的新型词学在一段时间内呈现出一主一次、双线并进的态势，两者在二十世纪二十年代末三十年代初出现交融的趋势,而其相交点则标志着中国传统词学现代化转换的最后完成。所谓双线,一条是中国传统词学的发展趋势线,如上所述,这始终是一条发展的主线;另一条则是西学对中国传统词学逐渐渗透、形成影响的趋势线,梁启超、王国维、胡适是这条线上的三个突出点。从清末民初到二十世纪三十年代初,两条线索同时存在,并形成相互影响的态势。如胡适持一种比较新的词学观点,但其词学根底则来自传统学问;胡先骕持一种比较传统的词学观点,但其词学思想又明显受西学影响,两人还一度展开论战。这种情况在其他词学家身上也不同程度地存在。代表中国现代词学的龙榆生、夏承焘、唐圭璋等人主要继承传统词学的精华,但在成长过程中又受到西学的影响,已经表现出两条线索交融的趋势,而新文化运动和胡适《词选》出版的冲击波,无疑是促进融合的强大推动力。但与小说、戏剧等其他文学样式不同,融合过程中,传统词学始终占据着主动地位。因此中国现代词学是以传统词学为主体,并在此基础之上发展起来的。这是中国现代词学的一大特色。

# 第二章
# 现代学校的建立与词的传习方式演化

晚清以后,主要是民国时期的词学活动和历代相比,一个非常明显的特点是词的传习方式发生很大的变化,由于现代学校的出现,课堂讲授加课后实践成为这一时期比较常见的词学传授方式,并有逐渐取代师徒传授、私塾讲学等传统方式的趋势。这种传习方式具有现代教育的基本特点,如以现代学校为支撑,以学科体系为核心,以教授的课堂讲授为基础等,但词学作为中国传统诗学的一个分支,具有中国传统学术的一些特点,加上词学教授本身也长期受到传统词学教育模式的浸染和影响,因此这种传习方式也没有完全脱离传统词学教育的影响,这在课后的词学实践活动中表现得尤其明显。

民国时期这种以现代教育体制为依托,又结合传统教学方式的词学传习方式非常有特点:既与传统词学传习模式相区别,又和 1949 年后中国大陆地区的词学教育模式不一样,成为中国词学史上十分独特的一段。这种传习方式一定程度上改变了民国时期词的创作生态,使民国词在作者构成、创作环境以及词的结集、传播诸方面都形成一些自己的特点。由于此方面的研究向来少有学者问津,本文试以民国时期上海的高校为例,就词学教育与词的创作、传播等问题做些粗浅的讨论,以求教于方家。

## 第一节　词学名家与高校词学师资的构成

从民国时期词学教育的实际情况看,师资和课程设置是非常重要的两个因素。当时的高校教育,尤其是人文学科中的中国传统学科,如文史哲等,虽然已受到西学影响,开始向强调统一的规范化靠拢,但毕竟刚刚从中国传统教学模式向现代高等教育模式转换,依然保留比较多的传统要素。教师在课堂上占有非常重要的位置,并有一定的教学自由度,从某种程度讲,教师对教学内容和教学方式有较大的自主权。因此考察民国时期的高校词学教育,师资是首要的因素。

当时高校中从事词学教育的教师有个非常明显的特点,就是名家众多,且普遍具有词的创作经验。龙榆生先生在《词学季刊》创刊号的"词坛消息"栏目刊有一条各地高校词学教授的情况报道,大致可以看出当时高校词学教师的情况:

> 南北各大学学词教授,据记者所知,南京中央大学为吴瞿安(梅)、汪旭初(东)、王简庵(易)三先生,广州中山大学为陈述叔(洵)先生,湖北武汉大学为刘洪度(永济)先生,北平北京大学为赵飞云(万里)先生,杭州浙江大学为储皖峰先生,之江大学为夏瞿禅(承焘)先生,开封河南大学为邵次公(瑞彭)、蔡嵩云(桢)、卢冀野(前)三先生,四川重庆大学为周癸叔(岸登)先生,上海暨南大学为龙榆生(沐勋)、易大厂(韦斋)两先生。[1]

---

[1]　雪《词坛消息》,《词学季刊》1933 年创刊号,第 220 页。

龙榆生其实只是罗列大概的一个名单,而且还是《词学》创刊时的高校词学教授任职情况。如果将名单细化,并将时间放大一些,这个名单是非常庞大的。以上海为例,当时上海的词学教授远不止龙榆生、易孺两位先生。即使暨南大学一校,除了龙、易两位外,仅在 1928 年至 1937 年之间,就还有冯沅君、李冰若、卢前三位。冯沅君于 1928 年至 1931 年在暨南大学承担"中国词史"的课程,根据课程说明,主要"讲授唐五代以来,中国词学之流变及其派别"①,李冰若和卢前在暨南大学担任教职的时间晚于冯沅君,集中在 1936 至 1937 年。因为长期在暨南大学承担词学课程的龙榆生先生 1935 年到广州中山大学任教,两人估计是接替龙先生赴粤后留下的空缺。李冰若先生教授两门课程,"唐宋词"和"元明诗词"。两门课各开了两个学期,"唐宋词"三课时六个学分,主要讲授"词的界说及其作法,词的起源,词的流变,唐五代词论,宋词论,唐宋词集提要,唐宋词选读,词评及结论"。② 卢前在暨南大学任教"清诗词"一门课,三课时三学分,根据课程说明,主要讲授"清代诗词的变迁大势,选授诸大家的作品,并阐明清代诗词进展的社会的原因。对于被忽略了的几位大家,尤特别提出研究"。③ 两人一前一后,几乎包含了除明代以外词的发展历史。除了暨南大学,上海高校中由名家担任教师、词学教育开展得比较好的还有光华大学。在光华大学先后任过教的词学名家有吴梅、张尔田、卢前、万云骏。光华大学为华东师范大学前身之一,现有的教学档案并非

---

① 参见陈中凡《中国语文学系指导书(十七年度)》,《暨南周刊》1928 年开学号(现藏于上海图书馆),第 11—14 页;《文学院中国语文学系准开学程表(十八年秋季)》,《暨南校刊》,1929 年第 2 期(现藏于上海图书馆),第 4 页;《文学院十九年度学程一览》,《国立暨南大学一览》,1930 年刊印(现藏于上海图书馆),第 3—7 页。

② 《国立暨南大学一览》,1936 年刊印(现藏于上海图书馆),第 92—94 页。

③ 《国立暨南大学一览》,1936 年刊印(现藏于上海图书馆),第 92—94 页。

很完整，但据钱基博起草的《改订中国文学系学程》①和 1936 年 8
月刊印的《私立光华大学一览》，学校于 1933 年和 1936 年均开设
了"词"这一课程，可惜任教教师的情况记载不详，另外除了这两个
年头，其他年份是否也开设"词"的课程，目前也无直接的教学档
案。但是我们根据一些旁证材料，基本可以确定从二十年代到三
十年代末，光华大学均开设有词学课程。如吴梅曾作书致张咏霓
曰："弟自十七年春，由亡友童君伯章之介，承乏光华教席。吹竽南
郭，自笑无能，猥荷殷拳，历年延聘。去岁之秋，弟以上庠兼课，往
返为劳，请于茂如，力辞此席，又荷垂爱，改任讲师。迨及今秋，始
允解约。"②这里，"去岁"指 1930 年，"今秋"指 1931 年，可知吴梅从
1928 年春至 1931 年秋，均在光华大学任教。这一时期，吴梅的学
生卢前也在光华任教。卢前自述，"民国十九年，余与先生共教上
海光华大学，同寓一室"③，又可为之一证。张尔田也曾在光华任
教，并曾为光华大学学生潘正铎解答词学问题，写有《与光华大学
学生潘正铎书》一文。万云骏也是吴梅的学生，因家境贫寒，还受
到过吴梅的资助，私人关系尤其密切。他自己回忆："一九三七年，
我在光华大学毕业，并留校任教。……毕业后得以留在中文系。
自助教、讲师以至副教授，开始任大一、大二基本国文，二年后即专
任部定国文系三、四年级必修课'词选'与'曲选'。"④从时间上推
算，万云骏担任"词选"课程的教师，已经是四十年代初。

---

① 《光华年刊》，1933 年刊印（现藏于上海图书馆），第 8 期，第 60 页。
② 吴梅著，王卫民编校《吴梅全集·日记卷（上）》，河北教育出版社，2002 年，第 39 页。
③ 卢前《奢摩他室逸话》，见王卫民编《吴梅和他的世界》，河北教育出版社，2002 年，
　　第 7 页。
④ 万云骏《万云骏自传》，北京图书馆《文献》丛刊编辑部、吉林省图书馆学会会刊编辑
　　部编《中国当代社会科学家（第五辑）》，书目文献出版社，1983 年，第 5 页。下引《万
　　云骏自传》为同一版本，不再注明。

　　除了这两个学校,其他学校的词学课程也有诸多名家担任,如国立音专基本上是易孺和龙榆生两位先生任教,两位同时在暨南大学和国立音专兼职,属于一套师资[①]。复旦大学已知先后有任二北、冯沅君、龙榆生、赵景深任教。任二北于1923年担任词曲课程的教师[②];冯沅君1929年至1930年任教"诗余研究"课程[③];龙榆生1932年讲授"五代宋词"[④];赵景深1934年讲授"词选"课程[⑤]。而私立的正风文学院则前后有龙榆生、陈方恪、万云骏任教。陈方恪讲授"词学"课程的时间较长[⑥],是主要的词学教师,万云骏任教的时间稍晚[⑦]。另外,1932年,经正风文学院院长王蕴章介绍,龙榆生兼任中国公学及正风文学院教授,可推测其在正风文学院开设一定的旧体词课程,但是具体课程名字则无法对应。至

---

① 龙榆生自述:"除了从十七年冬季起,因为萧友梅先生拉我去代易大厂先生的课;后来大厂厌倦教书,萧先生就一直聘请我在他主持的国立音乐院——中间一度改组为国立音乐专科学校——兼任国文诗歌教席,到国府还都的那年春季,才算脱离。"见龙榆生《苜蓿生涯过廿年》,《古今》1943年第22期,第26页。

② 参见邓杰《任中敏先生年表》,陈文和、刘杰编《从二北到半塘——文史学家任中敏》,南京大学出版社,2000年,第295页。

③ 参见《复旦大学一览(十九年春)》(现藏于上海图书馆)之《教员录》,第6页。

④ 《教员一览》,《复旦大学同学录》(现藏于上海图书馆),1932年,第8页。

⑤ 凤子《我的几位师长》:"赵景深先生是昆曲行家,我选修他讲授的'中国文学史'、'中国小说研究'、词选、曲选等课。"见凤子《人间海市》,上海文艺出版社,1998年,第336页。按:凤子于1932年考入复旦大学中文系。又复旦大学古籍所藏有赵景深《词选》(1934年)一书,当为"词选"课程讲义。

⑥ 江蔚云回忆:"(正风文学院)二年级课目是诗经、文学概论、古文、声韵学、骈文、词学、文化史等,外加选修英语。文学概论、诗经仍是王、胡两先生教,古文是孙公达,声韵学朱香晚,骈文、词学都是陈彦通,书法仍是王院长。"见倪嘉乐、金身强点校整理的江蔚云遗作《我在正风学院中文系读书的经历》,《中华读书报》2015年4月1日。

⑦ 万云骏回忆:"后来又兼任诚明文学院词曲教授,直至全国获得解放为止。"万云骏《万云骏自传》,《中国当代社会科学家(第五辑)》,第5页。这里提到的"诚明文学院"即"正风文学院"。

于中国公学,除了龙榆生曾兼职外,俞平伯也担任过"宋词"课程的
教师①。

　　可见仅上海一地,高校词学教师就名家荟萃。他们不仅从事
于词的研究和教学,而且在创作上也十分擅长,不少是民国时期著
名的词家,如吴梅、易孺、张尔田、龙榆生、陈方恪、卢前,包括正风
文学院院长王蕴章等,都是民国词坛上十分活跃的重要词人。他
们所创作的词,无论是数量还是影响力,都在民国词坛占据重要位
置。与中国传统文人一样,他们在词作积累到一定数量后,也很注
重词的结集和刊刻。上述词人大部分在民国时期就有词集刊行,
成为民国词集作者中一个重要群体。即使并不以词学著名的俞平
伯,从小受祖辈父辈的影响,也能作词,并在民国时期就有词结集。
至于万云骏等年辈稍晚的年轻教师,当时虽无词集留存,但已经在
各种刊物中发表自己的词作,开始崭露头角,表现出创作方面的才
能。这样的师资情况,对民国时期高校词的教育,以及当时词的创
作、结集,均起到非常积极的作用。

## 第二节　多样化教学手段与词的 实践性训练

　　除了师资,教学方式也是民国时期词传习中的一个重要因素。
由于声像数据的缺乏,当年有声的词学课堂早已消失,但我们通过

---

① 《上海大学一览》里《教员名录》收录俞平伯,并注明讲授诗歌和小说。在中文系的
　学程表中,有诗歌课程,其中第三学年有宋词课程,2 学分,第四学年有宋以后的词
　课程,4 学分。据丁玲《我所认识的瞿秋白同志》(载《瞿秋白》,中国社会科学出版
　社,2003 年)一文的回忆,俞平伯当时在上大讲授宋词,至于他是否还讲授宋以后
　之词目前无法确定。

师生的回忆录、日记等,依然可以部分还原当时的词学教学情况,
考察它的特点。总结起来,民国词学教学方式除正常的课堂讲授
外,主要还有以下几种。

### (一) 吟咏诵唱

传统书院、私塾教学以吟咏背诵为主,注重培养学生的自学能
力和领悟能力,旧体词教学虽然在新式课堂中呈现,但因词本身具
有的旧体文学特性,在课堂上无疑保留着浓厚的传统教学模式。上
海高校大力提倡诗词诵读并付诸行动的典范为龙榆生。他曾在暨
南大学组织过一段时间的朗诵活动,他说:"那时我感觉到上海一般
大学生国文程度低落的原因,缺乏在那一个'读'字。我以为思想感
情,是做文章的要素,而那思想感情,要靠着语言文字来表达。所以
要求国文的进步,必得把古今来可资模范的代表作品,读个烂熟,才
能够把他人的思想感情和语言文字融成一片,然后酝酿在本人的
心胸,又把他人和自己融成一片,这样才会心手相应,笔随意转,做
出条达晓畅的文章来。"①为了实践自己的主张,他专门向学校申
请了场地,组织了一次历时一学期的诗词朗诵活动。他回忆道:

> 我除了在大礼堂对附中学生公开讲演过"请开尊口"这么
> 一个题目,提倡国文科的朗诵外,又向学校要求拨了一间距离
> 宿舍较远的洋式平房,作为中文系的研究室和放声朗诵国文
> 的实验场所。我那时担任的课程,是偏在诗词一方面的。我
> 对学生说:"这两项都要特别注重声调,更非朗诵长吟不可。
> 大家如果有志于此的话,只好跟着我来!"我和学生约定在每
> 天早上的七时到八时,为朗诵的时间,我总是六点三刻就首先

---

① 龙榆生《苜蓿生涯过廿年》,《古今》1943 年第 22 期,第 25 页。

到了研究室，领导着三四十个男女同学，聚在一块，放声朗读起来，"洋洋乎盈耳哉"！那些校工和校外的人，经过那窗下，莫不"驻足而立，倾耳而听"。大家有了兴趣，加入的反而多了起来，一间屋子挤得满满的。果然不久就发生了效果，平仄也懂了，读诗的也会做诗了，学词的也会填词了。[①]

从词学教学的角度看，这个朗诵活动不仅有助于透彻理解古典诗词内在的思想感情，所谓"把他人的思想感情和语言文字融成一片，然后酝酿在本人的心胸，又把他人和自己融成一片"，更重要的是通过朗诵，在自己创作时，能够"心手相应，笔随意转"，提高自己的诗词创作水平。事实上，通过这次朗读活动，这方面的目的已经达到，而且效果明显，学生们"平仄也懂了，读诗的也会做诗了，学词的也会填词了"。这次诵读活动影响不小，有学生多年后回忆："榆生先生每日清晨领导诸生，朗诵篇什，激励研讨精神，鼓动民族节气，一时蔚然成风。校中其他院系，都纷纷前来参加，足见感人之深。"[②]

朗诵教学具有声情并茂的特点，不仅表现为集体性的诗词朗诵活动，而且更多地体现在日常的课堂教学中。由于词学教授们在旧体词领域浸淫多年，能够很好地领悟词作的词情意境，往往情不自禁地沉浸在诗词的意境中，一唱三叹。而每个教授的性格不同，所教诗词的内容不同，吟诵的风格也不尽相同。任睦宇这样回忆龙榆生在课堂上的慷慨激昂：

当年外侮日深，风雨飘摇，榆生先生，中心如焚，为诸生授

---

① 龙榆生《苜蓿生涯过廿年》，《古今》1943 年第 22 期，第 25 页。
② 任睦宇《悼念龙榆生先生》，《文教资料》1999 年第 5 期。

课,至大纲节目之足为千古训或千古戒者,往往情不自禁,声色俱厉,挥拍讲台,俨然唾壶击破来表达他那磅礴激昂的气概。直可廉顽立懦。讲宋诗,常高诵"楼台夜雪瓜州渡,铁马秋风大散关"之句。对"老去原知万事空,但悲不见九州同,王师北定中原日,家祭无忘告乃翁",更为一唱三叹。讲宋词,便详道稼轩史事,所选稼轩长短句也特多,以其人格、其事业、其情感、其文辞,在在可以发扬爱国中兴思想。课余之暇,榆生先生常邀约同学少年之堪造就者,畅谈今古成败兴亡。①

而教授讲授婉约词时往往沉醉其中不得自拔,不知手之舞之足之蹈之。丁玲在上海大学就读期间曾修习过俞平伯的宋词,她回忆道:

> 俞平伯先生每次上课,全神贯注于他的讲解,他摇头晃脑,手舞足蹈,口沫四溅,在深度的近视眼镜里,极有情致地左右环顾。他的确沉醉在那些"独倚望江楼,……过尽千帆皆不是……"既深情又蕴蓄的词句之中,他的神情并不使人生厌,而是感染人的。剑虹原来就喜欢旧诗旧词,常常低徊婉转地吟诵,所以她乐意听他的课,尽管她对俞先生的白话诗毫无兴趣。②

吴梅在讲授《词学通论》时,也陶醉在古典词作的意境当中,通过对诗词的吟诵,注重对词的领悟能力,并不强调词意的解释。其学生金慮曾有回忆:

---

① 任睦宇《悼念龙榆生先生》,《文教资料》1999 年第 5 期。
② 丁玲《我所认识的瞿秋白同志》,见瞿秋白著述《瞿秋白》,中国社会科学出版社,2003 年,第 284 页。

《词学通论》系师手撰讲义,文章尔雅,清丽绝伦。师授此课时,亦仅按文口诵,每读古人词至佳句时,仅反复云:"好极了!好极了!"不善解词,与吴县汪旭初师之擅长解说词意,成一强烈之对照。[①]

值得一提的是,虽然吴梅的主要任教学校为南京金陵大学和中央大学,但他在 1928 年春到 1931 年秋的这四年时间里曾在上海光华大学任教,时间虽短,却保持着吴梅一贯的诗酒文化风格,提倡雅聚唱和,故龙榆生说:"自离开北大后,历任东南大学、光华大学、中央大学词曲教授,常常叫学生们在课余之暇,到他家里去学唱,那作风和以前在北大时,是始终一贯的。"[②]个人教学风格除非遇到特殊变故,通常都是一脉相承的。金慮的回忆针对的是吴梅在南京的教学,但这种教学特色也应在光华大学的课堂上呈现。

还有一个有趣的现象,唐文治在交通大学时曾亲自诵读诗文,如《诗经》《左传》《楚辞》等经典著作,词方面则有岳飞《满江红》、苏轼《水调歌头》两篇[③],并将其制成唱片,以启示诸生,得保存国学之意。朗诵法在教学中有的很大魅力,对学生理解理解作品,提供创作能力,均有十分重要的作用。

### (二)词作批改

民国时期的高校中,虽然词章的技能练习逐渐转向结构严谨的理论传授,但在旧体词教学中,填词依然是教学的重要内容,对

---

① 金慮《记吴瞿安先生数事》,见王卫民编《吴梅和他的世界》,河北教育出版社,2002年,第 94 页。

② 龙榆生《记吴瞿安先生》,见王卫民编《吴梅和他的世界》,河北教育出版社,2002年,第 78 页。

③ 参见《国学大师唐蔚芝先生读文唱片预约办法》,《交大友声》1948 年第 2 卷第 1 期。

此卢前有一段非常精辟的话,他说:"一种文体必自含有与其他文体不同的特性,词与曲,也是各具特性的。如何知道特性的存在呢?惟有在规律里去寻,因此,作法是不可不知道的。现代的文人是主张研究词曲,而不需要制作词曲的。于是有许多不合事实的论断便发生了。"①因此,词的创作训练不仅是一种技能培养,还包含着发现、掌握词曲特性的功能,使学生以后不至于说外行话,发表"不合事实的论断"。而在词作训练课程中,光靠学生自己练习是远远不够的,还需要有教师的点评指导,方能精益求精。因此批改词作也是旧体词传统教学的一大方式,这在民国时期的课堂上得到了传承。

以龙榆生为例,一些回忆录记录了他的这种教学方式。如章石承说道,在一次诗词习作卷中,龙榆生得到学生俞令默之《清平乐》《蝶恋花·深宵见月》以及七绝一首,"榆师批阅后,以卷示石承。石承除瓣香低首外,深庆天挺此才,将使师门词学能发扬光大。令默女士词作,后由榆师发表于《词学季刊》第二卷第二期"。②查阅《词学季刊》,果然在第 2 卷第 2 期"近代女子词录"一栏找到这两首词作③,录之如下:

> 落红无数。正是愁来路。休倚高楼吟旧句。杜宇声声不住。　　春光去也匆匆。虽教留恋无从。痴绝天涯飞絮,终朝犹逐东风。(《清平乐》)

> 碧海青天怜皎洁。一样人间,两样团圞月。如此凄清如此夕。

---

① 卢前《词曲研究自序》,卢前《词曲研究》,中华书局,1934 年,第 1—2 页。
② 章石承《榆师在暨南大学及其后情况之零星回忆》,《文教资料》1999 年第 5 期。
③ 参见《词学季刊》1935 年第 2 卷第 2 号。

　　　　任伊怅触年时别。　　　霜冷离鸿音信绝。彻夜思量,底事成
　　　　胡越。不愿珠圆宁玉缺。为情瘦损情知得。(《蝶恋花·深宵
　　　　见月》)

仔细比对,《蝶恋花·深宵见月》一词与章石承的记录略有出入,"不
愿珠圆宁玉缺"句,章石承的记录却是"不顾珠圆宁玉缺"。"顾"与
"愿",后者凸显出主观意愿,与"宁"形成鲜明对比,一字之差,相思之
苦与离人之怨跃然纸上,这很可能是龙榆生在批阅过程中作的改动。
　　龙榆生的女儿龙顺宜也曾这样回忆父亲的教学:

　　　　他对学生的作业从不拖搁,一字一句都从不放松。一位
　　　　中山大学因已选学过词学而未选父亲课的同学程薇倩,曾因
　　　　慕名,托班上同学将她所作之词找父亲看看。她回忆说:"龙
　　　　先生竟为之批改不少吝。批改迅速,翌周即发回……批改作
　　　　业谨严,格律偶失,遣词造语或不稳,必加修改,一丝不苟。卷
　　　　后大批复为之指示得失,诱掖备至,使人油然生向学之心不能
　　　　自已。……"[1]

又如沙叶新的回忆:

　　　　作为他的学生,我感受最为深切的乃是先生敦笔态度之严
　　　　肃认真,尤其是批改作业,旁乙横抹,圈圈点点,从不少吝。先
　　　　生的一位私淑弟子曾回忆道:"先生批改作业谨严,格律偶失,

---

[1]　龙顺宜《"好教我留住芳华"——怀念我的父亲龙沐勋》,见张晖编《忍寒庐学记:龙
榆生的生平与学术》,生活·读书·新知三联书店,2014 年,第 116 页。

遣词造语或不稳，必加修改，一丝不苟。卷后大批，指示得失，
诱掖备至，使人油然生向学之心不能自已。"对此我深有同感。①

　　沙叶新还记录着龙榆生当年亲自为他修改的数首诗词习作，但因
为这是沙叶新 1961 年在上海戏剧学院戏曲创作研究班的学习成
果，本文不予选录，引用他的回忆只是为了进一步强调龙榆生在整
个旧体词教学生涯中，无论是 1949 年之前还是之后，都不曾废弃
批改词作的教学方式，态度实为严谨。

　　另外，翻看吴梅的日记，关于批改词作的记录也比比皆是："早
起略寒。改诸生词卷，而林铁尊（昆翔）至，以词稿就商，遂停止改
卷。""余未去，改诸生词卷十八本，已垂暮矣。""早起中大课毕。午
后改诸生词卷。""早改诸生词，尽四卷。"②王卫民回忆吴梅的课堂
时也曾说道："讲什么就让学生写什么，有时让学生在课堂上写，大
部分是当作业布置下去，然后逐字逐字地批改。"③虽然这些是关
于吴梅在金陵大学、中央大学教学时的记载④，但可想见其在光华
大学授课时也必当有批改学生词作，这从他在光华大学开展的潜
社活动时批改社员词作中也可加以证明⑤。

---

① 沙叶新《龙榆生先生和我的白话诗词习作》，见张晖编《忍寒庐学记：龙榆生的生平
　与学术》，生活·读书·新知三联书店，2014 年，第 101 页。
② 吴梅著，王卫民编校《吴梅全集·日记卷（下）》，河北教育出版社，2002 年，第 505、
　537、544、624 页。
③ 王卫民《吴梅评传》，河北教育出版社，2002 年，第 228 页。
④ 吴梅目前保留下来的日记是从他离开光华大学回到南京中央大学开始的，很可惜
　没有保留当时在光华大学教学的记载。
⑤ 万云骏曾回忆："吴梅先生领我吃午饭后，就一道去参加他领导的潜社词课。时正
　冬天雪后，他指定了《飞雪满群山》的词牌，由他带头，同社十余人一起填起词来。
　填好后由他一一修改，然后付印。"《万云骏自传》，《中国当代社会科学家（第五
　辑）》，书目文献出版社，1983 年，第 3 页。

### （三）通信指导

书信尺牍自古以来就是文人墨客传统的交流方式，民国期间交通业邮政业的发展为书信提供更多便利，书信交流不仅在教授之间[①]，而且延伸至师生之间，成为旧体词教学的方式之一。如冯沅君在 1936 年 3 月 7 日曾写信向其师胡适借阅词集并请教关于编纂词曲家传记的问题。[②] 夏敬观当年曾邀龙榆生草拟创办"诗词函授社"，其中提及"通信指导"[③]也印证那时书信交流不失为一种指导方式。

此时的学校教学在统一、规范方面有余，但在"因材施教"方面有时会有所欠缺，书信交流则可以弥补师生课堂沟通的不足。如大夏大学学生萧莫寒因为在校请教导师陈柱的时间过于短促，故修书一封，向其师讨论诗词问题。[④] 萧莫寒在信中提出四个问题：一是诗词创作有何门径；二是"一代有一代之文学"之说是否正确；三是词是否应是贵能表情达意而不必困守于格律；四是白话诗是否也应注重音韵以传情。对此，陈柱一一作出解答。从词的方面来说，他建议先读选本再读专集；并不赞同文学进化论，认为各时代自有特色；不必恪守词谱，可作"自由词"。该回信中诸多鼓励之语，谆谆善诱之意溢于言表。[⑤]

值得注意的是，这些词学书信往往在报纸杂志上刊登。如上述陈柱和萧莫寒的师生往来书信，刊载在《大夏》1934 年 1 月的第 1 卷第 7 期；陈柱另有《答胡逸论诗词书》，刊载在《大夏》1935 年 3

---

① 《词学季刊》《同声月刊》等刊物均刊载有大量教授之间的论词书信。
② 杜春和、韩荣芳、耿来金编《胡适论学往来书信选》，河北人民出版社，1998 年，第 370 页。
③ 参见《诗词函授社之筹备》，《词学季刊》1936 年第 3 卷第 2 号。
④ 参见萧莫寒《上陈柱尊导师论诗词书》，《大夏》1934 年第 1 卷第 7 号。
⑤ 参见陈柱《答学生萧莫寒论诗词书》，《大夏》1934 年第 1 卷第 7 号。

月 4 日的第 11 卷第 18 期;《答王生恩懋论学词书》,刊载在《大夏》
1935 年 4 月 29 日的第 11 卷第 24 期;著名词家张尔田也有《与光
华大学学生潘正铎书》,刊载在 1936 年出版的《交通大学四十周纪
念刊》上,等等。这些书信中提出的问题大都是学生学词中经常会
碰到的普遍性问题,具有共性,如陈柱《答王生恩懋论学词书》为王
恩懋推荐词学音韵书籍和《词学季刊》,其《答胡逸论诗词书》则针
对胡逸提出的词不知该学何家的困惑,提出学词可从一家入门却
不可专守一家的建议,并推荐东坡词和清真词等。书信的公开发
表,使其他有同样困惑的学生也能从中受益,一定程度促进了旧体
词教学的普及。

## 第三节　校园社团、刊物与词的创作实践

中国文人自古就有结社的传统,民国时期上海词坛结社之风
颇盛,各种词社纷纷涌现。高校学生群体的聚集性对结社十分便
利,各种校内社团也开始出现,其中不乏与旧体词相关的社团。学
校社团活动因教授的指导而染上了教学色彩,成为旧体词教学最
具代表性和集中性的课外教学方式。校内词社以创作为主,但也
有一些偏重于研究。为了保存社团活动成果,社员往往将成果发
表在学校期刊上或者直接结集出版。校园旧体诗词社团及其刊
物,在培养学生旧体诗词创作与研读能力,促进旧体诗词的传播等
方面,起到了重要的作用。

在上海高校中,活动较多的旧体词社团有光华大学的潜社和
暨南大学的莲韬词社。潜社以后有机会作专题研究,这里先介绍
莲韬词社。

莲韬词社成立于 1933 年,又称岁寒词社、词学研究会。该社

成员章石承回忆道:"1933 年在榆师倡议与指导下,暨南大学有'词学研究会'之组织,会址设于莲韬馆,称莲韬词社。旋迁往他处,易名为'岁寒词社'。重要工作以《历代诗余》及唐宋以来词集为主,参阅词律、词谱,审定异同,编辑《词调索引》一书。当时在榆师领导下,从事研究与工作者为陈大法、章石承等。后以校事动荡,经费无着,遂告停顿。"[①]另外,《词学季刊》也有相关记载:"上海暨南大学及杭州之江文理学院中国文学系,经龙夏(指龙榆生、夏承焘——引者注)两教授之指导,并有词学研究会之组织。同学对此,亦极感兴趣。近闻暨南方从事编纂《词调索引》一书,之江则多致力于校勘,为编辑《全宋元词》之准备。且传两校研究会,拟分工合作云。"[②]可见莲韬词社由龙榆生发起,和一般的词社注重创作不同,该社主要工作为词调整理,故又称"词学研究会"。但从主要成员如章石承的实际情况看,成员也喜爱创作,如章石承和龙榆生的交往,词的创作一直是重要内容。章石承在民国时期有词集《藕香馆词》刊出。

　　除了潜社和莲韬词社这两个纯粹的旧体词社团外,还有一些诗社的活动也涉及到旧体词创作。主要如下。

### 一、因社

　　1932 年成立于正风文学院。社集《因社集》,由学生杨恺龄撰辑、唐克浩校录,教师陈方恪、胡怀琛点定。杨恺龄所作之序介绍了因社的缘起和创作情况:"因社以壬申(1932)冬日成于春申,则有敦盘老宿,车笠胜流,约白战之数章,订丹盟以一纸。听歌绛帐,先尊夫经师人师;问字玄亭,无间于刚日柔日。当夫莺花春早,金

① 章石承《榆师在暨南大学及其后情况之零星回忆》,《文教资料》1999 年第 5 期。
② 雪《词坛消息》,《词学季刊》1933 年创刊号,第 222 页。

粟秋鲜。高思出云,则空气成采;奇情入纸,则春水回姿。击钵一声,天花乱落;吹箫五夜,孤鹤翩然。烧银烛之绮愁,通疏帘之花气。清衿相对,风流飘折角之巾;佳句同商,月旦传掀髯之杖。一舸膺泰,人羡登仙;末座邹枚,我惭作赋。赌旗亭之酒,下拜者双鬟;谈茅屋之经,低头者一石。亦可谓极唱喁之慰,无鸥鹭之心者焉。"至于编辑体例,则介绍说:"编次之体,不戾于古。凡若干人,诗若干首,首潘师兰史,终戴君锡嘏。"①另外,学生唐克浩所作跋语对《因社集》的作者以及编辑意图介绍得更为清晰:

> 夫逸思作龙威之探,则金石流矣;神契防羽陵之蠹,则竹素朽矣。因社集者,吾友杨君恺龄、蒋君廷猷、江君克农等编次,吾社诸君唱和之作也。华池之剑,藏以雌雄;诗传之录,登兼师友。(集中除潘师兰史、胡师朴安、君复、王师苏峰、西神、陈师彦通、郑师师许,及胡寄尘、林岳威两先生外,余俱属正风同学)遂萃众制,合为一编,蒙以不才,谬预校录。②

可见《因社集》为正风文学院师生诗词酬唱之作。据《因社集》目录,有作者及作品如下:潘兰史诗十首、王步瀛诗三首、胡君复诗二首、胡朴安诗四首、王西神诗一首词一首、胡寄尘诗八首、陈彦通诗四首词八首、林岳威诗一首、郑师许诗一首、萧子英诗五首、周留云诗二首、江克农诗四首、唐友渔诗一首、武瑞方诗十二首词二首、仇梦香诗二十一首、王牛奴诗十首、蒋廷猷诗七首词一首、胡漪如诗十六首、卓茞馨诗九首词一首、常鳌卿诗九首、曾悟诗四首、李清

---

① 《因社集》(现藏于上海图书馆),1933年刊印,第1—2页。
② 《因社集》(现藏于上海图书馆),1933年刊印,第89—90页。

怡诗四首词二首、唐敦之诗七首词五首、杨恺龄诗七首词五首、戴锡畯诗四首词三首。其中潘兰史[①]、胡朴安[②]、胡君复[③]、王苏峰[④]、王西神[⑤]、陈彦通[⑥]、郑师许[⑦]、胡寄尘[⑧]、林岳威[⑨]等 9 人为教师，学生则有萧子英、周留云、江克农、唐友渔、武瑞方、仇梦香、王牛奴、蒋廷猷、胡漪如、卓茞馨、常鳌卿、曾悟、李清怡、唐敦之、杨恺龄、戴锡畯等 16 人。编者解释："凡编次之体，略为尚齿，又集稿之期距付剞劂至促，以致方朔万言、阮咸三语，多少不均。校录既竣，呈彦通、寄尘两先生略为点定。盖是编之作，聊识一时鸿雪，非以学萧楼遴选也，读者谅之。"[⑩]

因社除了平常的创作外，也采用传统雅集的方式，如 1933 年曾在上海觉园雅集，并有大量酬唱之作。诗方面有王蕴登《题因社觉园雅集图》、胡君复《觉园小集留影赋似同社》、胡怀琛《因社雅集觉园摄影题此即呈同社诸君》，词则有唐克浩《锁阳台·因社癸酉清和觉园雅集摄影》《点绛唇·重游觉园题壁》以及杨恺龄《迈陂塘·癸酉清和，因社同人小集觉园，次先荔裳公璎珞香龛词韵》三首。

## 二、天籁诗社

1932 年 12 月 4 日成立于复旦大学。因为"欲研究新诗，非先

---

① 潘飞声，字兰史，广东番禺人。
② 胡韫玉，号朴安，安徽泾县溪头村人。
③ 胡君复，江苏武进人。
④ 王蕴登，字步瀛，号苏峰，江苏无锡人。
⑤ 王蕴章，字西神，江苏无锡人。
⑥ 陈方恪，字彦通，江西修水人。
⑦ 郑师许，广东东莞人。
⑧ 胡怀琛，字寄尘，安徽泾县人。
⑨ 林嵩尊，字岳威，广东三川人。
⑩ 《因社集》（现藏于上海图书馆），1933 年刊印，第 3—5 页。

研究旧有诗词不可"①而组社。社长为学生邬德雄，社员共三十人，计划每周发刊一次。据《天籁诗社近讯》："天籁诗社，自成立以来，各部工作，进行甚力。现外来加入者，踊跃逾常，如持志、光华等校，均有加入。闻该社为便社友疑问诗学起见，特聘请龙榆生、吴剑岚诸先生为顾问云。"②可见该社较有影响力，持志学院、光华大学学生均有加入，且此时正在复旦大学任教的龙榆生也被邀请入社为指导教师，有利于师生探究诗学问题。

诗社有社刊《天籁诗刊》。《复旦大学校刊》刊登的《天籁诗社近讯》中提到社员吴本刚《浪淘沙》、顾桢儒《水龙吟》，"文笔生动，皆属不易多得之佳作"③。

### 三、中国语文学会附属之诗词社

1933 年成立于光华大学。该社实际上是光华大学中国语文学会中的一个组成部分。《光华年刊》上有一则消息提及该社和学会之间的关系：

> 中国语文学会：本会肇于民国十八年之秋，首倡者为潘君正铎、姚君步康。会成举钱子泉、吕思勉两先生为正副主席，设图书以供钻研，并于每周请名人演讲。编辑月刊一种名曰《小雅》，后以沪战中辍。二十一年秋，张君杰、许君闻渊重振之，举张校长为主席。次年春张君杰、屠君启东董之，秋张校长复主其事，黎君祥桑副之，又明年春改主席为委员制，黎君祥桑、王君立唐、钱君钟汉为常务，编辑《中国语文学研究》

---

① 《天籁诗社成立》，《复旦大学校刊》1932 年 12 月 12 日。
② 《天籁诗社近讯》，《复旦大学校刊》1932 年 12 月 19 日。
③ 《天籁诗社近讯》，《复旦大学校刊》1933 年 1 月 9 日。

一书出版于中华书局。秋改职员任期为一年，以沈君延国、黎君祥燊、王君立唐任常务，充实图书，附组诗词社，每周设讲座以资会友析疑，由钱、吕两先生莅临指导。[①]

可见，中国语文学会于 1929 年秋成立，原为学生潘正铎、姚步康组织，会刊《小雅》。该会在"一·二八"事变中惨遭解散后，1932 年秋另由学生张杰、许闻渊重组，并于 1933 年出版《中国语文学研究》一书。这一年开始附设诗词社，每周开设讲座，并由钱子泉、吕思勉两教授指导。虽然《小雅》只有 5 期，在诗词社成立前就已经停刊，但《小雅》第 2 期刊有两首潘正铎与张尔田的师生酬唱之作，应属于当时的某一项诗词活动。[②] 至于诗词社的具体活动，除了上述"消息"中提到的"每周设讲座以资会友析疑，由钱、吕两先生莅临指导"外，尚无直接的文献发现，但作为校园诗词社，其教学实践的性质是比较清楚的。

### 四、大夏诗社

1934 年成立于大夏大学，刊物为《诗经》。《大夏》刊有一则《钟朗华刘策华等发起大夏诗社，征求社员》的消息：

> 自欧风飙骇，国学蓬转，诗歌之作，各体云构，立异标新，逐奇失正。其弊所及，刻鹄类鹜，响声背实，六艺之旨，荡然靡存。同学钟君朗华、刘君策华等有鉴于此，特发起大夏诗社，即日起征求社员，期收效于切磋，俾取资于研摩。钟刘二君等

① 《光华年刊》1937 年第 12 期。
② 《小雅》第 2、3、5 期刊有光华大学潜社之《潜社词刊》，可知潜社也为中国语文学会的一项活动。但张尔田并不是潜社成员，可知他和潘正铎的酬唱并不属于潜社活动。

对于国学，素有根底，诗歌之作，尤所特长。此番努力，将来当
可立树新帜，为爱好文艺者辟一路径。本大学素多诗歌能手，
有志加入者，尽可书明姓名院科地址，投缄本大学信箱三〇五
四号收转。①

可见其创社目的在于扭转诗歌流弊，恢复国学传统，以"诗经"来命
名社刊，其意图可见一斑。该社 1934 年 12 月 1 日晚，在群策斋接
待室召开成立大会，进行选举事项，推定钟朗华为主席，并通过会
章等多项组织要案。会上"社员相继演说，对诗歌之创作及认识等
均有详细之发挥"②。该社社刊《诗经》1935 年 2 月 25 日出版创刊
号，截至 1936 年 4 月 1 日共出版 6 期，包括"文言诗""白话诗""译
诗""词曲"等栏目。所收词作中除了学生的作品外，还收录张尔
田、龙榆生、李青崖、顾君谊等教授作品，每期词作数量如下：1 卷
1 期 17 首，1 卷 2 期 25 首，1 卷 3、4 期 33 首，1 卷 5 期 28 首，1 卷 6
期 42 首，累计 145 首。数量之大，在当时的刊物中是非常显著
的③，也可见当时词作书写之盛况。

### 五、变风诗社

1948 年成立于暨南大学。《变风社集创刊出版》云：

本校副教授吴孟覆先生，暨同学卓印环君等，前发起组织
之变风诗社，承汉魏之余韵，播乐府之新声，扬彼宗风，拯兹末
造。是以登高一呼，群山响应，各院系同学，加入者极为踊跃。

---

① 《大夏》1934 年第 11 卷第 6 期。
② 《大夏》1934 年第 11 卷第 10 期。
③ 如专门的词学刊物《词学季刊》1933 年创刊号刊登近人词录 37 首，女子词录 21 首，
共 58 首。《诗经》作为诗社刊物，刊登词作数量平均每期 24 首，实属难能可贵。

顷悉，该社出版之第一期《变风社集》，业于四月三十日编印发
行。有吴孟覆、喻蘅诸先生，暨同学德煦、西天、印环、黄星、昊
天、一虹、慧萍、步青、海青等之诗词多首，镂心刻骨，摛藻扬
葩，琳琅满目，美不胜收。特为介绍，爱好诗词读者，当以先睹
为快也。①

该社刊物为《变风社集》，张洪俊主编，第一期于 1948 年 4 月 30 日
发行，同年还出版第二期。据《国立暨南大学校刊》上发布的《变风
诗社作品将在本刊批露》《变风社集二期出版》二则消息称，《变风
社集》部分内容将在《国立暨南大学校刊》上发表。② 翻看《国立暨
南大学校刊》，果然在 1948 年，复刊第 17—18 期上刊有《变风诗钞
（附词）》，其中词作有喻蘅《齐天乐·中秋无月》、卓印环《满江红·
北湖夏泛》二首。③

　　《国立暨南大学校刊》多次对《变风社集》作品给予了高度评
价：以为"镂心刻骨，摛藻扬葩，琳琅满目，美不胜收"④，又说"变风
诗社前出版油印本《变风社集》第一期，颇得各方好评"⑤、"兹悉该
集第二期，现亦出版，所载诗词，尤多精心佳构"⑥。从以上二词来

---

① 　《国立暨南大学校刊》1948 年复刊第 14 期。
② 　《变风诗社作品将在本刊批露》："变风诗社前出版油印本《变风社集》第一期，颇得
　　各方好评。该社主持人张洪俊君，拟与本刊取得联系，每期提出一部分稿件，在本
　　刊发表，以公同好。刻在商洽中。"《国立暨南大学校刊》1948 年复刊第 15 期。又
　　《变风社集二期出版》："本校张洪俊君主编之《变风社集》，前经出版创刊号，内容精
　　采，颇得各方好评。并商请本刊酌留篇幅，畏期刊布，业志前行。兹悉该集第二期，
　　现亦出版，所载诗词，尤多精心佳构。本刊以限于篇幅，拟于下期先为局部刊载，以
　　公同好。其余当再陆续刊布云。"《国立暨南大学校刊》1948 年复刊第 16 期。
③ 　《国立暨南大学校刊》1948 年复刊第 17—18 期。
④ 　《国立暨南大学校刊》1948 年复刊第 14 期。
⑤ 　《国立暨南大学校刊》1948 年复刊第 15 期。
⑥ 　《国立暨南大学校刊》1948 年复刊第 16 期。

看,该评价也不为过。

### 六、沪大诗社①

成立于沪江大学。诗社导师为朱雄健,他曾在家里开设座谈会,邀请社员共赏红豆,以赋新词②,还曾带领诗社成员游南翔、嘉定、太仓。卢秀佳有《秋波媚·雄健师领诗社诸君游南翔、嘉定、太仓,一路风光旖旎。归后雄健师又以七律见赠,吟此示谢意》③一词记此事:"娄江春水漾轻柔。一棹逐波流。清明去了,娇莺飞过,谁倚红楼。　　弄风燕语声声巧,何处唤春留。桃花丛里,绿杨深处,小石桥头。"朱雄健后填词一阕,即用卢秀佳原韵酬唱之《眼儿媚》④,词如下:"少年情味解温柔。往事忆风流。问春何在,桃花千树,遮断朱楼。　　东风把酒殷勤劝,肯许为春留。斜阳催晚,不如归去,梦绕溪头。"卢词清新流畅,"一棹逐波流"体现出轻快愉悦的心情,而朱词则圆熟沉稳,为求留春,把酒劝东风,可见词人之执着。

综合以上各个社团活动,可以看出上海高校的旧体诗词社有以下几个特点:(1)组社时间:多集中在二十世纪三十年代,这也正与此时上海整个词坛异常兴盛而成为全国词学中心的大背景相吻合,可见高校内部的词学活动与整个词坛发展趋势密切相关。(2)组织者:主要由师生共同发起,教师负责指导,学生则是社团活动的中坚力量,不仅负责日常组织工作,而且还负责社刊的编辑

---

① 沪江大学刊物《天籁》1936年第25卷第2期刊登《沪大诗社作品特辑》,收录朱雄健《虞美人·初秋患足疾》和卢秀佳《人月圆·本意》二词(第422页),可知"沪大诗社"为该组织名称。

② 卢秀佳《鹊桥仙》题序:"廿五年春,诗社假雄健师府开座谈会,届时共赏红豆,笑语盈耳,归后依依赋此。"《天籁》1936年第25卷第1期。

③ 参见《天籁》1936年第25卷第1期。

④ 参见《天籁》1936年第25卷第1期。

事宜。这实际上正是旧体词教学在学生中的一种回馈和成效。

（3）社团活动：部分社团，如正风文学院因社、沪江大学诗社、光华大学诗社等都延续传统词社朋游乘兴，拈韵聊吟的酬唱方式，将理论联系实践，不失为一种诗词教育实践活动。社团往往还将成果结集成社刊加以保存。

这里有必要提及一个现象，即民国时期部分上海高校的社刊不仅单纯在社团内部共享，而且往往还出版发行，这就有两个特点：首先，社团虽然吸引广大同学积极参与，但从根本上说，依然是小团体的内部活动，社刊的出版能够将私人化的交流成果转变为大众化的共同财富，体现出现代报刊的普及性对传统文人结社小众性的同化，而从传播的角度看，对于扩大作品的影响力，具有非常重要的推进作用。其次，社刊有时候还面向社会征收稿件，加之版税制度，在发行时往往有定价，如大夏大学《大夏》有这样一则消息："大夏诗社主编之《诗经》，创刊号业已出版。内分言诗、白话诗、词曲、歌谣及诗歌评论。内容丰富，形式新颖，多国内新旧诗坛闻人撰稿，洵为出版界创见之刊物。定价每册大洋一角，本大学门外中山书店及夏新书店均有代售。爱好诗歌者，欲购从速，幸勿失之交臂。"[1]这就使得社刊同时具有了商业价值，这与民国版税制度的兴起密不可分，具有鲜明的民国特色。

另外，当时还有两个音乐社团涉及到旧体词，即音专的音乐艺文社和乐艺社。音乐艺文社 1933 年 3 月 1 日由音专部分师生共同成立，以研究中西音乐理论及技艺为宗旨。正副社长由蔡元培、叶恭绰分别担任，社员有萧友梅、黄自、沈仲俊、龙沐勋、韦瀚章、丁善德、陈又新等 24 人。征稿启事云："征求：表同情于本刊的音乐

----

[1] 《大夏》1935 年第 11 卷第 18 期。

作家歌、曲、文、词。"①乐艺社,1930 年成立,会员有萧友梅、胡周淑
安、黄自、易孺、朱英、吴伯超等。② 其征稿启事云:"(谱曲以长短
句为便。五七言体稍形板滞,难于谱曲。新诗句法如过长,亦不便
歌唱。词曲体制过严,中西音律不同,亦无拘墟必要。凡此诸点,
希作者注意避免为幸)不拘体制,惟以用韵及长短句为便。"③此二
社提倡的"词"是脱于严格声律束缚而易于歌唱,即新体乐歌,兹不
赘述。

## 第四节　学校词学教育的特点与意义

综合以上三部分的论述,我们大致可以得出如下结论:

其一,民国时期的词学教育主要依托现代学校的教育模式,同
时又保留中国传统词学传授的一些特点。其基本特点是强调实践
性,非常注重学生创作技能的培养。从师资的情况看,担任词学课
程的教授大部分都有诗词创作的实际经验;不少教授本身就是著
名的词家,有的甚至还是一流名家。这样的师资状况,为培养学生
词的创作能力提供了必要条件。教学方式上,除了必要的课堂讲
授外,还采用诗词吟诵、作业批改、通信指导等方式,意在培养学生
的创作技能。课外的诗词社团活动也是民国词学教育的一大特
色,这些社团活动既有中国传统词社活动的基本特点,但又融入现
代学校教育体系中,非常有特点,对于培养和锻炼学生的创作能力
起到很大作用。师资、教学方式、课外活动,三者互相配合,均突出

① 《音乐杂志》1934 年第 2 期。
② 参见黎青主编《乐艺》1930 年第 1 卷第 1 号。
③ 《国立音乐专科学校乐艺社征求歌词作品启事》,《乐艺》1930 年第 1 卷第 1 号。

实践性和创作能力。

其二,民国时期的词学教育不仅培养了一批年轻的词作者,还通过师生的创作活跃了民国词坛;各高校的校园创作,已然成为民国词坛非常重要的组成部分。民国时期的校园创作大致可以分为两部分:一部分是师生各自的创作,其中不少教师因为本身就是名家,创作活动十分活跃,从事高校词学教育后,由于教学师范的需要,客观上增加了创作机会和作品数量,另外校园的生活也会丰富他们的创作内容。学生的创作主要是学习和实践,属于习作性质,但尽管如此,不少作品经教师的修改,依然有一定质量,这在《因社集》等校园社团的社集中可以得到证明。他们的作品已经成为民国词的一部分。而更重要的是,这些年轻作者富有潜力,后劲强劲,不少人以后成长为重要词家,刊刻、出版了自己的词集。另一部分则是师生在集社、酬唱中产生的作品,这部分作品的数量也很大,而且很有民国特色。

其三,民国词学教育不仅促进了词的创作,而且还客观上增加了民国词的传播渠道,增强了民国词的影响力。民国词的校园传播主要可分校园内传播和校园向社会传播两条路径:校园内的传播包括师生间的课堂传播、课后互动性的传播等,这在教学型社团中体现得比较明显;校园向社会的传播除了作品的私人间传阅外,主要是通过社集的刊刻以及校园刊物的出版。后者由于通过社会上的出版社出版,具有一定的商业性质,因此传播的效率更高,传播的范围也更大。

# 第三章
# 现代文艺专刊与民国旧体词的创作

　　词是一种古老的文学样式。它诞生于歌筵舞席之间,最初依靠口头方式传播。后"音谱失传,徒供读品"[①],彻底成为了案头文学。晚近以来,随着西方文明的传入和机器印刷技术的成熟,现代传播媒介逐渐形成。考虑到旧体诗词在当时文士中的巨大影响力,以《申报》及"三琐"[②]为代表的早期报刊媒介为了吸引读者以提高销量,也为了增加一些填充的"佐料",纷纷开辟诗词版面。由此,原本主要依靠传统方式抄写及刊刻而仅在小范围内传播的词进入了大众传媒的视野,获得了新的发展契机。根据上海图书馆编《中国近代期刊篇目汇录》第三卷和《上海图书馆藏近现代中文期刊总目》粗略统计,民国期间刊载旧体词作品的报刊不下百种。文艺类报刊自不必说,甚至一些军事、医药、商务类的报刊也不乏词作点缀。这些刊物与当时的政治格局、思想文化等因素扭结在一起,共同塑造了新的词坛生态。

　　从传播学的视角来看,报刊是报纸和期刊的合称,但二者在文学传播的效能上存在差异。报纸以发布新闻为主,主要面向普通

---

① 梁启勋《词学》,中国书店,1985 年影印本,第 1 页。
② "三琐"即《瀛寰琐记》《四溟琐记》《寰宇琐记》,由申报馆发行,它们是我国最早的文学期刊。

读者，很多不知名的业余作者也能在上面发表文字，难以保证质量，相对来说比较次要。期刊则以揭载评论为主，遵循一定的办刊宗旨，具有解释诱导的功能，文化气息和学术气质更浓厚。尤其值得注意的是其中的文艺性专门期刊，一般辟有固定栏目发表词作，由于其主持与编纂者多是接受过良好传统教育的旧式文人，具有较高的文学造诣，可以凭借其人脉和选取作品的专业眼光，获得同等层次的作者和受众群体，因而构筑出了高品位的传播平台。遗憾的是，由于资料琐碎收集不易，也由于现代文学史的长期"遮蔽"，这些刊物上的旧体词作品没有得到应有的关注。仅有的一些讨论也主要集中在"词学"，即研究的层面，而对其"创作"层面的关注还明显不够。基于此，本章以民国时期刊载词体作品数量较多、影响力较大的综合性刊物《小说月报》与《青鹤》以及二十世纪三四十年代最具代表性的两大专业词学刊物《词学季刊》和《同声月刊》为例，探讨现代文艺专刊在民国旧体词创作与传播方面的作用与地位。

## 第一节　旗帜与纽带：词坛"同人"的跨域集聚

我国的现代报刊是在来华传教士创办的宗教刊物启发下产生的。作为一种西方舶来品，其最初并不受士大夫阶层的欢迎，早期报刊上所刊的诗词作品也不过以娱乐消遣性质居多。甲午战争以后，受诗界革命、国粹运动、南社运动等历次文化运动的影响，作家们进行了大量创作实践，诗词的活力得到增强。[1] 加上报刊业本

---

[1] 参见张晖《新时代与旧文学——以民初〈小说月报〉刊登的诗词为中心》，《中国现代文学研究丛刊》2005年第4期。

身的发展,在类别划分上趋向细化,以严肃的诗词作品和研究性文章为重要刊载对象的文艺专刊逐渐出现。其中较具代表性的有前期《小说月报》和《青鹤》。

《小说月报》是一份以刊登原创文学作品为主的杂志,1910年7月创刊于上海,1932年停刊。刊物以1921年为界可以分为两个阶段:前期由王蕴章、恽铁樵主编①,是旧体文学的重要阵地;后期全面革新,成为新文学的主流刊物。王蕴章是典型的旧式文人,为"广说部之范围,助报余之采撷"②,他在创刊之时即广设门类,将自己擅长的诗词纳入其中。恽铁樵亦曾声明:"文苑中之诗词,虽非小说……丁此文蔽之世,广为传布,俾青年知国文之高者如此,虽弊报不足言兴废继觉,抑亦保存国粹之一道也。"③在他们的主持下,前期《小说月报》的栏目尽管不断调整变更,但"文苑"专栏长期保持,专门刊登旧体诗文和词作。此外,恽铁樵主持时期所辟"最录"专栏,也收录了部分旧体词作品。《小说月报》并非每期都刊载词作,也没有"词录""今词林"这样一直固定的独立专栏(词作一般列于诗作之后,1915年在"文苑"专栏下设有"词"这一子栏目,不久取消,直到1918年恢复并在以后成为常设栏目),但由于办刊时间长,积累的作品不在少数。作品署名不统一,少数为真实姓名,多数为字号或笔名。根据我们的统计,如果从民国元年(1912)的第2卷第11期算起,除五芝、语侬、眉盦、贞卿、秋白、怀荃、署仙、芸巢、槁蟫、天徒等尚待考证的10人之外,可确定真实姓

①　具体而言,从1910年创刊起至1912年第3期之间由王蕴章担任主编,此后王赴南洋,恽铁樵接任主编,持续至1917年第12期。1918年起复由王蕴章主编,持续至1920年底。
②　王蕴章《编辑大意》,《小说月报》1910年第1卷第1号。
③　恽铁樵《编辑余谈》,《小说月报》1917年第8卷第1号。

名的民国词家达 59 人①，发表词作近 400 首。其中刊载数量在 10
首以上的有 7 人，分别是：况周颐（夔笙）44 首，王蕴章（莼农、西
神）41 首，徐珂（仲可）37 首，邵瑞彭（次公）35 首，程颂万（子大）30
首，吴承煊（东园）23 首，冒广生（疚斋）11 首；5 至 10 首的有 12
人，分别是：吴绛珠 10 首，潘飞声（兰史、老兰）9 首，五芝 9 首，朱
祖谋（彊村、沤尹）8 首，汪诗圃（诗圃）8 首，赵尊岳（高梧、叔雍）7
首，刘炳照（语石）7 首，张庆霖 7 首，陈匪石（倦鹤）6 首，成舍我 6
首，樊增祥（樊山）5 首，夏敬观（剑丞、映庵）5 首。这些人可视为前
期《小说月报》的骨干词人。

　　《青鹤》为半月刊，1932 年 11 月由陈灏一创刊于上海，1937 年
8 月停刊。历时近五年，共 114 期。刊物创办的目的是"为国学谋
硕果之存"②，事实上内容以研究古典文学为主。主编"颇从事于
网罗作家，部署旧闻"③，刊载了许多当时已故或在世名人的未刊
稿，词学方面包括俞樾的《曲园词》、陈锐的《襄碧斋诗词话》、陈启
泰的《瘅庵未刊词》等，此外还有不少况周颐、文廷式、夏敬观、黄孝
纾等著名词学家的著述。《青鹤》设有"词林"专栏，其下最初分设
"前人诗录""近人诗选""近人词钞"三个子栏目，前者自第 1 卷第
21 期之后不再刊载，后二者则持续始终，其中"近人词钞"栏目专
载旧体词作。该栏目的刊载方式没有定规，有时一期分载各家词
作，有时每期独载一家，或多期连载单个词人的词作。作品署名皆
为字号，除敏生、葆初、莼心、守一、蔚云、醇庵、章甫、谨叔、遁翁等
暂时不能确考的 9 外，可确定真实姓名的词家共 50 人，发表作

---

①　《小说月报》中收录有张之洞和谭献的作品，以其未入民国，没有计算在内。
②　汤斐予《青鹤别叙》，《青鹤》1932 年第 1 卷第 1 期。
③　汤斐予《青鹤别叙》，《青鹤》1932 年第 1 卷第 1 期。

品 350 余首。其中作品数量排名前十的分别是：张伯驹（丛碧）45
首，夏敬观（映庵、剑丞）44 首，冒广生（疚斋、鹤亭）41 首，林葆恒
（忉庵、子有）35 首，黄濬（秋岳）32 首，陈方恪（彦通）26 首，黄孝纾
（匑厂、匑庵、公渚、霜腴）25 首，李宣倜（释戡）10 首，袁毓麟（文薮）
5 首，吴庠（眉孙）、溥儒（心畬）、龙沐勋（忍寒）、胡汉民（展堂）、费
保彦（四桥）、敏生并列 4 首。以上可视为《青鹤》骨干词人。

《小说月报》和《青鹤》都是综合性刊物。到了二十世纪三四十
年代，一方面，随着报刊对社会生活的深度介入，词人和词学家们
与报刊发生了各种联系，对报刊媒介的认识和使用程度不断加深；
另一方面，新文学渐成主流文学，在公共空间对旧体文学形成了强
势挤压，为了接续传统、振兴词学，客观上需要一种能够将词学界
团结起来的媒介。在这个背景下，专业的词学刊物诞生了。

《词学季刊》"专以研究词学为主不涉及其他"，是民国时期最
早也是影响最大的一份专业词学刊物。1933 年 4 月由龙榆生在
夏敬观、叶恭绰、吴梅等人的帮助下创办于上海，至 1937 年因战争
爆发而终刊。[①] 共 12 期，实际出版的只有 11 期，最后一期已付排
印，因日军炮轰上海而被毁，仅剩残稿。在专栏设置方面，《词学季
刊》大致参照了当时的国学刊物，其创刊号《编辑凡例》上规定的内
容分"论述""专著""遗著""辑佚""词录""图画""金载""通讯""杂
缀"等 9 项，出刊时略有调整。其中涉及民国词人词作的有 3 项：

---

① 　《词学季刊》第 3 卷第 3 号版权页标明日期为民国二十五年（1936）九月三十日，按
季刊正常的刊期计算，第 4 号应在当年的 12 月底出刊。但事实上《词学季刊》出刊
不是很正常。该刊创刊于 1933 年 4 月，于当年 4 月、8 月、12 月各出一期，大致正
常，但 1934 年仅 4 月、10 月各出一期，差不多相当于半年刊。1935 年 1 月、4 月、7
月各出一期，但 7 月后就没有出刊。1936 年 3 月、6 月、9 月各出一期，后面一期，即
第 3 卷第 4 号则延迟到下一年。淞沪会战发生在"七七事变"后的 1937 年 8 月，该
期终因战火被毁而残存校样。

遗著、辑佚和词录。前两项只是少量刊登已故词人的佚作或未刊词稿，起到保存文献的作用，真正能反映当时词坛状况的是"词录"栏目。

与许多刊物将诗词当作"补白"，只是偶尔刊载词作不同，《词学季刊》对词学创作的重视是一以贯之的，其已出版的 11 期每期皆载有"词录"专栏。具体来看，第 1 卷第 1 号上设置了"近人词录""现代女子词录"两个专栏，从第 1 卷第 2 号开始，合并为"词录"专栏，其中又细分为"近人词录"和"近代女子词录"两个子栏目。中间除第 1 卷第 4 号、第 2 卷第 4 号、第 3 卷第 3 号共 3 期"近代女子词录"栏目失载以外，这种格局保持始终。当然，根据第 3 卷第 2 号卷末刊载的《本社启事二》，刊物后期有改革栏目的计划："兹为酬答阅者诸君雅意，并恢张声学起见，从下期起，特添辟少年词录及读者通讯二栏，专载各方来稿。"但并未克成，第 3 卷第 3 号《编辑后记》又称下期再图实现，由于残存的最后一期"词录"栏目稿件已经佚失，也就不知其情形到底如何了。刊物中的词作均署作者真实姓名，并有简短的作者小传。根据我们的统计，在《词学季刊》"词录"栏目上发表词作的作者共计 113 名，词作总数 698 首。其中发表词作数量 20 首以上的有 7 人，分别是：张尔田 29 首；龙沐勋 29 首；丁宁 28 首；邵瑞彭 26 首；邵章 25 首；陈家庆 24 首；徐小淑 21 首。10 至 19 首的有 17 人，分别是：胡汉民 19 首；黄濬 18 首；黄孝纾 16 首；蔡桢 15 首；吕碧城 15 首；汪曾武 14 首；郭则沄 14 首；向迪琮 14 首；夏敬观 13 首；夏承焘 12 首；吴梅 11 首；叶恭绰 11 首；寿钵 11 首；罗庄 11 首；易孺 10 首；路朝銮 10 首；陈方恪 10 首。以上可以视为《词学季刊》骨干词人。

《词学季刊》之后，与其风格和性质最接近的是《同声月刊》。它于 1940 年 12 月底创刊于南京，1945 年 7 月终刊，共 39 期。同样由龙榆生担任主编,并承担了征稿、编辑、校对、发行等一应事宜。《同声月刊》创刊号上列出的栏目包括"图画""歌谱""论著""译述""诗词(今诗苑、今词林)""遗著""杂俎""附载"。与《词学季刊》相比,增加了"今诗苑""译述""歌谱"等内容,后期更扩大刊载范围,设置了"文录""散文""剧本"等栏目。① 看起来似乎较杂,但这种情况与战争期间稿源不稳定也有一定关系,从文章的数量和质量来判断,词学仍是其主要的研究内容,因此也可视为专业的词学刊物。

《同声月刊》继承了《词学季刊》的精神,对发表词作倾注了极大热情。创刊即设"今词林"栏目,专门刊载词作,除第 3 卷第 8号、第 11 号失载以外,持续到终刊。与《词学季刊》稍有不同的是,《同声月刊》从第 2 卷第 6 号开始,不再署作者的真实姓名,只署阶青、榆生、仲联、伯沆等字号或者笔名,这给今人查找资料造成了一些麻烦。在尽量辨别的基础上,根据我们的统计,除固叟、梦雨、骏丞、若水、沛霖、伯亚等暂时不能确考的 6 人外,可以确定姓名的在《同声月刊》"今词林"栏目上发表词作的作者有 75 人,词作总数达602 首。其中发表词作数量 20 首以上的有 7 人,分别是:俞陛云(阶青)77 首;龙沐勋(榆生)33 首;夏孙桐 31 首;陈方恪(彦通)31首;廖恩焘(忏庵)30 首;张尔田(孟劬)21 首;丁宁(庆余)20 首。10 至 19 首的有 13 人,分别是:陈曾寿 19 首;何嘉 19 首;溥儒(心畬)17 首;高燮(吹万)16 首;汪兆铭(精卫)15 首;陈洵 15 首;向迪琮14 首;吕传元(茄庵、贞白)14 首;郭则沄(蛰云)10 首;黄孝纾(匑厂、匑庵)10 首;夏敬观(映庵)10 首;杨秀先 10 首;黄孝绰(罛

① 在 1943 年 4 月《同声月刊》第 3 卷第 2 号上,同声月刊社发表的预告说:"本刊拟自下期起扩大范围,兼载有关文史艺术之论著,并已约定周作人、瞿兑之、沈启无、姜叔明诸先生担任纂述,特此预告。"

厂、公孟)10首。以上可以视为《同声月刊》骨干词人。此外,作为"今词林"栏目的补充,《同声月刊》第2卷第1号和第2号的"冶城吟课"栏目中还存邹森运词2首、俞天楫词15首,两人都是龙榆生在伪中央大学任教时的弟子;第2卷第10号、第11号的"桥西重九诗录"中也散录着龙榆生、廖恩焘、袁荣法、林葆恒4人的唱和词各1首。

以上四种刊物在时间跨度上覆盖了大半个民国,因而极具代表性。以刊物为纽带,词人们纷纷聚集,其中有些在多个刊物都发表词作,由此形成了一个个貌似独立却又声气相通的词学群落。与传统的雅集结社都不同,他们的聚集是跨地域的,主要以邮寄的方式进行,形式自由,规模也较大。在这里,文艺专刊既充当了一种联结词人的工具,也塑造了一种开放的文化空间。综观这些刊物的产生和发展历程,还可以得出两点认识。

其一,主编个人因素对刊物中旧体词的刊载影响巨大。《词学季刊》和《同声月刊》之所以能团结词学界,与主编龙榆生个人的交际能力、性格魅力和深厚学养都大有关系。《青鹤》主编陈灨一于新文学席卷文坛之际独标异帜,"颇思于吾国固有之声名文物稍稍发挥"[1],其刊载诗词显然是出于保存国粹的目的。《小说月报》作为一份以"小说"为名的文学刊物而刊登旧体词作品,与主编王蕴章和恽铁樵的文化倾向和审美趣味密切相关。不过,即使二人同为传统文人,对于旧体词的态度也仍有差别。恽铁樵有重诗轻词的倾向,刊物在其主持阶段发表的词作不仅数量少,有时甚至长期不予刊载。王蕴章是南社和春音词社成员,对词的创作情有独钟,其1918年重新主持《小说月报》后,发表的词作明显增多,且有较

---

[1]　陈灨一《本志出世之微旨》,《青鹤》1932年第1卷第1期。

为固定的专栏。因此,从某种程度上可以说,主编是刊物的旗帜和灵魂。

其二,刊物往往具有"同人"性质。《词学季刊》的宗旨是"约集同好研究词学",所谓"同好"显然是指词的专业研究者或爱好者。刊物曾打算实行"社员"和"指导员"制,撰稿人大多与主编龙榆生有过词学交游,或与其存在师友关系。为了加强联系,他们还在"遇必要时约定时地举行大会,平时以通信交换意见"①,这一点从《词学季刊》的"通讯"栏目和"词坛消息"栏目都可以得到印证。《同声月刊》刊名即取"同声相应,同气相求"之命意,成员与前者颇多重合。《青鹤》则体现得更为明显,其创刊号卷首开列了一份"特约撰述"名单,成员多达 105 人,以今天的眼光来看,大部分都是民国时期的诗词名家。这些人与主编陈灏一之间,"大多有或'师'、或'友'、或'亲'的关系,有些还是谊兼师友或亦亲亦友"②,他们积极在"词林"专栏上发表作品,直接造就了稿源无须外求的盛况。与此类似的情形在民国时期的国学类刊物中颇为普遍,这种"同人"属性尽管不免导致了刊物内容的狭窄和"圈子文化",但同时也决定了刊物的专业性和纯粹性,使得稿件质量保持在较高的水准。

## 第二节　主流与潜流:核心词人的散点透视

通过前面的梳理,以上述四种刊物为窗口,我们发现一个庞大的词人阵容已经现出轮廓。去除重复和待考的词人,总共有 210

---

① 《词学季刊社简章》,《词学季刊》1933 年创刊号,第 225 页。
② 魏泉《〈青鹤〉研究——三十年代上海旧式文人的生存和创作空间》,《中国现代文学研究丛刊》2002 年第 1 期。

名民国词人。待考的词人有两种情况：一种是包括在上述 210 人中的某一人，用了一个冷僻的笔名；另一种则不包括在其中。综合来看，当时在这几种刊物中发表作品的词人应为 230 余人左右。考察这个群体的成员构成情况，有助于我们直观地把握现代文艺专刊对民国词坛的意义。

民国是中国历史由近代社会向现代社会的转型时期。一方面，政治与文化思潮剧烈变动，传统与反传统势力激烈角逐，深刻影响着时人的价值观念和人生选择。另一方面，随着科举制度的瓦解与社会形态的变化，大量旧式文人不能再依靠仕途经济，而必须与外界进行频繁的互动，寻找新的出路。因而，词作者的身份也随之分化，呈现出多元的特点。总的来说，这 230 余人基本囊括了民国时期的各个阶层：从政治倾向来看，他们中既有较为保守的遗民词人，也有鼓吹民族革命的南社词人；从职业上看，以大学教授、报人编辑、书画艺人、政府官员为主，附以身份各异的其他词人；从性别上看，仍以男性为主，女性词人的比例相对较小。为了进一步说明问题，我们再将前举刊物中词人的名单与已故钱仲联先生所撰的民国词坛点将录作一对比。

"点将录"之体最初用于人物品藻，后来被引入文学领域。以诗而论，最早为清代舒铁云的《乾嘉诗坛点将录》；以词而论，则首推朱祖谋的《清词坛点将录》①。钱仲联先生颇嗜此体，曾做过多个点将录，其中涉及词学的为《近百年词坛点将录》②和《光宣词坛

---

① 该录署名"觉谛山人"，载于《同声月刊》1941 年第 1 卷第 9 号。文后附龙榆生识语云："《清词坛点将录》，为予数年前校刻《彊村遗书》时，友人闻在（宥）先生录以见寄者。据在宥言，此为彊村先生晚年游戏之作。"

② 见钱仲联《梦苕庵清代文学论集》，齐鲁书社，1983 年；又收入《当代学者自选文库·钱仲联卷》，安徽教育出版社，1999 年。

点将录》<sup>①</sup>。二者将光宣以来的词坛名家按照《水浒传》中梁山好汉排座次的方式进行点将排序,虽是游戏之作,但也并非无的放矢。钱先生与录中所列词人生活年代接近,甚至与不少人有过直接的交往,他本身也是民国词坛重要作手,诗词造诣深厚,凭借其阅历和经验,能够对这些词人的词坛地位和影响进行审慎的判断,因而录中所评大体是符合实际的。从时间上看,前者与民国词坛的创作实践比较一致,适宜于作比较。《近百年词坛点将录》中共列出词人 109 名,每人下面系以评语,其中三名姓名不全,即地贼星鼓上蚤时迁黄□;地狗星金毛犬段景住赵□□;地耗星白日鼠白胜梁□□。比照钱先生在《近百年诗坛点将录》中的做法,这里其实是有意为之,三人应当分别指的是黄濬、赵尊岳和梁鸿志,因其抗战期间的"汉奸"行径而以春秋笔法讳之。<sup>②</sup> 这 109 人中,曾在前面四个刊物上发表过词作的词人有 44 人,他们是:朱祖谋、况周颐、叶恭绰、张尔田、陈洵、夏敬观、陈曾寿、夏孙桐、陈锐、廖恩焘、俞陛云、王允皙、林鹍翔、庞树柏、邵瑞彭、吴庠、叶玉森、沈曾植、潘飞声、吴梅、曹元忠、黄侃、郭则沄、王易、谢觐虞、易孺、樊增祥、冒广生、周庆云、吕碧城、程颂万、杨钟羲、王蕴章、黄濬、赵尊岳、汪兆镛、陈方恪、黄孝绰、黄孝纾、汪东、王国维、徐珂、林葆恒、龙沐勋。44 人相对于 109 人,数量已经不少。何况在这 109 人中,民国建立时已经有 16 人过世,另有 1 人卒年不可考,实际可以确定在世的只有 92 人。这样算来,光这 44 人就占到《近百年词坛点将录》在世词人的 48%,将近一半的比例。《词学季刊》《同声月刊》在四个刊物中创刊较晚,这时《近百年词坛点将录》中还在世的词人就

① 载《词学(第三辑)》,华东师范大学出版社,1985 年。
② 参见汪梦川《南社词人研究》,上海古籍出版社,2015 年,第 128 页脚注。

更少了,如果仅以这两种专业刊物单独作比较,这一比例甚至能够达到75%左右。因而,我们有理由认为,现代文艺专刊集中了民国时期最优秀的词人,足以代表当时的主流词坛。

在此,我们不妨仿照施议对先生"二十世纪五代词学传人"的提法①,将这44人划分为三代,通过对核心作家的具体观照,揭示其词学创作与现代报刊之间的关系。

第一代词人多出生于十九世纪五六十年代,包括樊增祥、沈曾植、朱祖谋、潘飞声、况周颐、陈锐、陈曾寿、曹元忠、程颂万、徐珂等人,以朱祖谋和况周颐为代表。朱祖谋入民国后寓居沪苏一带,致力于词籍校勘,兼事吟咏,是公认的晚清民初词坛领袖。词集之外,朱氏还有不少作品散见于报刊,如《国粹学报》《国风报》《庸言》《小说月报》《学衡》等。以《小说月报》为例,共发表了8首词作,分别是载于第6卷第9号的《金缕曲》(手种前朝树)、《水龙吟·麦孺博挽词》《还京乐·赠庞檗子》,第7卷第8号的《金缕曲》(一澹从天放),第7卷第11号的《金缕曲》(未是师种放),第9卷第4号的《新雁过妆楼·酒边闻歌》,第10卷第2号的《鹧鸪天·君直斋中饮海淀莲花白》,第11卷第7号的《清平乐·题香南雅集图》,其中有半数后来被收入《彊村语业》。虽多为应酬之作,有些也颇能见出词人心迹,如第6卷第9号所载之《金缕曲》(手种前朝树)一词,反映了朱氏鲜明的遗民情绪,是其政治词中的代表性作品,张晖先生已有专文讨论②,此不赘言。与彊村相比,同为"清季四大词人"之一的况周颐在民国时期的报刊上更为活跃,其《蕙风词话》《香海

① 参见施议对《历史的论定:二十世纪词学传人》,施议对《学苑效芹:施议对演讲集录》,上海古籍出版社,2015年。
② 参见张晖《世变中的一代词宗——论报刊所载之彊村诗词》,《武汉大学学报(人文科学版)》2012年第6期。

堂馆词话》《餐樱庑词话》《繻兰堂室词话》等多部词学论著都发表在报刊上。至于词作,则零散发表于《小说月报》《星期》《东方杂志》《申报》《野语》《时报》《学衡》《申报》等刊物。同样以《小说月报》为例,况氏在其上刊布了44首词作①,分别载于第4卷第11号、第5卷第5号、第5卷第10号至第12号、第6卷第9号、第11卷第7号至第10号。其中《绛都春·子大别五年矣,瀛壖捧袂,栋触昔游,倚此索和》一词两期皆载,属重出之作,因而实际是43首。这些作品以联章词居多,如第5卷第11号所载之《临江仙》一调叠至8首,第11卷第7号、第8号所载之《清平乐》一调敷衍至21首,它们后来大部分被收入了《二云词》和《秀道人修梅清课》两集,对于后人了解民国时期况周颐的行迹以及当时的世风人情,也都不无裨益。

第二代词人多出生于十九世纪七八十年代,包括冒广生、易孺、张尔田、夏敬观、吴庠、叶玉森、叶恭绰、郭则沄、吕碧城、王蕴章、庞树柏、吴梅、邵瑞彭、汪东等人,以夏敬观和冒广生为代表。夏敬观号为"词坛尊宿",是民国词坛重要词家。他博涉经史,精研诗词和书画,一生著述甚丰,其中相当一部分都以报刊为载体发表,甚至他本人还曾短暂主编过一份综合性刊物《艺文》杂志。就词学论著来看,其《忍古楼词话》载于《词学季刊》第1卷第2号至第3卷第4号,《映庵词话》载于《青鹤》第4卷第2号至第5卷第16号,《词律拾遗补》《况夔笙蕙风词话诠评》《词调索隐》等皆载于《同声月刊》。就创作而言,夏氏是少有的在前面所举四种刊物中都有作品发表的词人,尤以《青鹤》发表数量最多,达44首②,这些

---

① 《小说月报》1915年第6卷第7号载况周颐与程颂万《临江仙》联句词8首,未计在内。

② 《青鹤》1933年第1卷第16期中"近人词钞"收录了夏敬观套曲《赠潘兰史桃叶渡题词图·双调》,虽然题为《映庵词》,但是未计入词作总数。

作品大部分收入了民国二十八年（1939）《映庵词》铅印本之卷四，它们并非一时一地之作，但都反映了夏氏的交游、性情和学养，其中不乏自出手眼的佳构。冒广生与夏敬观年辈相若，在当时词坛也有很高的声望。其《小三吾亭词话》五卷发表在 1908 年的《国学萃编》，词作则曾多次发于民国时期的《铁路月刊：津浦线》《文艺周刊》《制言》《国闻周报·采风录》《青鹤》《词学季刊》《同声月刊》等刊物，同样以《青鹤》数量为最多，共 41 首。冒氏之词，向不为彊村派所拘，如《小说月报》第 11 卷第 1 号所载之《满江红·京口怀古词十首仿稼轩》组词，《青鹤》第 1 卷第 24 期之《水调歌头·题释戡握兰簃裁曲图》、第 2 卷第 17 期之《水调歌头》（丝竹不如肉）诸作，雄劲霸悍，"才情横溢，时露本色"①。由于目前可见之词集《小三吾亭词》仅二卷②，都是其早年作品，发表于报刊上的这些词作都可看作集外词，对于我们认识冒氏中年以后之词风颇有价值。

　　第三代词人多出生于庚子年（1900）前后，包括赵尊岳、谢觐虞、黄孝纾、黄孝绰、龙沐勋等。由于这一代词人一般都生活到了1949 年中华人民共和国成立之后，受"生存人概不阑入，宁贻遗珠之憾，庶避标榜之嫌"③的体例所限，再加上百年词史中确实名家辈出，《近百年词坛点将录》对于他们着意较少。考虑到民国词坛的实际情况，这代词人中还可补入夏承焘、唐圭璋、詹安泰、缪钺、张伯驹、顾随等人，而以龙榆生、夏承焘两先生为代表。龙榆生为彊村传砚弟子，词业成就显赫，不仅为现代词学研究开辟了道路，

---

① 叶恭绰选辑，傅宇斌点校《广箧中词》，人民文学出版社，2011 年，第 427 页。

② 冒怀辛《冒鹤亭词曲论文集·前言》称《小三吾亭词》有四卷本和未刊稿，惜皆未见馆藏。见冒广生著，冒怀辛整理《冒鹤亭词曲论文集》，上海古籍出版社，1992 年。

③ 钱仲联《当代学者自选文库·钱仲联卷》，安徽教育出版社，1999 年，第 694 页。

在创作方面也显示出了杰出的艺术才能。龙榆生的词学活动与报刊结缘甚深，他先后主编了《词学季刊》和《同声月刊》，网罗一代词家，厥功匪浅，无须赘述。在这两大刊物中，其自撰的词学文章和作品都占据了相当的篇幅。以作品而论，《词学季刊》发表其词 29 首，其中 16 首后收入了民国三十七年(1948)铅印《忍寒词》之卷一甲稿《风雨龙吟词》；《同声月刊》发表其词 33 首，其中 12 首后收入了该铅印本之卷二乙稿《哀江南词》。相对于现存龙氏 1949 年以前全部的 173 首词①而言，报刊上的这些词作无论质量还是数量都不容忽视。夏承焘被誉为"一代词宗"，且与龙榆生、唐圭璋共被推许为"现代词学三大家"，学养之渊深自不待言，其创作技艺也极为精湛。据《夏承焘词集》②前言，民国时期夏氏之词作并未结集出版，至 1976 年方以《瞿髯词》为名油印成册，但其创作活动很早就已持续开展，那些发表在报刊上的作品就是明证。它们散见于《越国春秋》《国闻周报·采风录》《国学论衡》《青鹤》《词学季刊》《同声月刊》《之江中国文学会集刊》《雄风》等多种刊物。以《词学季刊》为例，夏氏在上面共发表了 13 首词作，分载于第 1 卷第 2 号、第 2 卷第 2 号、第 3 卷第 1 号和第 2 号，特别是第 2 卷第 2 号所载之《浪淘沙·桐庐》一词，曾得朱祖谋、夏敬观等词坛前辈称赞，堪称夏承焘早年最具代表性的作品。显然，将这些作品刊发出来，在同人圈子中交流传播，对于词人来说也意义非凡。

需要说明的是，当时在文艺专刊上发表作品的词人之中，有些由于年辈稍晚，积稿不丰，算不上主流词人，但在后世却有较大的影响，如万云骏先生、朱庸斋先生等，似可称之为"潜流"。其实"主

---

① 参见龙榆生《忍寒诗词歌词集》之上编《忍寒庐吟稿》，复旦大学出版社，2012 年。

② 夏承焘《夏承焘词集》，湖南人民出版社，1981 年。

流""潜流"本就是两个具有辩证关系的名词,昭示着一种动态的发展过程。后代之"主流"词人,在前代"主流"词人活跃的时期,都可称之为"潜流";"潜流"们逐渐积蓄学养,大量创作磨炼技艺,慢慢也会变成下一代的"主流",它们只是用来指代不同时期的词坛精英。我们看到,民国时期无论是老一辈的词坛"主流",还是年轻一辈的"潜流",都在当时的文艺期刊上发表作品。究其原因,首先当然是由于报刊媒介本身作为传播工具的便利性。此外,获取稿酬和切磋词艺往往也是重要目的。然而,对于杰出的词家而言,其最深层的心理动因恐怕还在于借助刊物的公共传播功能进行自我情志的剖白,这就有赖于从具体作品中仔细探寻并加以印证了。

## 第三节　时代与词心:刊物作品的微观考察

现代报刊的主要读者为普通市民阶层,为了迎合他们的喜好,促进商业消费,许多刊物上刊载的词作内容不外乎风花雪月,应酬无聊之作比比皆是,一般来说,普及性较强的大众刊物多难免此弊,与主流词坛较为疏离。从前举四种刊物所载词作来看,与泥沙俱下的大众刊物相比,现代文艺专刊不仅集中了民国时期最优秀的词人,其所载作品在思想内涵、情感力度和艺术表现等方面也颇可称道,足以代表当时的创作水平与审美风尚。

首先,刊物反映了新时代背景下传统词人的文化立场。民国肇建,帝制终结;欧风东渐,西学日炽,一派新的气象。但在当时的许多传统文人看来,中国在传统文化和文学方面不弱于任何民族,"文学者,中国所偏胜而数千年所遗之特征也。西国未尝无文学,而历世未若中国之久,修养未若中国之深,好之者未若中国之多且专,此无可逊也"①,而诗词正是传统文学的代表,是"国粹"之一种。怀着对传统文脉断绝的戒惧,他们自觉延续着诗酒唱酬的生活方式,力图维持风雅之不坠。通观四种刊物,刊载的主要还是那些交游、观览、咏物一类题材的作品,尤以唱和题赠之作为最夥,其最鲜明的表征是刊物中众多围绕同一主题进行集体唱和的同题群咏现象。试举二例。一是"十年说梦图题咏"。《小说月报》十周年纪念时,王蕴章曾请人绘制《十年说梦图》,又撰《十年说梦图自叙》,该文发表在《小说月报》1919 年 1 月 25 日第 10 卷第 1 号"文苑"栏目。一时间,海内文人纷纷题咏。自第 10 卷第 2 号起至第 11 号之间,诗且不论,刊发的词则有邵瑞彭、张婴公、寿钵、潘飞声、陈庆佑、陈匪石、高燮、叶玉森、梁公约、刘鹏年、蔡宝善等词人的 11 首咏作。词中多用"衰鬓催春""十年尘迹""十年一觉"等强调时间转换的字面或典故,表达对王蕴章十载生涯如梦的"同调"之感,而"杜司勋去后,载酒归、江湖念斯人"(婴公《忆旧游》),"门巷乌衣旧,伫堂前归燕,依恋吟辰"(石工《忆旧游》)云云,也隐含着对王氏多年来办刊时重视诗词,"拟酬和于西昆,风流未歇"②之雅意的赞赏。二是"彊村授砚图题咏"。1931 年,一代词宗朱祖谋以校词双砚授予龙榆生,并于临终前以词稿相托,这是民国时期享誉词坛的一段佳话。③ 据研究者考证,围绕授砚一事产生了大约 6 幅画作、3 篇题记、12 首诗以及 15 阕词。④ 单就词作来看,大部分都发表在《词学季刊》上,包括邵章《献金杯》、谭祖任《烛影摇红》、夏

---

① 王易《词曲史》,岳麓书社,2011 年,第 1 页。
② 见王蕴章《十年说梦图自叙》,《小说月报》1922 年第 10 卷第 1 号。
③ 现存最早的《彊村授砚图》为"辛未十月"夏敬观所绘,据此推知授砚事当在 1931 年 12 月以前。
④ 崔金丽《彊村授砚正源刍论》,《文学评论》2016 年第 6 期。

孙桐《摸鱼子》、张尔田《石州慢》、邵瑞彭《清平乐》、廖恩焘《笛家弄》、黄濬《尉迟杯》、汪兆镛《减字木兰花》、李宣龚《浣溪沙》、李宣倜《绛都春》等 10 首作品。其中，黄濬、李宣龚、李宣倜 3 人的作品也见载于《青鹤》。词中常用佛教典故，如"病余禅榻，托意薪传"（谭祖任《烛影摇红》），"是传人，定应似、衣钵瞿昙，案头早授"（廖恩焘《笛家弄》），"心肠铁石是皈依"（李宣龚《浣溪沙》）等，寄寓了词人们对龙榆生传承彊村法乳、弘扬词业的殷切期许。以上所举只是规模较大的几种唱和，除此之外，还有《小说月报》所载"香南雅集图"群咏，《青鹤》所载"㕙庵填词图"群咏和"退庵选词图"群咏，《同声月刊》所载"稷园五色鹦鹉"群咏等，二三人之间的小型唱和则更多。尽管这些唱酬活动的主题各不相同，参与唱酬的群体在性情、学养、阅历等方面也存在较大的差异，但却以较为一致的方式，塑造并强化了彼此共同的文化记忆，展现出了词人们对传统文化的深层认同。

其次，刊物反映了乱世中词人们的生存境遇与心灵悸动。与以传统方式刊印的词集相比，现代报刊出版和传播的效率高、速度快，这使其与"当下"的关系更为密切，对社会和时事的参与度更高。民国时期动乱频仍，短短三十八年中，经历了改朝换代、军阀混战、国共内战、抗日战争等种种历史巨变，烽烟处处，百姓艰难求存，强权与刀枪之下，词人的声音不过是一种时代的"弱音"。然而，这股声音韧性十足，从未断绝，始终深情地倾吐着那个时代人们的心曲。先看《词学季刊》。"九一八事变"之后，面对国土的日益沦丧以及不断的内忧外患，知识分子们受到了极大的刺激，他们继承并发扬了常州词派"比兴寄托"的创作理念，歌哭唱叹，率皆寓于笔端。叶恭绰的《石州慢》作于中秋之夜，适逢月蚀，其上阕云："夜气沉山，商音换世，愁与天阔。留人岩桂攀余，梦远塞榆都折。

琼楼影暗,忍照破碎河山,伤心还话团圆节。涕泪玉川吟,胜枯肠如雪。"词后自注:"是日日本承认满洲国。"本为国人喜闻乐见的团圆佳节,却听闻如此噩耗,就连那天上的月轮也出现暗影,仿佛不忍以清辉相照,匠心中更见悲凉。严既澄的咏史之作《鹧鸪天》云:"乱世英雄貉一丘。更无人解问金瓯。侏儒毕竟轻臣朔,阿斗何曾见武侯。　　王霸业,等浮沤。秦淮烟水足悠游。官家大计尊南渡,谁念燕云十六州。"这里显然是以南宋政权比附南京国民党政府,讥讽其不念收复国土而只顾内战的可耻行为,措辞辛辣,酣畅淋漓。类似的还有:"太息天胡此醉,任残山剩水,怵目惊心。"(龙榆生《一萼红》)"大好河山余半壁,煎豆燃箕苦切。"(汤国梨《贺新郎·为孙象枢题吴越王画像》)"中原。处处是烽烟。恨苦海难填。"(陈配德《木兰花慢·送友人由日本归国》)"病魂弱似药炉烟,犹有洗兵双泪欲经天。"(夏承焘《虞美人·病起闻海西战讯》)感时哀世之音在在皆是。与战乱相伴的是生命的消逝,故刊物中悼亡之作特多,如陈洵、邵瑞彭、黄孝纾、夏承焘、王易等挽彊村之作,林霜杰悼周梦坡之《齐天乐》,金兆蕃悼秦右衡之《霜叶飞》,廖恩焘悼亡弟之《秋思》等,皆足以动人哀思。再看《同声月刊》。该刊创办于抗战时期的沦陷区,政治背景比较复杂。与同时期非沦陷区的《民族诗坛》等刊物相比,在反侵略和鼓舞士气方面自是大有不如,但在表现战争的创痛上并不逊色。张尔田代表当时坚守气节的一类词人,虽滞留沦陷区中,而绝不与倭寇合作。其《满庭芳·丁丑九月客燕京书感》词云:"几点昏鸦噪晚,荒村外、鬼火星稠。"寥寥几笔,已给人鬼气森森之感,而《木兰花令》中的"饥乌啄肉,回首都亭三日哭",《满江红·丁丑重九感赋》中的"已自摧残人下寄,那堪憔悴兵间活",《木兰花慢》中的"蚩尤五兵枉铸,浪滔滔、直欲尽生民",摹写乱世惨象,哀哭唱叹,将情感的烈度推向了顶峰,所谓"诉

真宰,泣精灵,声家之杜陵、玉溪也"①。廖恩焘名列《汪伪国民政
府及其直属各局职官年表》②,晚年失节,代表了特殊年代的另一
类词人。其《八宝妆》一词云:"寻罅逃嚣,斗嫌蜗角,碍我啸歌环
堵。蛇影杯弓成底事,扰扰恒河沙数。诸尊色相便空,吹法螺来,
回旋犹引天魔舞。那管驾轮如齿,行虫迷路。　　凭扇画稿工描,
缩人变蚁,一方干净谁土。诉烦恼梵王座下,众生似蝇头瓜聚。叹
斋粥僧贫未煮,粒中无现金身处。甚信手兜罗,蚕余半叶还爬取。"
该词由吴谚"螺壳道场"引申开来,化入佛家玄理,描绘了一只在螺
壳中迷失道路、苦苦挣扎的渺小蚁虫,似有自喻的意味,这种惶惑、
恐惧的心境,应是动乱时期的另一面相。

　　再次,刊物还反映了当时主流词家的美学追求。晚清以来西
风东渐,各种新事物、新观念、新思想如潮水般涌入,面对全方位的
社会变革,词人们不能不有所回应,并在其作品中有所表现,而与
社会生活联系密切的报刊对此是比较敏感的。民国以前的报刊
上,就已经能看到在题材、用语、意境上翻新的所谓"新潮词",如
《申报》上"滇南香海词人"发表的以"地火""电线""马车""轮船"为
歌咏对象的《洋场咏物词》③组词。至民国时期,这类词集中涌现,
如《广益杂志》刊登过《咏国货双妹化妆品词》④组词 8 首,调寄《罗
敷媚》,分咏八种现代化妆品;《新医药刊》载有《咏新亚药厂新药
词》⑤组词 10 首,以不同的词调分咏十余种西药,虽语言浅俗,不具

① 　钱仲联《近百年词坛点将录》,《当代学者自选文库·钱仲联卷》,安徽教育出版社,
　　1999 年,第 697 页。
② 　刘寿林等编《民国职官年表》,中华书局,1995 年,第 1033—1035 页。
③ 　滇南香海词人《沁园春·洋场咏物词四阕,并附来书》,《申报》1872 年 9 月 4 日第
　　109 号。
④ 　谦《罗敷媚·咏国货双妹化妆品词》,《广益杂志》1919 年第 1 期。
⑤ 　刘述婷《咏新亚药厂新药词》,《新医药刊》1932 年第 1 卷第 4 期。

词美,但也别具特色。现代文艺专刊上也有部分作品具有这种新变,如《词学季刊》第 1 卷第 1 号上所载吕碧城的 2 首词,其《玲珑玉·咏瑞士山中雪橇之戏》一阕歌咏域外新事物,《法驾引·英译阿弥陀经既竟感赋此阕》一阕小注夹以英文名词,另外《青鹤》第 4卷第 9 期上所载张伯驹的《浪淘沙·由广州至汉口飞机上作》一阕,也表现出不同于传统词作的气象。但同时也要看到,这类词作只是个别现象,遍翻前举四种刊物,不会超过 10 首,绝大部分作品与前代相比并无明显的变化。2000 余首词作中,只有数首例外,占比之小几可忽略不计。这种悬殊的差距,既体现了词体的超稳定性特征,也体现了民国时期主流词家们不盲目趋新,从雅、崇古的美学取向。

综上,现代文艺专刊的作者多为词坛好手,在民国这个大变革、大转型的时代,他们或以敏感的艺术心灵观照生活,或发挥"词史"精神抒写世相,创作了许多不让前贤的优秀作品。这些作品经过刊物编者的精心挑选和安排,以一种类似群体词选的方式呈现出来,充分展现了民国时期的创作高度和总体风貌,理应获得更多的关注。

## 第四节　词学视域下文艺专刊的价值与地位

现代文艺专刊极大地推动了中国传统词学的现代转型,尤其是《词学季刊》和《同声月刊》这样的专业词学刊物,堪称民国词学研究的中心阵地。与此同时,时常容易被忽视的一点在于,它们对民国时期旧体词的创作也贡献甚巨。上文我们主要从作者和文本两个维度对其进行了较为详细的论述,无论是作者群体的代表性,还是刊物所载作品的高水平,都已经清晰地表明,现代文艺专刊在民国词创作生态与格局的构建中发挥了重要作用,从某种意义上说,事实上已成为了新的词学创作中心。

与传统的创作中心相比,现代文艺专刊具有如下特点:其一,传统的词学创作中心往往围绕词坛领袖生成,具有明显的地域性特征,清代柳州词派、梅里词派、阳羡词派、浙西词派、常州词派等大小词派,在其发展的早期阶段莫不如此。文艺专刊则明显不同,它将以往词坛领袖的凝聚力转换成了刊物平台的吸引力,词人们以刊物为依托共同参与创作,彻底打破了时空的天然壁垒,从而构建了一个新型的文化场域。其二,传统的词学创作中心往往以地缘、学缘、亲缘为纽带,文艺专刊则以主编为旗帜,以刊物本身为纽带,更加依赖文化观念和审美趣味的黏合作用。其直接证据就是民国时期众多期刊型文学社团的诞生,如词学季刊社、同声月刊社等。刊物将词人们联系在一起的是传承词脉、发扬词学的共同心愿。其三,传统的词学创作中心要经过漫长的时间才能形成,现代文艺专刊借助先进的技术手段,"朝甫脱稿,夕即排印,十日之内,遍天下矣"①,传播的范围和效率远超前者,而刊物内部各栏目之间的互动效应,也推动了其影响力的快速形成。

除此之外,作为一种传播媒介,现代文艺专刊至少还存在以下三个方面的价值:一是保存了珍贵而丰富的词作文献。在刊物上发表作品的词人中,许多都编有词集,但词学名家一般对自己的作品去取较严,单看别集难窥全豹,我们可据刊物以辑佚或校勘;更多的人迄未结集,然其作品也不无可观之处,吉光片羽,幸赖刊物以存之。二是培养了一批词学后备人才。如果说新式词学教育为

---

① 解弢《小说话(三版)》,中华书局,1924 年,第 116 页。

他们提供了词学的知识储备，那么现代文艺专刊则为他们搭建了切磋交流和施展才华的舞台，客观上促进了现代词学的传承。三是为以后词学刊物的编纂提供了借鉴。最典型的例子就是二十世纪八十年代出现的《词学》杂志，从宗旨、性质到栏目设置，无不打上了《词学季刊》的深刻烙印。要之，现代文艺专刊与民国旧体词的创作之间存在密切联系。研究民国时期的旧体诗词，如果不对文艺专刊上刊载的作品进行一番系统的整理和爬梳，得出的结论必然是粗疏和不够完整的。这是一片人迹罕至的富矿地带，仍有待于我们进一步开掘。

# 第四章
# 现代词社与民国词学观的构建

## ——以午社"四声之争"为例

　　午社 1939 年成立于抗日战争爆发后的上海租界,直到 1942 年初,主要因太平洋战争爆发,日本人占领租界才逐渐停止活动,是上海"孤岛时期"旧体词社的代表之一。从渊源上来说,午社与之前的沤社有一定承袭关系,不少词人原先是沤社的骨干成员。午社的活动差不多持续三年,社集二十余次,参与活动的成员虽不稳定,但前后大致有廖恩焘、林鹍翔、冒广生、仇埰、夏敬观、金兆蕃、林葆恒、吴庠、吴湖帆、郑午昌、夏承焘、胡士莹、龙榆生、陈运彰、吕贞白、何嘉、黄孟超、陆维钊等人。成员中既有年辈稍高的廖恩焘、仇埰、冒广生等,也有晚一辈的龙榆生、夏承焘等,其中最少者黄孟超与冒广生等人相差近 50 岁;从职业来说,既有赋闲的官员,如廖恩焘、夏敬观等,也有大中学的教师,如夏承焘、龙榆生、陆维钊等,还有一些成名的书画家和银行职员等。其人员构成大体能反映民国词人群体的面貌,有一定代表性。这些人有一定社会地位,生活条件也比较优渥,加上趣味相投,形成了一个相对稳定的创作群体。

　　午社成员之间除了定期聚会唱和之外,还有比较频繁的学术交流,经常探讨一些词学问题,其中有关"四声"问题的讨论持续时间最长,影响也最大。这场讨论表面看是午社成员之间词学观点的碰撞,甚至有私人矛盾,乃至意气用事的因素,但深入来看,实质是民国时期以推崇梦窗词风为标志的词学观发展到这一时期面临困境,要求再次改变的一种表现,有其内在的必然性与合理性。这场争论终因太平洋战争爆发,词的创作从此进入低谷而渐渐为人遗忘,但其价值与意义却客观存在。事过八十余年,当我们回顾、检讨民国词学观的嬗变、得失时,重新审视这段历史,依然有温故知新的学术价值与社会意义。

## 第一节　午社"四声之争"的起因与过程

午社"四声"之争主要以文章和书信的形式刊登在龙榆生主持的《同声月刊》上,时间是 1941 年第 1 卷第 3 号至第 8 号,但若论"四声之争"的本身,则早在 1939 年午社成立之初就开始了。据夏承焘先生《夏承焘日记全编》1939 年 7 月 30 日的记录:"宴谈至三时。疚翁与映翁(冒广生与夏敬观,笔者注)言语时时参商。"[①]此处并没写明为何"时时参商",但从以后的书信和文章看,两人的词学观不同,多有冲突,"参商"的内容显然与"四声之争"相关。"四声之争"的直接起因是冒广生在同年七月,即与夏承焘日记所记差不多同时所写的一篇长文《四声破迷》,此文后改名《四声钩沉》,发表在 1941 年 5 月的《学林》第七辑。文章虽然两年后才发表,但成文后即在午社以及社外朋友圈里流传,并引起争论。

《四声钩沉》就其写作动机而言,主要是反对晚清以来词坛严

---

① 夏承焘著,吴蓓主编《夏承焘日记全编》,浙江古籍出版社,2021 年。本章所引《夏承焘日记全编》均为此版本,不再注明。日记已标明年月日,不再标注页码。

守四声的做法,但他在文章中提出两个重要观点:其一,宋人并不守四声;其二,四声并不是指平上去入。为了证明自己的观点,冒广生仔细分析了周邦彦的同调之作,又取方千里、杨泽民、陈允平三家的《和清真词》加以对勘,"则几无一韵四声相同者"①,因此他认为"世人乃狃于万红友谓'千里一集,方氏和章,无一字而相违,更四声之尽合'之一言,而自汩其性灵,钻身鼠壤之中而不能出也"②。又说:

> 然则填词无四声乎?曰有。四声者,宫、商、角、羽,非平、上、去、入也。③

冒氏随后举琵琶四弦之例,以曲证词,用差不多三分之一的篇幅证明四声是指宫、商、角、羽。文章彻底颠覆了大家对四声的传统认识,一经发出,立即引起争论。

最早提出不同意见的是夏承焘。他于 1940 年 3 月 10 日到 4 月 22 日,以四十天时间撰写《词四声平亭》一文,"平亭"按字面意思,指研究、斟酌,使得其平,亦即评议之意,据《夏承焘日记全编》1940 年 8 月 8 日条,冒广生似不悦"平亭"二字。此文虽曰"平亭",实际上商榷的意味甚浓。文章发表于《之江中国文学会集刊》第五期,开篇呼应冒广生反对守四声的观点,指出:"自万红友为《词律》,清馆臣为《四库提要》,谓方千里、吴梦窗和清真词,尽依四声,不但遵其平仄。后来词家,欲因难以见巧者,辄奉为准绳,不稍

---

① 冒广生著,冒怀辛整理《冒鹤亭词曲论文集》,上海古籍出版社,1992 年,第 111—112 页。以下所引《冒鹤亭词曲论文集》均为此版本,不再注明。
② 冒广生著,冒怀辛整理《冒鹤亭词曲论文集》,第 111—112 页。
③ 冒广生著,冒怀辛整理《冒鹤亭词曲论文集》,第 155 页。

违越。高明者病其拘泥，又欲一切摧陷之，谓词中乐律，本非四声
所能尽，守此虚器，转累性真。"①随后笔锋一转，专门讨论"四声"
问题：

> 予细稽旧籍，粗获新知，知唐词自飞卿始严平仄，宋初晏
> 柳，渐辨上去，三变偶谨入声，清真益以变化，其兼守四声者，
> 犹仅限于警句及结拍。自南渡方、吴以还，拘墟过情，字字填
> 砌，乃滋丛弊。逮乎宋季，守斋、寄闲之徒，高谈律吕，细剖阴
> 阳。则守之者愈难，知之者亦鲜矣。②

作者虽没有直接反驳冒氏的"四声说"，但通过对宋人填词历史的
回顾，勾勒出唐宋词人辨"四声"的发展过程，其实是用事实在说
明：填词是有"四声"的，而且从温庭筠、晏殊到柳永、周邦彦，词人
对"四声"的辨别与遵守是从无到有，从宽到严，逐渐在发展。文章
用大量篇幅分析了上述词家的具体作品，指出温庭筠词"守律之
严，实前人所未有。但所辨仅在平仄，犹未尝有上去之分"。又说：
"五代词家，大都师范飞卿。冯延巳之《酒泉子》六首，毛熙震之《后
庭花》三首，虽为拗体，而仅辨平仄，亦犹飞卿旧规也。惟韦端己
《浣花》一编，似乎渐辨去声。"只有到了宋代，"晏同叔始辨去声"，
但这时的辨去声，也仅仅"严于结拍"。到了柳永，才能"渐辨上
去"，并"偶谨入声"。为什么到了柳永才开始对"入声"的辨识与使
用，作者从方言的角度提出十分精到的见解，"北音不辨入声，元曲
'入派三声'之法，宋词已先有之"，"盖三变闽人，闽音明辨四声，非

---

① 夏承焘《词四声平亭》，《之江中国文学会集刊》1940 年第 5 期。
② 夏承焘《词四声平亭》，《之江中国文学会集刊》1940 年第 5 期。

如北产温韦,仅分平仄"。但尽管如此,"《乐章集》中严分上去者,
犹不过十之二三",只有到周邦彦,才真正对四声有了比较严格的
辨识与运用。作者认为,与柳永等相比,清真不仅更讲究上去,"除
《南乡子》《浣溪沙》《望江南》诸小令外,其工拗句、严上去者,十居
七八",而且注意到入声的运用,"予故谓入声之辨别,萌于三变,而
亦严于清真,不但上去为然也"。由此,作者认为:"词声之由疏而
密,由辨平仄而四声,而五音阴阳。"①总体趋势是愈来愈严格,愈
来愈讲究。对于这种发展趋势,作者并没有反对,相反,认为词律
渐严是一种进步,"故由辨平仄而渐臻为辨五音阴阳,正词律后密
于前,为词学之进步。字声辨析愈明,则其合乐之功益显,此无可
疑者"②。关键是如何驾驭词律,为我所用。他总结道:

> 　　总之,四声入词,至清真而极变化。唯其知乐,故能神明
> 于矩矱之中。今观其上下片相同之调,严者固一声不苟,宽者
> 往往二三合而四五离。是正由其殚精律吕,故知其轻重缓急,
> 不必如后来方、杨之一一拘泥也。读周词如不明此义,将谓清
> 真四声之例,犹不如方、杨之纯,则疑子贡而贤于仲尼矣。盖
> 清真提举大晟,顾曲名堂,非如方、杨生丁词乐失坠之后。故
> 其四声宽严之别,即其音律死活之分。此词律一大关键。而
> 自万红友以来,知其一而蒙然其二,致后人学步方、杨者,争去
> 康衢而航乎断港。③

可见,周邦彦由于深明词乐,能将"四声"运用自如,所谓"能神明于

---

①　夏承焘《词四声平亭》,《之江中国文学会集刊》1940 年第 5 期。
②　夏承焘《词四声平亭》,《之江中国文学会集刊》1940 年第 5 期。
③　夏承焘《词四声平亭》,《之江中国文学会集刊》1940 年第 5 期。

矩矱之中",毫不拘泥,因此同调之作,未必四声尽合,就如冒广生指出的那样。而方千里、杨泽民等无周邦彦之才,加之生于词乐失坠之后,无法掌握"四声"运用之关键,又生怕失律,除了死扣"四声",一味模拟,并无他法,于是"活声律"变为"死声律"。而万树以后,再以方、杨为榜样,严守"四声",不仅毫无必要,且显得滑稽,因此作者讥之为"争去康衢而航乎断港"。

比较冒、夏两文,相同之处是均反对晚清以来严守"四声"的风气,相异之处是反对"四声"的依据与方法完全不同:冒广生是否定填词有平上去入的"四声"存在,以此直捣"四声"派的老巢,既然填词无"四声",自然不用再去严守,十分干脆、彻底。只是宋人不守"四声",以及"四声"为宫商角羽的观点并不符合事实,难以为大家所接受。夏承焘从分析作品入手,不仅证实"四声"的客观存在,而且梳理出了"四声"在填词过程中的发展过程,肯定其对词律的作用,只是认为"声律"有死、活之别,如果不明就里,一味模仿,就是死声律,不仅不合"声律"之道,还拘手禁足,严重影响真实性情的表达,"是名为崇律,实将亡词也"①。

文章完成后,夏承焘寄给午社成员听取意见,《夏承焘日记全编》1940 年 8 月 11 日条:"发夏映翁信,附去孟劬先生信,孟劬嘱转呈也。以《四声平亭》寄陆微昭、胡宛春,请举反证以相辨难,为学术明此一义。社中老辈于此多不尽了了,且各成见,惟不知映翁有何议论耳。"1940 年 8 月 17 日条:"得夏映翁书,论予《四声平亭》。"可见是夏氏主动征询各方意见,尤其是夏敬观的意见。这些意见主要以书信和短文的形式表现出来,并由龙榆生先生集中发表在《同声月刊》上。综合而言,各家意见大体分为两类:

---

① 夏承焘《词四声平亭》,《之江中国文学会集刊》1940 年第 5 期。

其一是以吴庠(吴眉孙)代表,认为四声和五音是两回事,两者没有关系。吴庠属于争论中比较活跃的学者,意见表达很直接,观点鲜明。他仔细阅读夏承焘的文章,十分赞同,《夏承焘日记全编》1940 年 8 月 1 日条:"午后……过眉孙翁久谈,至八时归。眉孙甚爱予《四声平亭》,谓先后共阅五过,记其疑问于书眉,细如蝇头。谓有长函与予,已具草稿。"此处提到的长函不能确认所指,但《同声月刊》1941 年第 1 卷第 3 号披露其致夏承焘三函,均是讨论"四声"问题,其中第一函:"大著《四声平亭》一卷,元元本本,切理厌心,洵今日词林中不刊之论。"①给予极高评价。除了有关"四声"的书信外,吴庠还专门写了《四声说(一)(二)(三)(四)》四篇短论,刊登在《同声月刊》1941 年第 1 卷第 6 号和第 7 号。《四声说(二)》分析了四声说的源起、发展过程后,得出结论:"由此观之,盖宫商角徵羽之五音为一事,平上去入之四声又为一事。"又说:"运用于诗文者,只有四声,并无五音。"②至于"四声"与音乐的关系,他认为:"律吕且无所谓平仄,更安有所谓四声哉。""则歌词者,乃歌字谱之工尺,而非平上去入之四声,明矣。"③显然,他认为两者没有什么关系,并说:"永明四声本以制韵,今之谈宋词尊四声者,于韵之上去通叶,概不置论,独执四声以论句中之字。而字声之如何配合工尺以入歌,又莫能名其妙,将何以使人心悦诚服哉。"④

　　其二以张尔田、夏敬观为代表,他们同意"四声"和"五音"是两回事的观点,但认为两者有一定联系。相比吴庠,他们的观点比较冷静,也比较符合实际。夏敬观是午社中年辈及声望均比较高的,

---

①　吴眉孙《与夏瞿禅书》,《同声月刊》1941 年第 1 卷第 3 号。

②　吴眉孙《四声说(二)》,《同声月刊》1941 年第 1 卷第 6 号。

③　吴眉孙《四声说(一)》,《同声月刊》1941 年第 1 卷第 6 号。

④　吴眉孙《四声说(一)》,《同声月刊》1941 年第 1 卷第 6 号。

午社并没有社长，但从实际作用看，夏敬观可以看作是一个类似领袖式的人物，因此如上所述，夏承焘比较在意他的意见。夏敬观与夏承焘有论"四声"的书信往来，这些书信并未在《同声月刊》披露，但在夏承焘的日记里有记录。1940 年 8 月 1 日条："以《四声平亭》寄夏映庵、冒鹤亭二老。"1940 年 8 月 17 日条："得夏映翁书，论予《四声平亭》。谓文人作词，付乐工作谱，乐工遍谱二十八调，有一调合者，即为合律，否则须改动字句。故宋词有二调句法平仄同而入二律者，或同调而句法平仄有更变者，皆是作成后迁就音律所致。此说甚新。又谓研求音律，四声阴阳皆不可抹杀。鹤亭以曲证词，似尤不可，嘱转请孟劬翁印可。"夏敬观此段文字有两层意思：一层是明确表示"鹤亭以曲证词，似尤不可"；第二层则认为四声阴阳与乐谱有配合的问题，两者有密切联系。前一层意思针对冒广生"四声"为宫商角羽的说法，认为"四声"与"五音"是两回事；后一层意思则与吴庠"四声"与"律吕"无涉的观点不同，认为两者关系十分密切。

张尔田有《与龙榆生论四声书》，刊载于《同声月刊》1941 年第 1 卷第 8 号，观点与夏敬观接近，但又作了补充与发挥：

> 眉孙谓四声与五音为二事，独具炯眼，谓四声与五音一无关涉，则鄙意尚不能无说。颇疑四声之说，即从五音进一步研究而来。盖吾人之唱歌，有字音，有曲音，唇齿等所发之音为字音，弦管所发之音为曲音；平上去入字音也，五音十二律曲音也。伶工不用宫商角徵羽，则以十六字谱代之，奏歌时二者必须调剂，方能成歌动听。段安节《琵琶录》，以四声分配宫商角羽，此必唐时乐工相传之旧，惜其为说简略。

与夏敬观一样，他同意吴庠"四声与五音为二事"的观点，这观点其实来自夏承焘，只不过夏氏只谈具体的事例，勾勒"四声"的演变过程，没有直接说出来而已，但张氏又明确表明，不同意吴庠"四声与五音一无关涉"的观点。与夏敬观相比，张尔田说得更加明白，认为唱歌是字音与曲音的结合，两者只有完美配合，才能美听。古人深知此理，因此伶工奏歌时常常加以调剂，段安节《琵琶录》也有记载，但自从词乐失传，"四声"与"五音"再难配合，"自来韵学诸家，只知字音，而不顾到曲音；考乐律者，又只知弦管之音，而不顾到唱歌。则虽谓四声与五音无涉也，亦无不可"①。他既分析历史，又面对现实，十分具有说服力，是这场"四声之争"中相对客观、合理的意见。他以为"是说也，或可为吴夏两君折中"②。

除了夏敬观、张尔田外，持相似观点还有陈能群和施则敬，前者有《词用平仄四声要诀》一文，刊载于《同声月刊》1941 年第 1 卷第 3 号，后者有《与龙榆生论四声书》，刊载于《同声月刊》1941 年第 1 卷第 10 号。陈能群没有直接参与这场争论，他主要是从技法的层面对平上去入四声的运用谈一些看法，即所谓"要诀"。但文章开头部分也谈到他对四声五音的看法，总体而言，他对这个问题比较通达，以为"夫果四声即准，则工尺无讹，推而宫商律吕，悉得之矣"③。相比之下，施则敬与争论的参与方联系多一些，其文作为给龙榆生的书信发表在《同声月刊》上，也是由这场争论直接引发。其实施则敬对创作中是否要恪守四声的问题之前就有所关注，也有一些自己的思考。据他自己说，他在民国十七年(1928)春曾就此问题请教过吴梅。吴梅"抗心希古，严于声律"，认为"古人

①　张尔田《与龙榆生论四声书》，《同声月刊》1941 年第 1 卷第 8 号。
②　张尔田《与龙榆生论四声书》，《同声月刊》1941 年第 1 卷第 8 号。
③　陈能群《词用平仄四声要诀》，《同声月刊》1941 年第 1 卷第 3 号。

之作,自具深心","吾人必依其声,方为合格"①。吴梅是受人尊敬
的专家,"精于词曲,妙解宫商",因此施氏"遂嘿然焉"②,而心中疑
惑,并无消解。他在文中对龙榆生说:"近读吾兄论词之作,及吴眉
孙、夏瞿禅、张孟劬诸公往来论四声书数通,所见与弟向之所疑者
宛而合符,历载疑团,一朝冰释。"③他的观点与张尔田比较相近,
认为四声与五音有一定关系:"四声者,音读之事也;五音者,音调
之事也。词本为文学与音乐相合而成,音读与音调不可偏废。"但
"惟是宫商律吕既失传,歌法又失传,词已脱离音乐之域,而为纯文
学之产品矣"④,因此居今日而言词,"不必迷于四声"⑤。他赞同龙
榆生的看法,即作词"所尚惟在意格,而声律次之"。总体而言,他
是呼应了吴庠、夏承焘、张尔田等人的观点,重心是强调词以意格
为主,"不必迷于四声"。

## 第二节    "四声之争"的核心与实质

"四声之争",给人的感觉是争,是分歧,这固然是不错的,因为
这场争论,午社内部明显产生矛盾。据《夏承焘日记全编》1940 年
8 月 8 日记录,夏承焘在完成《词四声平亭》后,相隔三个多月访问
冒广生,显然受到冷遇,"彼于予《词四声平亭》颇不以为然",当夏
氏请冒广生"为举例驳之"时,"彼谓近治《管子》,已无意于词",不
满之情,溢于言表。1941 年 1 月 12 日,时隔半年,夏承焘在其日

---

① 　施则敬《与龙榆生论四声书》,《同声月刊》1941 年第 1 卷第 10 号。
② 　施则敬《与龙榆生论四声书》,《同声月刊》1941 年第 1 卷第 10 号。
③ 　施则敬《与龙榆生论四声书》,《同声月刊》1941 年第 1 卷第 10 号。
④ 　施则敬《与龙榆生论四声书》,《同声月刊》1941 年第 1 卷第 10 号。
⑤ 　施则敬《与龙榆生论四声书》,《同声月刊》1941 年第 1 卷第 10 号。

记中录去年所作《三事吟》三诗,在第二首下自注:"冒鹤翁作《四声钩沉》,予多献疑,作《四声平亭》诤之,鹤翁甚不满。"尽管是学术之争,但已经明显影响了人事关系,夏承焘甚至发出"辛苦为文字而损人情谊,亦何苦哉,后当戒之"[①]的感叹。至于吴庠则"于冒鹤翁作《晏子春秋正义》及《四声钩沉》甚不满"[②],他在给夏承焘的信中说到"鹤翁校《晏子春秋》《淮南子》《云谣曲子》事",甚至情绪激烈地"谓其不配作学人"[③]。

但是龙榆生先生却在这场争论中看到了争论各方的共同性,他在分析了当时词坛的弊端后指出:

> 今沪上词流,如冒鹤亭(广生)、吴眉孙(庠)诸先生,已出而议其非矣。吴氏与张孟劬、夏瞿禅两先生,往复商讨,力言词以有无清气为断,而深诋襞积堆砌者之失,孟劬先生亦然其说,而以情真景真,为词家之上乘,补偏救弊,此诚词家之药石也。[④]

这是非常有见地的。从本质上看,争论各方基本观点十分一致,就是反对当时词坛严守四声,拘泥于梦窗、清真的不良现象,他们的分歧只不过是方法和策略的不同。如上所述,一方是从根本上否认填词中有"四声"的存在,而另一方则承认"四声"的客观存在,但要求活用,而不是死守;即便同是承认"四声"客观存在的一方,也有"四声"和"五音"关系问题上的分歧。但这些分歧在龙榆生看来,都不

---

① 夏承焘著,吴蓓主编《夏承焘日记全编》,1940 年 8 月 8 日。
② 夏承焘著,吴蓓主编《夏承焘日记全编》,1941 年 12 月 21 日。
③ 夏承焘著,吴蓓主编《夏承焘日记全编》,1941 年 12 月 27 日。
④ 龙榆生《晚近词风之转变》,《同声月刊》1941 年第 1 卷第 3 号。

影响大局,无论彼此争论多激烈,乃至意气用事,伤了和气,但总体上是小异而大同,因为这场争论的核心和本质,是如何扭转词坛风气,摆脱朱祖谋以来填词模仿梦窗,拘守"四声",以致襞积堆砌,甚至以文害义的不良习气。一句话,体现了再次解放词体的内在要求。

从当时词坛的实际情况看,尽管朱祖谋去世已近十年,但晚清以来推崇梦窗,严守"四声",过度讲求声律的风气非但没有消退,相反有愈演愈烈的趋势。更为严重的是,朱祖谋等人虽然学梦窗,辨四声,但由于深知词律之本质,有良好的词学修养,辨四声但不拘守四声,有一定的灵活性和自由度,用夏承焘的话来说是"活音律"。但到了这时,大部分词家无论是才还是识,都与朱祖谋等有差距,往往为了声律而声律。其高者虽知声律的由来与意义,但为了炫才,仍严守四声;其下者则不明声律的道理,生怕失律,只能以梦窗等词家为模仿对象,严守四声,亦步亦趋,断然不敢跨越雷池。如此填词等同游戏,只有四声,毫无真情真性,词风越来越坏,其严重程度,甚至超过当年浙派的末流。

午社部分词人对此现象十分不满,多次提出批评,据《夏承焘日记全编》:

> 1939 年 10 月 13 日:傍晚过吴眉老谈词,彼极以近人作梦窗者支离不通为病。予亦谓:周吴在今日,物极必反。
>
> 1939 年 10 月 21 日:席间疚翁(冒广生,引者注)排击作词守四声者,颇多议论。
>
> 1940 年 8 月 3 日:接眉孙长函,论予《四声平亭》,极以近人作词守四声为不然。

《同声月刊》1941 年第 1 卷 3 号刊载吴庠《与夏瞿禅书》,专门分析词坛三弊：

> 当代词人，务填涩体，字荆句棘，性梏情囚，心力虚抛，语言鲜妙，此其一也。谓填创调，必依四声，本不能歌，乃矜合律。且四声之中，古有通变，入固可以代平，上亦可以代入。沤尹丈洞明此理，故当时朋辈以律博士推之。乃彼迂拘，一声不易，如斯泥古，大可笑人，此其二也。吾家梦窗，足称隐秀，相皮可爱，学步最难。近代词坛，瓣香所奉，类皆涂抹脂粉，碎裂绮罗，字字饾饤，语语裒缀，土木之形骇（骸）略具，乾坤之清气毫无，作者先难其详，读者更莫名其妙，此其三也。此在老手，或犹讲音律，而兼识辞章。乃使少年遂欲假艰深以文浅陋，词学不振，盖有由来。

吴庠分析得十分透彻，可谓入木三分。在他看来，这些词作缺少性情，又乏词章，甚至语言不通，逻辑混乱，哪怕四声再严，也算不得好词。他说："顾今之以梦窗自矜许者，愚以为率堆砌填凑，语多费解，乃复以四声之说，吰喝向人，殊不知四声便算一字不误，其词未必便工也。"[①]张尔田也有类似意见，《夏承焘日记全编》1940 年 8 月 19 日记录"接孟劬先生挂号信"："附来与眉孙函，谓'词题乃词之一格，不足尽词家之长。词本缘情而作，情之为物，愈繁复愈真，当其感物造端，缭而曲，如往而复，不特他人无从指一事以实之，即一己亦无从指一事以实之，此楚辞所以为文艺之极则也。求之于词，冯正中《鹊踏枝》，辛稼轩《摸鱼子》，庶几近之。又谓涩调欺人，四声取巧，此乃试帖之余习，何足语乎语文之极则'云云。"此信并

---

① 　吴眉孙《覆夏瞿禅书》，《同声月刊》1941 年第 1 卷第 3 号。

未刊出，仅赖夏承焘日记得以保存。除了吴庠，对当时词坛之弊分析透彻，批判有力的还有龙榆生，虽然他并未直接卷入到"四声之争"中，但他观点鲜明，在《晚近词风之转变》一文中有十分详细的表达：

> 自周、吴之学大行，于是倚声填词者，往往避熟就生，竞拈僻调，而对宋贤习用之调，排摈不遗余力，以为不若是，不足以尊所学，而炫其能也。又因精究声律之故，患习用词调之多所出入，漫无标准，而周、吴独创之调，则于四声配合，有辙可循，遂以为由是以求协律，虽不中，亦不远，于是填词家有专选僻调，悉依其四声清浊，一字不敢移易者，虽以声害辞，以辞害意，有所不恤也。[①]

可见当时词坛的确弊端丛生，如不扭转此词风，情况势必恶化。这是这场"四声之争"的主要背景。也正是在这种情况下，龙榆生没有斤斤于"四声之争"的是是非非，而是跳出一层，从宏观层面揭示其意义与价值，将争论的双方视为一体，均视为扭转词风的主力。

事实上，午社作为松散的创作团体，其成员间本身也存在不同的词学观点和创作倾向，冒广生、吴庠、夏承焘、龙榆生等人是一种观点，仇埰则是另一种词学观点。仇埰和廖恩焘、林鹍翔等曾经是南京"如社"的骨干成员，"如社"的重要特点就是严守四声，这是一种潜在的影响。在夏承焘的日记中，有关廖恩涛、林鹍翔与他人争论的记录罕见，这或许与他们的性格有关，但同样来自"如社"的仇埰却和冒广生、吴庠等颇多冲突，《夏承焘日记全编》记录甚详：

---

① 　龙榆生《晚近词风之转变》，《同声月刊》1941 年第 1 卷第 3 号。

1940 年 7 月 2 日：接吴眉翁函问疾，谓词社吟兴日减，来年欲随冒鹤翁同避席矣。彼于仇述翁之好用涩调，时有违言。

1941 年 2 月 1 日：早九时过眉孙翁。谓近以撰《午社词刊序》，隐讥社中死守四声者，仇述翁不以为然，坚欲其改，眉翁执不肯易，各甚愤愤。眉孙欲退社，予劝其何必认真游戏事。

1941 年 2 月 23 日：述翁为论守四声事，与眉翁意见参商，席间颇多是非。

仇埰在社中年辈颇高，但其实填词较晚，属于严守声律的一派。当年与其共组"蓼辛词社"的王孝煃就曾评价仇埰："肆力于词，宫徵之求协、格律之遵循，恨不起古人而与商榷。……一字未洽、一声未协、一调未谐，或撄捋往籍，或邮伻投赠，或风雨一庐聚谈竟日。序《蓼辛词》曰：期四声之必合。"[1]陈世宜也说："述盦之居距余半里许，一字推敲，往复恒四五次，其致力固已勤矣。"[2]可见其坚守声律，作词一字一声都要仔细斟酌，力求与古人四声皆合。正因为他有这样的创作倾向和追求，对午社的社集非常认真，并对别人的词作提出批评。《夏承焘日记全编》1940 年 9 月 3 日条："过仇亮翁谈词，彼甚不满社中拈调太草草。见其二词，吊孙太狷一词殊工。"可见仇埰创作态度十分认真，其词作也确实严谨工整，无论是王孝煃、陈世宜，还是夏承焘的评语，都用了"殊工""肆力于词""其致力固已勤矣"等语，给予肯定。

但严守四声的弊端也是不言而喻的，除了影响真情真性的抒

---

① 王孝煃《仇君述盦传》，仇埰《鞠谶词》，民国丁亥(1947)印本。
② 陈世宜《鞠谶词叙》，仇埰《鞠谶词》，民国丁亥(1947)印本。

发外,不恰当地拘守四声,不仅无必要,还会闹出笑话。《夏承焘日记全编》1940 年 8 月 1 日条:"彼(吴庠,引者注)于仇述翁每词死守四声极不满。谓此期社课《定西番》,仇翁作三首,尽守飞卿四声,一字不易,不知飞卿词但有平仄而无四声。"此处吴庠批评得很有道理,根据夏承焘《词四声平亭》考证,填词"飞卿始严平仄","宋初晏柳,渐辨上去",一直要到清真,才有比较明确的四声。飞卿自己尚不知四声,后人却"尽守飞卿四声,一字不易",确实有点可笑。这其实就是夏氏所批评的"死声律",原因就在于不明就里,盲目模仿,即吴庠所讥讽的"乃彼迂拘,一声不易,如斯泥古,大可笑人"。这种情况在午社的创作中并非单个例子,《夏承焘日记全编》1941 年 3 月 29 日条:"近午社中人,有以四声填温韦调,同一可笑也。"虽然没有点出名字,但情况与仇埰三首《定西番》如出一辙,故言其可笑。因此夏承焘虽然也肯定仇埰词之工,"但周、吴一派颓势,终不可挽",并说:"予于应社之作极厌其无聊,四、五月无一首,颇欲永不着笔。"[1]"永不着笔"只是说说而已,但他厌倦近乎游戏的社课,且"素不好为拗调,尤厌梦窗涩体"[2]却是事实,体现出与吴庠、冒广生、龙榆生等词学主张的一致性。

需要补充的是,夏承焘、龙榆生、吴庠等人虽反对拘守四声,但并非彻底抛弃声律,而是采取一种既讲声律,又不拘守声律的态度,比较科学。请看夏承焘《词四声平亭》的结论:

> 故吾人不填词则已,欲填词则有二义不可不知者。一曰不破词体,一曰不诬词体。谓词可勿守四声,其拗句皆可改为

[1]　夏承焘著,吴蓓主编《夏承焘日记全编》,1940 年 9 月 3 日。
[2]　夏承焘著,吴蓓主编《夏承焘日记全编》,1940 年 10 月 31 日。

顺句,一如明人《啸余谱》之所为,此破词体也,万氏《词律》攻
之已详。谓词之字字四声,不可通融,如方、杨诸家之和清真,
此诬词体也。过犹不及,其罪且浮于前者。盖前者出于无识
妄为,世已尽知其非。后者仅严循法、效尤者多,其弊必至以
拘手禁足之格,损陶情适性之体,因来后人因噎废食之争。是
名为崇律,实将亡词也。①

"不破词体"就是保持词体的基本特点;"不诬词体"就是不拘守四
声,避免以文害意。夏承焘这一提法十分精到,也科学合理,得到
了其他词家的赞同和积极响应。施则敬在与龙榆生的书信中表达
了相似的观点:"则吾人填词,于四声究应依前贤成作否乎?弟意
但于平仄之中,斟酌声调之美,取使讽诵,斯亦可矣。同于古人,只
是偶合;异于成作,亦非故违。一以吾之声情为主。"因此他主张对
声律"似不必枉抛心力,冀复声律之旧,更不必迷于四声,自甘桎
梏"。其最后结论是:"夏君瞿禅谓'不破词体,不诬词体',吴君眉
孙益以'不蔑词理,不断词气',弟更拈'不违声律,不失词心'八字
明之。词道复振,实利赖焉。"②"不违声律"就是"不破词体"的意
思,"不失词心"则是"不诬词体"的目的与效果,两者在本质上一
致,体现出比较理性的词体观,而吴庠只提"不蔑词理,不断词气",
比较强调词的文学效应与社会功能,稍觉偏颇。陈能群经常在《同
声月刊》上发文章,但基本游离于此次争论之外。他在声律问题上
的主张也与夏承焘相近,认为:"今之学词者,不必侈言宫调,但知
平仄四声之用,思过半矣。"③

① 夏承焘《词四声平亭》,《之江中国文学会集刊》1940 年第 5 期。
② 施则敬《与龙榆生论四声书》,《同声月刊》1941 年第 1 卷第 10 号。
③ 陈能群《词用平仄四声要诀》,《同声月刊》1941 年第 1 卷第 3 号。

## 第三节　"四声之争"与词体功能
## 定位的重新思考

　　午社"四声之争"的起因有一定偶然性，如冒广生文章的发表，午社成员之间的矛盾等，但论其本质，却是对晚清以来持续不断的梦窗热的一种反思与反拨，体现出词学界再次解放词体的内在要求，以及对词体功能定位的重新思考。

　　从晚清、民国时期整体词学背景看，主要受到常州词派的影响，该派就其本质而言，十分重视词的社会功能，基本上属于功利主义词派，与清代中后期，尤其是后期的社会状态十分吻合，也因此得以迅速发展。晚清、民初的词家，从总体上看，基本都属于这一派，他们普遍重视声律，但并不拘守四声，更重视词的抒情功能以及词中所表达的情感。龙榆生说："而常州一脉，乃由江、浙而远被岭南，晚近词家如王、朱、况、郑之辈，固皆沿张、周之途辙，而发挥光大，以自抒其身世之悲者也。"[1]此处张、周，是指常州词派的创始人张惠言和周济，两人的理论核心是"意内言外"和"词史说"，即希望在尊重词体特性的前提下，与诗一样，担负起必要的社会责任。因此晚清词人并不十分强调四声，重视的是"自抒其身世之悲"，与民国时期的情况不一样。冒广生对此看得比较清楚，其《四声钩沉》结合自身经历，开篇即指出：

　　　　同时吾所纳交老辈朋辈，若江蓉舫都转、张午桥太守、张韵梅大令、王幼遐给谏、文芸阁学士、曹君直阁读，皆未闻墨守

---

[1]　龙榆生《近三百年名家词选后记》，《龙榆生词学论文集》，第 376 页。

> 四声之说。郑叔问舍人，是时选一调，制一题，皆摹仿白石。
> 迨庚子后，始进而言清真，讲四声。朱古微侍郎填词最晚，起
> 而张之；以其名德，海内翕然奉为金科玉律。[1]

冒广生在文中提出一个非常具体的时间节点：庚子年（1900）。他认为庚子之前，他所结交的老辈词人，如江人镜、张丙炎、张景祁、王鹏运、文廷式、曹元忠等，均不讲究四声；庚子以后，以朱祖谋为代表的词人才起而张之，并以其地位和词学名声，引天下词家效仿，一时形成"言清真，讲四声"的词学风气。以庚子年为具体的时间节点，似可商榷，事实上风气的转变往往需要一段时间，一个过程，并非在某一个点上一下子完成，但词风在庚子前后有一次变化却是客观事实。至于词风为什么会在这段时间转变？这除了和晚清社会的变化有关外，与词坛领袖人物本身遭际和心态变化也有关系，以词风转变之际两个关键人物为例，我们大致可以见出几分端倪。

一个是王鹏运（1850—1904），晚清四大家之首。在其一生中，光绪二十二年（1896）上疏反对西太后及光绪帝驻跸颐和园和戊戌变法参与维新活动是两次重要事件，在这两次事件中，均几遭不测。戊戌变法后，他政治失意，几乎不再过问政事，将主要精力转到文学上。1902年得请南归，1904年卒于苏州。可见，尽管他一直对词有兴趣，但真正将主要精力转到词学，是在政治失意以后，其时清朝国势也江河日下，令人失望。另一个是朱祖谋（1857—1931），晚清四大家之一。光绪二十六年（1900），因义和团事起，曾上疏反对仇教开衅，触怒西太后等，几获罪。次年以"忠心谋国"升

---

[1]　冒广生著，冒怀辛整理《冒鹤亭词曲论文集》，第111页。

为内阁学士,擢为礼部侍郎。光绪二十八年(1902),简放广东学政,因与总督不和,于光绪三十二年(1906)辞官卜居苏州。考朱祖谋一生四校梦窗词,除了第一次是1899年与王鹏运合校外,另外三次均在1906年辞官之后,其时朱祖谋的心态已经发生很大变化,主观上有远离政治中心的想法。可见王、朱两人均有一段从尽力报国、积极有为到官场失意、消极无为的人生历程,王鹏运是在庚子之前,朱彊村是在庚子之后,两人均在失意之后将词学作为寄托,消磨时光。但两人的侧重点有所不同,对声律、校勘等的关注度也不同。王鹏运固然也醉心于校词,甚至将其寓所命名为"校梦龛",并为校《梦窗词》制定了著名的校词五例,但他同样注重在创作中寄托自己的感情,况周颐《礼科掌印给事中王鹏运传》说他"才识闳通,不获竟其用","惟精研词学,生平悃款抑塞,一寄托乎是"①。朱祖谋《半塘定稿序》:"君天性和易,而多忧戚,若别有不堪者。既任京秩,久而得御史,抗疏言事,直声震内外,然卒以不得志去位。其遇厄穷,其才未竟厥施,故郁伊不聊之慨,一于词陶写之。"②朱祖谋固然也通过词来寄托感情,如他在庚子时期的创作,就是非常典型的证据③,张尔田也说他"折槛一疏,直声震天下,既不得当,一抒之于词"④。但1906年之后,朱祖谋将较多的精力和热情放到具有技术性特征的校词活动和对梦窗词的研究上,对词

①    汪兆镛《碑传集三编》,钱仪吉等《清碑传合集》,上海书店,1988年影印本,第4059页。
②    王鹏运《半塘定稿》,陈乃乾辑《清名家词》,上海书店,1982年影印本。
③    徐珂《近词丛话》:"光绪庚子之变,八国联军入京城,居人或惊散,古微与刘伯崇殿撰福姚,就幼霞以居。三人者,痛世运之陵夷,患气之非一日致,则发愤叫呼,相对太息。既不得他往,乃约为词课,拈题刻烛,于喁唱酬,日为之无间,一阕成,赏奇攻瑕,不隐不阿,谈谐间作,心神洒然,若忘其在颠沛兀臲中,而自以为友朋文字之至乐也。"见唐圭璋编《词话丛编》,中华书局,1986年,第4227页。
④    张尔田《彊村语业序》,陈乃乾辑《清名家词》,上海书店,1982年影印本。

的声律尤其重视。在重情还是重律的问题上,两人显然有所区别,当然,这种区别也和两人所处大环境有关,毕竟朱祖谋入了民国,直到 1931 年才去世。

这种区别和冒广生所说的词风之变显然有密切联系。王鹏运通过词来寄托情感,注重的是词的抒情,没有刻意去"墨守四声",这和传统常州派的词学观念基本一致。朱祖谋之所以 1906 年以后把更多精力放到校词和研究梦窗上,与他自己心态变化以及鼎革后前清遗老社会身份的边缘化密切相关。常州词派讲究积极入世,但由于改朝换代,这个世已经与他们完全没有关系了,因此除了也会在词中抒发一点私人化的感情,包括换代的黍离之感和落寞之情,他们对词的社会功能越来越淡漠,而更多的是将词视为一种消遣与把玩的艺术形式,更加注重其声律和技巧。他们这时或倾力于校词,或精研梦窗词艺,就可以十分理解了。龙榆生《晚近词风之转变》:"一世词流,如郑大鹤(文焯)、况夔笙(周颐)、张沚莼(上龢)、曹君直(元忠)、吴伯宛(昌绶)诸君,咸集吴下,而新建夏映庵(敬观)、钱塘张孟劬(尔田),稍称后起,亦各以倚声之学,互相切摩,或参究源流,或比勘声律,或致力于清真之探讨,或从事梦窗之宣扬,而大鹤之于清真,弘扬尤力,批校之本,至再至三,一时有'清真教'之雅谑焉。"[1]常州词派发展到这时,其实已经发生了变化,由于这种变化发生在词派内部,较少引起注意,和嘉道时期常派取代浙派不同。[2] 冒广生指出,"迨庚子后,始进而言清真,讲四声",又明确指出朱祖谋"起而张之","海内翕然奉为金科玉律",表明他已经非常敏锐地看到王鹏运和朱祖谋的区别,以及由此引起的词

---

① 《同声月刊》1941 年第 1 卷第 3 号。
② 参见朱惠国《晚清、民国词风演进历程及其反思》,《武汉大学学报(人文科学版)》2011 年第 1 期。

风之变。

但这种变化也有个过程,蔡嵩云《柯亭词论》将清词分为三期:"第三期词派,创自王半塘,叶遐庵戏呼为桂派,予亦姑以桂派名之。和之者有郑叔问、况蕙风、朱彊村等,本张皋文意内言外之旨,参以凌次仲、戈顺卿审音持律之说,而益发挥光大之。此派最晚出,以立意为体,故词格颇高。以守律为用,故词法颇严。今世词学正宗,惟有此派。余皆少所树立,不能成派。其下者,野狐禅耳。故王、朱、郑、况诸家,词之家数虽不同,而词派则同。"①他将王鹏运和朱祖谋等视为同一词派,虽然失之于粗,但提炼出"张皋文意内言外之旨"和"凌仲次、戈顺卿审音持律之说"两个特点,则别具炯眼。从王鹏运到朱祖谋,其实就是"意内言外之旨"逐渐减少,"审音持律之说"逐渐增加的过程,这一过程已为冒广生所察觉。

王鹏运和朱祖谋显然有别,但如果我们再深究一下,从朱祖谋到民国中期盲目拘守四声者,又有差别。吴庠《与夏瞿禅书》:"晚清如沤尹年丈、大鹤先生,音律辞章,可称兼美。然其四声变通之处,亦非彼死守四声者所能深晓。"②指出了两者的差异,但只是从声律的角度看问题,其实两者的区别,更多的是体现在对梦窗的不同理解上。朱祖谋推崇梦窗,除了其声律严谨,词艺精深外,词中的情感也是一个重要因素。梦窗生于南宋,国事日非,词中不时有悲凉之气流露,而朱祖谋经历鼎革之变,沧桑之感更不待言,两者情感相通,别有会心。张尔田以为:"曩者半塘翁固尝目先生词似梦窗。夫词家之有梦窗,亦犹诗家之有玉溪。玉溪以瑰迈高材,崎岖于钩党门户,所为篇什,幽忆怨断。世或小之为闺襜之言,顾其

①　唐圭璋编《词话丛编》,第4908页。
②　《同声月刊》1941年第1卷第3号。

他诗'如何匡国分,不与素心期',又曰'夕阳无限好,只是近黄昏',岂与夫丰艳曼睩竞丽者。窃以为感物之情,古今不易,第读之者弗之知尔。"又说彊村"当崇陵末叶,庙堂厝薪,玄黄水火","玉溪未遭之境,先生亲遭之矣"①,自然对梦窗词有更深一层领会。朱祖谋自己也说:"梦窗词品在有宋一代,颉颃清真。近世柏山刘氏独论其晚节,标为高洁。或疑给谏(王鹏运)亟刊其词,毋亦有微意耶?余知给谏,隐于词者也。乐笑翁题《霜花腴》卷后云:'独怜水楼赋笔,有斜阳,还怕登临。愁未了,听残莺、啼过柳阴。'古之伤心人别有怀抱,读梦窗词当如此低徊矣。"②同样的感觉郑文焯也有,他说:"窃意当此世变,宜以奇情慷慨,以写余哀,如清真《西平乐》《瑞鹤仙》《浪淘沙慢》诸曲。其时或值方腊之乱,其词颇多峻切之音。即梦窗亦感触时事,不尽自组丽中来。"③他们都看到了梦窗词中"古之伤心人"的怀抱和"夕阳无限好,只是近黄昏"的感伤,产生一种心心相印的独到体验。

但这种体验只有经历鼎革之变的朱祖谋等遗民词人才有,到了后一代,已经没有朱祖谋等人的切身感受,自然也没有与梦窗等南宋词人的心灵契合。他们受朱祖谋等人的影响,也偏爱梦窗,但更多的是对梦窗的词艺感兴趣,加以研究与模仿。随着朱祖谋等老一代词人的逐渐离世,梦窗词风本身也不可避免地发生变化,其中寄慨身世的成分逐渐稀少,而声律、技巧的成分逐渐加多,最后演变为只有声律、没有性情的游戏之作,不惟远离常州派原初的词

---

① 张尔田《彊村语业序》,陈乃乾辑《清名家词》,上海书店,1982 年影印本。

② 朱祖谋《〈梦窗甲乙丙丁稿〉序》,吴文英著,王鹏运、朱祖谋校《梦窗甲乙丙丁稿》,王鹏运辑录刻《四印斋所刻词》本。

③ 郑文焯致朱祖谋书,见黄墨谷辑录《〈词林翰藻〉残璧遗珠》,《词学(第七辑)》,华东师范大学出版社,1989 年,第 221 页。

体观，即使与朱祖谋等人相比，也远远不如。龙榆生、夏承焘、冒广生、吴庠等极力反对的，其实是这样一种词风。龙榆生《晚近词风之转变》：

> 往岁疆村先生虽有"律博士"之称，而晚年常用习见之调。尝叩以四声之说，亦谓可以不拘。然好事之徒，乃复斤斤于此，于是填词必拈僻调，究律必守四声，以言宗尚所先，必惟梦窗是拟。其流弊所极，则一词之成，往往非重检词谱，作者亦几不能句读，四声虽合，而真性已漓。且其人倘非绝顶聪明，而专务拈捃字面，以资涂饰，则所填之词，往往语气不相贯注，又不仅"七宝楼台"，徒炫眼目而已！以此言守律，以此言尊吴，则词学将益沉埋，而梦窗又且为人诟病，王朱诸老不若是之隘且拘也。[①]

即明确地指出了当时词坛的流弊以及与朱祖谋的差异。吴庠也有类似的表述："不佞观近今死守四声者之词，率皆东涂西抹，蛮不讲理，且凑字成句，凑句成篇，奄奄无生气，若此只可谓之填声，不得谓之填词。不佞所以深致厌恶，不谓四声之说，可尽废也。"[②]夏承焘进一步指出，此种词风"效尤者多，其弊必至以拘手禁足之格，损陶情适性之体，因来后人因噎废食之争"，具有极大的危害性，因此明确说："是名为崇律，实将亡词也。"[③]将问题提到词体生死存亡的高度，令人警醒。

综上所述：从王鹏运到朱祖谋的变化，是"意内言外之旨"逐

---

① 《同声月刊》1941 年第 1 卷第 3 号。
② 吴眉孙《与夏瞿禅书》，《同声月刊》1941 年第 1 卷第 3 号。
③ 夏承焘《词四声平亭》，《之江中国文学会集刊》1940 年第 5 期。

渐减少，"审音持律之说"逐渐增加的过程；从朱祖谋到拘守四声者的变化，则是"意内言外之旨"趋向于最小化，"审音持律之说"趋向于最大化的过程。这就是从晚清到民国中期词风的演变过程。当这个过程完成时，词体的社会功能几乎丧失。这时必将引发反弹，迫使词学界重新思考词体的功能定位。《夏承焘日记全编》1941年3月13日条："榆生寄来《同声》第三期，载眉孙致予论词三函，皆攻斥死守四声者。自古微开梦窗风气，近日物极必反矣。"

　　"物极必反"，这就是午社"四声之争"的最根本动因，也是民国词坛首次对梦窗词风大规模地清算，体现出当时词人对词体定位的再次思考。

# 第五章
# 中国传统词学的现代化进程

中国词学有无传统与现代之分？最近几年这个问题已经开始引起不少词学研究者与词人的兴趣，有关的争论也由此而起。有人以为，词学只有是非之分，而无传统与现代之分，也有人以为，中国词的创作传统一直没有中断，从晚清词人到民国词人，一直延续到当下，因此无所谓传统与现代。我们认为，这些观点都有一定的道理，但也有明显的缺陷。要回答中国词学有无传统与现代之分的问题，首先必须作两种区分：创作与理论的区分；传统研究方法与现代研究方法的区分。只有搞清了这两点，才能看清问题的实质，并做出相应的回答。

## 第一节　传统的词与现代的词学

中国词的现代化与中国词学的现代化是两个不同的概念，从词的创作而言，确如一些专家所言，并不存在所谓现代化的问题。从十九世纪中叶到二十世纪三四十年代的近百年，词的创作呈现出一种超稳定状态，如果将十九世纪中叶的词作与龙榆生时期甚至再晚一些时间的词作相比，在用词、句法、表现手法甚至思想内容上变化都不很大。民国以后的创作稍有不同，但我们认为这种不同并非词本身的变化，而是词作内容的差异以及创作水准下降导致的创作失范。从这个意义上讲，尽管中国社会在最近百年发生根本性变化，但词的创作除了内容与作者群体有些变化外，基本上变化不大，因此的确不存在现代化的问题。

词的稳定性在中国传统文学样式中可以说是一个特例。无论是诗，还是小说、戏曲，在中国近代社会的演变过程中，尤其是在"五四"新文学运动中，都受到强烈冲击，产生裂变，而词是所有传统文学样式中唯一受到冲击较小的品种，至少我们没有发现"五四"前与"五四"后的词在创作上有明显的变化。究其原因，我们认为主要有三点：其一，词在西方文学样式中找不到对应文体。新文学的建立受西方文学的影响巨大，在这场文学革命中，要摧毁的对象，如传统的诗歌、散文、戏剧等都与西方的对应样式在观念或形式上有较大的距离，而重建的参照物也往往是西方的对应样式。小说也是一样，这场文学革命尽管对传统的白话小说是加以肯定的，但在创作实践上又将传统的小说作了有意、无意的改造，加上了比较多的西方小说的手法和观念。只有词，因为在西方文学样式中找不到合适的对应样式，也就失去了参照系统，既无从摧毁，也无从重建，这事实上就使"五四"文学的倡导者一时难以对词的创作进行有效的革命。其二，在当时所有文学形式中，词的社会影响力偏小。这种社会影响力的偏小可以从两方面来理解，一是词的传统功能定位限制了词的社会影响力，一般人的观念中，词的功能定位主要是表达一种私人化的感情，所谓"诗言志，词言情"就是这种观点的通俗说法，在清朝中晚期，尽管常州词派力图改变这种状况，提高词的社会地位，但遗憾的是，常州词派的提倡主要局限在理论的层面上，并没有在实际创作中根本性地扭转局面。二是与诗文相比，词的作者人数偏少，创作的数量也相对小一些。专门的词人历来不多,大部分的词人同时也创作诗,而且往往以诗文创作为主。在他们的个人别集中,词一般只占较小的一部分。这从近代以来诗与词留存数量的比例上就能明显地体现出来。事实上,词在当时已开始退出主流文学样式的行列,社会功用与社会关注度逐渐趋弱,这就使"五四"文学革命倡导者们忽视了它,或者说一时顾不上它,而把主要的视线放在小说、诗歌、散文、戏剧等这些社会作用较大的文学样式上。其三,词的作者群体相对年龄偏大。作者中不少人是属于所谓遗老遗少一类的人物,一般思想偏于保守,文艺观念也往往滞后于社会的潮流,因此在这场轰轰烈烈的新文化运动中,他们或者游离于运动之外,或者本身就是运动的对立面,因此新文化的冲击波没有从根本上改变他们的词学观念。事实上,当时传统词坛的领军人物,如朱祖谋等都是以遗老自居的,他们的创作和词学观念都没有因"五四"文学革命而有明显的改变,而另一方面,他们的词学观以及词学活动又代表了这一时期词学的主流。上述三点中,第一点,即西方文学样式中没有对应物最为关键,是根本原因。

但词学的情况有所不同。所谓词学,最早是指词章之学,明清时比较多的是指填词的技法,也即我们现在所说的词的创作,只有到了晚近,才理解为一种对词进行研究的专门学问。1934 年 4 月,龙榆生在《词学季刊》第 1 卷第 4 号上发表《研究词学之商榷》一文,对词学作了界定:"推求各曲调表情之缓急悲欢,与词体之渊源流变,乃至各作者利病得失之所由,谓之词学。"此概念虽然尚不完备与严密,但大致指出了词学的性质与研究范围。在此基础上,他又将词学具体细分为八个方面:图谱之学、音律之学、词韵之学、词史之学、校勘之学、声调之学、批评之学、目录之学。这八个方面,大部分属于技术性的专门研究,如图谱之学、音律之学、词韵之学、校勘之学、目录之学等，这些学问虽然在晚近也有一些变化，但总体上看，变化不是最大，传统的成分比较多。但是这期间对词的艺术性研究，对词家、词派的阐述以及对历代词论的重新评价等一系列工作，却无论在学术观念、视角还是在研究手段上都发生了很大的变化，基本完成了由传统到现代的转换。转换的标志：直观看，现代词学研究成果表现为专著与系统的文章，而张惠言、周济时代的传统词学则以选本、点评、序跋、词话为主体；深一层看，现代的词学研究以融合西学的现代文艺学为理论基础，以现代科学方法为主要研究手段。

　　研究这种转换的动因、过程，梳理词学质变的基本轨迹，不仅有助于我们客观地把握这一时期的词学思想，而且还有助于我们更准确地考察中国传统学术研究手段和学术思想在生存环境发生巨大变化时自身发展变化的规律，在此基础上，又可总结出一些中西方文化冲突中中国传统文化如何应变的经验与教训。这是一件很有意义的工作。但遗憾的是，总体上看，在此领域开拓的学者不多。究其原因，大致受到如下两方面的局限：其一，由于习惯上以"五四"为界，将中国文学史划分为近代和现代两部分，因此传统的词学研究一般到王国维结束，而现代文学的研究又往往将词学归入传统文学的研究范围而不加关注，因此二十世纪二三十年代的词学在相当长一段时间内几乎成了近代、现代文学都不管的研究盲点。这几年的情况有所改变，开始有不少词学家关注这一块，一些基础性的研究也已经展开，但从总体上看，与现代文学相比，无论在研究者还是研究成果的数量上，都是相差很远。其二，以往的词学研究一般对单个词学家研究较多，对词学家之间的联系关注较少，也即点状的研究多，线状的研究少，不利于对中国词学思想发展演化方向作宏观的研究和把握。鉴于此，我们必须打通近、现代的隔阂，勾画出中国传统词学"转换"的基本线索，分析其利弊得失。

## 第二节　近代社会形态变化与
## 词学的蜕变

中国传统词学的现代化转型与中国近代社会的形态变化密切相关。具体来说，鸦片战争后西学东渐的社会思潮与"五四"新文化运动是中国传统词学蜕变的社会政治、文化背景，也是其主要推力。因此，中国的词学在传统向现代的转换过程中，也大致经历了相应的两个阶段：第一阶段是中国现代词学的初创时期，这时期以引入西方文艺观和研究方法为主；第二阶段是中国现代词学的确立期，其间词学家开始对引入的新观念、新方法重新加以审视，并将其与中国传统词学的自身特点结合起来，其作风更务实，观念也更成熟。

前一阶段的主要人物是梁启超和王国维。两人词学观是传统词学的延续，但已开始蜕变，更多地融入了时代色彩，表现出词学从传统到现代过渡的基本特征。两人都直接引进西方的美学、哲学观念和社会学观念，在西方文学体系的参照下，跳出传统词学在观念上的束缚，在纯文学和社会文艺学两个方向上试图建立新的词学观，尽管两人的观点都有所偏颇，但毕竟为现代词学的确立做了可贵的尝试，代表了这一时期词学的新的发展方向。

以下试对两人在中国传统词学现代化进程中的作用分别叙之。

梁启超的词学思想呈现出一种中西融合的态势，明显地带有他所处时代的特征——较深厚的传统文化根基和西方文艺学的新鲜气息。从西学的角度来看，梁启超强调以文艺开启民智，改造国民品质，并将社会价值作为评判文学作品的主要标准；在传统方面,梁启超的词学思想继承了儒家诗教的基本精神,强调以诗词言志,并要求诗词担负起"美教化、移风俗、正人伦"的社会责任。而就西方文艺思想而言,其实也存在多种的倾向和流派。梁启超取其社会价值标准,与当时中国的社会现状和他融政治家、思想家、文学家为一体的特殊身份有关。

梁启超的思想体系中,以开启民智,改造国家为一以贯之的主导思想,词学思想只是其中很微小的一部分,因此这微小的一部分也不是他思想主体以外的。在这一微小部分中,传统诗教和西方文艺思想中的文艺启蒙思想找到了一个很好的结合点,这就是强调诗词的社会功能。两者之所以能够很好地结合,除了它们在客观上的确有许多相同之处外,更重要的一点就是梁启超本人思想中也表现出了,由旧向新转变时期中传统文化与外来文化的并存状态。

但梁启超词学思想中新旧并存的状态并不是静止的,新的要素经历了一个从无到有、从少到多的增量过程,这个过程也就是以经学为基本支撑点的晚清传统词学,向以西方文学理论为基础的现代词学逐渐转换的过程。这具体地呈现为两个方面的变化:首先,以点评为主的传统词话形式向结构完整、逻辑严密的文艺专论形式过渡。因此,梁启超的词学论著大致可以分成两类,一类以《饮冰室词话》《饮冰室诗话》为代表,采用的是传统的词话、诗话、题跋等形式,一般以片言居要式的点评为主;另一类以《中国韵文里头所表现的情感》《中国之美文及其历史》等为代表,采用的是篇幅较长、结构较完整的文艺专论形式。两类同时存在,但总体表现出由前者向后者转换的态势。其次,在内容上由点滴的个人感受向系统的理性思索过渡。这一点与上一点密切相连,换言之,是一个问题的两个侧面,因为是个人的点滴感受,不要求完整、严密,也不要求论证,所以只能是片言只语,而如果是理性思索,就要求严密、完整，成系统，同时还需要以科学的手段加以充分的证明，这样一个过程用片言只语是不可能完成的，因此只适宜于篇幅较长的文艺专论形式。传统的谈个人感受的方法固然有其优点，只言片语能使人豁然开朗；但由于是作者个人的感受，感性的东西较多，科学性有时就显得不够。理性思索虽然也很难完全除去主观性的因素，但由于经过严密的论证，一般说来科学性要强于个人的感受。梁启超词论中以理性思索为主的文艺专论的大量存在，表现出其词论中现代要素的明显增强。

梁启超的词论总体呈现一种中西结合、传统与现代并存的状态。在中国传统词学理论向现代的转型过程中，他既是一个过渡性的人物，又是一个奠基人，他为现代词学理论系统的建立做出了巨大的贡献。

王国维，在中国传统词学向现代词学的转换过程中，能运用西方文艺观点和美学思想来研究中国词学，应该说是使中国传统词学更具有科学性和合理性的重要词学家。《人间词话》是一部集中体现他词学思想的重要著作。该书虽然采用中国传统词学的形式，如片言只语、不强调系统等，但骨子里却渗透着西方文艺思想，是中西合璧的产物，表现出现代词学的基本特征。王国维是中国词学由传统到现代转换过程中里程碑式的人物。

严格地说，王国维并不是一个纯粹的、专业的词学家，他只是喜好词，对词亦有所见解，断断续续地写下了一些有关词的论述，但是这些对词的论述却建立在一种以西方哲学、文艺学为基础的，有别于中国传统词学观的词学思想之上，不仅令传统词学耳目一新，而且对中国词学由传统向现代化的转化也产生积极意义。其价值主要表现在以下两个方面：

首先将西方的文艺观念引入到传统的词学批评中，为传统词学的现代化转换注入了新的造血机能。这种引入，就显性而言，是用西方文艺观来直接评价中国的传统词作，如《人间词话》；就隐性而言，则是他的总体文学观对传统词学观念的影响。显性的方面易见，此处不再赘述；所谓隐性，是指王国维虽然没有就词的功能定位等涉及到观念性的问题直接发表过意见，但他的总体文学观、美学观却又间接地对这些问题产生了影响。在传统的词学观中，对词的功能定位主要有两种意见：一种是从词最初的自然功能延伸下来的，或将其定位在娱乐为主的小歌词，或稍进一步，主要将其用来表达儿女之情；另一种则将其视作一种特殊形式的抒情诗，也要求它承担"美教化、正人伦、移风俗"的社会政教功能。其间虽有不断的反复，但就清代而言，后一种反而更多地被倡导。浙派早期词家强调骚雅，其本质还是赋予词一定的社会功能，以后常州词派的讲词史、尊词体，其核心更是如此。王国维完全跳出了传统词学观的窠臼，既没有将词定位在纯粹言情或娱乐的功能上，也没有将词纳入到传统的儒家诗教或梁启超式的社会学诗歌的范畴内，他把词视作一种独立的抒情美文，要求表达一种对宇宙人生的真实感受，体现其独立的美学价值。

　　这一词学思想是他总体文艺观的具体体现。王国维的文艺观基本上来源于西方社会，十分强调文学、哲学、美术等的独立地位，因而，他对我国历来以政治统摄一切，哲学、文学、艺术等难以独立，甚至成为社会政治之附庸的做法十分反感，他强调哲学家、美术家，自然也包括文学家，要坚持自己的独立地位，意识到自己所从事事业的独立价值。他认为："且政治上之势力有形的也，及身的也；而哲学美术上之势力，无形的也，身后的也。"[①]今天看来，王

---

[①]　王国维《论哲学家与美术家之天职》，周锡山编校《王国维文学美学论著集》，北岳文艺出版社，1987年，第36页。

国维的观点不无偏颇。实际上,无论在中国还是在西方国家,文学、艺术要彻底摆脱现实政治,做到真正意义上的独立是不可能的,但关键的是在当时的条件下,王国维的观点却有一定的意义。因为当时词坛有两种较有影响的观点,一是常州词派的观点,这是当时的主流词学,影响相当大,其观点就是传统儒家诗教在词学里的延伸。另一种则是以梁启超为代表的社会学词学观,即将词的创作和评价纳入到改造社会、开启民智或者拯救国危的方向上去,这种观点在西力东侵、国家危急的背景下也产生一定的影响力。这一词学观的产生有一定的合理性,事实上在我国的发展进程中也起过一定的作用,只是这种词学观究其实质,仍然未能跳出传统词学思想的基本框架,其特点就是将词与社会政治过分紧密地联系在一起,只不过传统的词学观是要求词为维护封建政治服务,而这种词学观是要求词为当时的现实政治服务。这两种观点的共同点在于以不同的理由来弱化,甚至取消词本身的独立性。而受到西方文艺观影响的王国维,则基本上摆脱了传统文艺思想的束缚,他强调文学的独立性,虽在当时的社会背景下不太现实,但这种矫枉过正的思想不仅可以起到纠偏的作用,而且可以使中国包括词学在内的文学观更加全面,更加丰富。

其次是摆脱了浙西、常州两词派的纠缠,着眼于新词学观的建构,为传统词学的现代化转换奠定了良好的环境基础。纵观整个清代词坛,基本上都为浙西、常州两词派牢笼,清前期、中期是浙派的天下,清后期则有常州词派称雄,词学家的词学观也大都非此即彼,跳不出两派的圈子,即使有不倚门户者,也往往是综合两家而已,很难说真正不受其影响。究其原因,就在于人们没有摆脱传统观念的束缚,视野比较窄。王国维则不同,他虽然在某些手法甚或观点上也受浙西、常州词派的影响,但从总体看,其词学观吸取西方的美学思想,起点较高,因此他的思维方法、看问题的视角等都与传统的词学观有差异,能跳出了浙西、常州两派的纠缠,以一种全新的观念、方法来评论、研究词。这一点,只需通读《人间词话》就可了解王国维对浙西词派、常州词派的基本态度。

王国维并未刻意地否定两家,毕竟两家在一些具体的方法和观点上也有其合理性,因此他在有些手法和观点上甚至也有与两家一致的地方,但从总体上看,王国维对整个清代的词学研究并不是很以为然。他曾说:"明季国初诸老之论词,大似袁简斋之论诗,其失也,纤小而轻薄。竹垞以降之论词者,大似沈归愚,其失也,枯槁而庸陋。"[1]他尤其对张惠言"胶柱鼓瑟"的说词方法不满。他说:"固哉,皋文之为词也!飞卿《菩萨蛮》、永叔《蝶恋花》、子瞻《卜算子》,皆兴到之作,有何命意?皆被皋文深文罗织。"[2]从这两段话中,大体可以看出王国维对清代词学以及对浙西、常州两家的一些态度。由于王国维已经跳过两家,着手以新的文艺观念为基点来评价中国传统的词,这事实上在清以后的词坛上不仅引进了一种新方法、新视角,而且还开创了一种新的学术风气。

## 第三节　词学研究格局的重新整合与中国现代词学的确立

以倡导"白话"文为标志的"五四"新文学运动,以前所未有的力度与旧文学彻底决裂,中国文学就此翻开崭新的一页。如上所述,在这波澜壮阔的"新文学"大潮中,词的创作所受影响并不太

---

[1]　况周颐、王国维《蕙风词话　人间词话》,人民文学出版社,1960 年,第 242 页。
[2]　况周颐、王国维《蕙风词话　人间词话》,人民文学出版社,1960 年,第 233—234 页。

大，但以词为研究对象的词学却无论在观念上还是在研究方法上都受到一定程度的冲击。胡适将传统的词学放到"新文学"的视野中加以观察和研究，表现了"新文学"运动倡导者对传统词学的基本看法与要求。

虽然胡适并非一个专业的词家，但由于他的学识、才气以及社会地位和学术号召力，使他的词学思想在相当时间、相当范围内产生影响力。关于胡适的词学理论，我们将在本书有关章节中专门讨论，这里不作展开。简要地说，胡适词学观的关键有两点：一是文学进化论（他提出新文学样式生于民间、死于文人的循环说，倡导白话词等，都可以归到这一点）；一是推崇苏辛，强调词的社会功能。事实上这两种词学观，除传统文艺观的影响、胡适个人性格的偏爱外，也是时代的产物。鸦片战争后的中国社会一直处于一种动荡之中，社会矛盾十分尖锐，即便"五四"前后也是如此，这样的社会状况往往需要一种质实的文学，担负起拯救民族，改造社会的部分责任。因此，注重词的社会功能的词人，如苏、辛等容易被人接受，他们的作品也容易引起人们情感上的共鸣。此外，"五四"文学革命也对这种词学思想的产生起了直接的作用。"五四"文学革命主要提倡两条：一是要求建设人的文学，也就是有关痛痒的文学；一是建设活的文学，也就是白话文学。前一条如上所述，与整个社会背景相关，而后一条的主要根据就是文学进化论。而重视民间文学，建设平民文学等的理论倡导又与上述两点都相关。胡适的词学观可以视作社会现实与"五四"文学革命对词学的双重要求。反过来讲，胡适的词学观也可以认作是一种遵命词学观、社会词学观。前面已经说过，胡适和梁启超一样，并不是一个纯粹的词人，他首先是个社会活动家、学术活动家，有着较强的社会意识，这就使他的词学研究显得不很透彻，至少在对个别词家（如吴文英、姜夔)的微观研究中是这样。他说了许多过头的话,他说这些过头话自有他的理由,除了个人原因外,矫枉过正也是一种解释。在当时词学研究比较传统也比较沉闷的情况下,非"过分"不足以引起人们的关注,自然也起不到开风气之先的作用。其实"五四"提出"打倒孔家店"的口号,提出"选学妖孽,桐城谬种"的口号不同样也是一种过头话吗? 这是当时形势的需要。就像今天要历史地看待"五四"的文学主张一样,我们也应历史地、科学地对待胡适的词学观,不能以现在的标准来评判当时的胡适词学观,更何况胡适对中国词学宏观的研究是经得起相当一段时间的检验的。

确切地说,胡适的词学研究实质上是新文学运动在词学研究领域的延伸,只不过这种延伸更多地表现为胡适的业余性质——并没有用全力,加上当时词的创作仍然固守传统,就很难一下子改变当时词学的整体面貌。但尽管如此,随着现代出版业的飞快发展,词的传播媒介的变化以及现代教育体制和文化消费方式的改变,词学研究的基本格局发生了很大的变化。一部分文人仍然用一种传统的方式来创作词,研究词,传播词,这部分人主要以遗老遗少为主,如朱祖谋、况周颐等。一部分文人在继承传统的基础上开始接受现代词学观念和现代研究手段,这批人的身份主要以大学教师、报刊从业人员等为主。新的、不同于传统的研究环境很容易使他们向现代词学靠拢,他们尽管在词学观念上仍然以传统为主,但在研究手段和传播方式上更接近于现代。他们是当时词学研究的中坚,尽管他们的号召力尚不如朱祖谋等人,但他们的成长和向现代词学的渐变决定了中国现代词学只能在他们手上产生。一部分文人则基本以"五四"新文学的眼光来批评和研究词学,用社会学的标准来看待词学。于第三部分文人而言,传统的词学观在他们身上几乎很少体现,因此他们的观点虽也有独到之处,甚至也有特定的价值,但从传统的、专业的角度看来,他们往往容易被认为是外行和圈外人。一方面,他们的词学能够在社会上产生较大的影响,但另一方面,他们的观点又往往让专业词家不屑一顾,因此也很难改变词学的面貌。这是"五四"文学革命以后词学研究的基本格局。与这种基本格局相一致,这时期的词学家也呈现出三种类型,这就是第一章中所说的"传统词学家""新型词学家"与"内外兼修"的"现代词学家"。三种类型中,以夏承焘、唐圭璋、龙榆生等为代表的现代词学家最值得关注。他们继承了传统,有相当扎实的词学功底,却又不拘泥于传统,有不断接受新观念,创造新事物的欲望和能力。如龙榆生,他既是朱祖谋的衣钵传承人,又是现代词学传播媒体的创始人和主持人;他既能熟练运用传统词学的考证方法和点评方法,又能以现代的分析方法和实证方法来研究词。中国现代词学最终在他们手上得以确立。

需要补充的是,传统词学向现代词学的转换,主要表现在文学观念、研究视角、研究手段和成果形式等方面的改变,除此之外,词学传播媒介的变化也是相当重要的一环。传统的词学传播媒介主要是纸质书籍,而现代的词学传播媒介除书籍以外,还有各种专门的词学刊物和其他的刊物、报纸。这些词学刊物事实上已经成了词学研究的中心,对形成新的词学研究风气,推动现代词学的确立都起了相当重要的作用。龙榆生先生创立并主持了《词学季刊》等刊物,是词学传播媒体变化后最为关键的人物,他为现代词学的最后形成做出了杰出的贡献。

词学从传统到现代的转换过程中有几个大的关节点:王国维的词学思想明显受西方哲学、美学的影响,但他所采用的词话形式仍是传统的;梁启超用社会批评的方法来研究词,其思维方法偏于西式,缺憾是对词本身的特性关注不够。他和王国维的词学观都明显带有西学的色彩,但一个重艺术性,一个重社会性,正好代表了两个相反的倾向。胡适是"五四"新文学运动的主要倡导者,他将词学放到新文化的视野中去观察,尽管在对词的宏观研究中取得重大突破,产生相当大的影响,但他与梁启超一样,不太注重对词的艺术本体的研究,因此很难被专业词家所认同。夏承焘、唐圭璋、龙榆生等既有深厚的传统词学功底,又不乏现代思想意识,中国现代词学在他们手中得以确立,并非偶然。另外龙榆生所创立、主持的现代词学刊物,也为现代词学提供了最有效的传播媒介。龙榆生、夏承焘、唐圭璋等为代表的现代词学家取得词学研究的主流地位,标志着中国现代词学的正式形成。

# 下 篇
## 词学新旧转化与
## 词学家代际替换

# 第六章
# 吴梅在词学新旧转换中的阶段与意义

　　吴梅(1884—1939)是现代著名的词曲大家,上承朱祖谋等旧派词人,下启唐圭璋等新一代学者。从身份的角度来看,吴梅兼具传统词人和现代学者双重身份,这使得他的词学呈现出"新旧之间"的状态,在中国词学新旧转换的过程中具有独特的意义。

　　他最早在北京大学开设戏曲类课程,领一时风气。此后在中山大学、东南大学、光华大学、中央大学等高校任教,培养有唐圭璋、卢前、任中敏等弟子。从现代词学的演进来看,吴梅身处两代词人之间。与朱祖谋、况周颐等人相比,吴梅在现代高校中从事教学和研究,是词学研究的专业学者;与唐圭璋、任中敏等人相比,吴梅的学养源自传统词学,词家、曲家的身份更为浓重。吴梅兼具传统词人和现代学者双重身份,其词学也呈现出了"新旧之间"的状态。这种"新旧之间",可以从宏观和微观两个层面考量。从宏观来看,吴梅以传统学人的身份进入高校开设词曲课程,教学内容虽然以讲授填词法为主,但是同时为学生提供了词曲合并研究和通代词史观等研究方法。这两种方法是从传统填词法提炼而来,是将传统的词体声律知识与词选进行了一定程度的学理化改造。从微观来看,吴梅的曲学修养使他对当时声势浩大的"四声词"与"梦窗热"保持一定的疏离。《词学通论》具有双重形式特征,在编纂方法上与传统词话相似,但又有具备现代词史著作的表述方式。吴梅既是传统词人的代表,亦是现代词学的先声。这种"新旧之间"的学术状态,是现代词学演化的初期阶段。

## 第一节　传统教育与现代高校的交汇

　　吴梅"新旧之间"的学术状态,本质还是时代使然。吴梅生于1884年,早年习作八股、参加科举考试,与传统知识分子无甚差别,后因科举废除四处谋职。1905年至1909年间,曾在东吴大学做助教,协助黄人编纂《中国文学史》。吴梅自幼便喜欢俗文学,曾向俞宗海学习作曲、唱曲之法,与朱祖谋、陈衍也多有交往。自1903年开始便陆续有《风洞山》《袁大化杀贼》等作品问世,这奠定了吴梅在传统文学方面的基础。虽然早年多在中学、地方师范任教,但这并不妨碍吴梅钻研曲学。在1906年之后,吴梅陆续发表《奢摩他室曲话》《奢摩他室曲旨》《顾曲麈谈》等著作。这也为他后来进入高校任教,埋下伏笔。

　　根据陈舜年回忆,吴梅在1917年赴北京大学任教的原因,是蔡元培阅读了《顾曲麈谈》后,表示欣赏,后由陈独秀出面聘请至北大授课。[①] 任中敏回忆道:"蔡校长重视美育,固重文学,亦重艺术,遂由词曲而及戏剧。认为凡此皆美育范围内应有之发展,正赖于大学文科内设专业课,以昌明之。"[②]蔡元培任北大校长后,聘请

---

① 　王卫民《吴梅年谱(修订稿)》,马以君主编《南社研究(第3辑)》,中山大学出版社,1992年,第23页。
② 　任中敏《回忆瞿庵夫子》,见王卫民编《吴梅和他的世界》,河北教育出版社,2002年,第102—103页。

陈独秀为文科学长，促成了一时风气之改变。《新青年》在 1917
年还特地介绍了《顾曲麈谈》一书，认为该书："前三章详论填词
作曲之法度，后一章于元明清三朝曲家之遗事著作，称述略备。
合王国维氏之戏曲史读之，于元明词曲源流，思过半矣。"①将吴
梅的《顾曲麈谈》与王国维的《宋元戏曲史》对举，在当时的语境
中，已然是扬誉。胡适在《归国杂感》中说："文学书内，只有一部
王国维的《宋元戏曲史》是很好的。"②可见当时的学人对该书的
认可程度。

　　吴梅受聘到北大，从总体的学术氛围来看，是因为文学观念发
生了变动。在蔡元培任职前的北大，文科方面处于姚永朴、姚永
概、林纾等桐城派的势力范围。在 1913 年沈尹默被聘到北大之
后，章太炎的学生就开始逐渐取代桐城派的人员。与此同时，经学
主导的文学观念受到冲击，以西方纯文学为主导的文学观逐渐占
据主流，戏曲、小说的地位逐渐上升。吴梅到北大任教之后，上海
《时事新报》攻击此事，认为不应在高校开设戏曲课程。陈独秀回
击道："上海某日报，曾著论攻击北京大学设立'元曲'科目，以为大
学应研求精深有用之学，而北京大学乃竟设科延师，教授戏曲，且
谓'元曲'为亡国之音。不知欧美、日本各大学，莫不有戏曲科
目。"③从这段话便可以看出此时的文学观念的变动，以及评价标
准的改变。经学已经不再居于主导地位，课程设置、学科分列上渐
向西方靠拢。在《北京大学日刊》1917 年 11 月 22 日的《文科研究
所国文学门研究员认定科目表》中，选择"曲"为研究科目的有麦朝
枢、查钊忠、骆鸿凯、顾名、刘光震，可见青年学子对戏曲研究还是

---

① 　《书报介绍》栏目，《新青年》1917 年第 3 卷第 5 期。
② 　胡适《归国杂感》，《新青年》1918 年第 4 卷第 1 期。
③ 　陈独秀《随感录(三)》，《新青年》1918 年第 4 卷第 4 期。

很有兴趣的。<sup>①</sup> 而在《北京大学日刊》同年 12 月 4 日《国文研究所研究科时间表》中，吴梅便承担了"曲"的授课<sup>②</sup>。将吴梅引进北京大学，无疑促进了戏曲课程的开设与发展。可以对比承担"词"的教学的刘农伯（刘富槐）和伦哲如（伦明），二人虽然任课，但并不精于词学，后来北京大学引进刘毓盘承担词学课程。可见旧有的师资力量难以承担新的课程，北大需要更专业的教师，以承担新的教学任务。

　　吴梅在北大期间，虽然未开设词学课程，但是现代高校教育却改变了这位学人，使得他以编写教材、授课的方式从事学术研究。教材编写是高校授课的重要工作，1904 年清政府颁布《奏定学堂章程》，其中《学务纲要》规定："官编教科书未经出版以前，各省中小学堂亟需应用，应准各学堂各学科教员按照教授详细节目，自编讲义。"<sup>③</sup>这里的讲义便是教材。吴梅后来在中央大学任教时，曾"饭后再赴校，空论一小时，盖讲义处不印讲义，只得空论"<sup>④</sup>，可见教材对教师授课的重要性，一些文献的内容可以印制在教材上发给学生，老师上课便可以从材料中引发论述。吴梅在北大时期的讲义有《词余讲义》和《词源》，此时虽然没有承担词学类课程，但是已经为吴梅在高校任教提供了经验。《词余讲义》的序言说道：

　　　　丁巳之秋，余承乏国学，与诸生讲习斯艺，深惜元明时作
　　　者辈出，而明示条例，成一家之言，为学子导先路者，卒不多

---

① 《文科研究所国文学门研究员认定科目表》，《北京大学日刊》第 6 号，1917 年 11 月 22 日第 2 版。

② 《国文研究所研究科时间表》，《北京大学日刊》第 16 号，1917 年 12 月 4 日第 2 版。

③ 璩鑫圭、唐良炎《中国近代教育史资料汇编·学制演变》，上海教育出版社，2007 年，第 509 页。

④ 吴梅著，王卫民编校《吴梅全集·日记卷》（上）1932 年 1 月 20 日条，河北教育出版社，2002 年，第 77 页。下引《吴梅全集》均为此版本，不再注明。

见。又自逊清咸同以来,歌者不知律,文人不知音,作家不知谱,正始日远,牙旷难期。亟欲荟萃众说,别写一书。[1]

吴梅的词曲课程并非是单纯的研究,更是要让学生识曲、懂曲,讲求读、唱一体,要为引导诸生进入曲学的门径。这其实便能看出吴梅将传统词曲创作引入教学之中,由创作入门,进而研究。

　　吴梅在北京的五年,是人生重要的转折,他在高校的场域获得了学者、教授的身份,这使得他不同于一般的词人、曲家。此时正值戏曲、小说的研究热潮,胡适日记1921年6月2日记:"遇见吴瞿庵先生(梅),我请问他有几种关于《水浒》的戏曲,……我今天检得作《义侠记》的沈璟是万历二年的进士。瞿庵说作《水浒记》的许自昌是吴县诸生,也是万历时人。"[2]钱玄同日记也记有吴梅关于"昆曲中唱北曲,仍照中州音读","南曲遇入声字,必读如今江南之入声"[3]等观点,虽然钱玄同不认可,但不可否认的是,吴梅带来了胡适、钱玄同等人不具备的文化资源。但是吴梅对新文化运动者的评价却不甚高:"他们对于国文要怎样的改良,又要把科学的方法去整理国故,说得天花乱坠,在杂志上大发论调,其实平常上课,没有照着自己的说话做去的。所以日日讲整理国故,究竟也没有造出几个好学生出来。"[4]这体现了吴梅内心对新文化思潮的抵触情绪。可见胡适等人对国故的态度,难以获得吴梅的认可。吴梅并非趋新人士,他更多地处于"新旧之间",这一点也可以从吴梅兼具创作与研究的课堂中看出。

---

① 吴梅《词余讲义》,见《吴梅全集·理论卷》(上),第161页。
② 胡适《胡适日记全集》第3册,台北联经出版事业股份有限公司,2004年,第76页。
③ 杨天石主编《钱玄同日记(整理本)》(上)1921年2月3日条,北京大学出版社,2014年,第373页。
④ 吴梅《对于中学国文的我见》,《苏中校刊》1928年第1卷第9期。

## 第二节　创作与研究并重的词学课堂

吴梅先后在中山大学、东南大学、光华大学、中央大学等学校任教,开设"词学通论""词选"等课程。在教学过程中,吴梅编纂《词学通论》作为教材,并且创办"潜社"组织学生填词作曲。这与他在北京大学时的戏曲教学一致,不仅有理论性的学习,更有实践性。尉素秋对吴梅的教学回忆道:"吴师则担任一至四年级词曲必修和选修课程。一年级的《词学概论》一开始,规定每两周填词一首,限制很严,尽选些僻调、难题、险韵。"①唐圭璋在《我学词的经历》中回忆道:"吴先生初开'词学通论'课,讲授词韵、平仄、音律、作法以及历代词家概况,使我初步了解到有关词的各方面知识。"②唐先生回忆的内容就是《词学通论》的章节,该书是他上课时的教材。

从学生的回忆可以看出,吴梅的课堂为学生提供了两方面的训练:一是以创作为目的,教授学生填词的规范,并辅之以结社,促进学生掌握填词技巧;二是基于填词法的词学研究,包括将传统词体声律知识转变为词曲合并研究,将传统的词选学理化为通代词史观,为学生继续从事词学研究做准备。吴梅课堂中的创作与研究并非截然对立,而是相互结合,呈现出纠葛的状态。吴梅是最早一批在高校开设词曲类课程的知识分子,因而在学术研究中必然会带着传统填词法的特征。

从创作的角度来看,吴梅对填词过程的讲授,与传统的学词路

---

① 尉素秋《词林旧侣》,见巩本栋编《程千帆沈祖棻学记》,贵州人民出版社,1997年,第400页。
② 唐圭璋《我学词的经历》,《文史知识》1985年第2期。

径一致①，主要是从词论、词律、词韵、词选入手。词论是让学词者鉴别词品的高下、了解词体的风格等，词韵、词律提供的是词体形式规范，词选是选择优秀的作品加以学习，这四项是传统学习填词的必备内容，这也体现在《词学通论》的章节设置上。《词学通论》的第一章为"绪论"，总起全书，吴梅在这一章集中表达了自己对于词体的认知以及风格的喜好，强调通达的声律观与"自然"的词风。第二章到第四章，涉及到平仄四声、词韵与词乐，吴梅在这三章重点讲述了入声协三声的规则，词韵的使用规范，词乐的基本知识等。第五章为作法，以一字句到七字句为序，讲授填词的技巧，并且再次强调了"词以自然为宗"②。第六章到第九章是对历代词做介绍，吴梅的介绍方式是先对该朝代的填词成就做一总体概括，然后对该朝代的重要词人进行逐一介绍，每位词人都选择一首代表性词作，并结合词话、笔记等内容对词人、词风进行讲解。如此一遍走过，学生对于如何填词以及词的发展历史，便有了基本了解。吴梅除了《词学通论》之外，还撰写《论词法》。该书分为：结构、字义、句法、结声字、杂述，主要是《词学通论》"绪论"与"作法"两章的浓缩，这也从另一个侧面证明，《词学通论》具备填词法功能。吴梅的填词教学，也辅之以词社等活动，唐圭璋回忆道："春秋佳日，星期有暇，先生常率领我们学生游览南京名胜古迹，每到一处，都和我们一起作词谱曲。……先生在校时，还建立'潜社'（取'潜心学术'之

---

① 清代查继超编选的《词学全书》，内含毛先舒《填词名解》、王又华《古今词论》、赖以邠《填词图谱》、仲恒《词韵》；秦恩复编选的《词学大全》，内含曾慥编《乐府雅词》、赵闻礼《阳春白雪》、张炎《词源》、陈允平《日湖渔唱》、凤林书院本《元草堂诗余》、菉斐轩本《词林韵释》。两套丛书都可作为学词的指导用书，内容上大致包含了词论、词律、词韵、词选。

② 吴梅《词学通论》，复旦大学出版社，2005 年，第 33 页。下所引《词学通论》均为此版本，不再一一注明。

意)作词，……并刻过《潜社词曲汇刊》。"①通过结社、刊刻社集的方式，学生们也得以实践所学的知识。

从研究的角度来看，吴梅的词学课堂注重两种研究词学的基本方法，一是词体声律研究，二是通代的词史观。声律问题是填词的必备知识，同时也是词学研究的一个重要方面，龙榆生在《研究词学之商榷》中列出"图谱之学""词韵之学"等，便是来自于传统的词体声律学。而民国时期的高校已经是分科教学，音韵学等内容已非学生的必修课程。吴梅曾表示："今则学校教授，音韵废而不讲，学者年至弱冠，而于平仄且瞢如焉，遑论四声，遑论阴阳清浊乎？以之习曲，自然难之又难矣。"②习曲难，习词亦难，从更广义的角度来说，音韵知识的短缺，导致学生于古代韵文有隔膜，因此吴梅要在《词学通论》中用一半的章节讲解音韵及与之相关问题。吴梅在具体的讲述中，采取了"词曲合并"讨论的方法，将词体与曲体进行对比研究。吴梅曾对龙榆生说："以南北曲之理论词，可领悟者不少。若以南北曲之法歌词，则谬以千里矣。"③"词曲合并"是要从音乐的角度探求词曲的相同性，借曲论词，但是在文体上则保持二者的区别。既要见"同"，也要见"异"。在词乐亡佚的情况下，吴梅参考南曲的演奏方式，来构拟词乐的相关理论，如《词学通论》中"词中入声协入三声之理，与南曲略同"，"今南曲中遇入声字，皆重读而作断腔，最为美听。以词例曲，理本相同"④等。《词学通论》对管色的定义是"以限定乐器用调之高下也"⑤，这延续了

---

①　唐圭璋《我学词的经历》，《文史知识》1985 年第 2 期。
②　吴梅《顾曲麈谈》，见《吴梅全集·理论卷》(上)，第 108 页。
③　吴梅《与榆生论急慢曲书》，见《吴梅全集·理论卷》(下)，第 1126 页。
④　吴梅《词学通论》，第 10、11 页。
⑤　吴梅《词学通论》，第 21 页。

《顾曲麈谈》中"宫调者,所以限定乐器管色之高低也"①。另如吴梅解释姜夔的"《惜红衣》为无射宫,俗名黄钟宫,管色用下凡,即今乐之凡字调"②,所谓的"今乐之凡字调"就是《顾曲麈谈》中列举的曲律的宫调。吴梅在《词与曲之区别》中,从音律、结构、作法三方面论述词曲在文体上的差异,认为词变为曲的关键点在于宋代大曲。以上是吴梅"词曲合并"的具体实践,他通过现存曲调来解释宋代词乐,这种方法可能过于以今律古,但未尝不是有益的探索。

吴梅课堂的研究性质,也体现在他的通代词史观上。古人在词话中对历代词史的梳理,往往包含着褒贬,多将宋词定为顶峰,将明代视为低谷。其本意并非客观地梳理词史,而主要是为了告诉填词者应学习宋词,不应学习明词,本质上是一种面向创作的批评。从研究的角度来看,吴梅更加强调一种通代的词史观。《词学通论》从第六章开始,客观叙述宋、金、元、明、清的词史发展,并无偏废。在具体的论述上,每位词人只选择一首词用以讲解,放弃了传统词选择优详述的倾向,转以全面介绍为主。对于历代词的发展,也不再是感觉式的评价,或一语带过,而是具有深入的学理分析。以第九章"概论四 明清"为例,吴梅认为明词芜陋主要有四点原因:一是宋人词集流传不广,学者只能学习《花间集》《草堂诗余》;二是明代科举考试任务繁重,在填词上投入精力较少,即便有创作,也多是台阁内吟咏性情、应酬赠答,质量不高;三是杨慎等明代代表性词人,对词体的认知不高,以"花草"为追拟,使得明词难以扭转既有局面;四是南曲对词体的侵害。③ 这四点已是十分深刻的分析了。即便吴梅认为明词芜

---

① 吴梅《顾曲麈谈》,见《吴梅全集·理论卷》(上),第7页。
② 吴梅《词学通论》,第28页。
③ 吴梅《词学通论》,第107—108页。

陋,仍旧选出了九位词人进行讲解,并且客观评价了他们在词史上的贡献,这使得学生可以完整了解明词的发展。民国时期是现代古典文学研究的起步阶段,学者需要将思路从创作调整为研究,通代的词史观其实是最早的研究思路,有利于全面梳理历代词的发展过程。

吴梅的教学内容兼有创作和研究,创作是吴梅作为传统词人的体现,研究则更多地体现了现代学术的研究意识。他在《顾曲麈谈》中说:"余十八九岁时,始喜读曲,苦无良师以为教导,心辄怏怏。"①鉴于过往欠缺名师指点的经历,吴梅在教授词曲时尤为注意金针度人。因此吴梅培养出一众优秀弟子,如唐圭璋、任中敏、万云骏等,这些学者无不兼擅创作与研究。任中敏直接继承了吴梅的研究方式,在《词曲合并研究概论》中明确提出了"词曲合并研究法",并计划从列体、辨体、计调、辨调四个层面进行展开;万云骏也有《诗词曲欣赏论稿》;唐圭璋编有《全宋词》《词话丛编》,并著有《元人小令格律》等,他们都从不同角度继承并发扬了吴梅的治学思路。吴梅授课中创作与研究并重的特点,也体现在《词学通论》的形式特征上,该书既有传统词选、词论的特征,又具备现代词史专著的论述方式。

## 第三节　《词学通论》的双重形式特征

吴梅课堂上新旧融合的特点,延续到了《词学通论》上,使之具备双重形式特征。该书采用了传统选本的编纂方式,可以分为词论选和词选两部分;从"历代词概论"部分的表述方式来看,该书也符合现代词史专著的表达。这种新旧之间的状态,体现了从传统词话、词选向现代词学专著的过渡,也体现了吴梅将传统学术资源

---

① 吴梅《顾曲麈谈》,见《吴梅全集·理论卷》(上),第3页。

转化为现代学术论述。

《词学通论》旧的一面,体现在该书的选本特质上。《词学通论》一书没有序言,该书的编纂初衷与编纂方式,可以参考《词余讲义》的序言中的"亟欲荟萃众说,别写一书"[①]。从这句话可以看出,吴梅编纂《词余讲义》的方式是"荟萃众说",即以选录的形式编纂而成。1927 年中山大学印发的《词学通论》和《词余讲义》,第一页都标有"吴梅 选"的字样。这个"选"包括作品和词论的编选。从选源的角度来看,《词学通论》在"论韵""论平仄四声"部分,主要引用万树的《词律·发凡》、戈载《词林正韵·发凡》;在"两宋"部分,主要引用陈廷焯《白雨斋词话》、刘毓盘《词史》等;在"金元"部分,多引用《中州集》与《归潜志》;明词部分多引用王昶的《明词综》。限于篇幅,仅列举三处,以概其余:

| 《词学通论》 | 引用内容 |
| --- | --- |
| "第一章·绪论":小令、中调、长调之目,始自《草堂诗余》。……钱唐毛氏云:五十八字以内为小令;五十九字至九十字为中调;九十一字以外为长调,古人定例也。此亦就草堂所分而拘执之。所谓定例,有何所据?若以少一字为短,多一字为长,必无是理,如《七娘子》有五十八字者,有六十字者,将为小令乎?抑中调乎?如《雪狮儿》有八十九字者,有九十二字者,将为中调乎?抑长调乎?[②] | 《词律·发凡》:自《草堂》有小令、中调、长调之目,后人因之,但亦约略云尔。《词综》所云,以臆见分之,后遂相沿,殊属牵率者也。钱唐毛氏云:"五十八字以内为小令,五十九字至九十字为中调,九十一字以外为长调,古人定例也。"愚谓此亦就《草堂》所分而拘执之,所谓定例,有何所据?若以少一字为短,多一字为长,必无是理,如《七娘子》有五十八字者,有六十字者,将名之曰小令乎?抑中调乎?如《雪狮儿》有八十九字者,有九十二字者,将名之曰中调乎?抑长调乎?[③] |

---

① 吴梅《词余讲义》,见《吴梅全集·理论卷》(上),第 161 页。

② 吴梅《词学通论》,第 2 页。

③ 万树《词律》,上海古籍出版社,1984 年影印本,第 9 页。

| 《词 学 通 论》 | 引 用 内 容 |
|---|---|
| "第三章·论韵":沈去矜、李笠翁辈,分列入韵,妄以乡音分析,尤为不经。……当戈韵未出以前,词家奉为金科玉律者,莫如吴烺、程名世等所著之《学宋斋词韵》。是书以学宋为名,宜其是矣。乃所学者,皆宋人误处。① | 《词林正韵·发凡》:若李渔之《词韵》四卷,列二十七部。……以乡音妄自分析,尤为不经。……今填词家所奉为圭臬,信之不疑者,则莫如吴烺、程名世诸人所著之《学宋斋词韵》。其书以学宋为名,宜其是矣。乃所学者,皆宋人误处。② |
| "第六章·概论一 唐五代":杜甫、元结等所撰之新乐府,多至数十韵。自标新题,以咏时政,名曰乐府,实不可入词。③ | 《词史·第二章》:若杜甫、元结、白居易、元稹、王建、张籍之新乐府,或作长短句,或作五七言诗,虽曰乐府,而不以入词。④ |

　　历代词通论部分,每位词人都选录一首完整的词作,作为例词。因而从形式的角度来看,《词学通论》更像是一部历代词论选与历代词选。以填词为目的的著作,辑录前人成说即可,"选"就代表了教师的观点。总体而言,早期词学著作的特征便是选多论少,作为教材的《词学通论》,所提供的应是对词体的基本理解和研究的基本理路。这并不意味着《词学通论》的价值低下,仅是一"荟萃众说"的词论选、词选。

　　《词学通论》新的一面,体现在它将传统的词话、词选,转化为现代词史的论述。《词学通论》全书大体可以分为三个部分,第一、第五章是关于词的基本认识,第二到第四章是词体声律,第六到第

---

① 吴梅《词学通论》,第 16 页。
② 戈载《词林正韵》,上海古籍出版社,1981 年影印本,第 38—40 页。
③ 吴梅《词学通论》,第 40 页。
④ 刘毓盘《词史》,商务印书馆,2015 年,第 34 页。

九章是历代词概论。词体声律所体现出的研究性质,在上面第二节已述及,吴梅以曲乐理论来解释词乐,本身就具备比较研究的思路。而历代词概论部分的词话、选本特征,恰恰可以视作传统词话资源被创造性地转化为现代词史论述。古代的词话、词选类著作,大部分最终的目的指向是创作,并非全是悬置地进行理论批评,采用的是"选—评—写"的思路。批评家选择自己欣赏的词作,辑录成选本,以达到推广学术观点的目的,如张惠言的《词选》、周济的《宋四家词选》等。"现代词史著作"可以以胡云翼的《宋词研究》为代表,该书的论述方式是"选—评—论",即选择词人的代表作品,引用前人评价,加以总结论述。在这一过程中,研究者从传统的感悟式批评中脱离出来,通过对作品的选录和分析,以达到总结词史发展的目的,这便是传统词学与现代词学的一个区别。可以横向对比《词史》《词学通论》《宋词研究》三本著作中,对周邦彦词的论述。刘毓盘《词史》中对周邦彦词的论述,重点是在周邦彦的生平,以及音乐方面的成就,词作仅以《关河令》为例,论述仅引用《词源》的"周氏词浑厚和雅,善于融化诗句"[①]而已,仅完成了"选—评"的步骤,基本没有"论"的内容,而且《关河令》也不是周邦彦代表性词作。《词学通论》与《宋词研究》是从周邦彦的身世生平入手,继而引用作品,最后对周邦彦词史地位做一总结。在论述环节,吴梅引用陈郁、强焕、张炎、沈义父等评语,这些评语胡云翼也都有引用。二书的不同之处在于,胡云翼的论述更为细致,详细阐释了周邦彦词的本事、风格、成就、历史影响,而吴梅则细致地分析了《瑞龙吟》一词的章法结构。内容的详略并不是核心差别,二书对具体词人的论述思路是一致的,这也是词史著作写作的一般方式。二书另

---

① 　刘毓盘《词史》,商务印书馆,2015 年,第 92 页。

一相同点在于,对词人的评价求"全"。如吴梅论述苏轼词,既肯定了他豪放风格的贡献,同时也选录了"何让温韦"的婉约词,给学生以"如出两手"①的观感,可以全面认识苏轼的词风。胡云翼评价苏轼词,同样肯定他突破词为艳科的贡献,也引述了诸多绮丽小词,证明苏轼也可作情语。如此求"全"的心态,其实是词史全面评价词人的要求,而非词选的择优心态。罗芳洲在《词学研究》的前言中说道:"第四辑周济的《论词杂著》及第五辑王国维的《人间词话》,皆对于名家词的评论,足资研究词学者之重要参考。第六辑是吴梅的《论词法》,亦为初学词者所不可不知。如果读者能将此编细读一过,我相信对于词学的门径与常识,是具备了的。"②这从另一个层面说明了传统填词的各类知识,可以成为词学研究的资源。

《词学通论》在 1937 年被商务印书馆出版,收入《大学丛书目录》中,作为现代学术出版物发行。该书与胡云翼等人的词史著作相比,有选多论少的情况。如果将视域放宽,早期文学史类著作都有类似的"选多论少"情况,凌独见在《新著国语文学史》中说:"编文学史的人……大概从廿四史的列传当中,去查他们的名、字、爵、里;从艺文志上,去查他们作有那(哪)种作品,从评文——《文心雕龙》《典论》……——评诗——各种诗话——以及序文当中,去引他们作品的评语。"③在不知文学史如何编纂的情况下,传统的目录提要、正史的文苑传等都是可供参考的资料。如此来看,吴梅《词学通论》的选本特质,其实是早期文学史类著作编纂的常用方式。而且早期的词学、文学史著作多由教材改编而成。作为课堂使用

① 吴梅《词学通论》,第 55 页。
② 罗芳洲编《词学研究》,中国文化服务社,1937 年,第 1—2 页。
③ 凌独见《新著国语文学史》,商务印书馆,1923 年,第 1 页。

的教材,教师只需要罗列出文献材料即可,论述性的内容可以在课堂上口头讲授,不需要形成逐字稿发给学生。相较而言,胡云翼的《宋词研究》是直接出版发行的学术专著,因此在行文上一定会比《词学通论》更为细致,论证也更加严密,但这并不会降低《词学通论》的理论价值。

吴梅的词学课堂和《词学通论》其实是一体两面,都体现了吴梅词学"新旧之间"的特点。旧的一面体现为传统填词的性质,课堂上教授学生填词,教材中记录了填词的声律规范与词风喜好。新的一面体现为基于填词法的词学研究,词体声律和历代词选是传统填词的必备知识,吴梅将之转化为词曲合并研究和通代词史观;而《词学通论》的历代词概论部分,更将传统词选、词话转化为词史论述,摆脱了传统词学印象式、感悟式批评,形成了具有学理的论述分析。

## 第四节　填词的喜好与规范

吴梅在课堂上教授学生填词,将自己关于词风的喜好与声律规范写入教材,如果从词学批评的角度来看,吴梅的词学理论,总体持常州词派的观点,但又有一些自己的特点。蔡嵩云认为清末朱祖谋等人"本张皋文意内言外之旨,参以凌次仲、戈顺卿审音持律之说,而益发挥光大之"[①],从这可以看出当时词坛的主流倾向,即综合了常州词派的"意内言外"与吴中词派的声律观。吴梅在《清代辞章家略说》中说道:"武进张氏,别具论古之怀,大汰言情之作。又有介存周子,接武毗陵,标赵宋为四家,合诸宗于一轨。其

---

① 蔡嵩云《柯亭词论》,唐圭璋编《词话丛编》,第 4908 页。

壮气毅力,有非同时哲匠可并者,此一时也。"①《词学通论》开篇便是"词之为学,意内言外"②,直接引用张惠言的《词选序》,体现了吴梅对张惠言观点的认可。而吴梅词曲兼治,其声律学修养使得他对当时声势浩大的"梦窗热"与"四声词"保持一定距离,表现出自己的特色。

吴梅在《词学通论》中将周邦彦定为两宋成就最高的词人,引用了《乐府指迷》的"作词能以清真为归"和陈廷焯《白雨斋词话》的"词至美成,乃有大宗。前收苏秦之终,后开姜史之始。自有词人以来,为万事不祧之宗祖"③作为评价。吴梅又认为南宋词家:"自以稼轩、白石、碧山为优,梅溪、梦窗则次之,玉田、草窗又次之,至竹屋、竹山辈,纯疵互见矣。"④综合起来看,吴梅对两宋词人的评价与周济的宋四家大致相同,即"问途碧山,历梦窗、稼轩,以还清真之浑化"⑤,但他对姜夔、吴文英两人的位置作了调整,进姜夔、退吴文英。吴梅将吴文英降为"次之",主要有两方面的原因。其一从填词的路径来看,吴梅认为填词应该"历梦窗以达清真",学习吴文英词的最终目的是致力达到周邦彦词的境界,而"近世学梦窗者,几半天下,往往未撷精华,先蹈晦涩"⑥。因此需要对吴文英的词做出客观评价。其二是他对词体风格的认知。"水流与花放,妙处在自然。煌煌燕许笔,劝君姑舍游。"吴梅认为这是与"燕许大手笔"不同的,词体的妙处在于有如落花流水之事,以"自然"的风格为尚。⑦ 吴

---

① 吴梅《清代辞章家略说》,《苏中校刊》1929 年第 1 卷第 21、22 期合刊。
② 吴梅《词学通论》,第 1 页。
③ 吴梅《词学通论》,第 3、59 页。
④ 吴梅《词学通论》,第 49 页。
⑤ 周济《宋四家词选目录序论》,唐圭璋编《词话丛编》,第 1643 页。
⑥ 吴梅《乐府指迷笺释·序》,见《吴梅全集·理论卷》(中),第 981,982—983 页。
⑦ 吴梅《读近人词集(其一)》,见《吴梅全集·作品卷》,第 15 页。

梅十分强调"自然"词风,他认为,"词以自然为宗",这种"自然"是"千古佳词,要在使人可解"①。因此,吴梅对时人追拟吴文英词而致词风晦涩的情况,表达了自己的看法:

> 近人喜学梦窗,往往不得其精,而语意反觉晦涩,此病甚多,学者宜留意。
> 学梦窗,要于缜密中求清空。②

造成语意晦涩的另一种原因就是多用典故,吴梅认为,"近人好用僻典,颇觉晦涩",强调不能将咏物词写得"探索隐僻,满纸谰言"③。因为对自然风格的喜爱,使吴梅并不认可吴文英的词风,反而偏向于姜夔。吴梅将姜夔提升为南宋最优词人之列,便是更喜清空的表现。

吴梅对"自然"风格的推崇,一定程度上也是受到了他戏曲修养的影响。吴梅《词学通论》以及其他戏曲著作对《曲律》引用颇多,《词余讲义》便是"据王骥德《曲律》为本"④。王骥德对晦涩风格的排斥,影响到了吴梅。王骥德认为以表演为要义的戏曲应注重通俗,不能过度追求文词,不能过于晦涩,这一要求在《曲律》中随处可见:"纯用文词,复伤琱镂。""用隐晦字样,彼庸众人何以易解?""明事暗使,隐事显使,务使唱去人人都晓,不须解说。""为案头之书,已落第二义。""'定场白'稍露才华,然不可深晦。"⑤《曲

---

① 吴梅《词学通论》,第33、7页。
② 吴梅《词学通论》,第7、33页。
③ 吴梅《词学通论》,第33、4页。
④ 吴梅《词余讲义》,见《吴梅全集·理论卷》(上),第161页。
⑤ 王骥德著,陈多、叶长海注释《曲律注释(修订本)》,上海古籍出版社,2021年,第154、164、173、207、219页。

律·论曲禁第二十三》中明确列有"太文语",认为这是"不当行"。① 戏曲是舞台艺术,演唱的戏文必须要让观众听懂,不能过度使用典故,追求案头化。因此戏曲追求的"自然",是指语言表达的明白、流畅,排斥过度雕琢、密集使用典故,也即吴梅在《顾曲麈谈》中所说的"雅则宜浅显,俗则宜蕴藉,此曲家之必要者也"②。吴梅词曲兼治,词学观受曲学的影响也比较正常。

从填词规范的角度来看,《词学通论》对万树和戈载的观点多有引用,但吴梅对当时的"四声词",有自己的看法。首先作为一个传统的词人,他对词体规范十分看重。据施则敬回忆,他在民国十七年(1928)春曾就四声的问题请教过吴梅。吴梅"抗心希古,严于声律",认为"古人之作,自具深心,吾人必依其声,方为合格,不然,难免不为红友所诮也"③。但吴梅对当时严守四声,一字不易,以致"填词如处桎梏"的做法也不认同,他在《词学通论》中表达了自己的看法:

> 近二十年中,如沤尹、夔笙辈,辄取宋人旧作,校定四声,通体不改易一音。……顾其法益密,而其境益苦矣。④
>
> 近人作词,往往就古人成作,守定四声,通体不易一音。……近则朱况,皆斤斤于此,一字不少假借。夔笙更欲调以清浊,分订八音,守律愈细,而填词如处桎梏,分毫不能自由矣。⑤

---

① 王骥德著,陈多、叶长海注释《曲律注释(修订本)》,上海古籍出版社,2021年,第180页。
② 吴梅《顾曲麈谈》,见《吴梅全集·理论卷》(上),第99—100页。
③ 施则敬《与龙榆生论四声书》,《同声月刊》1941年第1卷第10号。
④ 吴梅《词学通论》,第5页。
⑤ 吴梅《词学通论》,第33页。

从这两段话可以看出,吴梅对近来填词苛求四声的现象表达了异议,认为如此填词,便无分毫自由可言。吴梅虽然说"诗得散原老人,词得彊村遗民,曲得粟庐先生"①,但他更提倡一种相对通达的声律观:"凡在六十字下者,四声尽可不拘。一则古人成作,彼此不符。二则南曲引子,多用小令。上去出入,亦可按歌,固无须斤斤于此。若夫长调,则宋时诸家,往往遵守。"②吴梅自己填词也是如此践行,他在词集自序中说:

> 　　长调涩体,如耆卿、清真、白石、梦窗诸家创调,概依四声。至习见各牌,若《摸鱼子》《水龙吟》《水调歌头》《六州歌头》《玉蝴蝶》《甘州》《台城路》等,宋贤作者,不可胜数,去取从违,安敢臆定? 因止及平侧,聊以自宽。中调小令,古人传作,尤多同异,亦无劳断断焉。③

吴梅之所以对小令、中调和长调的要求不一致,主要有两方面原因,其一是小令在演唱时"上去出入,亦可按歌","故无须斤斤于此"。其二是"古人成作,彼此不符",实际上也无法确定四声。至于长调,"宋时诸家,往往遵守",因此他也倾向于遵守四声,但对于不同的词牌,也是有不同的要求。在他看来,一些常见的词牌,如《摸鱼子》《水龙吟》《水调歌头》《六州歌头》《玉蝴蝶》《甘州》《台城路》等,流传下来的作品很多,四声各异,也无法"去取从违",这和他对待小令中调的思路一致。只有一些宋人新创之调,因为创调者均是懂音乐的大词人,如柳永、周邦彦、姜夔、吴文英等,其词四

---

① 吴梅《百嘉堂遗嘱》,见《吴梅全集·日记卷》(下),第 908 页。
② 吴梅《词学通论》,第 5 页。
③ 吴梅《霜崖词录·自序》,见《吴梅全集·作品卷》,第 106 页。

声与音乐相协,自有一种情韵,故尽管词乐失传,也需"概依四声"。另外,有些新创之调流传不广,成为僻调,甚至是孤调,留存的作品少,无法同调互校,想要保持词调原有的声情与韵味,最好的办法就是依照原词的四声来填。吴梅也将这一原则应用在"撞韵"问题的处理上。陈匪石在《声执》中记述,填宋人的僻调,因为无词可校,甚至连撞韵处都要"审慎而照填一韵,愚与邵次公倡之,吴瞿安、乔大壮从而和之"。"撞韵"是指"词中无韵之处忽填同韵之字",宋代词人并不以此为禁忌,周邦彦、姜夔、吴文英词中多有此类。民国词人填僻调时,在没有其他作品做参考的情况下,只能连撞韵处都依照原词填写了。对于词体声律问题,吴梅在《词话》中说得更细致:

> 夫词之为道,律与韵为最要。律则有万树《词律》,韵则有戈载《词林正韵》。二书虽有未尽合宜处,但大体皆可遵守。词律之律,非音律之律。词韵之韵,非诗韵,亦非曲韵。此则所当注意者也。盖音律论同律之变动,词律论四声之调和。[①]

吴梅的音乐修养,使得他能客观地看待文字律和音乐律。在词乐失传的背景下,填词经历了从倚声填词到依谱填词的转变过程,已是"律可合,而音不可求"[②]。到了清末,词人填词多以《词律》等格律谱为准,韵则大都以《词林正韵》为准。吴梅认为"词律之律,非音律之律",说明他对文字律和音乐律有比较清醒的认识。他在声律上并不强求学生恪守四声,这无疑与主张严守四声者保持了一

---

① 吴梅《词话》,《联益之友》1927 年第 53 期。
② 吴梅《论词法》,见罗芳洲编《词学研究》,中国文化服务社,1937 年,第 132 页。

定的距离,表现出实事求是的声律观。

从民国时期词学批评的角度来看,吴梅的词学主张也有自己的特点。一方面他对常州词派意内言外、比兴寄托观念总体上继承,另一方面对当时"四声词""梦窗热"有一定程度的疏离,但这种疏离又没有达到后来午社词人,如吴庠等对"四声词"大加批判的程度。吴梅秉持通达的声律观,更倾向"自然"的词风。这种主张在民国时期"梦窗热"的背景下,体现了词坛的多元审美倾向。吴梅秉持通达的声律观,不主张过分追拟吴文英词,也与他教师身份有关。吴梅主张:"教学生,要取学术界公认为不差已具有定论的议论,不要教自己偏私的主张,而为学生所不明了的东西。"①对于学生而言,更重要的是教授其一般性知识,方便入门和继续学习。

民国时期,更多的知识分子进入大学从事教学和科研工作。吴梅、刘毓盘等便是最早在大学教授词曲的知识分子。吴梅的"新旧之间",从批评史、学术史的视角考察的话,既是新旧词风、填词旨趣的差异,同样也是吴梅整合传统资源以适应高校教学的一种表现。

现代学术体制对学术研究的促进意义,可以从吴梅的著述形态来看。从吴梅的全部著述来看,既有《词学通论》《曲学通论》等学术专著,也有《读曲记》《汇校梦窗词札记》《奢摩他室曲话》《蠡言》等学术札记。成系统的学术专著是现代学术的标志,对传统学者而言,注疏、札记才是更为习惯的表达方式。吴梅的学术专著多是教学时的教材,以及应出版社邀请撰写的专书。由于课堂的讲授需求,教师必须编订教材,这要求每节课要有固定主题,也形成

---

① 吴梅《对于中学国文的我见》,《苏中校刊》1928 年第 1 卷第 9 期。

了《词学通论》等书中的章节标题。在词学教材的编写过程中,学者调动传统资源,这使得词选、词话等进入现代词学专著。况周颐、郑文焯等学者更擅长以传统的词话、笔记等表达词学思想;龙榆生、唐圭璋、任中敏等人更多在报刊上发表论文,出版学术专著。吴梅等学人介于两代学人之间,这是现代词学建立的过程中必不可少的一环。

　　吴梅词学"新旧之间"的状态,是传统词人在新的社会场域中产生的,有以下三方面的学术史意义:一是词学课堂兼具填词与研究,为学生提供了全面的词学知识,将传统的填词法知识学理化,形成了"词曲合并研究""通代词史观"等思路。二是将传统的词话、词选等资源转化为现代词学论述,促使词学研究从感悟式的批评向学理化的研究转变。三是标志着在民国"梦窗热""四声词"的背景下,也有推崇"自然"的词学观,体现了词坛多元的审美倾向。吴梅的"新旧之间"是词学由传统向现代过渡的初始阶段,也是现代词学的起步阶段,是必不可少的关键环节。

# 第七章
# 胡适的词学研究及其对现代词学的推动

胡适并不是一个专业的词学家,但他作为新文化运动的主要倡导者,有着深广的社会影响力。他将传统的词学放到"新文学"的视野中加以观察和研究,表现了"新文学"运动倡导者对传统词学的基本看法与要求。尽管他的研究不够纯粹,甚至不够专业,很难被专业词学家所接受,但不能否认,他对中国词学的宏观把握非常好,有些问题的论述非常精辟,这一点是传统词学家很难做到的。另外,他在研究手段和研究视角上也有独到之处,他以社会进化论的观点来观照词的发展演变,在具体的论证过程中又往往采用分析、实证的方法,这些对中国传统词学向现代词学的转化,起到了直接的推动作用。

胡适词学观的关键有两点:一是以文学进化论为基础的词史观;二是推崇苏辛,强调词的社会功能。事实上这两种词学观,除了传统文艺观的影响以及胡适个人的美学趣味外,也是新文化运动背景下的时代产物。

## 第一节 胡适的词史观及其评价

胡适是新文学运动的主要倡导者,有比较宏阔的眼光,他的词史观从大处着眼,重在把握词史发展的趋势与每个阶段的主要特点,有较大的影响力。因此探讨他的词史观,并给予相对客观的评价,有重要的学术史意义。下面试就其词史观谈点粗浅的看法,希望能起到抛砖引玉的作用。

### (一) 胡适的词史观及其依据

胡适的词学史观主要建立在两种基本文学观之上:一是文学进化论;一是文学形式起于民间,死于文人的循环论。这两种基本文学史观各有侧重,又总体一致。文学形式循环论侧重描述文学进化的具体过程和形态:即每一种新的文学样式都产生于民间,然后在文人手里发展,最终又在文人手里消亡,而在前一种文学样式消亡的同时,又有一种新的文学形式在民间产生,重复上述过程,不断循环。而每一次循环,都是文学的一次进化。因此这两种观点呈局部与总体的关系:循环论侧重于局部,是文学进化过程中的片段;进化论着眼于整体,是所有片段的总和。

胡适文学进化史观的形成,主要受两方面的影响:一是来自西方的社会进化论,二是中国传统的"一代有一代之文学"的思想。我们认为,他受后者的影响更大。"一代有一代之文学"的观点曾被不少学者提到,但比较明确地提出这一文学进化观点的是焦循[①],以后王国维将这一观点概括、提炼,以更简洁、明确的语言作了表述。王国维的这段表述很有名,影响也相当大。胡适就在此基础上将这一观点作了淋漓尽致的发挥。他说:

> 文学者,随时代而变迁者也。一时代有一时代之文学,……各因时势风会而变,各有其特长。[②]

---

① 详见焦循《易余籥录》,清光绪间刻李盛铎辑《木犀轩丛书》本。

② 胡适《文学改良刍议》,《胡适古典文学研究论集》,上海古籍出版社,1988 年,第 21 页。下引《胡适古典文学研究论集》均为此版本,不再注明。

又说：

> 如今且说文学进化观念的意义。这个观念有四层意义，每一层含有一个重要的教训。第一层总论文学的进化：文学乃是人类生活状态的一种记载，人类生活随时代变迁，故文学也随时代变迁，故一代有一代的文学。周、秦有周、秦的文学，汉、魏有汉、魏的文学，唐有唐的文学，宋有宋的文学，元有元的文学。……文学进化观念的第二层意义是：每一类文学不是三年两载就可以发达完备的，须是从极低微的起原，慢慢的，渐渐的，进化到完全发达的地位。……文学进化的第三层意义是：一种文学的进化，每经过一个时代，往往带着前一个时代留下的许多无用的纪念品；这种纪念品在早先的幼稚时代本来是很有用的，后来渐渐的可以用不着他们了，但是因为人类守旧的惰性，故仍旧保存这些过去时代的纪念品。在社会学上，这种纪念品叫做"遗形物"。……文学进化观念的第四层意义：是一种文学有时进化到一个地位，便停住不进步了；直到他与别种文学相接触，有了比较，无形之中受了影响，或是有意的吸收人的长处，方才再继续有进步。①

这两段话已经将文学进化的观点以及意义阐发得很透了。胡适对词学史的研究基本上是循着这一思路展开的。

胡适认为，词是宋的"一代之文学"，宋以后，有更为先进的文学形式出来取代了词，因此词的形式尽管还存在，但是作为一种鲜活的文学样式，其实已经消亡了。由此，他将词的发展分为三个时

---

① 胡适《文学进化观念与戏剧改良》，《胡适古典文学研究论集》，第664—669页。

期:"第一时期:自晚唐到元初(850—1250),为词的自然演变时期。第二时期:自元到明、清之际(1250—1650),为曲子时期。第三时期:自清初到今日(1650—1900),为模仿填词的时期。"①他认为第一个时期是词的"本身"的历史。第二个时期是词的"替身"的历史,也可说是他"投胎再世"的历史。第三个时期是词的"鬼影"的历史。所谓词的本身的历史,是指词作为一种活的文学样式,经历了由产生、发展到衰弱的完整过程;所谓替身的历史,按照他的循环说,已经开始了一轮新的循环,但这一轮循环的主角已经由词变成了曲。因为曲是从词里变化出来的,所以称之为替身。从词到曲,文学完成了一次进化。但这次进化只是文学发展过程中的一个阶段,文人一旦染指于曲,就将开始更新一轮的进化。胡适曾对这一演变过程作过描述:

　　　　词起于民间,流传于娼女歌伶之口,后来才渐渐被文人学士采用,体裁渐渐加多,内容渐渐变丰富。但这样一来,词的文学就渐渐和平民离远了。到了宋末的词,连文人都看不懂了,词的生气全没有了。词到了宋末,早已死了。但民间的娼女歌伶仍旧继续变化他们的歌曲,他们新翻的花样就是"曲子"。他们先有"小令",次有"双调",次有"套数"。套数一变就成了"杂剧","杂剧"又变为明代的剧曲。这时候,文人学士又来了;他们也做"曲子",也做剧本;体裁又变复杂了,内容又变丰富了。然而他们带来的古典、搬来的书袋、传染来的酸腐气味又使这一类新文学渐渐和平民离远,渐渐失去生气,渐渐

---

① 胡适《〈词选〉自序》,胡适选注,刘石导读《词选》,中华书局,2007 年,第 2 页。下引《词选》均为此版本,不再一一注明。

死下去了。①

所谓鬼的历史,是指曲以后的文学样式出来取代了曲,这时词连替身都找不到了,完全失去了作为一种"活"文学的存在基础。胡适曾对这一说法作了解释,他认为,"清朝的文学,除了小说之外,都是朝着'复古'的方面走的"。就词而言,虽则有"词的中兴"说法,但陈其年、朱彝尊以后二百多年间的词人,基本上都是学古人的。他们有学《花间》的,有学北宋的,有学南宋的,有学苏、辛的,有学白石、玉田的,有学清真的,有学梦窗的,尽管他们都用全力去作词,也写了许多很好的词,"然而词的时代早过去了四百年了。天才与学力终归不能挽回过去的潮流。三百年的清词,终逃不出模仿宋词的境地。所以这个时代可说是词的鬼影的时代"。他以为潮流已去,不可复返,清词只"不过是一点点回波,一点点浪花飞沫而已"②。传统的词学界对清词的评价一直较高,因此胡适的这段话颇引起一点"公愤",但从文学进化的角度看,他的话总体没有大错。对此胡适本人也相当自信,他说:"这是我对于词的历史的见解,也就是我选词的标准。我的去取也许有不能尽满人意之处,也许有不能尽满我自己意思之处。但我自信我对于词的四百年历史的见地是根本不错的。"③

如上所述,胡适的文学形式循环论与他的文学进化论是一致的,或者说是他文学进化论的一种具体的注释。他说:"但文学史上有一个逃不了的公式。文学的新方式都是出于民间的。久而久

---

① 胡适《〈词选〉自序》,《词选》,第 2—3 页。
② 胡适《〈词选〉自序》,《词选》,第 3 页。
③ 胡适《〈词选〉自序》,《词选》,第 7 页。

之,文人学士受了民间文学的影响,采用这种新体裁来做他们的文艺作品。文人的参加自有他的好处:浅薄的内容变丰富了,幼稚的技术变高明了,平凡的意境变高超了。但文人把这种新体裁学到手之后,劣等的文人便来模仿;模仿的结果,往往学得了形式上的技术,而丢掉了创作的精神。天才堕落而为匠手,创作堕落而为机械。生气剥丧完了,只剩下一点小技巧,一堆烂书袋,一套烂调子! 于是这种文学方式的命运便完结了,文学的生命又须另向民间去寻新方向发展了。"又说:"四言诗如此,楚辞如此,乐府如此。词的历史也是如此。"①从胡适 1927 年出版《词选》到现在,时间已经过去了近百年,胡适作古也半个多世纪了,但回过头来看这段话,宏观上依然有一定的正确性和权威性,这种正确性和权威性甚至在我们否定胡适的年代仍然在古代文学研究领域里得以体现,这是相当不容易的。

### (二) 胡适对唐宋词的分期和评价

根据上述基本观点,胡适又将词的第一个时期,也就是唐宋词的时期分成三个阶段:"(1) 歌者的词,(2) 诗人的词,(3) 词匠的词。"他解释说:"苏东坡以前,是教坊乐工与娼家妓女歌唱的词;东坡到稼轩、后村,是诗人的词;白石以后,直到宋末元初,是词匠的词。"②

第一阶段包括民间词的产生、流传和文人开始介入创作。这阶段的词主要应歌而作,相当于一种流行歌曲。胡适对这阶段的词作过较为详细的分析。首先,为了论证这阶段的词是应歌之作,他找了两方面的证据:其一是《花间集》五百首,全是为娼家歌者

---

① 胡适《〈词选〉自序》,《词选》,第 6 页。
② 胡适《〈词选〉自序》,《词选》,第 3 页。

而作,胡适以为:"这是无可疑的。不但《花间集序》明明如此说;即看其中许多科举的鄙词,如《喜迁莺》《鹤冲天》之类,便可明白。"①其二是创作环境也规定了当时的词是一种应歌之作,对此胡适也找了两个典型例子,一是柳永,"柳耆卿是长住在娼家,专替妓女乐工作词的",另一个是晏几道,"晏小山的词集自序也明明说他的词是作了就交与几个歌妓去唱的"。②其次,他指出这一阶段词的两个重要特征:第一个特征"就是这二百年的词都是无题的",究其原因,也与应歌有关,因为这类作品的"内容都很简单,不是相思,便是离别,不是绮语,便是醉歌,所以用不着标题";即使个别作品也许别有寄托,"但题面仍不出男女的艳歌,所以也不用特别标出题目"。③胡适以为,南唐李后主与冯延巳出来之后,抬高了词的意境,加浓了词的内容,但他们的词仍是要给歌者去唱的,所以他们的作品始终不曾脱离平民文学的形式。北宋的词人继续这个风气,所以晏氏父子与欧阳永叔的词都还是无题的。第二个特征"就是大家都接近平民的文学,都采用乐工娼女的声口,所以作者的个性都不充分表现,所以彼此的作品容易混乱"④。为了说明这一点,胡适也找了一个例子,就是冯延巳词往往混作欧阳修词,欧阳修词也往往混作晏氏父子词。其实冯延巳、欧阳修等人作品相互混杂的原因有多种,但作品缺乏个性确是一个重要原因,这点胡适抓得比较准。

　　第二阶段从东坡到稼轩,胡适称为是"诗人"之词。按照他的循环理论,这一时期由于大量的文人加入,完善了词的创作技巧,扩大了词的内容,提高了词的意境;词在这一时期达到顶峰。胡适

①　胡适《〈词选〉自序》,《词选》,第4页。
②　胡适《〈词选〉自序》,《词选》,第4页。
③　胡适《〈词选〉自序》,《词选》,第4页。
④　胡适《〈词选〉自序》,《词选》,第4页。

说："这个时代的词也有他的特征。第一,词的题目不能少了,因为内容太复杂了。第二,词人的个性出来了,东坡自是东坡,稼轩自是稼轩,希真自是希真,不能随便混乱了。"①

第三个阶段是白石以后到宋末元初。胡适认为,这一阶段是劣等文人模仿的阶段,他们"学得了形式上的技术,而丢掉了创作的精神",于是天才的创作成了词匠的雕琢,所以称为"词匠"之词。为什么称之为"词匠"? 胡适结合一个极端的例子作了解释:

> 姜白石是个音乐家,他要向音律上去做工夫。从此以后,词便转到音律的专门技术上去。史梅溪、吴梦窗、张叔夏都是精于音律的人,他们都走到这条路上去。他们不惜牺牲词的内容,来牵就音律上的和谐。例如张叔夏《词源》里说他的父亲作了一句"琐窗深",觉得不协律,遂改为"琐窗幽",还觉得不协律,后来改为"琐窗明"才协律了。"深"改为"幽"还不差多少;"幽"改为"明",便是恰相反的意义了。究竟那窗子是"幽暗"呢,还是"明敞"呢? 这上面,他们全不计较! 他们只求音律上的谐婉,不管内容的矛盾! 这种人不是词人,不是诗人,只可叫做"词匠"。②

胡适认为,这一阶段的词也有几种特征:

> 第一是重音律而不重内容。词起于歌,而词不必可歌,正如诗起于乐府,而诗不必都是乐府,又正如戏剧起于歌舞,而戏剧不必都是歌舞。这种单有音律而没有意境与情感的词,

---

① 胡适《〈词选〉自序》,《词选》,第 6 页。
② 胡适《〈词选〉自序》,《词选》,第 6—7 页。

全没有文学上的价值。第二,这时代的词侧重"咏物",又多用
古典。他们没有情感,没有意境,却要作词,所以只好作"咏
物"的词。这种词等于文中的八股,诗中的试帖;这是一班词
匠的笨把戏,算不得文学。在这个时代,张叔夏以南宋功臣之
后,身遭亡国之痛,还偶然有一两首沉痛的词(如《高阳台》)。
但"词匠"的风气已成,音律与古典压死了天才与情感,词的末
运已不可挽救了。[①]

　　一般认为,胡适对南宋风雅词派作家的评价不公允,有人甚至认为
胡适根本就没有读通这一派词人的作品,因此对胡适的上述分析
也不以为然。我们认为,作为一种具体的词人、词作分析,胡适的
确有偏颇之处,这恐怕与当时的文学思潮有关,但作为一种宏观的
词学史的分析,胡适的确表现了一种高人一头的眼光和才识,就如
胡适本人所言,他"对于词的四百年历史的见地是根本不错的"。

## 第二节　胡适对苏辛词的评价

　　在胡适的词学视野中,苏辛词的分量相当重,虽然胡适并非专
业词学家,但由于他的学识、才气以及社会地位和学术号召力,使
他对苏辛的偏爱在相当时间、相当范围内产生各种影响。下面我
们试就他这种偏爱及其原因作简要分析。

### (一) 胡适对苏辛词的基本评价

　　胡适的词学思想主要体现在他所编的《词选》中,因此他对苏
辛词的偏爱也在此书中得到最充分的体现。

---

[①]　胡适《〈词选〉自序》,《词选》,第7页。

胡适对苏辛一派的推崇从《词选》的选目中就可以清楚地反映出来。《词选》共选词 250 首,其中入选最多的是辛弃疾,计 47 首;第二位是朱敦儒,计 30 首;第三位是陆游,计 21 首;第四位是苏轼,计 20 首。刘克庄、刘过也分别入选 16 首和 7 首。这六人中,刘克庄、刘过一般被认为是辛派词人;陆游和朱敦儒的词比较独立,但胡适却将两人与苏辛并置,看成是同一派的词人,他说:"词至苏轼而范围始放大。至朱敦儒、辛弃疾、陆游,这一派遂成一大宗派。"①此外,他还将朱敦儒比作词中的陶渊明②,给予较高评价。合计一下,六人共入选 141 首词,占全部词作的 56.4%,比重相当大。可见胡适对此六人的重视。

他对苏轼的评价主要从词学史的地位着手,充分肯定他扭转词坛风气的历史作用。胡适认为,"词至苏轼而一大变",苏轼之前是《花间集》的权威时代,苏轼之后则另成一个新时代。胡适将这新时代的特征归结为两点:第一,风格提高了;第二,出现了"以诗为词"的写法。其实这两点是有一定关联度的,"以诗为词"主要从词的题材范围着眼,胡适认为,"苏轼以前,词的范围很小,词的限制很多",而苏轼"不受词的严格限制,只当词是诗的一体",凡是情感,凡是思想,只要能用来作诗的,都可以用来作词。从此以后,"词可以咏史,可以吊古,可以说理,可以谈禅,可以用象征寄幽妙之思,可以借音节述悲壮或怨抑之怀"。胡适认为"这是词的一大解放"。由于题材范围的扩大,改变了"词只是写儿女之情"的状况,词的意境也随之发生明显的变化,出现了一种新的、"指出向上一路"的词风。胡适以为:"这种风格,既非细腻,又非凄怨,乃是悲

---

① 胡适选注,刘石导读《词选》,第 93 页。
② 详见胡适选注,刘石导读《词选》,第 168 页。

壮与飘逸。"这种词风的出现与苏轼的主观追求有关,也与苏轼的个性、气质相一致,胡适以为是苏轼"学问与人格结成的"。① 我们认为,胡适对苏轼两大贡献的评价非常客观、准确,表现出他过人的学术眼光和判断力。1949 年后相当长的一段时间,我们对胡适基本上持否定态度,但对他的这两点评价却一直加以采纳;这两点对苏轼的评价几乎已经成了我们文学史的定论。

　　胡适对辛弃疾的评价主要从其创作本身入手,大致体现在三个方面:首先是正面肯定。他对辛弃疾评价极高,以为"是词中第一大家",这一基本评价虽则前人也提到过,但都没有胡适说得这样明确和肯定,事实上胡适的这一评价在 1949 年后直至现在的文学史中也得以保留和再次确认。与评价苏轼一样,胡适对辛词的考察也联系了辛弃疾的才学和人品,认为他"才气纵横,见解超脱,情感浓挚",而其词作,无论是"长调或小令,都是他的人格的涌现",是有真实内容的第一流作品。其次是针对前人对辛词的批评作了一定程度的辩护和反驳。如前人往往批评辛词有掉书袋子的毛病,胡适就以为这"不是确论"。为了证明这一点,他将辛弃疾和吴文英作了比较,认为从表面看,两人都喜欢用典故,但"吴文英、周密诸人,一掉书袋,便被书袋压死在底下",而辛弃疾的用典是为了表达"浓厚的情感",再加上他"奔放的才气,往往使人不觉得他在那里掉书袋"。② 其实辛弃疾用典固然是为了表达感情的需要,但他用典过多的倾向也还是存在的,这里明显看出胡适对辛弃疾的偏爱。再次是对辛词中的缺陷表现出一种理解和宽容的态度。胡适喜欢辛弃疾的词,但相比之下,他更喜欢辛弃疾的小令,认为

① 　胡适选注,刘石导读《词选》,第 91—93 页。
② 　胡适选注,刘石导读《词选》,第 193 页。

辛弃疾的小令"最多绝妙之作","言情,写景,述怀,达意,无不佳妙",甚至以为"辛词的精采,辛词的永久价值,都在这里"。① 正因为这样,《词选》选辛弃疾的小令较多。对于辛弃疾的长调,他一方面也表示肯定,以为这些作品"或悲壮激烈,能达深厚的感情,或放恣流动,能传曲折的意思",另一方面又客观地指出:"长调难做的好,往往有凑句,有松懈处,有勉强处,虽辛弃疾亦不能免。"②但面对这些难以避免的缺陷,他表现出一种非常宽容的态度,他曾在谈论辛弃疾词时作过这样的表述:"真有内容的文学,真有人格的诗人,我们不妨给他们几分宽假。"③也就是说,胡适也看到了辛弃疾词的瑕疵,但他认为辛词的内容和词中所表现出的人格已经完全抵消了这些瑕疵。

至于前人对苏、辛词往往不谐律的指责,胡适也从两个不同的角度作了比较合理的解释与辩解。第一个角度是词与音乐的关系。他认为"词本出于乐歌,正与诗本出于乐歌一样",既然诗可以脱离音乐而独立,词也应该脱离音乐而独立,而"苏轼、辛弃疾做词,只是用一种较自然的新诗体来做诗;他们并不想给歌童倡女作曲子",也就是说,苏辛只是将词视作一种徒诗,本来就没有考虑过音乐的因素,自然"我们也不可用音律来衡量他们"④。第二个角度是词的发展趋势。胡适认为,词虽然是"从乐歌里变出来的","但他渐渐脱离了音乐,成为一种文学的新体",其音乐功能逐渐消失,文学功能和社会功能逐渐加强,这是一种总的发展方向。他认为"苏轼、辛弃疾诸人便是朝这个方向走的",而那些严守音律的词人,如南宋姜夔、

---

① 胡适选注,刘石导读《词选》,第 194 页。
② 胡适选注,刘石导读《词选》,第 194 页。
③ 胡适选注,刘石导读《词选》,第 193 页。
④ 胡适选注,刘石导读《词选》,第 193 页。

吴文英、张炎、王沂孙诸人走的是一条与词发展态势相反的道路，"又把那渐渐脱离音乐的词，硬送回到音乐里去"，所以胡适对"他们宁可牺牲词的意思来迁就词的音律，不肯放松音律来保存词的情意"的做法提出严厉的批评，认为他们的作品"不能算是有生气的文学"①。我们认为，胡适总体上持"文学进化"的历史观，如果从这一角度看问题，词与音乐的脱离是词体的一种进化与解放，那么再以谐律的标准来要求苏辛词确有不妥之处。但苏辛两人是懂音乐的，这点前人已有很好的考证，他们个别词的不谐律，并非"不想给歌童倡女作曲子"，而是不愿使情感的表达受到音律的束缚，正如晁补之在评东坡词时所言，"居士词横放杰出，自是曲中缚不住者"②。

除了对苏辛两人的高度评价以外，胡适对其他辛派词人也有较高的评价。他评刘过："他的词属于辛弃疾一派，直写感情，直抒意旨，虽不雕琢，而很用气力。"③评刘克庄："他最佩服辛弃疾、陆游（见他的《诗话》），故他的词最近这一派，这一派的长处在于有情感，有话说；能谋篇，能造句；篇章皆有层次条理，造语必求新鲜有力。……这种锻炼而不涂脂抹粉的造句法，岂是吴文英一派人所能梦见的！"④明显表现出对这一派词人、词作的偏爱。

### （二）胡适对苏辛词的偏爱是新文学运动的需要

胡适对苏辛词的偏爱有多种原因，其中相当重要的一点是建设新文学的需要。"五四"文学革命的主要内容有两项：一项是文学观念的革命，就是打碎旧的、传统的文学观念，建立一种全新的

---

① 胡适选注，刘石导读《词选》，第325页。
② 胡仔《苕溪渔隐丛话》后集卷三十三引晁无咎语，人民文学出版社，1962年，第253页。
③ 胡适选注，刘石导读《词选》，第257页。
④ 胡适选注，刘石导读《词选》，第283页。

文学观；一项是文学载体的革命，即废除文言，提倡白话。提倡白话，不仅仅是指用白话来写散文和小说，还要用白话来写诗，胡适说道："所以文学革命的作战方略，简单说来，只有'用白话作文作诗'一条是最基本的。"①作为文学革命的主将之一，胡适开风气之先，亲自作了尝试，他的《尝试集》就是一个很好的例子。除了用白话写诗，胡适还将是否用白话写作作为评价作品的一个重要标准，他的《国语文学史》《白话文学史》就是专为白话文学而编写的。

按照胡适的标准，词也可分为两类，一类是非白话写作的，这类词以吴文英的作品为代表，胡适将它们置于旧派文学之列。他曾在分析旧派文学时说："但是我们仔细看来，现在的旧派文学实在不值得一驳。什么桐城派的古文哪，文选派的文学哪，江西派的诗哪，梦窗派的词哪，聊斋志异派的小说哪，——都没有破坏的价值。"②又说："这五十年的诗，都中了梦窗（吴文英）派的毒，很少有价值的。"③很清楚，他是将吴文英派的词划入旧派文学阵营，视作革除的对象。但是他认为大部分词是用白话来写作的，因此从总体上看，词与白话小说、曲子一样，是这场文学革命所要扶植、提倡的文学样式。他说："从前的人，把词看作'诗余'，已瞧不上眼了；小曲和杂剧更不足道了。至于'小说'，更受轻视了。近三十年中，不知不觉的起了一种反动。临桂王氏和湖州朱氏提倡翻刻宋、元的词集，贵池刘氏和武进董氏翻刻了许多杂剧传奇，江阴缪氏、上虞罗氏翻印了好几种宋人的小说。市上词集和戏剧的价钱渐渐高起来了，近来更昂贵了。"④显然，他将词与小曲、杂剧、小说并列，

---

① 胡适《〈中国新文学大系·建设理论集〉导言》，《胡适古典文学研究论集》，第257页。
② 胡适《建设的文学革命论》，《胡适古典文学研究论集》，第50页。
③ 胡适《五十年来中国之文学》，《胡适古典文学研究论集》，第101页。
④ 胡适《〈中古文学概论〉序》，《胡适古典文学研究论集》，第171页。

并对这些文学样式开始被时人看重,"市上词集和戏剧的价钱渐渐高起来了"表示赞赏。他在回顾最近五十年文学时,对"这五十年的词,虽然没有很高明的作品"颇觉遗憾,但又对这期间前人词集被大量整理、翻印感到欣喜,因为这些词集,既展示了白话作品的创作成就,又可为当时人的白话诗提供一些文学养料。胡适以为,当时作新诗的人大都受到古代词曲的影响,有意无意地吸收这些文学养料,因此他们学作白话新诗的时候都不同程度地"带着词或曲的意味音节"。为了说明这一问题,胡适分析了两种类型的白话诗作者。一种是比较有名的人,如新潮社的几个新诗人——傅斯年、俞平伯、康白清等,他们"都是从词曲里变化出来的",初期的作品都带着古代词曲的意味。另一种是在各种报刊上发表新诗的普通作者,他们"也很多带着词调的",胡适以为这类"例子太多了","不能遍举",他只随手举了一个例子,就是发表在《少年中国》第 2 期里周太玄的《过印度洋》。其诗如下:"圆天盖著大海,黑水托著孤舟。/也看不见山,那天边只有云头。/也看不见树,那水上只有海鸥。/那里是非洲?那里是欧洲?/我美丽亲爱的故乡却在脑后!/怕回头,怕回头,/一阵大风,雪浪上船头,/嗖嗖,吹散一天云雾一天愁。"胡适认为:"这首诗很可表示这一半词一半曲的过渡时代了。"[1]从中也可看出作为古代白话作品的词曲对白话新诗的实际影响。

　　当然,胡适在前人的词集里更看中那些内容充实,并大量使用浅显白话的作品。胡适的《词选》很能代表他的词学观。[2] 就在这本《词选》里,胡适选了 7 首向镐的词,与名气和实际成就大得多的

---

[1]　胡适《谈新诗》,《胡适古典文学研究论集》,第 514—515 页。

[2]　胡适《〈词选〉自序》:"我深信,凡是文学的选本都应该表现选家个人的见解。近年朱彊村先生选了一部《宋词三百首》,那就代表朱先生个人的见解;我这三百多首的五代、宋词,就代表我个人的见解。"

李清照、晏几道、柳永相比（他们三人分别入选 7 首、8 首、8 首），向
镐的相对入选数是比较大的，从中明显看出胡适对他的词的偏爱。
那么胡适看中向镐词的哪方面呢？请看胡适的评语："他的词明白
流畅，多有纯粹白话的词，有几首竟全用土话。"[①]显然胡适是看中
了他的白话词。还须指出的是，胡适对向镐词的喜爱并非一时的
冲动，也不光是为了配合推广白话文的需要，这里还有胡适的个性
因素。胡适晚年时的秘书胡颂平在 1960 年 5 月 4 日记载："今天
早上，先生还在卧房的时候，在背向镐和苏东坡的词。"[②]这说明一
直到晚年，胡适依然保持着喜欢明白流畅白话词的个性特点。

以上所述，大致可以证明这样一点，胡适喜爱白话词的倾向与
他的个性有关，更与他在新文学运动中表现出的总体文学观相一
致。但我们尚需说明一点，并非所有通俗的白话词胡适都喜欢，这
里还有一个词本身的品位问题。最能说明这一问题的是胡适对柳
永词的评价。柳永词以通俗易懂而著名，而且其中有一部分是比
较典型的白话词，但胡适对他的总体评价一直不高。胡适《词选》
只选柳永词 8 首，只比向镐多了 1 首，这本身就已说明了问题。他
对柳永的评价是："《四库提要》称柳永为词中之白居易，也是说他
的词能通俗。柳永的词缠绵细腻，但风格不高，常有恶劣的语
句。"[③]另外胡适在评其他词人时也多次提到柳永，他评张先："柳
永风格甚低，常有恶劣气味；张先的风格也不高，但恶劣气味较
少。"[④]评秦观："秦观的词和柳永的词很相近，柳永的词能通俗，但

---

① 胡适选注，刘石导读《词选》，第 162 页。
② 胡颂平编《胡适之先生晚年谈话录》，中国友谊出版公司，1993 年，第 67 页。下引
　《胡适之先生晚年谈话录》均为此版本，不再注明。
③ 胡适选注，刘石导读《词选》，第 80 页。
④ 胡适选注，刘石导读《词选》，第 65 页。

风格不高。"①评黄庭坚:"(山谷词中)如《望江东》及《水调歌头》,意境已近东坡,不是柳永一派了。"②综合这些评语,则明显看出胡适对柳永的基本态度。相反,胡适对晏殊、周邦彦等北宋词人的评价颇高。晏殊、周邦彦等人的词在通俗性上都不如柳永,但胡适认为他们词或闲雅或醇厚,均表现了一种较高的情调。他评晏殊:"他的词虽也受诗的影响,然闲雅富丽之中带着一种凄婉的意味,风格自高。"③评周邦彦:"周邦彦是一个音乐家而兼是一个诗人,故他的词音调谐美,情旨浓厚,风趣细腻,为北宋一大家。"④胡适还专门将周邦彦词和柳永词作了比较:"周邦彦多写儿女之情,故后人往往把他和柳永并论。张炎词中屡用'周情柳思'四字来代艳情。其实周词的风格高,远非柳词所能比。"⑤褒贬是相当清楚的。

　　总之,胡适看重通俗易懂的白话词,但又不惟白话为上,他还注重词人和词作本身的品位。以这种标准来看宋词,那么内容充实,词品颇高,且语言也相对通俗易懂的苏辛词被重视是很自然的事了。

### (三) 胡适对苏辛词的偏爱体现出他对词基本功能的理解

　　胡适对苏辛词的偏爱与他对词功能定位的理解有关。词有社会功能和审美功能,不同的词学家因其词学观的不同而往往对两者各有侧重。胡适作为新文学运动的主要倡导者,给人总体印象是更侧重于词的社会功能。

　　其实胡适对词功能定位的认识也有一个发展变化的过程。在

---

① 　胡适选注,刘石导读《词选》,第111页。
② 　胡适选注,刘石导读《词选》,第125页。
③ 　胡适选注,刘石导读《词选》,第51页。
④ 　胡适选注,刘石导读《词选》,第137页。
⑤ 　胡适选注,刘石导读《词选》,第137页。

倡导文学革命之前,确切地说,在胡适留学期间,他对文学的看法,包括对词的看法与他以后的观点有所不同。他认为文学可分两种:"一,有所为而为之者;二,无所为而为之者。"其中"有所为而为之者,或以讽谕,或以规谏,或以感事,或以淑世",都有较强的社会功能,如杜甫的《北征》《兵车行》《石壕吏》,白居易的《秦中吟》《新乐府》等。而"无所为而为之"者,或感于一花一草之美,或震于上下古今之大;或叙幽欢,或伤别绪;或言情,或写恨。作者为情所动,不能自已,若茹鲠然,不吐不快。因此他的创作目的,只是在表达感情,发为文章,并没有非常明确的社会功用。① 但他又认为,无所为而为之者,并非真的无所为,"其所为,文也,美感也"②。他进而认为,社会固然需要有所为而为之的文学,但也不能没有无所为而为之的文学,"白香山抹倒一切无所讽谕之诗,殊失之隘"③。现在看来,胡适当时这种观点比较客观、公允,毕竟文学不同于社会学或政治学,它需要追求一种美感。但尽管如此,胡适在词的不同风格上还是有倾向性的,他曾在指导初学者学词时指出,稼轩有《贺新郎》22 首,《念奴娇》19 首,《沁园春》13 首,《满江红》33 首,《水龙吟》13 首,《水调歌头》35 首,这些作品最便初学。初学者须"细心领会其文法之变化,看其魄力之雄伟,词胆之大,词律之细"。而其他词家的词,如草窗、梦窗、清真、碧山等人的词,"皆不可为初学入门之书,以其近于雕琢纤细也"④。在这里,胡适推崇苏辛一派,不满梦窗、碧山一派的倾向已见端倪,但尚未像以后那样的强

① 详见《胡适留学日记(三)》1915 年 8 月 18 日,《胡适古典文学研究论集》,第 384—385 页。

② 《胡适留学日记(三)》1915 年 8 月 18 日,《胡适古典文学研究论集》,第 386 页。

③ 《胡适留学日记(三)》1915 年 8 月 18 日,《胡适古典文学研究论集》,第 387 页。

④ 《胡适留学日记(三)》1915 年 8 月 3 日,《胡适古典文学研究论集》,第 533—534 页。

烈,只是认为梦窗诸人的词偏于雕琢,不便入门者初学而已。

新文学运动兴起以后,胡适作为这场文学革命的主要倡导者,他的文学观和词学观开始明显偏向于"有所为"。当时文学革命的口号之一就是"建设人的文学",反对无病呻吟,无关痛痒的文学。而苏辛词的特点之一就是"有所为"。辛弃疾不必多说,他的爱国激情几乎都是通过词来表达的;苏轼"以诗为词",在词的内容和风格上也有历史性的突破。两人的词作都兼顾了文和质,在词的社会功能和审美功能之间找到较好的结合点。这样的作品自然会成为胡适青睐的对象。

与此形成明显对照的是胡适对吴文英一派词人的不满。他说:"《梦窗四稿》中的词几乎无一首不是靠古典与套语堆砌起来的。张炎说:'吴梦窗词如七宝楼台,眩人眼目,碎拆下来不成片段。'这话真不错。……清朝词人之中,张惠言不喜梦窗;周济却把梦窗抬的很高,列为宋四大家之一。近年的词人多中梦窗之毒,没有情感,没有意境,只在套语和古典中讨生活。"[1]这番话激昂慷慨,颇有新账老账一起算的味道。客观地说,吴文英词绵密华美,蕴意较深,颇有特点,但从词学史的角度看,只是代表了当时偏于密丽一路的风格。如果仅将吴文英词作为众多风格流派中的一家来研究和评价,就比较合适。问题在于晚清的常州词家如周济等,开始抬高吴文英,到清末民初的朱祖谋等,更是将他的词作为一种创作的化境来看待。而吴文英词的特点又偏偏生涩难解,且形式的因素较多,与新文学革命倡导的宗旨相背,加上胡适本人的爱好又倾向于简洁明白、内容充实一路,于是引起胡适强烈的反感。除了吴文英,胡适对南宋风雅词派其他词人的总体评价也较低,认为

---

[1]　胡适选注,刘石导读《词选》,第304—305页。

他们是一群词匠，他们的词是"作"出来，很少有真感情。如他对姜夔就很不以为然，认为"他的词长于音调的谐婉，但往往因音节而牺牲内容，有些词读起来很可听，而其实没有什么意义"。他还以《暗香》《疏影》二词为例，认为这两首词，"只是用了几个梅花的古典，毫无新意可取"。① 应该讲，胡适对姜夔的评价并非客观，尤其对《暗香》《疏影》的解读与评价明显失之于粗浅和武断；胡适被不少传统词家视作圈外人恐怕也与这一类的言论有关。不过我们认为胡适并不完全是真的不懂词，他的这类评论应当放在新文学革命的大背景上来看待，是属于"打倒孔家店"一类的矫枉过正的言论。

胡适在这一阶段的词学观总的来讲比较偏向于词的社会功能，其实在胡适看来，词的审美功能也是离不开社会功能的，用比较通行的话来说，美是建立在内容充实、感情真挚、语言晓畅的基础上的。这就是胡适的审美观。在胡适的晚年，这一观点非但没有变化，相反变得更为坚定，也更为清晰。胡适1959年5月16日在会见台大海洋诗社的代表时说的一段话，对他的审美观作了比较清晰而完整的表述：

> 我的《尝试集》，当年是大胆的尝试，看看能否把我的思想用诗来表达出来；如果朋友都看不懂，那成什么诗？白居易的诗，老太婆都能听得懂；西洋诗人也都如此，总要使现代人都能懂，大众化。律诗，用典的文章，故意叫人看不懂，所以没有文学的价值。我的主张，第一要明白清楚，第二要有力量，第三要美。文章写得明白清楚，才有力量；有力量的文章，才能

_____

① 胡适选注，刘石导读《词选》，第264—265页。

叫作美。如果不明白清楚,就没有力量,也就没有"美"了。[①]

1960 年 12 月 23 日胡适在与胡颂平谈往事时,再次谈到他的上述观点:

> 我说,无论诗或文,第一要做通。所谓通,就是通达。我的意思能够通达到你,你的意思能够通达到我,这才叫做通。我一向主张先要做到明白清楚。你能做到明白清楚之后,你的意思才能通达到别人。第二叫力量。你能把你的意思通达到别人,别人受了你的感动,这才叫力量。诗文能够发生力量,就是到了最高的境界,这个叫做美。[②]

如果联系胡适晚年对苏轼、向镐等词人、词作偏爱的事实,我们认为他的这些观点同样适用于他对词的审美功能的理解。

苏辛词,尤其是辛弃疾词,往往以较强的社会功能受人瞩目,同时两家的总体艺术风格又与胡适的审美情趣大体吻合,恐怕这也是胡适偏爱苏辛词的一个重要原因。

## 第三节　胡适对现代词学的影响与意义

胡适的词史研究以及对苏辛词的评价,与他个性有关,也与他建设新文学的总体文艺观有关,但这种词学倾向一旦借助胡适的名声和地位在学术界产生影响,那么客观上就会成为中国现代词

---

① 胡颂平编《胡适之先生晚年谈话录》,第 23 页。
② 胡颂平编《胡适之先生晚年谈话录》,第 94 页。

学的一部分,具有一定的社会价值。我们认为,这种价值可以从三个方面来考察。

首先是客观上倡导了一种清新向上的词风,一定程度上削弱了晚清、民国以来词学界过分尊崇梦窗词的不正常风气。晚清民国时期,中国词学风尚大约经历了三次比较大的转换:第一次是常州词派的盛行;第二次是梦窗热的形成;第三次就是以胡适、胡云翼为首的新型词学家推崇苏辛一派,倡导一种清新、刚健的词学风气。如上所述,胡适推崇苏辛的词学背景是当时词家过分关注梦窗词的风尚,胡适欲立先破,擒贼擒王,直接将梦窗列为文学革命的对象,以矫枉过正的语言,对梦窗词作了全面而激烈的抨击。由于胡适身份的特殊,且"五四"新文学运动的余威尚在,这次对梦窗词风的全面清算取得了一定效果,从晚清延续至民国的梦窗热,开始受到明确的批评与否定,尽管这种批评是来自于非专业的词学家。从这一角度看,胡适抨击梦窗,偏爱苏辛,在一定程度上推动了晚近词坛又一次风尚的转变。当然这种转变的完成,也需要主流词坛的配合,这大约要到四十年代初期午社词人的那场"四声之争"。但这种转变的意义,主要体现在对梦窗热的否定,至于人们推崇苏辛一派的风气,则是多种因素的综合结果,很难讲是胡适的一家之力。事实上宋以后,包括整个清代及民国,人们对苏辛一直是比较推崇的,即使是梦窗派领袖人物朱祖谋,在大力研究梦窗的同时,也将相当的精力放在东坡词的研究上。只不过,胡适起的作用比较明显,或者可以这么说,近、现代词坛尊崇苏辛风气的最后形成,是由胡适、胡云翼他们完成的。

其次是一定程度上推进了词的普及。诗词是中国最重要的传统文学形式,有非常好的传统,因此从根本上说,是不存在普及的问题的。但晚近以来,西学东渐,学校的教育体制发生了变化,传统的诗词教育受到一定程度的挤压,加上"五四"以后,白话文学成为主流,传统的诗词,尤其是词,开始慢慢退出主流文坛。虽然文人依然用词来表达一些自己的情感,但不可否认,作词、酬唱,有时也变为一些文人流连风景、抒发闲情雅致的一种生活方式。在此情况下,词就会渐渐地与民众产生距离。胡适作为新文化运动的重要领导人、白话文学的倡导者,在社会层面有很大影响力。由他来选词、论词,自然会引起社会民众的注意,进而在客观上推动词的普及。龙榆生先生说:"自胡适之先生《词选》出,而中等学校学生,始稍稍注意于词;学校中之教授词学者,亦几全奉此书为圭臬;其权威之大,殆驾任何词选而上之。"①这段话表达了几层意思:其一是透露了当时词学教育的现状。他说,"自胡适之先生《词选》出,而中等学校学生,始稍稍注意于词",言下之意,在《词选》未出之前,中等学校的学生并不留意于词,也就是说,在中等教育的层面上,词已经不太受关注了。其二是说明胡适《词选》引发了学生对词的关注,客观上有普及的作用。这已经无须说明。但这种关注也是有限的,龙榆生在文中用了"稍稍"两字,比较客观,这也从另一角度说明普及的必要性。其三是说明胡适《词选》在普及层面的实际影响力。中等学校教授词学的老师,"亦几全奉此书为圭臬",其权威之大,"殆驾任何词选而上之"。这话从词学家龙榆生口中说出,自然是真实、客观的;这种情形与我们通常对民国词学的认识无疑有一定差距,这就更加说明胡适《词选》在词学普及层面的作用与意义。

再次是开阔了词学研究的视野,使其融入大文学史研究的范畴。中国传统的词学基本上偏向微观的研究,注重描述词人、词作

---

① 龙榆生《论贺方回词质胡适之先生》,《龙榆生词学论文集》,第304页。

的真实面目,阐发词自身的艺术特点与艺术规律,所谓"词内说词",这也是有的学者将传统词学家定义为"体制内"词学家的一个原因。应该讲,"词内说词"是必须的,不仅过去是这样,以后也是这样;如果缺乏对词的真实理解,一切宏观研究也就成为无本之木,天马行空。但我们也应该看到,尽管"词内说词"是基础,是前提,如果词学家仅限于此,也会有视野较小的局限,难以看到一些规律性的问题。胡适的词学研究固然有其缺陷,如不内行、有漏洞,甚至有错误等,但其宏阔的视野与高屋建瓴的思路也确实能发现一些规律性的问题。龙榆生说:"近人胡适辑《词选》,独标白话,而以唐、宋诸贤制作,画为三期:一曰'歌者之词',二曰'诗人之词',三曰'词匠之词'。其在现代文学界中,影响颇大。"[1]龙榆生是反对胡适这些观点的,以为不符合历史事实,但文章也客观上反映了胡适在当时的影响力。如果我们进一步思考,胡适的观点为什么会有这么大的影响,除了他的地位外,难道他的这些宏观研究以及结论就没有学术意义吗?胡适从词产生到衰落的发展历史联想到其他文学样式,提出"文学史上有一个逃不了的公式",认为:"四言诗如此,楚辞如此,乐府如此。词的历史也是如此。"[2]这就将词学研究提升到文学史规律的揭示,富有一定的启发意义。

此外,胡适词学研究的价值还在于:对传统词学形成冲击,促使其退出历史舞台,并由此推动中国词学现代化转型的最后完成;一定程度上改变了词学研究的格局。这两点我们在讨论词学现代化转型的问题时已经作了比较详细的论述,这里就不再展开。

胡适词学观的影响可以从两方面来看,一是当时的影响,二是

---

[1]　龙榆生《研究词学之商榷》,《龙榆生词学论文集》,第 99 页。
[2]　胡适《〈词选〉自序》,《词选》,第 6 页。

以后的影响。当时的影响我们在上面的论述中事实上已经涉及了,尤其是龙榆生的两段引文,充分说明了他在当时的实际影响。当然,胡适作为一个社会名流,他的词学影响在一定程度上是借助于他的社会地位和在新文学运动中的声望,因此这种影响更多的是在社会大众的普及层面。至于在专业的词学研究领域里,胡适的影响也有,但明显不如在普及层面上这么大。

至于对以后的影响,我们注意到一个非常有趣的现象:1949年以后到改革开放的长长一段时间里,胡适一直遭到批判,但另一方面在词学研究中,学界又大量采用了与胡适较为一致的学术观点。这些观点包括:重苏辛词派,轻南宋风雅词派;重视词的社会内容,反对词的雕琢;强调词产生于民间、死于文人的循环说,等等。我们认为,1949年以后学界在强调这些观点的时候,并没有刻意去从胡适的著作中寻找依据,当时的形势也不允许大家这样做,合理的解释大概是以下几点。

首先,这是一种学术上的趋同,也就是不谋而合。从中国文学史上看,历来存在着两种基本的文学观:一种是强调文学的社会责任,要求文以载道;另一种是强调文学的审美功能,要求文学能最大程度地表现"人"的各种情感,展示各种各样的形式美。以宋词论,苏辛一派能在展现美感的同时,最大限度地发挥词的社会功能;而南宋风雅词派虽然也在词中寄寓自己的感情,但更注重展示词的形式美。于是对这两派的取舍、评价就成了以后词学研究的一个分水岭。清代是中国词学研究的高峰期,清人的聪明在于能够找到上述两派的最佳结合点,非常自然地折中这两派。浙西词派比较注重形式美,强调"雅",推尊姜张,但他们在推出"醇雅"的同时又强调"骚雅",折中了两者,只不过后期的浙西词派过于强调"醇雅",对此原则有所偏离;常州词派注重词的社会功能,强调诗有史，词也有史，但他们又以温庭筠、吴文英、王沂孙等传统上认为极具形式美的作家、作品为范本，在审美功能与社会功能之间找到了一个最佳结合点，这就是比兴寄托、"微言大义"。但晚清以后的情况发生了变化，两派的分野再一次清晰起来。王国维强调文学的审美功能，要求文学能独立于社会政治，追求永恒的真理，表现永恒的美；梁启超则强调文学的社会功能，要求文学能起到开发民智、改良社会的作用。王、梁以后的文学研究，包括词学研究，受"五四"新文化运动的影响较大，往往走的是梁启超这一路。其中胡适作为新文学的主将之一，成为这一派的代表性人物。1949 年以后的文艺思想，虽然与梁启超、胡适无涉，但在对文学本质的认识，对文学基本功能的把握上却又与两者的观点大体一致。以这种基本的文艺观去研究词学，自然会在许多观点上与梁启超、胡适趋向一致。从某种意义上说，1949 年以后的词学研究走的是与胡适相近的路。从梁启超到胡适，再到 1949 年后的文学观，这是一种前后非师承的相继关系，实际影响非常大。

其次，我们也不能否认胡适文艺观对"五四"后成长起来的一代文学史家潜移默化的影响。1949 年后的文史学家中有相当一些人是在"五四"后成长起来的，受"五四"新文化思潮的影响很大。胡适作为"新文化"运动的主要倡导者，他的思想有时与"新文化"思潮是糅合在一起，难以分辨的。1949 年以后，这些文学史家都自觉地、不同程度地接受了马克思主义的文艺观，与旧的传统决裂，但如上所述，1949 年后的主流文艺观在许多方面与胡适在文学革命中的提倡比较接近；另一方面，一个人早年受到的影响又难以彻底驱除，因此他们在研究词学时，于不自觉中受胡适词学观的影响也是可能的。

综合以上两点，我们认为在胡适缺位的情况下，1949 年后的词学研究仍能感受到胡适的实际影响。

如何评价这种影响，这是一个更重要，也更有意义的问题。我们认为，胡适词学观的要害有两点：一是文学进化论，如他提出新文学样式生于民间、死于文人的循环说，倡导白话词等，都可以归到这一点；一是推崇苏辛，强调词的社会功能。事实上这两种词学观，除传统文艺观的影响、胡适个人性格的偏爱外，也是时代的产物。就像我们现在要历史地看待"五四"的文学主张一样，我们也要历史地、科学地对待胡适的词学观，不能以现在的标准来评判当时的胡适词学观，更何况胡适对中国词学宏观的研究是经得起相当一段时间检验的。这是我们评价胡适词学观的一个基本前提。

此外，胡适推崇苏辛的词学观虽然在 1949 年以后由于历史的原因，被人为地拔高，产生一定的副作用，但这种观点本身是有积极意义的。从词学史来看，自张綖《诗余图谱》提出婉约、豪放两分法之后，这种说法作为宋词风格划分法的一种，与中国美学思想中阴柔阳刚的说法契合，总体上还是能为大家接受的。这一定程度上也说明苏辛词风的客观存在。我们不同意二十世纪后半叶抬升豪放派、贬抑婉约派的做法，但并不否认苏辛词风的存在。现在学界普遍提倡宋词风格多样化区分，苏辛作为多种风格中的一种，而且是重要的一种，其意义也是客观存在的。

另外，胡适的文学史观，包括词史观对今天的文学史研究具有一定的启示意义。我们注意到胡适的文学史观有两个循环构成：其一是某种文体自身发展构成的小循环。如词的发展历史，胡适阐述其从产生到衰弱的过程，认为生于民间，死于文人。其二是每种文体之间相互替代构成的大循环。他认为一种文体衰弱以后，"文学的生命又须另向民间去寻新方向发展了"，需要有一种新的文体出来替代，成为新的"一代之文学"。如此循环不断，构成我们的文学发展史。胡适的这种文学史观是否合理,还可以进一步讨论,如词学界就有很多词学家不同意他的观点,但他注重各种文体自身的发展过程,将每种文体的发展与替代的过程,视为文学发展的历史,这种思路无疑是先进的,能给我们足够的启示。可以毫不夸张地说,胡适以后,还没有一个词学家在对词的宏观研究中能达到他的高度。

# 第八章
# 夏承焘的词学渊源及其
# 对常州词派的扬弃

夏承焘为现代词学三大家之一,对中国现代词学的构建与发展做出巨大的贡献。有学者将夏承焘的词学成就归为六个方面[①],其中,词学论述是十分重要的一个方面,值得关注与研究。但从这几年的研究状况看,大部分的研究者比较关注夏承焘词学观念的基本倾向与表达方式,着重对《瞿髯论词绝句》《月轮山词论集》以及夏承焘的部分词集序跋进行归纳与阐释,而对夏承焘词学思想的渊源、构成情况、学术意义以及对中国现当代词学的独特贡献则涉及不多,殊为遗憾。

夏承焘的词学活动历时较长,持续到二十世纪的八十年代,但就其词学思想的形成,则主要是二十世纪二三十年代。[②] 这一时

---

① 吴战垒先生在总结夏承焘的词学成就时,归为六个方面:一是开创词人谱牒之学;二是对词的声律和表现形式的深入研究;三是词学论述;四是诗词创作;五是治词日记;六是培养人才。详见《夏承焘集》第 1 册《前言》,浙江古籍出版社、浙江教育出版社,1997 年,第 2—5 页。以下所引《夏承焘集》均为此版本,不再注明。

② 二十世纪五十年代,夏承焘先生写了数量较多的词论文章,收录在《月轮山词论集》《唐宋词欣赏》中的文章,主要作于这一时期,他这时的词学观点与二三十年代有所差异,但这些差异主要是时代的特征,具有普遍性,而并非夏承焘自身词学思想的重大调整。

期中国社会形态的转换初步完成，与此相应，社会文化观念，包括词学观念，也发生重大变化。中国传统词学受到西学，尤其是以胡适为代表的新文化思潮的冲击，呈现出新旧交替的特征。在此过程中，夏承焘与龙榆生、唐圭璋一样，既以新的观点和手法区别于朱祖谋、况周颐等传统词学家，又以扎实的词学功底不同于胡适等偏重宏观研究一路的词学家，表现出中国现代词学家的基本特征。因此，梳理夏承焘词学思想中新旧两方面的渊源，考察其对传统词学的改造、融合，并形成现代词学的过程，不仅对研究夏承焘本人有意义，而且对研究整个中国现代词学也有重大参考价值。

考虑到夏承焘与胡适以及新文化的渊源也是一个比较大的题目，须专门研究，这里仅探讨夏承焘与常州词派的关系，考察其对传统词学的继承、改造与融合。

## 第一节　夏承焘的师承及其
## 常州词派渊源

常州词派产生于晚清的嘉道时期，此后风靡整个中国词坛，因此晚清民初的词学家，大部分都与其有千丝万缕的联系，并或多或少受其影响。夏承焘是自学成才，曾感叹一生未遇名师，因此从直接的师承关系看，他与唐圭璋等不同，受传统学术的影响相对要小一些。但在其词学生涯中，他又以林鹍翔为师，后者对其走上词学研究的道路，乃至词学观念的形成，有着重要影响。因此他与常州词派依然有较深的渊源。《夏承焘日记全编》1942 年 4 月 10 日有如下记载："逸群嘱予作学词经历，拟稿如次：予年十五六，始解为诗。偶于学侣处见《白香词谱》，假归过录。试填小令，张震轩师见之，尝赏其《调笑令》结句'鹦鹉鹦鹉，知否梦中言语'二句。民国十年廿二岁,林铁尊师来宦瓯海,与同里诸子结瓯社,得读常州张、周诸家书,乃略知源流正变。林师尝转寄所作请质于况蕙风、朱彊村二先生。"①此段文字后来稍作修改后,作为《前言》收入《天风阁词集前编》,除个别文字的调整外,主要改动有三处:一是将"予年十五六",改为"予年十四五",二是将"民国十年廿二岁"改为"一九二〇年",三是删去有关"张震轩"的话。前两处修改估计是日记中的记录有误,略作修正,使其更加准确,第三处修改则说明作者对林鹍翔的记忆十分深刻,进一步突出其在自己词学生涯中的引导作用。因此要梳理夏承焘的词学思想,有必要考察林鹍翔的词学渊源。

林鹍翔,字铁尊,号无垢居士,浙江吴兴人。生于1871年(清同治十年),卒于1940年。关于他的词学经历,《夏承焘日记全编》1938年9月4日有如下记载:"予问翁治词经历,谓民国二年四十余岁,在东京学生监督处时,有吴、冯二同事好此事。冯君曾亲见半塘老人,每作必邀翁和,乃熏染为之。作书请益于古微先生,先生好谦,乃转求于蕙风先生。民国九年宦瓯海时,犹时时请益于两公,距初学才六七年耳。又谓古微先生无一语不真。此语殆翁自道。予师两翁,岂仅词哉!岂仅词哉!"可见林氏词学是以朱祖谋、况周颐为师,沿着王鹏运一路而来。夏敬观也说:"吾友吴兴林君铁尊,朱古微侍郎之高第弟子也。……夔笙,亦君所从问字师也。"②显然,他与后期常州词派一脉相承。夏承焘《半樱词续序》也提到林鹍翔的词学渊源:"越日,(林鹍翔)复语予治词经历……备述渊源所自,求索之艰……累数百言,洗然无片辞之饰。"又说:"师之于词,固取径周吴而亲炙彊翁者。今诵其伤乱哀时诸什,取

---

① 夏承焘著,吴蓓主编《夏承焘日记全编》,浙江古籍出版社,2021年。本章所引《夏承焘日记全编》均为此版本,不再注明。日记已标明年月日,不再标注页码。
② 夏敬观《半樱词续序》,林鹍翔《半樱词续》,民国二十七年(1938)铅印本。

诸肺肝,而出以宫徵,真气元音,已非周吴所能囿。"①取法周、吴,正是彊村一派重要的词学主张与词学特征。至于"伤乱哀时",则与常州词派的"词亦有史"观念完全一致。一般认为,常州词派之所以能在晚清风靡一时,正与他们重视社会功能的词学观密切相关。而"出以宫徵",严于声律,则是朱祖谋为首的后期常州派的主要特征。因此,将林鹍翔归入彊村一派,完全符合事实,夏敬观将他视为朱祖谋、况周颐的弟子,也非虚语。

夏承焘与林鹍翔的交往,起于林氏观政瓯海时期。其时林鹍翔的词学活动十分频繁,曾先后加入了慎社和瓯社。慎社由梅冷生发起,郑姜门、吴性键、林默君、沈墨池、郑远夫等多人加入,成立于1920年5月30日。取名"慎社",是因为"瓯江又名慎江"。慎社出版社刊,仿照南社做法,分文、诗、词三类,下附社友通讯处,名曰"交信录"。总共出了四辑。1921年,慎社举行第三次雅集,增社友14人,林鹍翔便是其中之一。据梅冷生回忆:"林的本意在于教我们填词,他认为温州在南宋时词学很盛,如卢祖皋(蒲江)、薛梦桂(梯飚)等人均有极大成就,应在这时重振风气。"②《慎社集》第三辑中收录了林鹍翔的词作28首。后来梅冷生、夏承焘决定向林鹍翔学词,建议再成立一个词社。林鹍翔表示同意,并提供经费,将积谷山下东山书院重修,在山腰添造一间楼房,作为"永嘉词人祠堂",在此设立词社,取名"瓯社"。林鹍翔任社长,社友有梅冷生、夏承焘、郑猷、王渡、龚均、黄光、郑曼青、曾廷贤、徐锡昌、严琴隐共10人。大家奉林鹍翔为师,由林对社友习作进行辅导。夏承焘多次提到的瓯社唱和,即指此。据夏承焘回忆,当时,林氏"暇尝举瓯社以导词学,唱酬之

---

① 夏承焘《半樱词续序》,林鹍翔《半樱词续》,民国二十七年(1938)铅印本。
② 梅冷生撰,潘国存编《梅冷生集》,上海社会科学院出版社,2006年,第95页。

雅,无虚月也",活动十分频繁。夏承焘在多年后"独念永嘉承平从游之乐,恍如隔世"①,留下深刻印象。此为夏承焘词学生涯的起始点。

　　如夏承焘在《天风阁词集前编》"前言"中所说,林鹍翔当时自己学词"才六七年耳","犹时时请益于两公",因此他除了亲自指导社友作词,还"尝以所作请质于况蕙风、朱彊村二先生",使瓯社一开始就与处于主流地位的朱祖谋、况周颐产生联系,受其影响。《夏承焘日记全编》1929 年 10 月 27 日记录夏承焘第一次与朱祖谋的通信,开篇即回忆此段经历:"七八年前,林铁尊道尹宦温州时,曾承其介数词请益于先生,并于林公处数见先生手教。"由此开始单独与朱祖谋通信与交流,逐步走向词学的中心舞台。据《夏承焘日记全编》记录,从1929 年 10 月至 1931 年底朱祖谋去世,两人信件往来共有十余封,这批宝贵的词学文献均保存在《夏承焘日记全编》中,后经吴无闻先生注释,分两次发表在《文献》杂志上。值得一提的是,夏承焘的《瞿髯论词绝句》也是在与朱祖谋的通信中,受其鼓励,开始形成系列。② 夏承焘

---

①　夏承焘《半樱词续序》,林鹍翔《半樱词续》,民国二十七年(1938)铅印本。

②　《夏承焘日记全编》1930 年 10 月 22 日:"小诗二首,(眉批:附"欧晏樊榭""青兕词坛"二诗)奉博一哂,请诲则不敢也。"吴无闻在《文献(第八辑)》(书目文献出版社,1981 年)中《词学研究通信(下)》里注云:"〔目空欧晏〕系论李清照词的七言绝句,见夏承焘著《瞿髯论词绝句》;〔青兕词坛〕系论辛弃疾词的七言绝句,见夏承焘著《瞿髯论词绝句》。"按:浙江古籍出版社 1984 年版《天风阁学词日记》此条原文:"偶成论词小诗(欧晏樊榭、青兕词坛),奉博一哂,请诲则不敢也。"文字与《夏承焘日记全编》稍有不同,但所引诗句一致。查浙江古籍出版社、浙江教育出版社 1997 年版《夏承焘集》第 2 册收录了《瞿髯论词绝句》,其中第 536 页论李清照词绝句为:"目空欧晏几宗工,身后流言亦当中。放汝倚声逃伏斧,渡江人敢颂重瞳。"与《日记》不同。估计夏承焘 1930 年所作原诗是"欧晏樊榭",后作了修改。《夏承焘集》收录的是吴无闻先生的注本,用了修改后的诗句,这和吴无闻在《文献(第八辑)》上的注释一致。又:夏承焘 1979 年所撰《瞿髯论词绝句前言》说:"予年三十,谒朱彊村先生于上海。先生见予论辛词'青兕词坛一老兵'绝句,问:'何不多为之?'中心藏之,因循未能着笔。"《夏承焘日记全编》1930 年 11 月 4 日记载朱彊村的复函,云:"论词二首,持论甚新,何不多为之,以补厉氏所不及。"《前言》所言与《日记》所记也稍有不同,或是夏先生晚年记忆有误,当以《日记》所记及书信为准。

对朱祖谋比较佩服且尊崇,但也不盲目,如对其词的评价就比较实事求是。《夏承焘日记全编》中有不少阅读朱祖谋著作的记录,如1929 年 6 月 17 日:"阅《彊村语业》,小令少性灵语,长调坚炼,未忘涂饰,梦窗派固如是也。况夔笙题林铁尊《半樱簃填词图》云:'数词名,当代一彊村。余音洗筝琶。'推尊至矣。"这里对朱祖谋的小令、长调分别作了评判,总体比较中肯,不虚美;"当代一彊村"是况周颐对林鹍翔的誉扬,从中可见朱祖谋在当时的实际地位,夏承焘以为"推尊至矣"。又 10 月 27 日记录与朱祖谋的第一次通信,说:"海内仰止,惟有先生。""惟念自半塘、蕙风、静安诸公先后凋谢,先生亦垂垂老矣。绪风将坠,绝学堪忧。"当时夏承焘 29 岁,尚未成名,而朱祖谋已是词坛领袖人物,与之通信,固然有客套的成分,但"半塘、蕙风、静安诸公先后凋谢,先生亦垂垂老矣"的现状,以及"绪风将坠,绝学堪忧"的担忧也是实情,因此"海内仰止,惟有先生"也并非纯然的虚誉。

可见,从夏承焘的词学师承看,从王鹏运到朱祖谋、况周颐,从朱、况两人到林鹍翔,再通过林鹍翔影响到夏承焘,这条大致的线索还是比较清晰的。若论夏承焘的词学渊源,与常州词派依然有密切的关联。这其实也是晚清民初词学家的普遍状况。

但是夏承焘并未被常州词派的词学观所牢笼,这除了夏承焘同时也受新文化思想影响,词学观的构成具有多元性特点外,也与他对当时守家法、辨宗派的做法十分反感有关。《夏承焘日记全编》1942 年 4 月 10 日记叙他自己的词学经历,特意强调:"若夫时流填涩体、辨宗派之论,尤期期不敢苟同。"以后这段话一字不差,全部收入《天风阁词集前编》的"前言"。此外,他本身对常州词派的认识也有一个逐渐深化的过程。这点在他对况周颐及其《蕙风词话》看法的变化过程中,表现得比较清楚。查《夏承焘日记全

编》,有多处论及《蕙风词话》与况周颐的词作,不妨列举数条:

> 1929 年 2 月 6 日:灯下阅《蕙风词话》,间参己意,笔之于上,渐有悟入处。拟遍阅《彊村丛书》及《四印斋所刻词》,着手效况翁为之,留待十年后见解较老时再是正之。
>
> 1929 年 2 月 16 日:阅况夔笙《玉楳后词》(附《阮庵笔记》后),皆怀妓作,好处可解甚少,不知由予学力未到耶,抑况翁此编本非其至耶。此编王鹏运曾劝其勿刻,而况不听。序中且极诋郑叔问,所谓某名士老于苏州者也。
>
> 1931 年 2 月 19 日:昨阅《蕙风词话》。
>
> 1936 年 2 月 14 日:阅《蕙风词话》。
>
> 1936 年 2 月 17 日:阅《蕙风词话》完。
>
> 1936 年 3 月 20 日:接孟劬(张尔田)先生快函……又谓《蕙风词话》,标举纤仄,堂庑不高,重拙指归,真是欺人语。
>
> 1947 年 2 月 13 日:读况蕙风词,多酬应率意之作,不如彊村之精严。彊村有过晦处,蕙风有过滑处。蕙风自谓:自交半唐,得知体格,交彊村乃严声律。

这几条从时间上看,大致集中在四个时段:第一个时段是 1929 年 2 月,一条是写其读《蕙风词话》有"悟入"处,并表示打算效其手法,点评《彊村丛书》及《四印斋所刻词》中的词作。另一条则对况周颐词集《玉楳后词》表示不同看法,并对况周颐的为人亦有非议。第二个时段是 1931 年 2 月,只一条,记录夏承焘再次阅读《蕙风词话》。第三个时段是 1936 年 2 月至 3 月,共三条,前两条记录他第三次阅读《蕙风词话》,后一条是记录张尔田的来信内容,其中涉及《蕙风词话》,批评其"标举纤仄,堂庑不高",甚至说"重拙指归,真是欺人语"(张尔田原文为"直欺人语")。文后抄录张尔田来信原文,其中有:"愚昔年即不以为然,而彊老推之,殊不可解。彊老与蕙风合刻所为词曰《鸳音集》,愚亦颇持异议。"日记虽是客观记录,但记录此信是在夏承焘第三次阅完《蕙风词话》后的第三天,而无一句评论,颇耐人寻味。第四个时段是 1947 年 2 月,主要比较朱祖谋、况周颐两家的词,以为况不如朱。其实这种看法也表现在他的《瞿髯论词绝句》中,其论朱祖谋、况周颐两首分别为:

> 论定彊村胜觉翁,晚年坡老识深衷。一轮黯淡胡尘里,谁画虞渊落照红。
>
> 年年雁外梦山河,处处灯前感逝波。会得相思能驻景,不辞双鬓为君皤。

吴无闻"题解"说,"(评朱祖谋)谓他的词应是唐宋到近代数百年来万千词家的殿军","(评况周颐)此首诗前两句谓情能伤神,后两句反前意"。[①] 对朱祖谋评价极高,而对况周颐则主要着眼于其情词。可见夏承焘对况周颐的看法确有逐步深入的过程。

## 第二节  常州派寄托理论与夏承焘的
## 比兴寄托观

夏承焘对常州词派理论的扬弃,在"寄托"问题上表现得最为典型。"寄托"是常州词派的核心观点之一,也是其理论的主要特征。夏承焘与其他民国词人一样,不可避免地受到此种理论的影

---

① 《夏承焘集》第 2 册,第 586—587 页。

响,但他的特点是在吸收寄托理论的合理要素时,能辨析、批判其中的非理性因素,显得比较客观与合理。这在他《夏承焘日记全编》1941 年 9 月 1 日的一段记录中体现得最为明显:

> 过吴眉翁谈词,谓北宋已有寄托,东坡"我欲乘风归去"为不忘爱君。王安礼"不管华堂朱户,春风自在杨花"为诮安石。予意诗人比兴之例,其来甚古,唐五代词,除为歌妓作者之外,亦必有寄托。惟飞卿则断无有,后人以《士不遇赋》说其《菩萨蛮》,可谓梦话。常州派论寄托,能令词体高深,是其功,然不可据以论词史。

其实就吴眉孙话语本身而言,比较接近早期常州词派的言论,过于坐实。这种情况在民国词家中比较常见。但夏承焘并没有就此作评论,而是对唐宋词的寄托情况以及常州词派的寄托理论作了总体性评论。夏承焘的话大致有三层意思:首先承认唐宋词有寄托,以为寄托作为一种手法,自古就有,唐五代词中,除了专为歌妓作者外,"亦必有寄托"。其次认为温庭筠词没有寄托,"后人以《士不遇赋》说其《菩萨蛮》,可谓梦话"。夏承焘此处所说的后人,即指常州词派的创始人张惠言。按张惠言评温庭筠《菩萨蛮》(小山重叠金明灭):"此感士不遇也。篇法仿佛《长门赋》,而用节节逆叙。此章从梦晓后,领起'懒起'二字,含后文情事,'照花'四句,《离骚》初服之意。"[①]张惠言论词主观性太强,有穿凿附会之病,因此王国维也批评他:"固哉,皋文之为词也!"[②]就这段话而言,龙榆生也有

---

① 张惠言《张惠言论词》,唐圭璋编《词话丛编》,第 1609 页。
② 王国维《人间词话删稿》,况周颐、王国维《蕙风词话 人间词话》,人民文学出版社,1960 年,第 233 页。

类似的批评①,足证夏承焘"梦话"说的成立。再次是对常州词派寄托理论的历史作用作了肯定,以为使"词体高深",但同时又指出,如果滥用寄托理论,则将违背词史的实际。这三层意思,以实事求是为原则,对有寄托、无寄托以及寄托理论的历史价值作了十分清晰而客观的阐述,集中表现了夏承焘对常州词派寄托理论的认识以及取其精华、弃其糟粕的科学态度。

与此相关,夏承焘对常州词派两位重要人物的评价也不尽相同。对于张惠言,他肯定其提高词的社会地位的努力,但同时严厉批评他的穿凿附会,指出:"但他为了要提高词的地位,说了许多过分夸张的议论,如引《说文》'意内而言外'一语来解释'曲子词'的'词';说温庭筠《菩萨蛮》的内容似《感士不遇赋》,其篇法同《长门赋》,说'照花前后镜'四句即《离骚》'初服'之意,此等皆开了后来常州词人附会说词的风气。"②与此点有关,夏承焘对后人的穿凿附会同样提出批评,如《夏承焘日记全编》1931 年 6 月 24 日:"阅刘子庚《讲词笔记》,附会牵强,几如痴人说梦。张惠言尝欲注飞卿词,若成书,则又一刘子庚矣。"同年 6 月 28 日:"武汉大学寄来季刊,有雪林女士考纳兰成德恋史,甚附会。"对两人的做法颇不以为然。至于张惠言论词穿凿附会的原因,夏承焘也作了十分精辟的分析。首先是"他意在立说,而往往疏于考史",认为张氏把温庭筠

---

① 龙榆生《研究词学之商榷》:"例如温庭筠士行尘杂,不修边幅,已屡见于《唐书·文艺传》及诸家笔记。其所长惟在'能逐弦吹之音,为侧艳之词'。温词之风格,偏于'香而软'(《北梦琐言》)。其在词坛'开山作祖',吾人自不容有所忽视。而张惠言《词选》,必曰'温庭筠最高,其言深美闳约',又以其《菩萨蛮》为'感士不遇之作',且以上拟《离骚》。张氏欲尊词体,托之'诗之比兴',乃于温词加以穿凿附会之说,其谁信之?"见《龙榆生词学论文集》,第 98 页。
② 夏承焘《词论八评》,《夏承焘集》第 2 册,第 409 页。

上比屈原等,"都是无根臆说"①。需要指出的是,"考史"是夏承焘治词学的特色,也是其特长。程千帆以为:"(夏承焘)以清儒治群经子史之法治词,举凡校勘、目录、版本、笺注、考证之术,无不采用,以视半塘、大鹤、彊村所为,远为精确。"②因此他的这些批评,是在考证词人生平材料的基础上做出,十分可靠。其《瞿髯论词绝句》评温庭筠:"朱门莺燕唱花间,紫塞歌声不惨颜。昌谷樊川摇首去,让君软语作开山。"③即着眼于他"朱门莺燕唱花间"的风格特色和"让君软语作开山"的词史地位。在议论陈廷焯《白雨斋词话》时,夏承焘再次强调这一点,认为:"常州词人尊奉温、韦,提倡比兴,由重形式而走向重内容,本是他们论词可肯定处。但张惠言、陈廷焯诸人都勇于立论而疏于考核,因之多附会失实的话,这也是常州词论家共同的缺点。"④其次是受他经学思想的影响。夏承焘认为:"张氏是清代著名的经学家,……《词选》作于张氏晚年,无疑受他自己学术思想的影响。"⑤一般认为,张惠言受其学术思想的影响,主要集中在两点:其一是常州今文经学的"公羊学",其二是虞翻的易学。⑥前者主要影响常州词学重功利的倾向以及发掘"微言大义"的思路,后者则更多地影响了常州词学依象寻义,穿凿附会的解词手法。现代学者对常州经学与常州词学的关系已经有了更为深入细致的研究,但夏承焘在几十年前即指出这一点,十分了不起。《瞿髯论词绝句》论张惠言:"茗柯一派皖南传,高论然疑

---

① 夏承焘《词论八评》,《夏承焘集》第 2 册,第 409、410 页。
② 程千帆《论瞿髯词学》,《词学(第六辑)》,华东师范大学出版社,1988 年,第 254 页。
③ 《夏承焘集》第 2 册,第 518 页。
④ 夏承焘《词论八评》,《夏承焘集》第 2 册,第 413 页。
⑤ 夏承焘《词论八评》,《夏承焘集》第 2 册,第 410 页。
⑥ 参见朱惠国《中国近世词学思想研究》第二章"'常州学派'与'常州词派'的相互关系"、第三章"张惠言的理论贡献与常州词派的形成",上海古籍出版社,2005 年。

二百年。辛苦开宗难起信,虞翻易象满词篇。"①即指出张惠言词学受其易学的影响,解词有穿凿和生硬的毛病。

至于对常州词派另一理论家周济,夏承焘与其他民国词家相似,给予了比较高的评价,当然,这种评价也是建立在实事求是的基础之上。从常州词派本身的发展过程看,张惠言留下的词学文献并不多,而且受经学的影响较深,他的贡献,主要在于开创了一个词派,并为词派的核心理论提供了基本元素。真正使常州词派理论形成体系,并变得更加合理的,是周济。因此夏承焘对周济的评价也是围绕这一点展开。他在《词论八评》中论及周济的《宋四家词选目录序论》,以为:"他这篇自序发展张惠言《词选序》的意思,提出'词非寄托不入,专寄托不出'之说,却可以说是清人词论里的精辟见解。"②按一般理解,"词非寄托不入",是对张惠言寄托理论的继承与肯定,而"专寄托不出",又在一定程度上解决了常州派解词过于坐实,以致穿凿附会的弊病。有寄托而不专意于寄托,这种思路与夏承焘词学思想大体上相似,因此夏承焘给予高度评价。当然,除了这种理论上的融通与合理外,夏承焘对周济的高评,更是基于其论词的客观,不附会。早在1936年6月发表的《〈乐府补题〉考》中,夏承焘专门谈到这一点:"清代常州词人,好以寄托说词,而往往不厌附会。惟周济《宋词选》,疑唐珏赋白莲,为杨琏真迦发越陵而作,则确凿可信。予惜其但善发端,且犹未详究《乐府补题》全编。爰寻杂书,为申其说,并以补前人考六陵遗事者之遗也焉。王沂孙、唐珏诸子丁桑海之会,国族沦胥之痛,为自来词家所少有。宋人寄托之词,至此编蔚为大宗。表而出之,诚词史

---

① 《夏承焘集》第 2 册,第 579 页。
② 《夏承焘集》第 2 册,第 411 页。

一大掌故,不但补前修考六陵遗事之遗而已也。"①按周济有关唐
珏赋白莲的文字见之于他的《介存斋论词杂著》,原文为:"玉潜非
词人也,其《水龙吟》'白莲'一首,中仙无以远过。信乎忠义之士,
性情流露,不求工而自工。特录之,以终第一卷。后之览者,可以
得吾意矣。"②《介存斋论词杂著》是周济记在《词辨》前的评论文
字,因此夏承焘所说的《宋词选》是指《词辨》,而非《宋四家词选》。
周济以为,唐珏并非专门词人,但由于亲自参与了诸陵埋遗骨,树
冬青的壮举,所作《水龙吟》"赋白莲"一首,感情忠厚,寄托遥深,王
沂孙都难以远过。但周氏"善发端,且犹未详究《乐府补题》全编",
十分可惜。夏承焘"爱寻杂书,为申其说",对《乐府补题》作了详尽
的考证,以事实证明唐珏赋白莲确为杨琏真迦发越陵而作,因此周
济所谓"寄托"一说,确凿可信。

可见,夏承焘对常州派的寄托理论并非简单地接受或者排斥,
而是有所甄别,有所扬弃,确切地说,对张惠言过于坐实,以至于穿
凿附会的寄托说,基本上加以否定,而对于周济那种比较合理,比
较融通,又有一定史实依据的寄托说,则加以肯定和吸收。

夏承焘在 1958 年写的《〈楚辞〉与宋词》一文中,对寄托说的基
本原理与合理性作了很好的阐发:

　　　不过以艺术性质论,太质直、太严肃的正论庄语,有时候
　　不适宜于作艺术表现的。以艺术的效果论,借用人类基本情
　　愫的男女之爱,来申述作者个人某种情感,那就是把自己个人
　　的情感变作一般人的情感,会使人更易于了解、感受。据《左

---

① 《夏承焘集》第 8 册,第 60 页。
② 周济《介存斋论词杂著》,唐圭璋编《词话丛编》,第 1636 页。

传》《论语》这些书里的记载,收在《诗经》里的民间情歌,可以
成为论政治、讲外交以及儒家说理的材料,也是这个道理。①

这种思想对夏承焘的词学研究与词的创作均有十分明显的影响。
如他在《谈有寄托的咏物词》一文中,将咏物词分为三类,以为"第
三类最可贵,即是有寄托的咏物词"②,并对这类作品作了高度评
价。又如《冯延巳和欧阳修》一文中,在谈到冯延巳的《谒金门》(杨
柳陌)时,认为:"这是一首写爱情的词,但是言外之意,可能别有寄
托,不单是写相思之情。……'起舞不辞无气力'两句,……可能是
寄托'士为知己者死'的意思,是士大夫阶层的思想感情。"又说:
"冯煦谓冯延巳'俯仰身世,所怀万端,缪悠其辞,若显若晦'(《阳春
集》序)就是说延巳词颇多'旨隐词微'之作。"③在谈到欧阳修《蝶
恋花》(庭院深深)时,认为:"这首词虽然表面上是写一个女子的苦
闷,但它的寓意不限于此。从屈原《离骚》以来,就以美人香草寄托
君臣,后代士大夫以男女寄托君臣的诗歌,指不胜屈。欧阳修这首
词也是属于这一类。"④值得一提的是,这两篇文章都作于二十世
纪五十年,说明夏承焘对词有寄托的认识在 1949 年后并没有改
变,相反,在重视文学作品思想内容的大背景下,反而有了一定程
度的加强。

至于词的创作,夏承焘也一定程度上运用比兴寄托的方法,
《夏承焘日记全编》1943 年 6 月 19 日:"夕听声越酒后谈文,……
又谓谭复堂评蒋鹿潭词赋高于比兴,作词寄托深晦者,皆比兴之

---

① 《夏承焘集》第 8 册,第 112 页。
② 《夏承焘集》第 2 册,第 719 页。
③ 《夏承焘集》第 2 册,第 648 页。
④ 《夏承焘集》第 2 册,第 649 页。

弊。近托季思阅予词,谓亦有此病。"6 月 24 日:"季思为予阅词甚
精细,心甚感之。"说明"阅词甚精细"的王季思已经看到了这一点。

## 第三节　常州派正变理论与夏承焘的<br>源流正变观

如上所述,《夏承焘日记全编》1942 年 4 月 10 日记叙了自己
的词学经历:"民国十年廿二岁,林铁尊师来宦瓯海,与同里诸子结
瓯社,得读常州张、周诸家书,略知源流正变。"由此可以确定,夏承
焘在源流正变这个词学上最基本也最重要的问题上,最初是受常
州词派影响的。

词学正变的争议最初可以上溯至宋代,大致有两条发展线索:
一条围绕词的风格展开,即以婉约为正,还是以苏、辛为代表的豪
放为正。这条线索由于是一种词的美学风格之争,不涉及社会价
值观,展开得比较充分。另一条则受诗学上正变观的影响,围绕词
的内容展开,即倡导一种雅正的词风,而将软媚艳俗词风视为变
体。这两条线索虽有一定程度的缠绕,但两者之间的大体区分还
是比较清楚的。常州词派论正变,则有将两条线索合而为一的
倾向。

张惠言的正变观集中体现在他的《词选序》中。他回顾了词的
发展历史,将词人分为两类,即"正声"和"杂流"。"正声"主要指唐
代词人,其中又以温庭筠为代表,所谓"温庭筠最高,其言深美闳
约",另外,宋词中"张先、苏轼、秦观、周邦彦、辛弃疾、姜夔、王沂
孙、张炎渊渊乎文有其质焉",自然也属正声。"杂流"则分为两种
情况:一类是五代时期"君臣为谑,竞作新调"的作品;另一类则是
两宋时期柳永、黄庭坚、刘过、吴文英等的一些作品。这些作品虽

有某方面的特点，"以取重于当世"，但又"有一时放浪通脱之言出于其间"。① 我们由此可以看出，张惠言所指的正声，虽有指词体原初风貌的意思，但主要还是指那些有"微言大义"以及"渊渊乎文有其质"的作品。区分的标准偏重于词的内容，而风格的因素是十分微弱的，至少他将苏轼、辛弃疾均入"正声"之列。但我们如果研究他《词选》的选目，情况似乎又并非完全如此。《词选》共选词人 44 家，词作 116 首。其中唐词 3 家，共 20 首；五代 8 家，共 26 首；宋词 33 家，共 70 首。唐代词人中入选数最多的是温庭筠，这与他"温庭筠最高"的说法一致，但两宋词人中入选最多的却是秦观，选了 10 首，这 10 首均无特别的"微言大义"。显然，这又与他"序"中"正声"的标准有别。可见，张惠言"正声"的标准，除了内容要素外，还有一个重要因素，就是词的风格，只不过这种风格并非简单的婉约与豪放，而主要是指美而不艳、哀而不伤的庄雅词风，要求符合儒家诗教所说的中和之美。这样的词作虽无"微言大义"，但仍可归入"正声"之列。

周济关于正变问题的论述主要见之于他的《词辨》以及相关的序和词评。《词辨》附录为："向次词辨十卷：一卷起飞卿为正。二卷起南唐后主为变。名篇之稍有疵累者为三四卷。平妥清通才及格调者为五六卷。大体纰缪、精彩间出为七八卷。本事词话为九卷。庸选恶札迷误后生，大声疾呼以昭炯戒为十卷。"② 对词的正变作了比较明确表述，其中"一卷起飞卿为正。二卷起南唐后主为变"的思路，与张惠言"五代之际，孟氏、李氏君臣为谑，竞作新调，词之杂流，由此起矣"③ 的看法比较接近。与此相关，他对温庭筠

---

① 张惠言《词选序》，唐圭璋编《词话丛编》，第 1617 页。
② 周济《词辨》，唐圭璋编《词话丛编》，第 1636 页。
③ 张惠言《词选序》，唐圭璋编《词话丛编》，第 1617 页。

的评价也与张惠言比较接近："皋文曰：'飞卿之词，深美闳约。'信然。飞卿酝酿最深，故其言不怒不慑，备刚柔之气。"[①]看重的也是"深美闳约"和"不怒不慑"的中和之美。但他对两宋词人的评价则与张惠言不同，《词辨自序》："自温庭筠、韦庄、欧阳修、秦观、周邦彦、周密、吴文英、王沂孙、张炎之流，莫不蕴藉深厚，而才艳思力，各骋一途，以极其致。"[②]与张惠言视为正声的两宋词人相比，少了张先、苏轼、辛弃疾、姜夔四人，同时增加了欧阳修、周密、吴文英三人。很显然，周济在正变问题上更强调风格因素，也更注重婉约一派。"自序"末尾处说："南唐后主以下，虽骏快驰骛，豪宕感激稍漓矣。然犹皆委曲以致其情，未有亢厉剽悍之习，抑亦正声之次也。"这与他在宋词"以极其致"者名单中去除苏、辛的思路是一致的。

　　理清了常州词派张惠言、周济两家的正变观，再来考察夏承焘的正变观，就可以看出他们之间的联系与区别了。简单地说，夏承焘一定程度上受到常州词派正变观的影响，但又有自己的特点。

　　在现今可见的夏承焘面世的文献中，1933 年发表于《词学季刊》第 1 卷第 2 号上的《红鹤山房词序》是阐述其正变观最清晰、最完整的一篇文章。该文写成于 1931 年 6 月 15 日，原题《剪淞阁词序》，是应吴江金松岑所请，为其词集所做的序。查金松岑《天放楼诗季集》，此书附有《红鹤词》，因此金松岑词集很可能原名"剪淞阁词"，后改为现名。序不长，摘要如下：

　　　　论词以温、韦为正，苏、辛为变，虽常谈，亦至论也。夫词蜕于诗，而非诗之余。迹其运化，如水生冰。其初兴也，灵虚

---

① 周济《介存斋论词杂著》，唐圭璋编《词话丛编》，第 1631 页。
② 周济《词辨自序》，唐圭璋编《词话丛编》，第 1637 页。

要渺,不涉执象。温、韦所作,虽晖露莹珠,不切于用,固天下之至宝也。柳永、秦观,稍稍铺叙,犹未违其宗。范仲淹、王安石,乃浸寻以之咏史怀古矣。至苏轼、黄庭坚,则禅机诨俚,纵横杂出,不复可被声律,所谓"句读不葺之诗"。虽云质文通变,势不能终古为温、韦,然昔之求蜕于诗者,至此复与诗合其用,犹冰泮为水,神象复浑矣。故词至苏轼而大,亦至苏轼始渐离其朔,不谓之变可乎。①

首句"论词以温、韦为正,苏、辛为变,虽常谈,亦至论也",在日记的原文中为:"世士论词,以温、韦为正,苏、辛为变,曩尝讥为固见也,然详绎之,亦未尝无说焉。"如此修改,除了文字更加简练外,语气也更为坚定。这里"温、韦为正,苏、辛为变"的提法与张惠言、周济等观点既同又不同。所谓同,是三人均以温、韦为正,所谓不同,是张氏将苏、辛视为正声,至周济才将两者放入"变"体,但周济在《宋四家词筏》中,又将辛弃疾列为四家之一,视为领袖一代的词家。而夏承焘则直接视为"变"。说明夏承焘的正变之说,主要着眼于风格要素,与常州词派将风格、内容融合起来的做法有所区别,更接近于传统的正变观。从上述引文来看,夏承焘立论的主要依据是词的传统定位与功能。他认为"词蜕于诗,而非诗之余",是两种既有联系又完全不同的文体,因此其体性特点和社会功用也不尽相同。他在文中以水、冰为喻,作了十分生动形象的阐发:冰由水凝结而成,但又区别于冰,是两种不同的物质。温韦的词就如最初的冰,虽"不切于用,固天下之至宝也",而词发展至苏轼、黄庭坚,虽然社会功用增大,但"昔之求蜕于诗者,至此复与诗合其用,犹冰

————————

① 《夏承焘集》第 8 册,第 240 页。

泮为水,神象复浑矣",也就是说,重新泯灭了诗词的界限,如同冰重新化为了水,"故词至苏轼而大,亦至苏轼始渐离其朔,不谓之变可乎"。因此结论是:温韦是冰,是正体;苏、辛则化冰为水,是变体。从这里可以看出,夏承焘基本上是从不同文体的角度来看诗词之别,并不涉及词的社会价值评判。因此他以苏辛为变的观点与他推尊苏、辛的词学观并不矛盾。

从词学史的角度看,夏承焘的观点更接近于陈师道、李之仪、李清照,以及四库馆臣的观点,而与常州词派的观点不尽相同,尽管他在正变问题上一开始是受后者影响的。

由此观点出发,夏承焘对金松岑的词"夷犹婉约,沨沨动人,与其诗文若出两手"表示理解与赞赏。并勉励他虽有"恢奇奔肆之才,雅近苏、辛",而"若其词之醇深骚雅,追撑周、姜,则无假于承焘之辞赞也"。[①] 同样道理,《夏承焘日记全编》1947 年 6 月 7 日所记《章夫人词集题词》一文,对章太炎夫人反驳章太炎轻视词体,以为词能"二三百字之颠倒往还,而无不达之情,宁非即其圣处"的观点表示赞赏,并对其词"婉约深厚,沨沨移人"加以鼓励。

但须说明的是,上述观点只是夏承焘对词正变问题的看法,这与他自己的创作追求并非完全相同。就夏承焘自己的创作而言,他比较喜欢"奇逸高健"的风格[②],《夏承焘日记全编》1931 年 7 月 3 日明确说自己"好驱使豪语","梦窗素所不喜,宜多读《清真词》以乐之"。又在 1942 年 4 月 10 日记录自己的学词经历时说:"早年妄意欲合稼轩、遗山、白石、碧山为一家,终仅差近蒋竹山而已。"此中稼轩、白石、遗山的词风都比较硬朗,这与他形成"奇逸高健"的

---

① 《夏承焘集》第 8 册,第 240 页。

② 参见周笃文《奇逸高健的〈天风阁词〉》,《词学(第二十四辑)》,华东师范大学出版社,2010 年,第 193 页。

词风不无关系。

　　还需说明的是，夏承焘 1961 年在《词论八评》论及周济《介存斋论词杂著》时，再次针对《词辨》的选目，谈了对正变的看法："现在我们看他'正变'两卷所选各词，就有许多不可了解之处：如把李煜九首、苏轼一首、辛弃疾十首、姜夔三首、陆游一首都列在'变'体里……；而周邦彦九首、史达祖一首、吴文英五首，大都是遣兴、咏物、应歌之作，却录入卷一'正'体中。……大概他是专问作品的声容是否'庄雅''中正'，而不问他的思想内容和社会意义的。"①这里又有以内容论正变的倾向，这估计是受当时大背景的影响。至于对周济正变标准的议论，"大概他是专问作品的声容是否'庄雅''中正'，而不问他的思想内容和社会意义的"，则正可倒过来说明夏承焘对常州词派的熟悉。常州词派确实是将"庄雅""中正"作为正变的重要依据，夏承焘一语中的；如没有常州词学的功底，是很难作出如此精准判断的。

## 第四节　常州派尊体理论与夏承焘的词体功用观

　　常州词派受常州学派的影响，涉世，注重社会功用是其明显的特征。事实表明，也正是这一点，使常州词派能够在晚清动荡的社会状况下得以迅速发展，成为一种主流词学。因此在常州词学的理论中，尊体，即提高词的社会地位，增强词的社会功能是非常重要的一条，常州派强调寄托，倡导正声，均与此相关。

　　常州词派创始人张惠言在《词选序》中即要求词"极命风谣里

---

① 《夏承焘集》第 2 册，第 411—412 页。

巷男女哀乐,以道贤人君子幽约怨诽不能自言之情",以为"盖诗之比兴,变风之义,骚人之歌,则近之矣"。[1] 将词与《诗经》《离骚》拉上关系,为其寻找一个高贵的血统。虽然词为"诗三百"后裔的话语宋代就有,到清代愈益强化,但像常州词派那样强调则比较少见,其尊体意图十分明显。如果说张惠言的尊体只是一种理论倡导,那么周济对尊体的理解与倡导则更具体。他提出"词史说",即"诗有史,词亦有史,庶乎自树一帜矣"[2],要求词与诗一样反映社会,干预社会,所谓"感慨所寄,不过盛衰,或绸缪未雨,或太息厝薪,或已溺己饥,或独清独醒,随其人之性情学问境地,莫不有由衷之言。见事多,识理透,可为后人论世之资"[3]。词史说在晚清及民国影响很大,对提高词的社会地位、增强词的社会功用的确起了不小作用。

常州词派这种尊体意识对夏承焘的影响是非常明显的。当然这里还有一个重要背景,就是夏承焘生长的二十世纪二三十年代也是一个动荡时代,这种生活环境使他容易与常州派理论家产生心心相印的感觉,加深对尊体说的理解与接受。我们先看夏承焘1948 年为邵潭秋(祖平)《词心笺评》所作的序:

> 词之初起,托体至卑,《云谣》《花间》,大率倡优僮士戏弄之为。常州词人以飞卿《菩萨蛮》比董生《士不遇赋》,或且已上拟屈《骚》,皆过情之誉也。后主、正中,伊郁惝怳,始孕词心。两宋坡、稼以还,于湖、芦川、碧山、须溪之作,沉哀激楚,乃于《匪风》《下泉》不相远。盖身世际遇为之,非偶然矣。夫

① 张惠言《词选序》,唐圭璋编《词话丛编》,第 1617 页。
② 周济《介存斋论词杂著》,唐圭璋编《词话丛编》,第 1630 页。
③ 周济《介存斋论词杂著》,唐圭璋编《词话丛编》,第 1630 页。

有身世际遇,乃有真性情。有真性情,则境界自别。……词虽
小品,诣其至极,由倡优而才士而学人,三百年来,殆骎骎方驾
《诗》《骚》已。彼犹以闺襜初体卑视词者,读邵氏书,其亦知所
反哉。①

夏承焘认为,词体社会功用的强化有一个过程,作为配合燕乐歌唱
的小歌词,其在产生之初"托体至卑",只是"倡优傁士戏弄之为",
因此张惠言将温庭筠《菩萨蛮》类比董仲舒的《士不遇赋》,甚至上
拟屈原的《离骚》,并不符合事实。这里体现了夏承焘实事求是的
精神以及对常州词派理论的正确态度。序文的重心是在后面,夏
承焘认为,自南唐君臣之作,"始孕词心",词体乃大,而到苏轼、辛
弃疾,乃至张孝祥、陈亮、刘辰翁等人的作品,则与《诗经》名篇"不
相远"了。因此"词虽小品",而"诣其至极,由倡优而才士而学人,
三百年来,殆骎骎方驾《诗》《骚》而已"。显然,这与常州词派尊体
说的思路十分接近,甚至个别用语也比较近似,本质上是对尊体说
的接受与阐释。所不同的是夏承焘强调词体社会功能逐步发展的
过程,理出一条"由倡优而才士而学人"的线索,更加符合词体发展
的实际。序文最后对当时"犹以闺襜初体卑视词者"提出批评,认
为当他们读了邵祖平的《词心笺评》,"其亦知所反哉"。须指出的
是,虽经常州词派的努力,人们对"小歌词"的看法有所改变,但在
传统文人的潜意识里,诗尊词卑的观念并没有完全消除,如上引
《章夫人词集题词》一文中,章太炎就"尝笑词人为词,颠倒往还,不
出二三百字,讥其体应卑于诗"。因此夏承焘的序文除了表达自己
对词体功用的看法外,还有一定的现实意义。

---

① 《夏承焘集》第 8 册,第 251 页。

夏承焘的词体功用观在其 1947 年所写的《〈文芸阁先生年谱〉序》里表达得更为详尽。先看序文：

> 昔张之洞为读史绝句，有曰："射策高科语意差，金杯劝酒颤官花。斜阳宫柳伤心后，成就词坛一作家。"论者谓其拟芸阁为张于湖，盖以词人小之。予谓之洞殆未睹芸阁之论词人耳。芸阁尝自叙其词，以照天腾渊，溯古涵今，骋八极，综百代，为此道之极致。以其所称，坡、稼以外，难为余子，词人何损乎芸阁哉。芸阁身丁桑海，郁积奇抱，其词滂沛绵邈，非浅率者所能窥。钱子钩沉出幽，使其坠绪眇论，往往得印证于其词，即其词，仿佛见芸阁之学之全焉。昔吾乡水心先生，尝称陈龙川每成一词，辄自叹曰：平生经济之怀，略已陈矣。今读其《中兴论》、上孝宗诸书，议论固无异乎其词也。芸阁之学，不知视龙川何若。要不得但以于湖之科第拟之。读钱子谱，乃知芸阁之所以为词人，盖非之洞所能重轻。之洞之论，固不足以尽芸阁，亦乌足以尽词人哉。①

文芸阁即文廷式，字道希，号云阁（亦作芸阁），别号纯常子。近代政治家，也是著名词人。曾与汪鸣銮、张謇等被称为"翁（同龢）门六子"，是帝党重要人物。文廷式论词强调比兴寄托，推尊词体。所存 150 余首词，大部分为中年后所作，感时忧世，风格遒劲。夏承焘序文从张之洞读史绝句切入，认为张之洞不仅以词人小视文廷式，且不了解文廷式对词的理解，文氏"尝自叙其词，以照天腾渊，溯古涵今，骋八极，综百代，为此道之极致"，于诗并无差异。他

———————————

① 《夏承焘集》第 8 册，第 250 页。

"身丁桑海,郁积奇抱",且所感所忧,一寄于词,因此其词"滂沛绵
邈,非浅率者所能窥"。这里清楚地表现了夏承焘自己对词的看
法,即词可以用来反映词人的身世与情感,可以表现重大的社会内
容,与诗是一样的,因此"词人"的称号"何损乎芸阁哉"。为了进一
步证明这一观点,夏承焘又以陈亮为例,他引叶适之语,"称陈龙川
每成一词,辄自叹曰:平生经济之怀,略已陈矣"。可见其词涵容
了他的"平生经济之怀",与他《中兴五论》等"上孝宗诸书"是一
样的。

　　作为补证,我们再来看夏承焘写成于 1940 年 1 月的《宋词系》
"前记":"卢沟桥战役起,予方寓杭州纂《乐府补题考》,书成而杭州
陷。顷者避地沪渎,寇氛益恶,惧国亡之无日,爰取宋人词之足鼓
舞人心,砥砺节概者,勾稽史事为之注,以授从游诸子。"①用选编
宋词来"鼓舞人心",抵抗日寇,这是夏承焘词体功用观的一种实
践。虽然类似做法在中外并不鲜见,梁启超也在其《饮冰室诗话》
中提倡过,但就夏承焘而言,其思路、观念与常州词派的尊体意识
仍有相通之处。

　　从以上的论述中,我们大致可以得出以下几条结论。

　　其一,由于师承以及词学大环境等因素,夏承焘与常州词派有
一定渊源,并在词的比兴寄托、源流正变、推尊词体等问题上受其
影响。由于上述问题均为词学理论的核心观点,是构成词学思想
的主要因素,因此夏承焘词学观念的形成,不可避免地带有常州词
学的色彩与特点。这其实也是晚清民国时期词学家的重要特征,
带有一定普遍性。

　　其二,夏承焘对常州词学并非被动接受,而是有所甄别,有所

①　《夏承焘集》第 3 册,第 479 页。

选择。他承认常州词派寄托理论的合理性，并将此融入自己的词学体系，但同时又反对常州派，尤其是早期常州派论词的穿凿与悬空，要求考史以证词，实事求是。在词的源流正变问题上，他与常州词派的观点总体上相近，承认温韦的正宗地位，但他否认温词的所谓"离骚初服之意"，更注重从词的原初面貌与体性特点来论正变，形成了自己的特色。他与常州词派一样，非常注重词的社会功用，但对词体功用的发展、演变过程有比较清醒的认识，并注意将词的功用与词人的身世、人品相联系。总之，他对常州词派的理论采取了一种扬弃的科学态度。

其三，夏承焘对常州词派理论有所甄别，有所选择，并在此基础上形成给自己的词学特色。此种情况在晚清民国，尤其是民国词家中具有典型性，从一个侧面展示了以常州词派为代表的中国传统词学在社会转型背景下，逐步衰弱、变形，并被吸收、融合到现代词学中的完整过程。换个角度看，这也正说明中国现代词学主要是从传统词学的基础上转型而来，具有中国传统文化的主导性基因，此点与中国现代小说、戏曲理论主要从西方移植而来的情况正好相反。

# 第九章
# 夏承焘"四声说"及其
# 对现代词学的意义

"四声说"是夏承焘词学理论中非常重要的一部分,除了夏承焘两篇重头文章《词四声平亭》(按:此文经夏先生修改后,改名《唐宋词字声之演变》收入《唐宋词论丛》)和《四声绎说》外,《夏承焘日记全编》中也有大量与四声问题相关的记载。夏承焘对四声问题的重视,除了他直接参与二十世纪四十年代初的一场相关争论外,也与四声问题本身的重要性以及夏承焘对此问题的长期关注有关。

夏承焘的"四声说"在四十年代词学界产生过积极影响,为当时的"四声之争"定下了基调,受到词学界同人的关注与认同,在扭转当时刻意学"梦窗",以至于以声害辞、以辞害意的不良词风方面起到重要作用。但遗憾的是,学界至今没有对夏承焘的"四声说"进行梳理,也没对其价值和意义进行充分评价。

## 第一节 "梦窗热"的流弊与夏承焘
## "四声说"的提出

夏承焘提出"四声说"的一个非常重要的背景就是晚清开始在中国词坛出现的"梦窗热"。梦窗作为南宋风雅词家中的一家,在常州词派兴起的时候并没有受到特别的重视，张惠言《词选序》在谈到词的"正声"时，提了张先、苏轼、秦观、周邦彦、辛弃疾、姜夔、王沂孙、张炎等八人，以为他们的作品"渊渊乎文有其质焉"，而吴文英与柳永、黄庭坚、刘过并列，认为他们的词"各引一端，以取重于当世"，并且"不免有一时放浪通脱之言出于其间"①。直到周济出，吴文英的地位才有上升，周济在《宋四家词筏》②中将吴文英和王沂孙、辛弃疾、周邦彦列为宋四家，提出学词须"先之以碧山"，"继之以梦窗"，"进之以稼轩"，"要之以清真"③的著名论断，吴文英始成常州派关注与推崇的大词家。但一直到晚清，吴文英的地位和其他三家相差无几，并未卓然特立。

　　吴文英真正受到重视与热捧，是在鼎革以后，当时遗民词人心态有变，一方面"恒借填词以抒其黍离麦秀之感"④，另一方面将比较多的兴趣转移到词的技法探讨和词籍文献的整理上来。词籍的校勘、刊刻和句法、声律的推求成为一时之风尚。而周邦彦《清真词》和吴文英《梦窗词》因其守律之严和文辞之美受到重点关注，成为竞相研习和模仿的对象。如龙榆生言："一世词流，如郑大鹤（文焯）、况夔笙（周颐）、张沚莼（上龢）、曹君直（元忠）、吴伯宛（昌绶）诸君，咸集吴下，而新建夏映庵（敬观）、钱塘张孟劬（尔田），稍称后起，亦各以倚声之学，互相切摩，或参究源流，或比勘声律，或致力于清真之探讨，或从事梦窗之宣扬，而大鹤之于清真，弘扬尤力，批

---

① 张惠言《词选序》，唐圭璋编《词话丛编》，第 1617 页。
② 是书由抄录者符南樵改名《宋四家词选》，详见朱惠国《周济词学论著考略》，《词学（第十六辑）》，华东师范大学出版社，2006 年。
③ 周济《宋四家词筏序》，周济《止庵遗集》，《常州先哲遗书后编》本，清光绪三十四年（1908）刻本。
④ 龙榆生《晚近词风之转变》，《同声月刊》1941 年第 1 卷第 3 号。

校之本,至再至三,一时有'清真教'之雅谑焉。"①从龙氏所提的词人看,主要是晚清词人,他们虽然比勘声律,效法周、吴,毕竟词中还有一些真实感情,且有较好的词学基础,对于声调运用也能从容调度。因此龙榆生也说:"各家搜讨既勤,讲求益密,而又遭逢衰乱,感慨万端,故其发而为词,类能声情相称,芳悱动人,虽其源出常州,而门庭之广,成就之大,则远非张、周二氏之所能及矣。"②"远非张、周二氏之所能及矣",固然有虚美之嫌,但这些词作能兼顾声情与辞情,也是事实。但到了三十年代末四十年代初,朱祖谋为首的遗民词人逐渐离世,后起者依然承续晚清以来讲求声律的词风,却又缺失了晚清词人"内忧外患,岌岌可危"及"感愤之余,寄情声律"的创作基础,加上词学修养比之前辈有所不及,因此弊端丛生。一方面没有真情实感,另一方面不懂声律运用之真谛,唯恐失律,于是死扣周、吴之调,于四声配合,"遂以为由是以求协律,虽不中,亦不远,于是填词家有专选僻调,悉依其四声清浊,一字不敢移易者,虽以声害辞,以辞害意,有所不恤也"③。这样造成的直接后果就是"一词之成,往往非重检词谱,作者亦几不能句读,四声虽合,而真性已漓"④。

　　此种情况愈演愈烈,引起部分词家的忧虑和反思,于是各种批评的声音逐渐出现。其中比较强烈的有上海的冒广生和吴眉孙。龙榆生1941年2月在《晚近词风之转变》中说:"今沪上词流,如冒鹤亭(广生)、吴眉孙(庠)诸先生,已出而议其非矣。"事实上在此之前,两人的态度就已十分鲜明。据《夏承焘日记全编》1939年7月

① 龙榆生《晚近词风之转变》,《同声月刊》1941年第1卷第3号。
② 龙榆生《晚近词风之转变》,《同声月刊》1941年第1卷第3号。
③ 龙榆生《晚近词风之转变》,《同声月刊》1941年第1卷第3号。
④ 龙榆生《晚近词风之转变》,《同声月刊》1941年第1卷第3号。

10 日记载："冒鹤翁……彼极不主词辨四声之说,谓同一词体,岂有《鹧鸪天》《满江红》与《侧犯》《兰陵王》异其作法。又谓《白石词》上下片有同工尺而不同四声者。此语甚是。"[①]1938 年 9 月 10 日:"灯下阅鹤翁校《乐章集》,有数条可入《词例》。此老读词极细心,尝遍校方千里与清真词,四声多不合,谓文小坡、万红友谓其甚依四声,实等放屁。大抵反四声、反梦窗为此老论词宗旨。"1939 年 10 月 21 日:"自由农场举午社。五时半往,八时半乘忏庵翁汽车归。席间疚翁排击作词守四声者,颇多议论。"从这三条看:第一,冒广生极力反对辨四声,态度坚决,言辞也十分激烈;第二,冒氏的批评主要以宋人词作中四声乖舛现象为依据,其中方千里的和清真词十分有名,前人以为四声尽依,而冒氏从中检出"四声多不合"的情况,以此作为古人并不守四声的主要依据。吴眉孙也反对守四声,但他的理由主要是前辈并不守四声,是朱祖谋的提倡才使四声之说流布,以致产生弊端。《夏承焘日记全编》1940 年 3 月 22 日:"途间谈叶誉虎编《清词钞》事。归过吴眉翁,谓《水云楼》(指蒋春霖《水云楼词》——引者注)及《金梁梦月》(指周之琦《金梁梦月词》——引者注)皆不尽守四声,大鹤亦不坚守,此事决推古微《彊村》,四卷中仅有二三处失律耳。"在吴氏看来,清末两大优秀词家蒋春霖和周之琦均不尽守四声,精于词律的郑文焯也不坚守,只是朱祖谋的提倡和身体力行,严守四声才成为词坛的风气,因此晚清民初词严守四声的源头是在朱祖谋,而不是古人。其实类似的观点冒广生也表达过,他在以后发表的《四声破迷》中指出:"同时吾所纳交老辈朋辈,若江蓉舫都转、张午桥太守、张韵梅大令、王幼

---

[①]　夏承焘著,吴蓓主编《夏承焘日记全编》,浙江古籍出版社,2021 年。本章所引《夏承焘日记全编》均为此版本,不再注明。日记已标明年月日,不再标注页码。

遐给谏、文芸阁学士、曹君直阁读，皆未闻墨守四声之说。郑叔问舍人，是时选一调，制一题，皆摹仿白石。迨庚子后，始进而言清真，讲四声。朱古微侍郎填词最晚，起而张之；以其名德，海内翕然奉为金科玉律。吾滋疑焉。"①客观地说，两人的眼光均比较精准，问题的源头确在朱祖谋。但两人看到的只是表象，并没有领悟朱祖谋倡导四声的原因和实质。后来学界有所谓反四声是针对朱祖谋的说法，或也源于两人的言论。

　　对于两人的观点，夏承焘基本上持赞成态度，这从他"此语甚是"等简短的评语和记录的语气上可以判断出来。这种赞成并非出于一时兴会，或者友朋的敷衍，而是他长期以来对此问题的关注与思考。但真正促使夏承焘写成长文，形成自己"四声说"核心论点以及完整框架的，是两件事情。其一是1939年7月，冒广生写成《四声破迷》一文（此文后更名为《四声钩沉》，发表于《学林》1941年5月第七辑，又被其子冒怀辛收入《冒鹤亭词曲论文集》）。此文详细阐述了冒广生对四声问题的看法，其中宋人无四声的观点引起学界争议，也遭到夏承焘的反对。《夏承焘日记全编》1940年3月23日："过冒鹤翁谈词律……闻其《四声钩沉》将付印。予告以清真警句用上去者，彼终不信。又谓郑大鹤为词初学白石，继学清真，晚年讲四声，作《比竹余音》。古微正于是时始为词，乃大倡依四声之说。郑之《瘦碧》《冷红》二集犹不依四声。鹤翁二十余始见大鹤，从未闻其谈四声云。"这段记录正是夏承焘写作《词四声平亭》期间，从冒广生坚持己见的态度看，的确需要用文字详细阐述自己的意见，以与冒广生商榷。这是最重要的原因。其二是之江文学会的约稿。《夏承焘日记全编》1939年8月11日："看疚翁

---

① 冒广生著，冒怀辛整理《冒鹤亭词曲论文集》，第111页。

《四声破迷》完。"也就是说,在冒鹤亭写成《四声破迷》后的次月,夏承焘就已经读完了此文,但直到 1940 年 3 月才真正动手撰写《词四声平亭》一文。而促使他撰文的,就是之江文学会的约稿。《夏承焘日记全编》1940 年 3 月 10 日有明确记录:"夜作《词四声平亭》,应之江文学会会刊征稿也。"这两件事,前一件是根本原因,后一件只是触发器。

## 第二节　夏承焘"四声说"的逻辑前提：宋人有四声

如上所述,夏承焘对两人反对四声的核心观点是赞成的,但出于一个学者的客观和严谨,不同意冒广生"宋人没有四声"的观点,并提出商榷。

从冒广生文章的角度讲,他的主论点是反对填词守四声,但论证方法采用了"皮之不存,毛将焉附"的彻底解决法。具体地说,宋人词守四声的说法是"皮",今人词守四声是"毛"。一旦证明宋人词并不守四声,则现在词人的守四声也就成了空中楼阁,变得毫无意义。在具体论证中,他首先证明宋人其实并不守四声:

> 乃取《清真词》之同调者对勘之,而知其不然也。又取方千里《和清真词》对勘之,又取杨泽民、陈允平二家《和清真词》对勘之,则几无一韵四声相同者。而世人乃狃于万红友谓"千里一集,方氏和章,无一字而相违,更四声之尽合"之一言,而自汩其性灵,钻身鼠壤之中而不能出也。[①]

---

① 冒广生《四声钩沉》,冒广生著,冒怀辛整理《冒鹤亭词曲论文集》,第 111—112 页。

在此基础上,他提出另一新的观点:"然则填词无四声乎? 曰有。四声者,宫、商、角、羽,非平、上、去、入也。"①认为宋人的四声其实是宫、商、角、羽。宋人不尽依四声,这一观点没有问题,但说四声就是宫、商、角、羽,以此来否定宋人的守四声,则很难使人接受。也正是这一观点,引起夏承焘的商榷。其实夏承焘是比较谨慎的,早在1939年7月29日,日记中就有一条记录:"过疚翁,谓新作一书曰《四声破迷》,谓词守四声说不可信。……坐谈词律、词乐至六时。"夏承焘"坐谈词律词乐至六时"的内容不详,但并无反驳冒氏的记录;按夏承焘的习惯,如有反驳,一般会在日记中有所体现。为什么不反驳? 我们从他在这之前九天,即7月20日的日记中探得几分消息:"札《片玉词》,清真始注意去声字。前人只知词辨四声,未尝究其演变历史。以声音论,飞卿始重平仄,清真始严上去,寄闲、梦窗更进而论四声阴阳。此事尚须详检。"也就是说,他当时基本上已经掌握宋人守四声的史实,并已初步理出演进的头绪,但出于谨慎,"此事尚须详检",才没有贸然反驳。他是在做了细致研究后,才在文章中正式提出自己的看法:

> 予细稽旧籍,粗获新知。知唐词自飞卿始严平仄。宋初晏柳,渐辨上去。三变偶谨入声。清真益以变化,其兼守四声者,犹仅限于警句及结拍。自南渡方、吴以还,拘墟过情,字字填砌,乃滋丛弊。逮乎宋季,守斋、寄闲之徒,高谈律吕,细剖阴阳。则守之者愈难,知之者亦鲜矣。②

---

① 冒广生《四声钩沉》,冒广生著,冒怀辛整理《冒鹤亭词曲论文集》,第155页。
② 夏承焘《词四声平亭》,《之江中国文学会集刊》1940年第5期。

显然,他是在校核大量词籍的基础上,以史实为依据,提出宋人有四声的观点。

不仅有四声,夏承焘还清晰地勾画了宋人四声说的发展轨迹。其中分为几个阶段:第一阶段是晚唐温庭筠,此时"始严平仄",未分四声。夏承焘认为"(飞卿)守律之严,实前人所未有。但所辨仅在平仄,犹未尝有上去之分"①。同时期"五代词家,大都师范飞卿。冯延巳之《酒泉子》六首,毛熙震之《后庭花》三首,虽为拗体,而仅辨平仄,亦犹飞卿旧规也。惟韦端己《浣花》一编,似乎渐辨去声"②。第二阶段是北宋的晏柳时期,"宋初晏柳,渐辨上去。三变偶谨入声"。夏承焘将晏柳列为标志性人物,认为词中"渐辨上去""偶谨入声"是从他们开始。这是夏承焘对两人词作仔细研读和校核得出的结论,并非悬测。《夏承焘日记全编》1940年3月17日:"作《四声平亭》。重点《珠玉词》,大晏守去声甚坚。阳上作去之例,疑亦始于同叔。同叔江西人,与周德清同乡。前听榆生读音,至今犹阳上作去也。"而他对柳永《乐章集》的关注则更早一些,《夏承焘日记全编》1939年8月3日:"终日勘点词书,比度北宋人用四声各词,三变已严用去声。"1939年8月4日:"终日翻《乐章集》,拗调多不分四声,顺调若《木兰花慢》等,领句字必用去声。大抵三变先严去声,清真乃辨上去。"1939年8月8日:"校《乐章集》,《乐章集》守四声者不多,有时于去声特严。"以上三条集中于1939年8月上旬,估计这期间夏承焘集中研读《乐章集》,已经开始关注其中的四声问题。另外他在思考清真是否首次自觉运用入声的问题上,也查验过晏殊、柳永的集子。《夏承焘日记全编》1940

①　夏承焘《词四声平亭》,《之江中国文学会集刊》1940年第5期。
②　夏承焘《词四声平亭》,《之江中国文学会集刊》1940年第5期。

年 3 月 21 日："思郑叔问谓清真守入声字，疑不始自周。灯下翻三
变集校之，果亦有数处，不如清真之多耳。又翻《珠玉集》，则但有
一二处，不可据矣。"由于有这些前期的关注、研究和材料的积累，
他在文章中对柳永的定位非常准确，即"渐辨上去"和"偶谨入声"。
为什么温韦只分平仄，而到晏殊、柳永才分上去，并"偶谨入声"？
夏承焘从词人的籍贯和方言来考虑问题："盖三变闽人，闽音明辨
四声，非如北产温韦，仅分平仄。"[①]至于晏殊，他在上举 1940 年 3
月 17 日的日记里已经专门提到他是江西人，并用今人龙榆生（亦
江西人）的语音作了类比。两人的方言中有四声，因此作词注意四
声的辨析和运用。此点很有说服力。当然，我们认为词艺的演进
本身也有一个过程，从分平仄到辨四声，需要逐步发展和完善；方
言只是其中一个重要因素，只是这一因素比较直接，容易被发现而
已。第三阶段则是周邦彦的严四声。夏承焘以为："乐章集中严分
上去者，犹不过十之二三。清真则除《南乡子》《浣溪沙》《望江南》
诸小令外，其工拗句、严上去者，十居七八。"[②]又说："总之，四声入
词，至清真而极变化。"[③]夏承焘对周清真的判断，同样来自他对周
邦彦《片玉集》的研读和声律校核，如上几条有关晏殊、柳永的材料
其实已经涉及清真。除此，我们在《夏承焘日记全编》中还可举出
几条：1939 年 7 月 20 日："札《片玉词》。清真始注意去声字。"
1940 年 8 月 5 日："校《珠玉》《清真》各集阳上作去诸例，稍稍用
思，即体不适。"这两条都是夏承焘研读清真词的记录。另外，夏承
焘考虑词律问题时也会以清真词作范例，如 1939 年 8 月 2 日："过
巨川处看疚翁《四声破迷》，只云结句四声须守。予意片中拗句亦

---

①　夏承焘《词四声平亭》，《之江中国文学会集刊》1940 年第 5 期。
②　夏承焘《词四声平亭》，《之江中国文学会集刊》1940 年第 5 期。
③　夏承焘《词四声平亭》，《之江中国文学会集刊》1940 年第 5 期。

须守,清真诸作可按也。"1940 年 4 月 9 日:"作《四声平亭》。诸家和清真词,四声有不必守而守,必须守而不守者。"此处守与不守,均是以清真词作参照。凡此种种,均说明夏承焘确实对清真词下了功夫,对其四声的运用情况十分熟悉。夏承焘认为,宋人对四声的运用,到周清真基本上已经成熟了,但清真"唯其知乐,故能神明于矩矱之中。今观其上下片相同之调,严者固一声不苟,宽者往往二三合而四五离。是正由其殚精律吕,故知其轻重缓急,不必如后来方杨之一一拘泥也"[①]。这是宋人运用四声最为自由而熟练的阶段,也是夏承焘神往的理想境界。第四阶段则是"南渡方、吴以还",此时"拘墟过情,字字填砌,乃滋丛弊"。而第五阶段则是宋末的"高谈律吕,细剖阴阳",其代表人物就是撰写《作词五要》的杨缵和张炎的父亲张枢。后者以晓畅音律著称,有《寄闲集》,旁缀音谱,刊行于世。其《惜花春·起早》"琐窗深"一句因清浊轻重之故,改为"琐窗明",早成词学界议论对象。据张炎《词源》所言,其"每作一词,必使歌者按之,稍有不协,随即改正"[②]。在夏承焘看来,词到了不仅辨四声,还要讲阴阳的程度,则"守之者愈难,知之者亦鲜矣"[③]。

　　这五个阶段清晰地勾画了宋人运用四声的演化轨迹,线索十分分明。而且更为重要的是,夏承焘采用实证的方法,全部用词例说话,使人难以辩驳。夏承焘对自己的结论也十分自信,在以后的文章中多次引用了五个阶段的观点,如 1941 所写的《四声绎说》、1957 年所写的《唐宋词声调浅说》的"四声"部分等,证明了宋人确有四声,就为他下一步论说如何对待四声的核心问题奠定了基础。

---

①　夏承焘《词四声平亭》,《之江中国文学会集刊》1940 年第 5 期。

②　张炎《词源》卷下,唐圭璋编《词话丛编》,第 256 页。

③　夏承焘《词四声平亭》,《之江中国文学会集刊》1940 年第 5 期。

## 第三节　夏承焘"四声说"的核心：
## 不破词体、不诬词体

夏承焘在确认宋人作词有四声的前提下，对作词是否要守四声的问题明确地阐述了自己的观点，他在《词四声平亭》结论部分指出：

> 故吾人不填词则已，欲填词则有二义不可不知者。一曰不破词体，一曰不诬词体。谓词可勿守四声，其拗句皆可改为顺句，一如明人《啸余谱》之所为，此破词体也，万氏《词律》攻之已详。谓词之字字四声，不可通融，如方、杨诸家之和清真，此诬词体也。过犹不及，其罪且浮于前者。盖前者出于无识妄为，世已尽知其非。后者仅严循法、效尤者多，其弊必至以拘手禁足之格，损陶情适性之体，因来后人因噎废食之争。是名为崇律，实将亡词也。

这段论述作为夏承焘四声说的核心观点，既是对当时词坛刻意学梦窗，过于拘泥于四声，以至于以声害辞、以文害意不良词风的一种批评，也是他立足长远，科学看待四声问题的一种深刻思考。文字的表达比较辩证：一为"不破词体"，也就是要尊重，并保持词的体性特点；二为"不诬词体"，也就是避免过于拘泥词律，以至于以声损性，以文害意。

联系夏承焘写《词四声平亭》的词坛大背景，以及此段文字的重心看，夏承焘比较强调"不诬词体"。因为当时词坛"破词体"的情况虽然有，但并不是亟须解决的突出问题，而且其"出于无识妄为,世已尽知其非",比较容易引起大家的注意和警惕。而学习梦窗、过尊词律、刻意为之则在当时已经成为词坛的不良风气。上面所述,已经提到此问题。而问题的严重还在于,即使理论上反对死守四声者,一旦真的自己创作,有时也未能免俗。《夏承焘日记全编》1941 年 5 月 28 日:"贞白寄眉孙《四声三说》《四说》。此翁颇主词不守四声之说,而其自制又兢兢不敢逾越。"此段日记的时间是 1941 年 5 月,距离夏承焘发表《词四声平亭》已经一年多,词坛关于四声问题的争议已经有段时间,在反对严守四声这一核心问题上的意见也基本上趋于一致。表面看,这一问题初步得到解决,但实际从创作的层面看,情况依然严重。至于另外一些词人则始终坚持严守四声的做法,从来没有改变过,如来自南京如社,活跃于上海午社的仇埰等词人。《夏承焘日记全编》1941 年 2 月 1 日:"过眉孙翁。谓近以撰《午社词刊序》,隐讥社中死守四声者,仇述翁不以为然,坚欲其改,眉翁执不肯易,各甚愤愤。眉孙欲退社,予劝其何必认真游戏事。"从日记看,两人的冲突颇为激烈,"各甚愤愤",甚至闹到要"退社"的程度。这固然与吴眉孙的性格有关,但也说明要彻底解决刻意守四声的问题并非这么容易。因此夏承焘的文章强调这一点,并提到"是名为崇律,实将亡词"的高度,确有必要性。

　　但在论证过程中,夏承焘并非只从"以声害意"的角度看问题,简单加以反对。作为一个对声律有研究的词家,他是从声律学的立场反对刻意守四声,非常有自己的特点。他认为有的词家之所以刻意守四声,根本原因是他们对声律不精,甚至不懂声律,因此只能拘守。他在谈到白石词时说:

　　　　顾其词从清真入而不从清真出。(亦犹其诗从山谷入而不从山谷出。)故鲜用清真旧调。其自度各曲,上下片相对者,四声亦不尽从同。此由其深明乐律,可弗拘拘于文字,实与清真同矩矱也。逮方千里、杨泽民、陈西麓诸家之和清真,于其四声,亦步亦趋,不敢逾越,则律吕亡而桎梏作矣。①

夏承焘认为,白石懂声律,创作时能运用自如,并不拘泥于文字,也不死守清真的四声;而方千里、杨泽民、陈西麓诸家起于词乐失坠之后,没真正掌握声律,不自信,只能死扣清真的四声,唯恐失律。一个是活声律,一个是死声律,"故其四声宽严之别,即其音律死活之分。此词律一大关键"②。因此白石能与清真一样,掌握声律的灵魂与精髓,成为运用声律的主人;而方、杨等人,只学得声律的皮毛,亦步亦趋,成为声律的奴隶,以致声律最后成了创作的桎梏。夏承焘的观点很快得到学界的认可与响应,吴眉孙在给夏承焘的信中说:"居恒流览古今词刻,其守四声者,宋人如方千里,杨泽民,陈西麓,吴梦窗,皆能依清真四声。方、杨、陈三家词,与当时作手比较,皆不见佳。其纰缪处,大著已略举。梦窗佳矣,然合四稿观之,究多费解语。昔人谓梦窗意为辞掩,不佞以为意之受累于辞,实辞之受累于声。盖梦窗能知清真之词,不能知清真之词之声,所以清真一调两词,能自变通其声,而梦窗不能,其不能也,其不知也,惟有拘守而已。"③

　　议古论今,夏承焘对当时词坛学吴文英,严守四声风气的看法其实也在于此。对此夏承焘没有明说,但龙榆生却在其文章中直截了当地点明:"往岁彊村先生虽有'律博士'之称,而晚年常用习

---

① 夏承焘《词四声平亭》,《之江中国文学会集刊》1940 年第 5 期。
② 夏承焘《词四声平亭》,《之江中国文学会集刊》1940 年第 5 期。
③ 吴眉孙《与夏瞿禅书》,《同声月刊》1941 年第 1 卷第 3 号。

见之调。尝叩以四声之说,亦谓可以不拘。然好事之徒,乃复斤斤于此,于是填词必拈僻调,究律必守四声,以言宗尚所先,必惟梦窗是拟。其流弊所极,则一词之成,往往非重检词谱,作者亦几不能句读,四声虽合,而真性已漓。"①在龙榆生看来,彊村就像清真、白石,虽然也讲四声,但其懂得声律,故能运用自如,并不拘守四声,而后学者不懂声律,步趋梦窗,一声不易,结果弊端丛生。吴眉孙也有类似说法:"晚清如沤尹年丈,大鹤先生,音律辞章,可称兼美。然其四声变通之处,亦非彼死守四声者所能深晓。"②时隔十五年,夏承焘在谈到白石词时再次重申这一观点,《夏承焘日记全编》1955 年 6 月 19 日:"阅丘、扬二君《白石歌曲》校语。夕与天五、心叔讨论白石词阴阳四声问题,细按自度曲有合有不合,大抵关键处不放过,由其能自歌。方、杨不能,所以死填四声。"现在来看,在反对当时词坛学吴文英,刻意守四声的各种文字中,夏承焘站在声律学的立场反对死守声律,是最为内行,也最为深刻的。

　　"不诬词体"是夏承焘此文最为强调的一点,这主要是由文章发表时的词坛背景决定的,但我们认为,《词四声平亭》最主要的意义却是作者在当时的背景下,依然强调和坚持"不破词体"。如上所述,"不破词体"在当时并不是亟须解决的突出问题,但为何说是文章主要意义所在呢? 我们认为主要体现在两个方面:一是文章从声律学的立场反对死守声律,也就是说作者不是不强调声律,恰恰相反,他比严守四声者更强调声律,但强调的是活声律,要求词人真正掌握声律,运用声律。二是从长远看,"不破词体"的问题更有价值。事实上夏承焘于文章发表的次年,即 1941 年又写了一篇

<hr>

① 龙榆生《晚近词风之转变》,《同声月刊》1941 年第 1 卷第 3 号。
② 吴眉孙《与夏瞿禅书》,《同声月刊》1941 年第 1 卷第 3 号。

关于四声问题的重要文章《四声绎说》,对自己的"四声说"作了进一步的完善,其中最主要的就是在"不破词体"的问题上作了延伸与强化。而《词四声平亭》一文的本身,也在"不破词体"的问题上花了颇多笔墨。文章与冒广生商榷,证明宋人有四声的运用,不仅是为文章的核心论点确立逻辑前提,也是为"不破词体"的合理性奠定基础。因此夏承焘勾画了"词声之由疏而密,由辨平仄,而四声,而五音,阴阳平"①的发展轨迹,并进一步指出:"故由辨平仄而渐臻为辨五音阴阳,正词律后密于前,为词学之进步。字声辨析愈明,则其合乐之功益显,此无可疑者。"②这里明确两点:第一,词是有四声的,四声的发展有一个过程,越来越讲究;第二,四声的发展是词学进步。在夏承焘看来,刻意守四声带来的问题是方、杨等人自己的问题,是他们未能参透声律造成的,与四声本身无关。这一观点在此处没有明说,但在他以后《四声绎说》一文中有明确表述。

## 第四节　夏承焘"四声说"的完善:<br>词失乐后,更须守四声

夏承焘在写完《词四声平亭》一文后,对四声问题的思考没有停止,这期间他看了一些中国音韵学方面的著述和其他同道的文章,时间大约集中在 1941 年的上半年。查《夏承焘日记全编》1941年 3 月 13 日:"又近人谓印度音学分为三等,适当我国之平、上、去,永明正佛学盛行之时,沈、周又皆耽释理之士,疑四声发明与佛教有关。此说然否,亦声学一大事云云。"1941 年 5 月 6 日:"检

---

① 夏承焘《词四声平亭》,《之江中国文学会集刊》1940 年第 5 期。
② 夏承焘《词四声平亭》,《之江中国文学会集刊》1940 年第 5 期。

《隋书经籍志考证》,疑张谅《四声韵林》非晋时书。四声发明受佛教影响,别有证据。"1941 年 5 月 7 日:"细读心叔论古四声一文。意谓古人书辞在口吻之声调,非四声五音所能尽。"1941 年 5 月 10 日:"详看王静安《五声说》,谓齐梁四声,专为属文而作,非谓韵部。此说亦不谛。"以上四条主要是读书记录,总体比较简略,但 1941 年 5 月 18 日的日记则相对详细,不仅记录他所读之书,还有他读书的思考与收获:"阅张福崇(世禄)《中国音韵学史》,论反切及四声节甚详细。永明四声,确为句中字调,非限于韵脚。周颙'宫商朱紫,发语成句'八字,可证知董研樵唐诗碎用四声之说,亦甚可信。……宋词之用四声,于此有历史根据。予之《词四声平亭》,自信颠扑不破矣。"从这里可以看出,通过读书和思考,他不仅进一步证实《词四声平亭》中宋人词守四声的观点,更加自信,还通过梳理四声的形成和发展过程,为进一步论述和完善其"四声说"打下了理论和文献方面的基础。

经过这些前期准备,夏承焘终于在 6 月上旬完成《四声绎说》的初稿。《夏承焘日记全编》1941 年 6 月 1 日:"终日未出。改《四声绎论》[①]成,因重抄一段,于陈寅恪《四声三问》之说,有所商量。"《四声绎说》是夏承焘关于四声问题的重要著作,后于 1963 年修改了一次,1964 年 7 月在中华书局上海编辑所《文史》丛刊第五辑上刊出,并收入《月轮山词论集》。如果说《词四声平亭》带有一定商榷与争论的性质,那么此文则是夏承焘在深入思考的基础上专门撰写的论四声的文章,观点比较成熟。夏承焘自己对此文也比较重视,据其日记,论文刊出后,他"分致日本吉川幸次郎、清水茂、林

---

① 原文用了"论"字。

谦三、小川环树、平冈武夫",以及周汝昌、叶恭绰等人。①

　　与《词四声平亭》相比,《四声绎说》主要有两点新的变化:第一,学术视野更加开阔。《词四声平亭》回顾了唐宋词人对四声的辨析与运用情况,勾画了一条从温庭筠、韦庄到杨缵、张枢的发展线索,于学术界贡献颇大。《四声绎说》则在此基础上对四声从产生到发展做了整体性回顾,不再局限于唐宋词。其明显的优势就是梳理了中国四声形成的整个过程,并将唐宋词的四声运用情况置于此大背景下进行考察。看问题的视野更大,也更加客观。在此背景下,夏承焘考虑了较多有关四声和平仄的问题,如平仄和四声孰先孰后的关系:"午后作孟劬先生书,略谓永明始发明四声,而平仄之称,古所罕见。(友人任心叔谓方氏《通雅》,似最早见。)且六朝及唐人杜、韩用韵,有上、去通叶之例,昌谷、苏、黄,尤界限涣然。似乎沈、周发明四声,当时应用,但有平仄。下逮宋人柳、周之词,分析乃密。究竟先有四声后归纳为平仄,抑古先已有浮声切响之说,后推阐为四声。"②又如四声发明和佛门转读佛经的关系等。这些问题都是在跳出唐宋时代局限后才有机会加以系统思考。而这些问题的研究,均有助于确证宋词的四声之辨。夏承焘在日记中写道:"乃悟永明四声,实为分韵部而设。③ 周颙始作《四声切韵》,沈约作《四声谱》,皆是韵书。《文镜秘府》引八病注解,分平与上、去、入两类(如云可用平,不可用上、去、入)。等于后来之平仄。……至唐诗律体而平仄严,至宋词复进而分句中四声,此宋词

---

① 见《夏承焘日记全编》1964 年 8 月 12 日条、1964 年 8 月 18 日条、1964 年 8 月 21 日条。
② 见《夏承焘日记全编》1941 年 3 月 13 日条。
③ 关于此点夏承焘在参考了他人的著述后有所怀疑,详见《四声绎说》1963 年的后记,《夏承焘集》第 2 册,第 429—430 页。

在我国文学一大进化也。"①如果将这段表述和他在《词四声平亭》中关于唐宋词四声发展五个阶段的论述（该论述在《四声绎说》中得以重申，但有所简略）结合起来，则更为完整，也更加显示出宋词之有四声的确定性和重要性。

第二，论证了词乐和四声的关系，提出"词失乐后，更须守四声"的重要观点。《夏承焘日记全编》1941 年 6 月 2 日："访眉翁，亦不值，留呈《四声绎论》一本。归后发一函求正予文。有二事与其持论不同：一为五音与四声名异实同；一为词失乐后，更须守四声。"日记中提到的两点有一定联系，其实也是《四声绎说》中最为重要的观点，集中体现了夏承焘对四声的看法。至于为何专门提出这两点与吴眉孙讨论，我们可参看夏承焘之前日记中的一段记载："眉孙前来书，谓宋词四声之说，此宋人未尝明言。南宋人只云重去声，于用四声与否，仍疑信参半。予谓易安已于平仄之外，言五音清浊。其所谓五音清浊，虽不悉确指何物，然必在文字本身平仄之外，另有条律，安得谓宋词但用平仄？今周、柳之作，四声上下片相对者，不可偻数，岂尽出偶合？"②从这里可以看出，吴眉孙其实并不完全认同宋人有四声的观点，至少持怀疑态度，所谓"疑信参半"。而夏承焘为了证明自己宋人有四声的观点，除了用周邦彦词举证外，还用李清照《词论》作为例子支持自己的观点，认为"其所谓五音清浊"虽不明确指何物，但一定与平仄不同，是更高层次的声律系统。从整段文字看，夏承焘其实认为五音就是四声，但没有明说，而这次则明确说"五音与四声名异实同"。按：李清照所说五音，其实是"唇舌齿喉鼻之五音"，说"五音与四声名异实同"，

---

① 见《夏承焘日记全编》1941 年 4 月 27 日条。
② 见《夏承焘日记全编》1941 年 5 月 10 日条。

在表述上并不严谨,这可能与两人是私下交流有关。相比之下,在
《四声绎说》中的表述就比较严谨些,他说:"予案李清照所谓'诗分
平仄,歌词分五音,又分五声,又分六律,又分清浊轻重。'此五音及
清浊轻重,当指字声而言。"①日记又说:"汉魏六朝乐府合乐之辞,
可不顾文字之声调。离乐之后,乃发明平仄。宋词则发生于唐律
之后,熟用平仄已久,故南宋词离乐以后,进一步用四声。亦犹汉
魏六朝诗离乐之后,发明平仄。此皆自然之趋势,当为书与眉孙详
论之。"②此段承上而来,一方面说明宋人用四声的自然与合理,另
一方面也是针对吴眉孙反对在词失乐后还要守四声的观点。因此
特意指出,"词失乐后,更须守四声"。其实关于这一点,夏承焘在
《四声绎说》中做了比较完整的阐述。他首先讨论乐律与字声的相
互关系:

> 词之乐律虽非字声所能尽,而字声和谐亦必能助乐律之
> 美听。即四声之分愈严,则合乐之功益显。李清照、张炎且于
> 四声之外,讨究唇舌齿喉鼻之五音,其故可知也。盖永明以
> 前,文与乐分,文人不得不于文字本身求声律,以求离音乐而
> 独立。宋代之词,文与乐合,文人更以文字之声律助音乐之谐
> 美,其于汉、魏乐府文术故殊也。③

他认为字声与乐律有两种情况:永明以前,乐与文离,讨究字声,
主要是希望文字在离开音乐后也能保持其自身的谐美;宋代则

---

① 夏承焘《四声绎说》,《夏承焘集》第 2 册,第 427 页。
② 见《夏承焘日记全编》1941 年 5 月 10 日条。其中"亦犹汉魏六朝诗离乐之后,发明
平仄"一句,《夏承焘日记全编》中无,此据《夏承焘全集》本《天风阁学词日记》补。
③ 夏承焘《四声绎说》,《夏承焘集》第 2 册,第 427 页。

乐与文合,宋词最初的本质就是小歌词,是合乐之文,其讨究字声,必能助乐律更加美听。两种情况虽然不同,所谓"文术故殊",但研讨字声,追求字声和谐却是一致的。因此永明和宋代,均是声韵学实践的发达时期。这段话语至少可以阐明两点:第一,就合乐之文而言,宋代辨析四声,探究声律具有合理性和必要性,因为"字声和谐亦必能助乐律之美听";第二,非合乐之文,如永明之前,尤须于文字本身求声律,以"求离音乐而独立"。此点当然是就永明时期而言,但夏承焘其实也设下伏笔,就是当词乐消失之后,是否还要讲声律,守四声? 夏承焘的观点是清楚的:

> 或曰今词既失乐,墨守四声,宁非多事。予谓四声与宫调乐律本非一事,守四声不足为尽乐,此无疑也。但词既失乐,离乐工之器而为文士纸上之物,则其需要文字声调也更切,此与汉、魏赋家之研炼浮切,永明周、沈之发明四声,同一理势。[①]

这段文字与日记所言十分近似。但日记的语气更加明确一些,直言"词失乐后,更须守四声"。

这是夏承焘继《词四声平亭》之后提出的一个非常重要的观点,是他这一阶段思考后的结果。由此可以看出,夏承焘虽然也和吴眉孙一样,反对死守四声,但两人反对的出发点有所不同。夏承焘本质上是偏向于尊词体,讲四声的。从《词四声平亭》到《四声绎说》,夏承焘的四声说更加清晰,也更加完整了。

---

① 夏承焘《四声绎说》,《夏承焘集》第 2 册,第 428—429 页。

## 第五节  夏承焘"四声说"平议

夏承焘"四声说"在表达上具有比较辩证的一面,即"不破词体、不诬词体",但由于《词四声平亭》发表的时机是在词坛严守四声风气已成,弊端丛生,且已引起普遍反感,处于物极必反的前夜,因此反响较大。一定程度上看,夏承焘四声说在转变词坛风气上起了十分关键的作用。

当时的词坛情况吴眉孙有过十分精到的概括,《夏承焘日记全编》1940 年 6 月 21 日载:"接吴眉孙函,示《高阳台·皂泡》词、《水龙吟·挽袁伯夔》及《夏初临》社课长函,论近人学梦窗者为伪体。谓私心不喜,约有三端:一填涩体,二依四声,三饾饤襞襀,土木形骸,毫无妙趣。眉孙颇向往孟劬先生,当转此函与孟翁共商榷之。"吴眉孙此函后来发表在《同声月刊》:

> 当代词人,务填涩体,字荆句棘,性梏情囚,心力虚抛,语言鲜妙,此其一也。谓填创调,必依四声,本不能歌,乃矜合律。且四声之中,古有通变,入固可以代平,上亦可以代入。沤尹丈洞明此理,故当时朋辈以律博士推之。乃彼迂拘,一声不易,如斯泥古,大可笑人,此其二也。吾家梦窗,足称隐秀,相皮可爱,学步最难。近代词坛,瓣香所奉,类皆涂抹脂粉,碎裂绮罗,字字饾饤,语语襞缋,土木之形骸(骸)略具,乾坤之清气毫无,作者先难其详,读者更莫名其妙,此其三也。此在老手,或犹讲音律,而兼识辞章。乃使少年遂欲假艰深以文浅陋,词学不振,盖有由来。[①]

---

[①]  吴眉孙《与夏瞿禅书》,《同声月刊》1941 年第 1 卷第 3 号。原文"襞缋",疑为"襞襀"之误。

较早起来反对此种风气的是冒鹤亭的《四声钩沉》,但如上所述,此文采用否认宋人有四声的方法批驳当下词人守四声的可笑,同时又将平上去入四声与宫商角徵羽五音混为一事,不能为学界所接受,于是在反对严守四声的阵营内部又引发宋人有无四声的第二次争论。吴眉孙激烈反对严守四声,批评词坛积弊,但后来又在四声是否就是五音的问题上与冒广生争论。为学界所忽视的是,其实一开始他是赞同冒广生意见的。《夏承焘日记全编》1940 年 1 月 4 日:"五时同访吴眉孙,共谈予所考白石卒年,又谈词不当有四声。眉孙于鹤老《四声钩沉》甚推服。"在夏承焘《词四声平亭》写成后,他完全接受夏承焘的观点,并给予很高评价。他转变的原因和过程不详,但受夏承焘此文的影响当无可怀疑。《夏承焘日记全编》1940 年 8 月 1 日:"过眉孙翁久谈,至八时归。眉孙甚爱予《四声平亭》,谓先后共阅五过,记其疑问于书眉,细如蝇头。谓有长函与予,已具草稿。"日记中提到的长函其实不止一封,后被龙榆生发表在《同声月刊》上。其《与夏瞿禅书》:"大著《四声平亭》一卷,元元本本,切理厌心,洵今日词林中不刊之论。最后谓死守四声,一字不许变通者,名为崇律,实将亡词,尤为大声疾呼,发人深省。不佞观近今死守四声者之词,率皆东涂西抹,蛮不讲理,且凑字成句,凑句成篇,奄奄无生气,若此只可谓之填声,不得谓之填词。不佞所以深致厌恶,不谓四声之说,可尽废也。"又说:"四声之说,得大著不破词体,不诬词体两义,就词言声,可称精善。"[①]在同期的《同声月刊》上,同时还刊载了吴眉孙的《覆夏瞿禅书》《与友人论填词四声书》《与夏瞿禅书》等另外三函,从不同角度表达对词坛流弊的批判和对夏承焘《词四声平亭》的赞同与支持。除了吴眉孙,同期

① 吴眉孙《与夏瞿禅书》,《同声月刊》1941 年第 1 卷第 3 号。

还刊载了张尔田《与龙榆生论词书》，说道："近瞿禅书来，转示吴君眉孙论词一函，痛抉近人学梦窗者之敝，可谓先获我心。"又说："近之学梦窗者，其胸中本无真情真景，而但摹仿其字面，那得不被有识者所笑乎？"也表达了对夏承焘观点的肯定和对当时词坛风气的不满。同年第 10 期又刊载施则敬的《与龙榆生论四声书》，虽然语气稍缓，但也表达了与夏承焘相近的观点。龙榆生在《晚近词风之转变》中分析当时词坛，在谈到严守四声的积弊时指出："今沪上词流，如冒鹤亭（广生）、吴眉孙（庠）诸先生，已出而议其非矣。吴氏与张孟劬、夏瞿禅两先生，往复商讨，力言词以有无清气为断，而深诋襞襀积堆砌者之失，孟劬先生亦然其说，而以情真景真，为词家之上乘，补偏救弊，此诚词家之药石也。"[①]文中提到了冒广生、吴庠、张尔田、夏承焘四位主要人物，而从我们掌握的上述材料看，四人中以夏承焘《词四声平亭》一文阐述最为系统而详细，其观点得到大家的赞同和支持。夏承焘事实上是核心人物。经过这场讨论，词坛至少在理论层面上达成共识，"词以有无清气为断"，刻守四声，"字荆句棘，性梏情囚"的做法，虽"名为崇律，实将亡词"。词坛上热了几十年的梦窗风，至此告一段落。夏承焘认为："自古微开梦窗风气，近日物极必反矣。"[②]可见，夏承焘"四声说"在转变中国二十世纪三十年代末四十年代初词坛风气的过程中，起到了重要作用。

相比《词四声平亭》，《四声绎说》虽然观点更加成熟，学术性也更强，但其关注度和社会效用却有所降低。这一方面与文章发表的背景有关，另一方面也和夏承焘的性格有关。《词四声平亭》一文主要是与冒广生商榷，因此夏承焘的好友吴鹭山曾"谓恐与冒翁

---

① 龙榆生《晚近词风之转变》，《同声月刊》1941 年第 1 卷第 3 号。
② 见《夏承焘日记全编》1941 年 3 月 13 日条。

意见差池,劝勿发表"①。但文章最后还是发表了,果然引起冒广生的不满。《夏承焘日记全编》1940 年 8 月 18 日:"与心叔过眉孙,还《巢经巢诗》,以《宋词事系》求阅。谓鹤亭翁疑予《四声平亭》为彼与彊村先生而作,甚不以为然。"1941 年 1 月 12 日:"冒鹤翁作《四声钩沉》,予多献疑,作《四声平亭》诤之,鹤翁甚不满。"而之前的 1940 年 8 月 8 日,在夏承焘拜访冒广生时,已经领受了冒广生的不满,因此夏承焘在是日的日记中说:"念予以四十日为此文,极殚精力,而末章持论于人忌者,恐不止冒翁一人。辛苦为文字而损人情谊,亦何苦哉。后当戒之。"夏承焘以后对此文作了修改,并改名《唐宋词字声之演变》,差不多已经消去当年发表此文时用以商榷的痕迹。从修改的后记看,夏承焘也更愿意从纯学术的角度看待此文。因此当他撰写《四声绎说》时,心态比较平和,避免争论,以纯学术的角度来构思此文。《四声绎说》的主要意义是完善了夏承焘的"四声说",使其学术性更强。此文总体上延续《词四声平亭》中"不破词体、不诬词体"的总观点,并专门提到"其拘守旧谱者,谓一字不可逾越,高迈者则以苏、辛为藉口,是皆一偏之见也"②,但客观上对其守四声观点作了更为清楚的阐述和强化,其中"词失乐后,更须守四声"的观点在学术上具有重要理论价值。

毫无疑问,夏承焘在此文中的观点立足长远,对于保持词的体性特点很有意义。但这种观点在创作的实践中也会遇到挑战,稍有不慎,就会引发拘守四声的问题,回到之前的老路,出现否定之否定的循环。对此夏承焘一方面表示:"若夫字字死拘旧谱,不能

---

① 见《夏承焘日记全编》1940 年 3 月 24 日条。
② 夏承焘《四声绎说》,《夏承焘集》第 2 册,第 427 页。

观其会通,因之守声而碍文,存迹而丧神,则作者之过,不得归咎于四声。"①另一方面也承认并非所有宋人均守四声,并非每一首词均守四声,一首中也并非所有词句均守四声。他强调:"所须明辨者,宋词四声大抵施于警句及结拍(此或为元曲'务头'所从出),非必字字依四声。"②一定程度上化解了创作上再次回到旧路的危险。

① 夏承焘《四声绎说》,《夏承焘集》第 2 册,第 429 页。
② 夏承焘《四声绎说》,《夏承焘集》第 2 册,第 428 页。

# 第十章
# 唐圭璋对常州词派理论的继承与超越

唐圭璋是现代词学三大家之一,施议对以为,"其于词学文献、词学论述以及倚声填词诸多方面之卓越建树已载入史册"[①],但由于唐圭璋在词学文献方面的贡献特别巨大,以至于其他方面的成就往往被遮蔽,乃至被忽略。如唐圭璋的词学论述也十分丰富,可惜至今尚未被系统梳理与阐发,一般人往往以为是出自常州派,但对于具体论述以及与常州派的渊源、区别以及创新与贡献,则较少道及,殊感遗憾。本文以唐圭璋留下的文字为主要依据,并联系相关背景资料,专就此问题展开讨论,以期抛砖引玉。

## 第一节　唐圭璋的词学师承与
## 常州派的理论渊源

唐圭璋一生中有两位重要的老师与词学相关。第一位是他考入南京第四师范学校后的校长仇埰。仇埰字亮卿,一字述庵,著名的教育家、书法家,也是重要词人。与石凌汉、孙浚源、王孝煃号称"蓼辛社四友",参与南京"如社"、上海"午社"的活动,是其社友之

---

① 秦惠民、施议对辑《唐圭璋论词书札》,《文学遗产》2006 年第 3 期。

一。著有《鞠谦词》二卷,还辑有《金陵词钞续编》六卷。但仇埰是在 50 岁以后,即二十世纪二十年代始着力于词学,对唐圭璋的实际影响并不大。

真正对唐圭璋词学生涯产生重大影响的,是他考入东南大学后遇到的词曲名师吴梅。唐圭璋《吴先生哀词》:"计予从先生十六载,勉予上进,慰予零丁,示予秘籍,诲予南音,书成乐为予序,词成乐为予评。"①可见过往之密与影响之深。唐圭璋在回忆东南大学读书情况时说:"吴师平易近人,循循善诱,备课充分,教学认真……他所开的课程有:词学通论、词选、专家词、曲学通论、曲选等。这些课程,我都选修了,因此获益很多,研究词学的兴趣也更浓厚了。但由于词曲范围太广,自己的力量不够,只得专致力于词……师在校除教课之外,还组织词社、曲社,与学生一起习作。"②很显然,唐圭璋在吴梅的课堂上受到熏染和严格训练,并以此为起点,开始了几十年的治词之路。因此要探究唐圭璋的词学渊源,不能不从吴梅入手。

吴梅的词学倾向比较多地体现在他的《词学通论》一书中。该书原本是作者在大学教书时的讲义,联系唐圭璋曾选修吴梅"词学通论""词选""专家论"三门课的事实,该书可以视为最直接影响唐圭璋的依据。吴梅词曲兼擅,就其词学而言,对唐圭璋的影响主要有两方面:其一是常州词派的词学倾向,其二是从词的本体进行研究的词学理念。但唐圭璋在接受常州派的观点时,并未盲从,如

---

① 唐圭璋《词学论丛》,上海古籍出版社,1986 年,第 1040 页。下所引《词学论丛》均为此版本,不再注明。

② 唐圭璋《自传及著作简述》,钟振振编《词学的辉煌——文学文献学家唐圭璋》,南京大学出版社,2001 年,第 4 页。下所引《词学的辉煌——文学文献学家唐圭璋》均为此版本,不再注明。

果细察吴梅和唐圭璋的词学观点，还是可以看出两者的同中之异。这种异，主要表现在对常州派创始人张惠言的态度上。

吴梅对张惠言评价甚高，以为："皋文《词选》一编，扫靡曼之浮音，接风骚之真脉，直具冠古之识力者也。词亡于明。至清初诸老，具复古之才，惜未能穷究源流。乾嘉以还，日就衰颓。皋文与翰风出，而溯源竟委，辨别真伪，于是常州词派成，与浙词分镳争先矣。"[①]落实到对词的认识，其基本观点也与张惠言一致。如对词的本质认识，《词学通论》绪论开宗明义，以为"词之为学，意内言外"[②]。按：意内言外是张惠言对词的界定，是其词学理论的核心。吴梅此处直接借用其语，表达自己对词的看法。与此相关，在词的表现手法上，吴梅也与张惠言一样，非常强调比兴寄托，认为："咏物之作，最要在寄托。所谓寄托者，盖借物言志，以抒其忠爱绸缪之旨。'三百篇'之比兴，《离骚》之香草美人，皆此意也。"[③]至于比兴寄托的具体手法，也与张惠言相近，显得比较保守。如他在谈寄托问题时曾解读王沂孙的《齐天乐·蝉》：

"宫魂""余恨"，点出命意。"乍咽凉柯，还移暗叶"，慨播迁之苦。"西窗"三句，伤敌骑暂退，燕安如故。"镜暗妆残，为谁娇鬓尚如许"二语，言国土残破，而修容饰貌，侧媚依然。衰世君主，全无心肝，千古一辙也。"铜仙"三句，言宗器重宝，均被迁夺，泽不下逮也。"病翼"二句，更痛哭流涕，大声疾呼，言海岛栖迟，断不能久也。"余音"三句，遗臣孤愤，哀怨难论也。"漫想"二句，责诸臣苟且偷安，视若全盛也。

---

① 吴梅《词学通论》，第 131 页。
② 吴梅《词学通论》，第 1 页。
③ 吴梅《词学通论》，第 4 页

又加按语："碧山此词,张皋文、周止庵辈,皆有论议,余本端木子畴说诠释之,较为塙切。"①按:张惠言论词,于王沂孙只有《眉妩》(渐新痕悬柳)、《高阳台》(残雪庭除)、《庆清朝》(玉局歌残)三首,吴梅或是误记。至于周济,《宋四家词选》对此首有眉批:"此家国之恨。"②另外针对王沂孙词的寄托问题,还有两处总体性的议论,其一是《宋四家词选目录序论》,以为:"碧山胸次恬淡,故黍离、麦秀之感,只以唱叹出之,无剑拔弩张习气。咏物最争托意隶事处,以意贯串,浑化无痕,碧山胜场也。"③另一处见《介存斋论词杂著》,以为:"中仙最多故国之感,故著力不多,天分高绝,所谓意能尊体也。"④显然周济对王沂孙词的解读比较圆融,也比较符合词的实际。而吴梅的这段解读来自端木埰的《词选批注》⑤,相比周济,他对词作的解读过于坐实,其思路与文字反倒与张惠言十分近似。如果将这段文字与张惠言评苏轼《卜算子》(缺月挂疏桐)以及评欧阳修《蝶恋花》(庭院深深)的文字相比,此种感觉十分明显。读端木埰《词选批注》,其论词也有比较通达的,如评张炎《高阳台》(接叶巢莺):"词意悽咽,兴寄显然。疑亦黍离之感。"⑥这就比较接近周济的思路。至于对范仲淹《御街行》(纷纷坠叶飘香砌)的评语,更是直接指出"不必别生枝节,强立议论,谓其寓言某事也"⑦。吴梅于端木埰"批注"中单选此条,并明知"周止庵辈,皆有论议",却

---

① 吴梅《词学通论》,第 4 页。
② 周济《宋四家词选目录序论》,唐圭璋编《词话丛编》,第 1656 页。
③ 周济《宋四家词选目录序论》,唐圭璋编《词话丛编》,第 1644 页。
④ 周济《介存斋论词杂著》,唐圭璋编《词话丛编》,第 1635 页。
⑤ 端木氏原文因王鹏运《碧山词跋》引用而流传,后又被收入《词话丛编》,列于《张惠言论词》的附录部分。见唐圭璋编《词话丛编》,第 1621 页。吴梅除了删改少数几个文字,几乎没有什么变动。
⑥ 唐圭璋编《词话丛编》,第 1621 页。
⑦ 唐圭璋编《词话丛编》,第 1622 页。

"本端木子畴说诠释之",并以为端木之说"较为塙切",就显得比较保守了。还需指出的是,胡适《词选》专门对端木埰此条评语有过批评①,虽语涉讥讽,但基本观点可以参考。

相比之下,唐圭璋尽管十分推崇端木埰,并直接师承吴梅,但比较理智与科学。他虽然也称赞端木埰,"先生所论碧山《齐天乐·咏蝉》词,为世所称"②,但在《唐宋词简释》中,对此词的解读是:

> 此首咏蝉,盖咏残秋哀蝉也。妙在寄意沈痛,起笔已将哀蝉心魂拈出,故国沧桑之感,尽寓其中。"乍咽"三句,言蝉之移栖,即喻人之流徙。"西窗"三句,怪蝉之弄姿揭响,即喻人之醉梦。"镜暗"两句,承"怪"字来,伤蝉之无知,即喻人之无耻,真见痛哭流涕之情矣。换头,叹盘移露尽,蝉愈无以自庇,喻时易事异,人亦无以自容也。"病翼"三句,写蝉之难久,即写人之难久。"余音"三句,写蝉之凄音,不忍重听,即写人之宛转呼号,亦无人怜惜也。末句,陡着盛时之情景,振动全篇。③

与端木埰以及吴梅的解读相比,基本思路一致,个别用词也比较相近,但最大的区别是对词所寄托的情感作了比较概括的点评,没有像前者那样将词句与具体史实一一对应起来,以至有过于牵强,甚至穿凿附会的弊端。唐圭璋的常州派倾向以及对吴梅词学观的扬弃,从中已经可以探得几分消息。

---

① 见胡适选注,刘石导读《词选》,第317—318页。
② 唐圭璋《端木子畴与近代词坛》,唐圭璋《词学论丛》,第629页。
③ 唐圭璋《唐宋词简释》,上海古籍出版社,1981年,第239页。下所引《唐宋词简释》均为此版本,不再注明。

为进一步说明问题，我们试举几条唐圭璋与张惠言对相同作品的评语，加以比对，由此考察唐圭璋对张惠言寄托理论的态度以及他与吴梅在此问题上的差异。

评温庭筠《菩萨蛮》（小山重叠金明灭）：

> 张惠言：此感士不遇也。篇法仿佛长门赋，而用节节逆叙。此章从梦晓后，领起"懒起"二字，含后文情事，"照花"四句，离骚初服之意。[①]

> 唐圭璋：此首写闺怨，章法极密，层次极清。……末句，言更换新绣之罗衣，忽睹衣上有鹧鸪双双，遂兴孤独之哀与膏沐谁容之感。有此收束，振起全篇。上文之所以懒画眉、迟梳洗者，皆因有此一段怨情蕴蓄于中也。[②]

评欧阳修《蝶恋花》（庭院深深深几许）：

> 张惠言："庭院深深"，闺中既已邃远也。"楼高不见"，哲王又不寤也。"章台""游冶"，小人之经。"雨横风狂"，政令暴急也。"乱红飞去"，斥逐者非一人而已，殆为韩（琦）、范（仲淹）作乎。[③]

> 唐圭璋：此首写闺情，层深而浑成。[④]

评王沂孙《眉妩·新月》：

---

① 唐圭璋编《词话丛编》，第1609页。
② 唐圭璋《唐宋词简释》，第3页。
③ 唐圭璋编《词话丛编》，第1613页。
④ 唐圭璋《唐宋词简释》，第65页。

张惠言：此喜君有恢复之志，而惜无贤臣也。①

唐圭璋：此首，上片刻画新月，下片就月抒感。……换头句，纵笔另开，词旨悲愤。新月难圆，即寓金瓯难整之意。"太液池"两句，吊月怀古，不尽凄恻。"故山"两句转笔，望明月之圆。末句，拍合上句，伤心月照山河，余恨无穷。②

类似的评语还可以找出一些。如对苏轼《卜算子·黄州定惠院寓居作》一词的评语等。但仅就所举这三词的评语，也可大致说明问题了。总体上看，唐圭璋解词比较客观，他认定没有寄托的，如温庭筠《菩萨蛮》（小山重叠金明灭）、欧阳修《蝶恋花》（庭院深深深几许），并不盲从前人，而确实有寄托的，如王沂孙《眉妩·新月》，则对所寄托的情感作总体性的评述，并不过于坐实。显然，唐圭璋并没有被张惠言的思路所牵制，体现了比较实事求是的态度。

唐圭璋晚年曾对张惠言作过总结性的评论，以为张惠言《词选》虽然纠浙派之偏，但"又走向另一极端，甚至过高地抬举温庭筠，以为温词全有比兴、寄托，可以比之于《离骚》"③。此论断与他之前的论述完全一致。我们注意到，唐圭璋在《唐宋词简释》后记中曾提到清人论唐宋人词的情况，以为"语多精当"，而在举具体人名时，只列了周济、刘熙载、陈廷焯、谭献、冯煦、况周颐、王国维、陈洵八人，八人中大部分属于常州派，却偏偏没有张惠言。联系唐圭璋的一贯思想，这绝非偶然，更不会是无意遗漏。

---

① 唐圭璋编《词话丛编》，第 1616 页。
② 唐圭璋《唐宋词简释》，第 237—238 页。
③ 唐圭璋、金启华《历代词学研究述略》，《词学（第一辑）》，华东师范大学出版社，1981 年，第 19 页。

很显然,唐圭璋虽然师承吴梅,与常州派颇有渊源,但至少在对待张惠言的问题上,与其老师有着明显的差异。

## 第二节　常州派理论的嬗变与
## 唐圭璋的选择

唐圭璋与吴梅的这种差异固然与他们自身的观念有关,但也与常州派理论的嬗变有关。常州派从产生到成熟有一个过程,其理论也在此过程中逐步完善。一般认为,从张惠言以解经之法解词的"意内言外"理论,到周济"有寄托入,无寄托出"的观点,再到谭献"作者未必然,而读者何必不然"的"读者本位论",体现出常州词派寄托理论发展的三个阶段。而陈廷焯与况周颐则是后期常州派的两个重要人物,对常州词派理论作了总结与深化。从吴梅和唐圭璋的词学观看,前者受张惠言的影响较大,后者则主要受周济、况周颐的影响,并在此基础上形成自己的理论特色。

在唐圭璋涉及周济的文字中,有两条比较重要。第一条是他在中央大学教书时,"以教学需要,写《论词之作法》"①,阐述对作词的整体性看法。他认为,"作词之要有三:读词、作词、改词",而在阐述"三要"时,于前两条即引周济的话加以总括性说明:"未作词时,当先读词。既作词时,则当以用心为主。此荆溪周止庵之言也。"②然后对周济的话作了展开。唐圭璋曾在《端木子畴与近代词坛》中说:"吾乡端木子畴(埰)先生,年辈又长于王氏,而其所以教王氏者,亦是止庵(周济)一脉。"③考虑到王鹏运在晚清及民国

---

① 唐圭璋《词学论丛·后记》,唐圭璋《词学论丛》,第 1063 页。
② 唐圭璋《词学论丛》,第 839 页。
③ 唐圭璋《词学论丛》,第 629 页。

词坛的实际影响和唐圭璋的师承，两者或也有一定联系。第二条
是《唐宋词简释》解读辛稼轩《贺新郎·别茂嘉十二弟》一词，以为：
"周止庵谓此首'前片北都旧恨，后片南渡新恨'。观其前片所举之
例极凄惨，而后片所举之例又极慷慨，则知止庵之说精到。"①这两
条，第一条侧重于词的作法，第二条侧重于词的解读。这是明确提
到的两条，事实上唐圭璋对周济寄托理论，如"出入"说、"浑化"说
等，更多的是体悟与自觉的运用。

　　唐圭璋在论及朱祖谋时曾说："（王鹏运《半塘定稿》）朱氏有
序，谓其词'导源碧山，复历稼轩、梦窗，以还清真之浑化'，与周止
庵氏说，契若针芥。"②显然将"浑化"视为作词的最高境界。何谓
"浑化"？"浑化"作为一种词的创作境界，含义比较丰富，但专就寄
托而言，则可以与周济的"出入说"联系起来理解。如果"有寄托
入，无寄托出"是一种创作手段，那么"浑化"就是创作效果。这种
效果用周济的话来描述，就是"临渊窥鱼，意为鲂鲤"③，水中有鱼
是确定的，但无法辨别是鲂还是鲤，即意象具有模糊性。谭献在评
论冯延巳《蝶恋花》（六曲阑干偎碧树）等四首词时曾对这种效果作
过描述："金碧山水，一片空濛，此正周氏所谓'有寄托入，无寄托
出'也。"又说："行云、百草、千花、香车、双燕，必有所托。"④但到底
寄托了什么，无法一一对应。周济在评论王沂孙咏物词时说："咏
物最争托意隶事处，以意贯串，浑化无痕，碧山胜场也。"⑤也是这
个意思。

---

① 唐圭璋《唐宋词简释》，第 172 页。
② 唐圭璋《朱祖谋治词经历及其影响》，唐圭璋《词学论丛》，第 1021 页。
③ 周济《宋四家词选目录序论》，唐圭璋编《词话丛编》，第 1643 页。
④ 谭献《复堂词话》，唐圭璋编《词话丛编》，第 3990 页。
⑤ 周济《宋四家词选目录序论》，唐圭璋编《词话丛编》，第 1644 页。

　　唐圭璋虽然较少甚至没有专门对这些理论作阐发,但他对词的解读事实上与这些理论十分契合。其《〈唐宋词简释〉后记》言:"简释唐词五十六首,宋词一百七十六首。小言詹詹,意在于辅助近日选本及加深对清人论词之理解。"①这里的"清人论词",未必就是指周济,但以具体词的解说帮助理解清人词论的思路则可以说明一些问题。下面选取《唐宋词简释》中有关寄托的一些评语,借以考察唐圭璋对寄托的看法以及在解词中的实际运用。

评王沂孙《天香·龙涎香》:

　　此首咏龙涎香,上实下虚,语语凝炼,脉络分明,旨意当有寄托。②

评苏轼《卜算子·黄州定惠院寓居作》:

　　下片,则言人见鸿,说鸿即以说人,语语双关,高妙已极。山谷谓"似非吃烟火食人语",良然。③

评陆游《卜算子·咏梅》:

　　此首咏梅,取神不取貌,梅之高格劲节,皆能显出。……咏梅即以自喻,与东坡咏鸿同意。东坡放翁,固皆为忠忱郁勃,念念不忘君国之人也。④

---

① 唐圭璋《唐宋词简释》,第 241 页。
② 唐圭璋《唐宋词简释》,第 236 页。
③ 唐圭璋《唐宋词简释》,第 94 页。
④ 唐圭璋《唐宋词简释》,第 168 页。

评辛稼轩《念奴娇·书东流村壁》：

> 此首书东流村壁。……梁任公谓此首"南渡之感"，亦无疑问。①

评姜夔《暗香》：

> 此首咏梅，无句非梅，无意不深，而托喻君国，感怀今昔，尤极宛转回环之妙。……白石此等郁勃情深之处，不减稼轩。谭复堂谓此两句，得《骚》《辨》之意。宋于庭亦谓白石词，似杜陵之诗，洵属知言。②

此五条中，第二条似只是说双关的技法，但联系第三条，实际依然是在讲寄托。五条有一个共同点特点，就是都有寄托，但所托之意已经融化为词中意象，达到"浑化无痕"的效果，难以句句落实。这正是"有寄托入，无寄托出"思路解词的具体实践。

周济之外，常州派词家中对唐圭璋影响最大的是况周颐。况周颐论词强调"拙、重、大"，该理论虽来自王鹏运③，但在他的《蕙风词话》中得以详细阐发，并由此产生广泛而深刻的影响。

唐圭璋论词也强调"拙、重、大"，《唐宋词简释》后记："余往日于授课之暇，曾据拙重大之旨，简释唐词五十六首，宋词一百七十

---

① 唐圭璋《唐宋词简释》，第 173 页。
② 唐圭璋《唐宋词简释》，第 193 页。
③ 唐圭璋先生以为，最早提出"拙重大"的是端木埰，参见曹济平《唐圭璋先生对词学的卓越贡献》，《南京师大学报（社会科学版）》1992 年第 3 期。

六首。"①说明其释词的依据就是"拙、重、大"。他晚年作《历代词学研究述略》,点评各家短长,而对况周颐评价尤高:"况周颐的《蕙风词话》,提出作词要合'拙、重、大'的标准,举出历代词人的警句及作词方法,多心得体会之语,对词学研究者极有启发。朱祖谋誉之为'八百年来无此作',可见其赞许之甚。"②

至于"拙、重、大"的含义,各家说法不一,即况周颐自己的解释也比较含混、不严密,因此难以用有限的文字作准确描述。但大致说来,就是强调词要浑厚、真挚、拙朴,格局要大,有寄托、有气象。唐圭璋对"拙重大"的理解与阐释,基本上也从这几个方面展开。

首先是"厚"。用"厚"来阐释"拙、重、大",出自况周颐本人,所谓:"重者,沉著之谓。在气格,不在字句。……沉著者,厚之发见乎外者也。"③以为"厚"是根本,"重"只是"厚"的外在表现。因此唐圭璋也非常强调"厚",但他所指的"厚",更强调词的"风骚之旨"以及"温柔敦厚"的风貌。他说:"自常州派起,盛尊词体,谓词上与诗、骚同风,即侧重厚之一字。其后谭复堂所标柔厚之旨,陈亦峰所标沉郁之旨,冯梦华所标浑成之旨,况蕙风所标重、拙、大之旨,实皆特重厚字。"④因此他在解释"厚"时,直接用了"沉郁顿挫"⑤一词。又说:"清真词处处沉郁,处处顿挫,其所积也厚,故所成也既重且大,无人堪敌。实则不独清真,其他名家之作,无不皆然。温

① 唐圭璋《唐宋词简释》,第 241 页。
② 唐圭璋、金启华《历代词学研究述略》,《词学(第一辑)》,华东师范大学出版社,1981 年,第 20 页。
③ 况周颐《蕙风词话》卷二,况周颐、王国维《蕙风词话 人间词话》,人民文学出版社,1960 年,第 48 页。下引《蕙风词话》均为此版本,不再注明。
④ 唐圭璋《论词之作法》,唐圭璋《词学论丛》,第 863—864 页。
⑤ 唐圭璋《论词之作法》,唐圭璋《词学论丛》,第 862 页。

柔敦厚,诗词固一本也。"①显然,"与诗骚同风"的精神和"温柔敦厚"的词风,构成"厚"的第一要义。

除了词旨、词风,情感的丰厚与真挚也是构成"厚"的重要因素。唐圭璋将清真词作为"厚",即"重、大"的典范,本身也包含这层意思。他在解说周邦彦《解连环》(怨怀无托)时说:"末句,更述其思极落泪,并合忠厚之旨。"②按:该首词写闺妇哀情,末句为"拚今生、对花对酒,为伊泪落"。言其"合忠厚之旨",主要还是诚挚的因素。又如他解说周邦彦《尉迟杯·离恨》:"末句,言此际无人念我,我则念人不置,用意极朴拙浑厚。"③按:此首为清真离京所作,表达对旧时情人的思念,末句为"有何人、念我无聊,梦魂凝想鸳侣"。周济《宋四家词选》眉批:"南宋诸公所断不能到者,出之平实,故胜。"又说"一结拙甚"④,即着眼于平实拙朴。唐圭璋以为"用意极朴拙浑厚",则平实拙朴之外,还有真挚的因素。

其次是格局的"大",即不纤巧,不琐碎。唐圭璋以为厚重、真挚、拙朴与格局的"大"是紧密联系的,他说:"惟拙故厚,惟厚故重、故大,若纤巧、轻浮、琐碎,皆词之弊也。明词之所以不振者在不厚,浙派之流弊,为人所诟病者,亦在不厚。坊间通行之《白香词谱》,所选多纤巧不厚之作,故非善本。况蕙风尝论词之大要:首曰'雅',次曰'厚',探原立论,至为精当。"⑤在他看来,词之所以会产生纤巧、轻浮、琐碎的毛病,关键是不拙、不厚重。他的思维逻辑

① 唐圭璋《论词之作法》,唐圭璋《词学论丛》,第 864 页。
② 唐圭璋《唐宋词简释》,第 134 页。
③ 唐圭璋《唐宋词简释》,第 137 页。
④ 周济《宋四家词选目录序论》,唐圭璋编《词话丛编》,第 1648 页。
⑤ 唐圭璋《论词之作法》,唐圭璋《词学论丛》,第 864 页。

很清楚：由拙至厚，因厚而重、而大。核心还是一个"厚"字。因此他引了况周颐的话，将"雅"和"厚"作为词的根本，其中"雅"是词的基本要求，"厚"则是词的核心要素。除了不巧纤、不轻浮、不琐碎之外，"大"还有气象开阔的含义。唐圭璋说："拙重大是主要倾向，风骚以来无不如此。这笔（疑为"并"的笔误——引者注）不等于抹杀一切日常见闻、清新俊逸的作品。杜甫有'数行秦树直，万点蜀山突'，多么深刻、形象、重大；但'细雨鱼儿出，微风燕子斜'，又何等轻灵细致。"①此处所举杜甫"数行"两句，主要特点就是境界开阔，气象雄浑。唐圭璋评论姜夔《扬州慢》，以为"起首八字，以拙重之笔，点明维扬昔时之繁盛"②，言其"拙重"，主要也是着眼于开阔的历史视野、丰厚的文化意蕴和高度的概括力。这样的"拙重"之笔自然就显得格局的"大"。

唐圭璋1983年在给施议对的信中对"拙重大"作了专门解释：

> 颜鲁公书力透纸背就是拙重大，出于至诚不假雕饰就是拙重大。因此，真挚就是拙，笔力千钧就是重，气象开阔就是大。"为君憔悴尽，百花时"，"不如从嫁与，作鸳鸯"，"除却天边月，没人知"，"觉来知是梦，不胜悲"，都是真情郁勃，都是拙重大。③

这段文字可以视为唐圭璋对"拙重大"所作的总结，概而言之，就是厚重、真挚、气象阔大。这些表述与况周颐的意思十分接近。

---

① 秦惠民、施议对辑《唐圭璋论词书札》，《文学遗产》2006年第3期。
② 唐圭璋《唐宋词简释》，第189页。
③ 秦惠民、施议对辑《唐圭璋论词书札》，《文学遗产》2006年第3期。

## 第三节　"真"的强化与唐圭璋
## 词学观的个性化特征

　　唐圭璋论词有一个十分明显的特征,就是极其强调一个"真"字。由于"拙重大"理论本身就强调"真",只有"真情""真性",才能言"拙",因此唐圭璋在总结"拙重大"时,也非常明白地指出"真挚就是拙"。此外,唐圭璋在评论纳兰性德词风和赵佶《燕山亭·北行见杏花》时,两次引用况周颐"真字是词骨"的话,这就容易给人产生一种印象,唐圭璋强调"真",只是他接受并实践"拙重大"理论的具体表现,没无特别的含义。但如果我们联系唐圭璋全部的词学论述,就会发现事实并非那么简单,唐圭璋强调"真",固然有"拙重大"理论的因素,但绝非全部,甚至可以说主要不是这一因素。唐圭璋更加注重与欣赏李后主、李清照、纳兰容若这类词人的真情真性,他们词中体现出来的"真",与"拙重大"理论所指的"真",如果仔细加以辨别,还是有着明显的区别。

　　"拙重大"理论强调的"真",一般都是与"拙"联系在一起,主要是指拙朴和真挚,而拙朴和真挚又是"重""大"的必要前提,因此无论是况周颐还是唐圭璋,都将"拙重大"看成是一个整体,一种风貌。另外从他们所举证的作品看,往往是一些艳情之作,着眼于女子的真情与直白。况周颐在论"重"的时候,提及梦窗之作,以为:"即其芬菲铿丽之作,中间隽句艳字,莫不有沉挚之思,灏瀚之气,挟之以流转。"①或许艳词最能表现人的真实心态,因此也是最"沉挚"、最"拙朴"的。《蕙风词话》卷二:"《花间集》欧阳炯《浣溪沙》

————————
① 况周颐《蕙风词话》卷二,况周颐、王国维《蕙风词话 人间词话》,第48页。

云:'兰麝细香闻喘息,绮罗纤缕见肌肤。此时还恨薄情无?'自有艳词以来,殆莫艳于此矣。"但紧接引了王鹏运的评语:"半塘僧鹜曰:'奚翅艳而已? 直是大且重。'"并认为:"苟无《花间》词笔,孰敢为斯语者?"①有人不解,以为这种艳词如何"重且大",其实王鹏运主要还是从"沉挚""拙朴"着眼,认为"沉挚""拙朴"就是浑厚,就是"重且大"。况周颐也有类似的说法:

> 元人沈伯时作《乐府指迷》,于清真词推许甚至。唯以"天便教人,霎时厮见何妨""梦魂凝想鸳侣"等句为不可学,则非真能知词者也。清真又有句云:"多少暗愁密意,唯有天知。""最苦梦魂,今宵不到伊行。""拚今生,对花对酒,为伊泪落。"此等语愈朴愈厚,愈厚愈雅,至真之情,由性灵肺腑中流出,不妨说尽而愈无尽。②

即便唐圭璋本人,如上所引,在举证"拙重大"时也说:"'为君憔悴尽,百花时','不如从嫁与,作鸳鸯','除却天边月,没人知','觉来知是梦,不胜悲',都是真情郁勃,都是拙重大。"可见在"拙重大"的语境下,"真情""真性"往往与艳情相关,至于艳情中的寄托,那是另一问题。

　　而唐圭璋在脱离"拙重大"语境情况下强调的"真",则主要是指词人主体意识中的"真情""真性",而且这种"真情""真性"的抒发又与自然的语言和清新的词风相关联,落实到具体的作品,就是李后主、李清照、纳兰性德这一类词人的词作。

---

① 况周颐《蕙风词话》卷二,况周颐、王国维《蕙风词话 人间词话》,第 23 页。
② 况周颐《蕙风词话》卷二,况周颐、王国维《蕙风词话 人间词话》,第 27 页。

　　唐圭璋一直将李煜、李清照、纳兰容若视为同一类型词家,他在谈论李后主词的特点与成就时曾说:"在后主之后一百多年,有女词人李易安;五百多年有纳兰容若。他们二人词的情调,都类似后主。"①认为三人都是以抒发真情真性见长。他对这类词人十分偏爱,这可以从他论述类文章的选题中得到证实。现在收入《词学论丛》的文章被分为四类:辑佚、考证、校勘、论述,最能表现唐圭璋词学观念的是论述类,此外考证类中的一些札记,如《读李清照词札记》等,间或也表现作者的一些词学观点,但影响较小。《词学论丛》论述类文章中,以唐宋词人为论述对象的共有十五篇(含《论苏轼〈念奴娇〉词里的"羽扇纶巾"》),其中论及李后主的三篇,分别是《南唐二主词总评》《李后主评传》《屈原与李后主》,可见比例之高。唐圭璋写李后主文章的部分原因是应杂志社之约②,但联系他文章中的观点,主要还是对李后主及其词的喜爱。他在《李后主评传》中曾谈及研究李后主的缘由:"现在关于李易安的《漱玉词》和纳兰容若的《饮水词》,都已有人说到;而对于这位先进的伟大作家(指李后主——引者注),却尚没见人仔细谈过,因此我于吟诵之余,来讨论他一番。"③可见李煜、李清照、纳兰容若都是他最为重视与喜爱的,只是李清照、纳兰容若的词已经被谈得比较多了,他就专谈李后主。事实上,唐圭璋对纳兰容若和李清照的论题也没有放弃。《词学论丛》中研究清词的文章,包括《朱祖谋治词经历及其影响》一文在内,总共也就三篇,其中就有一篇是研究纳兰容若的,尽管写这篇文章的缘由是"中文系以纳兰容若为题,组织文艺

---

① 唐圭璋《李后主评传》,唐圭璋《词学论丛》,第 905 页。
② 唐圭璋曾在《词学论丛·后记》中说道:"应杂志编辑部之约,还写过李后主、蒋鹿潭、陈龙川、刘龙洲诸家论文。"唐圭璋《词学论丛》,第 1063 页。
③ 唐圭璋《李后主评传》,唐圭璋《词学论丛》,第 905—906 页。

座谈会"①。

　　唐圭璋对李煜、李清照、纳兰容若的评价相当高，而评价的共同依据主要就是"真"。他在《屈原与李后主》一文中比较屈原与李后主，以为"屈原与李后主之作，虽刚柔有异，然其所作不朽，亦全在一'真'字"②。在评论赵佶《燕山亭·北行见杏花》时，也提到李后主的"真"，以为"若此词及后主之作，皆以'真'胜者"③。在《李后主评传》中他甚至说："后来词人，或刻意音律，或卖弄典故，或堆垛色彩，像后主这样纯任性灵的作品，真是万中无一。因此我们说后主词是空前绝后，也不为过分吧。"④如此评价，在所有研究李后主的文章中，实属罕见，可见"真"是唐圭璋评价词人词作最为重要的依据。唐圭璋对纳兰容若的评价同样相当高，以为是"清初一大词人"，而且"求之历代词人中，实罕有其匹"。⑤尽管将纳兰容若列为清初一大词人，并非唐圭璋首创⑥，但唐圭璋更加突出，并高度评价纳兰容若的"真"，以为其"待人之推心腹，披肝胆，无事不真，无语不挚"⑦。他在《纳兰容若评传》中一连用了七个"真"字来形容和评价纳兰容若："若容若者，盖全以'真'胜者。待人真，作词真，写景真，抒情真，虽力量未充，然以其真，故感人甚深。一种凄惋处，令人不忍卒读者，亦以其词真也。"⑧唐圭璋以为："惟'真'斯

① 唐圭璋《词学论丛·后记》，唐圭璋《词学论丛》，第 1063 页。
② 唐圭璋《词学论丛》，第 916 页。
③ 唐圭璋《唐宋词简释》，第 148 页。
④ 唐圭璋《词学论丛》，第 914 页。
⑤ 唐圭璋《词学论丛》，第 993 页。
⑥ 况周颐《蕙风词话》即有此评价，以为"纳兰容若为国初第一词人"，并指出他词"纯任性灵，纤尘不染"。见《蕙风词话》卷五，况周颐、王国维《蕙风词话 人间词话》，第 121 页。
⑦ 唐圭璋《纳兰容若评传》，唐圭璋《词学论丛》，第 993 页。
⑧ 唐圭璋《词学论丛》，第 993 页。

诚,诚则能感天地,泣鬼神。"①可见,"真"是唐圭璋高度评价李煜、纳兰容若等词人的真正原因。

与"真"相关联的是"抒发灵性"和"赋体白描"手法,其实这两条又是密切相关的,纯任灵性的结果往往是"赋体白描"。"赋体白描"讲到底就是用我手写我心,这与常州派强调寄托的理论不一致,甚至相悖。但有意思的是,唐圭璋在论及李后主时,对他的"纯任性灵"和"纯用白描"予以高度评价。他在《李后主评传》一文中说:"中国讲性灵的文学,在诗一方面,第一要算十五《国风》。……在词一方面,第一就要推到李后主了。他的词也是直言本事,一往情深;既不像《花间集》的浓艳隐秀,蹙金结绣;也没有什么香草美人,言此意彼的寄托。"②此处指出后主词的两个特点:语言自然和表达直白,即"没有什么香草美人,言此意彼的寄托";唐圭璋对此明确加以肯定与赞赏。在《屈原与李后主》一文中,他又说:"屈原与李后主,并为我国伟大之文学家。今传之屈赋及后主词,纯任性灵,不假雕饰,真是字字血泪。"③强调的还是"纯任性灵,不假雕饰"。此外在《评〈人间词话〉》一文中,他对李煜词"吐属自然,纯用白描"再次加以肯定。④ 这三篇不同的文章,总体都是一个意思,就是高度评价李煜词的直白、自然、纯任性灵,可见这是他一贯的思想。

这种思想是否专用以评价李后主、李清照、纳兰容若等词人词作? 也不是。唐圭璋1984年9月20日在给一位青年学者的信中谈到自己的词作,说:"白居易诗,试图老妪都解,我作的也只是老

① 唐圭璋《词学论丛》,第915页。
② 唐圭璋《词学论丛》,第905页。
③ 唐圭璋《词学论丛》,第915页。
④ 唐圭璋《词学论丛》,第1030页。

妪都解的白话词;杨万里讲性灵,袁子才讲性灵,我也想直写性灵。读书少,不会用典;功力薄,不会用华丽词藻。即景抒情,一直用的赋体白描,不尚比兴。"①此处"读书少"云云,自然是一种客套,表示作者的谦逊,但说自己"即景抒情,一直用的赋体白描,不尚比兴"却表达了唐圭璋真实的创作趣向。显然,"直写性灵"和"赋体白描"也是唐圭璋自己的创作追求,正是在这一点上,我们可以看出他真正的美学趣味以及与常州派理论之间的矛盾。我们认为,也正是在这一点上,形成了唐圭璋词学观的个性化特征。

## 第四节　唐圭璋对常州派的 突破及其历史价值

总体看,若认为唐圭璋没有受常州派影响,肯定不是事实,以上所论,都显示出唐圭璋的常州派理论渊源和种种表现;同样,认为唐圭璋纯粹是常州派,也不是事实,除了上述唐圭璋词论的个性化特征,他还在不少方面表现出与传统常州派理论不一致的地方,表现出冲破常州派的努力以及融合时代因素的新特点。

唐圭璋与传统常州派的差异有多种表现,其中比较突出的是对姜夔的评价。如上所述,唐圭璋受周济的影响较大,但恰是在对姜夔的评价上,表现出对周济的不满。他在《历代词学研究述略》中对周济举四家以概括宋词表示不能同意,以为:"(周济标举四家)途径过窄,不足以概括两宋大家。"②另外《唐宋词简释》在评姜

---

① 参见许总《唐圭璋先生给我的 22 封来信》,钟振振编《词学的辉煌——文学文献学家唐圭璋》,第 163 页。

② 唐圭璋、金启华《历代词学研究述略》,《词学(第一辑)》,华东师范大学出版社,1981 年,第 19 页。

夔《扬州慢》时也认为:"周止庵既屈白石于稼轩下,又谓白石情浅,皆非公论。"①两条其实有一定的关联性:第一条是总论,虽不是专为姜夔而发,但姜夔无疑是其重要因素;第二条则对周济《宋四家词选》置姜夔于辛弃疾名下表示不满。两条一虚一实,内在脉络相通。按:周济"情浅"的说法见于《介存斋论词杂著》"姜夔词"条:"稼轩郁勃故情深,白石放旷故情浅。"②此外《宋四家词选目录序论》中也有类似说法。两处语境相同,均是比较辛弃疾与姜夔的高下,认为姜不如辛。因此问题的关键还是两人的排名。

　　唐圭璋认为姜夔是与辛弃疾一样的一流大家。《姜白石评传》:"姜白石为南宋杰出之大词家,与辛稼轩、吴梦窗,分鼎词坛,各有千古。……而白石传神于虚,梦窗气潜于内,故人不易知。然学者须知,各人之禀赋不同,环境不同,兴趣不同,故其所表现之作品,亦各有异。"③又说:"白石词之高朗疏隽,为词家一大宗,学者诚不可忽视也。"④在他看来,姜夔之所以被人忽视,主要是其词"传神于虚",不容易被感知,更不容易学,难以在普及的层面上获取像辛弃疾一样的盛名。而对于词学家来说,应该了解,并正确评价其词学成就,不能忽视其"与辛稼轩、吴梦窗,分鼎词坛","为词家一大宗"的历史地位。正是在这一点上,他与周济有分歧。需要指出的是,常州派其他词家,如陈廷焯、谭献等,也都给予姜夔很高的评价,以为其词与周邦彦、辛弃疾各臻其妙。但如唐圭璋这样明确表示不同意周济的观点,提出姜夔是与辛弃疾相同的"词家一大宗",则非常鲜见。此外,在词的美学情趣,李煜、纳兰容若等人的

---

① 　唐圭璋《唐宋词简释》,第 190 页。
② 　唐圭璋编《词话丛编》,第 1634 页。
③ 　唐圭璋《词学论丛》,第 963 页。
④ 　唐圭璋《姜白石评传》,唐圭璋《词学论丛》,第 980 页。

评价,词的美善合一,以及词的社会功用等问题上,唐圭璋与传统常州词派的观点都有一些差异,表现了他的独立性。当然,这已是另外一个话题。

更进一步,唐圭璋可以跳出常州词派的藩篱,从更高的角度看待常州派、浙西派的优劣短长,正确评价清词的走向。他在《姜白石评传》中指出:"清代朱竹垞倡浙派,过尊南宋,轻视北宋,至以白石为止境;张皋文倡常州派,过尊北宋,轻视南宋,至屏梦窗而不选,此皆门户之见,不可信也。"①显然是从浙、常两派之外的角度来看问题,也并没有将自己视为常州派内的人。他在评论蒋春霖时也有相似的话语。他对蒋春霖评价极高,以为其词"精致像清真,峭拔像白石",并说:"论清词以鹿潭为第一,怕也不是我一人之私言吧。"②至于鹿潭词的特色与长处,他认为:"他的词确是沉郁悲深、雄浑精警,而清空之气,流走其间。⋯⋯他作词目无南唐、两宋,更不屑局促于浙派和常州派的藩篱。他只知独抒性灵,上探风骚的遗意,写真情,写真境,和血和泪,喷薄而出。"③"独抒性灵,上探风骚的遗意"以及写"真情""真性",均是唐圭璋的一贯主张,他对李后主、纳兰容若的评价也是从这个角度出发,但他对蒋春霖"不屑局促于浙派和常州派的藩篱"的评价则很有特点,也很符合实际。蒋春霖生活在常州词派风行的晚清,但其创作风格却清丽深婉,更具浙派的特点,确实突破了常浙两家的藩篱。而唐圭璋做出如此评价,也说明他自己已跳出常州、浙西两家圈子,从两家之外的高度,客观地看问题,表现出一个现代词学家的眼光与胸怀。

此外,他对朱祖谋的评价也很能说明问题。朱祖谋为晚清民

---

① 唐圭璋《词学论丛》,第 963 页。
② 唐圭璋《蒋鹿潭评传》,唐圭璋《词学论丛》,第 1018 页。
③ 唐圭璋《蒋鹿潭评传》,唐圭璋《词学论丛》,第 1009 页。

初最重要的词家，当时词坛的领袖人物。就其词学倾向而言，虽有人称之为"桂派"，或者"彊村派"，但本质上还是常州派，只不过他比前、中期常州词派更加重视词的审美功能与文献价值，将更多的精力用到词籍的校勘与词艺的切磋上。① 从师承的角度看，唐圭璋与朱祖谋还有一些渊源，唐圭璋直接师承吴梅，而吴梅则自言"词得力于彊村遗民"②。唐圭璋以为："（朱祖谋）取径梦窗，上窥清真，旁及秦、贺、苏、辛、柳、晏诸家，打破浙派、常州派一偏之见，取精用弘，卓然自成一家。"③ 从"卓然自成一家"的表述看，唐圭璋倾向于"彊村派"的提法，但他认为朱氏"打破浙派、常州派一偏之见"，则也可以看出他自己对常州词派的一些理解。

因此，唐圭璋虽然受常州词派理论影响较大，但绝非常州词派，也未被常州词派理论所牢笼。他的这种状态是由他生长的大环境所造成的。他受到现代新式学校的教育，从小学、中师，一直到大学，走的是一条与传统文人完全不同的道路，并亲身经历"五四"，受到多种思想的影响，只不过"在校除开读自然科学及英语以外，特别爱好古典文学"④。我们在谈到"五四"后国内词学家的状况时，认为有三种类型：其一是传统词学家。他们持传统的词学观点，孜孜不倦地研究着词的创作规律，心无旁骛，但遗憾的是没有从传统词学中走出来。其二是以胡适为代表的新型词学家。从本质上讲，他们不能算作专业的词学家。其三是以夏承焘、唐圭璋、龙榆生为代表的现代词学家。在这三类词学家中，第三类代表

---

① 详见朱惠国《晚清、民国词风演进历程及其反思》，《武汉大学学报（人文科学版）》2011 年第 1 期。

② 唐圭璋《回忆吴先生》，唐圭璋《词学论丛》，第 1033 页。

③ 唐圭璋《朱祖谋治词经历及其影响》，唐圭璋《词学论丛》，第 1020 页。

④ 唐圭璋《自传及著作简述》，钟振振编《词学的辉煌——文学文献学家唐圭璋》，第 4 页。

着中国词学的希望。中国传统词学的现代化转型,最终在他们手上得以完成。唐圭璋继承,并突破常州派的意义与价值,主要即在于此。

　　总之,唐圭璋词学源于常州派,并深受其影响;但最终又突破其藩篱,融入时代因素,形成自己的特色。在中国传统词学的现代化进程中,起着重要的推动作用。

# 第十一章
# 詹安泰宋词风格流派论的再认识

詹安泰继陈洵之后，以词学崛起于岭南，被誉为"岭南一大家"。他在词的研究与创作方面均有建树。早在二十世纪三十年代，其论文《论寄托》就发表在龙榆生主持的《词学季刊》第3卷第3号上，文章系统地阐述了寄托理论的源流、手法、作用与特征等。词集《无庵词》也在民国二十六年（1937）刊刻，其词取法姜白石、吴梦窗、周草窗，卓有成就。可以说，詹安泰经历了现代词学的重要发展阶段，是民国时期最重要的词家之一。

詹安泰在词学研究领域的成果很丰厚，其中关于宋词风格流派的论述尤其值得关注。宋词风格流派是词学研究的重大理论问题之一，自明代张綖提出"豪放""婉约"两分法，相关讨论就时有展开。民国时期，胡适反对梦窗词风，并在他的《词选》中对苏辛一派大加赞扬与提倡，事实上已经开启了新一轮"婉约""豪放"之争。1949年以后，尽管胡适遭到批判，但他推崇苏辛词风的学术观点并没有一起受到批判，相反，还以一种新的形式得到大力推扬。二十世纪六十年代，以及此后相当一段时期，崇尚"豪放"，贬抑"婉约"成为一种主流学术观。詹安泰关于宋词风格流派的论述主要有《宋词风格流派略谈》①《风格、流派及其承传关系》②等文章。这些文章虽然没有直接参与争论，但发表在婉约、豪放之争的背景之下，因此一定程度上可以被视为解决两派之争的第三类意见。

二十世纪六十年代的婉约、豪放之争，从源头上看是由胡适开启的，是中国现代词学的一部分。时至今日，我们重新研读詹安泰的相关论述，并从词学史角度加以考察，将有利于科学地把握詹安泰的理论贡献，给予相对客观的历史评价。

## 第一节　詹安泰宋词风格流派论的理论内涵

詹安泰宋词风格流派理论最大的特点是从创作实际出发，避免一元论思维带来的简单化。他的理论是一个相对完整的系统，大致包括两个方面。

第一是作者个体风格的多元化。关于这一点，詹安泰从两个方面进行论述。首先，作者的创作受多种因素影响，其风格的构成本身就比较复杂，既有主体风格，也有其他风格，如果简单地用一种风格加以概括，就会产生简单化的问题，与事实不相符合。比如苏东坡的词，一般人的印象就是豪放或者清旷，但事实上苏东坡的词风格比较多样化，而且大部分的词并不豪放。因此詹安泰将苏词分为几类：第一类是"高旷清雄"的主体风格。詹安泰认为，这

① 詹安泰《宋词风格流派略谈》，詹安泰《宋词散论》，广东人民出版社，1980 年，第 52—60 页。以下所引《宋词散论》均为此版本，不再注明。

② 詹安泰《风格、流派及其承传关系》，汤擎民整理《詹安泰词学论稿》，广东人民出版社，1984 年，第 415—451 页。以下所引《詹安泰词学论稿》均为此版本，不再注明。

类风格与他自己"挥洒自如、才情奔放"的诗文风格相一致,并在此基础上对前人如韦庄、李煜、范仲淹、欧阳修等有所继承,加上"以诗为词"的创作理念,从而形成,如《水调歌头》(明月几时有)、《西江月》(三过平山堂下)、《永遇乐》(明月如霜)、《八声甘州》(有情风)等;第二类是豪放风格,如《念奴娇·赤壁怀古》及《念奴娇》(凭高眺远)、《南乡子》(旌旆满江湖)等;第三类是妍丽的风格,如《浣溪沙·春情》《蝶恋花·春景》等。詹安泰认为,苏词中豪放类下启辛弃疾,而妍丽类则部分受到柳永的影响。①再如欧阳修词,同样"具有两种较为显著的艺术风格:一种是清深婉曲,一种是疏宕明快",前者体现的是"数量较多的继承文人词的一面",是主体风格,以《木兰花》(别后不知)和《踏莎行》(候馆梅残)为例;后者体现的是"数量较少然而更重要的吸取民间词和具有创造性的一面",不是主导是亮点,以《朝中措·平山堂》和《渔家傲》(正月斗杓)为例。②此外,范仲淹、柳永等词人都不同程度地有这种风格多样化的现象存在。因此詹安泰在论述风格流派的问题时,再次强调这一点。他指出:"写'大江东去'(《念奴娇》)的苏轼,也写过'彩索身轻长趁燕,红窗睡重不闻莺'(《浣溪沙》)这么娇媚的作品;以精艳著称的贺铸,也不无慷慨激越的名篇(《六州歌头》《水调歌头》)。就已被看成'词语尘下'(李清照评柳词)的柳永词来说,除通俗浅易、细密妥溜的表现之外,有如《八声甘州》一类的壮阔浑融,有如《双声子》一类的沈顿苍凉,有如《满江红·桐川》一类的高雅精健,都不能说不是他的艺术风格的表现。我们说某一作家属于某一流

---

① 参见詹安泰《风格、流派及其承传关系》,汤擎民整理《詹安泰词学论稿》,第441—448页;詹安泰《宋词风格流派略谈》,《宋词散论》,第54页。
② 参见詹安泰《风格、流派及其承传关系》,汤擎民整理《詹安泰词学论稿》,第420—423页。

派,也只是就其总的表现说,不能看成他的绝对唯一的表现。老练的作家,是能够随物赋形,因宜应变的。"①所谓"随物赋形、因宜应变"指的就是作者个体风格的多元化。

其次,即使是同一个作者,其创作风格本身也有一个形成与变化的过程,并非凝固不变,这一点在李煜词中表现得最为明显。詹安泰有专文论述李煜,以为其词一以贯之的风格是真切自然,但随着人生经历的不同呈现出比较大的变化。前期多是表现风花雪月的情词,妩媚香艳,以《玉楼春》(晚妆初了)、《菩萨蛮》(花明月暗)、《喜迁莺》(晓月坠)为代表;后期融入家国之恨、身世之感,顿而变得深沉厚重,以《清平乐》(别来春半)、《虞美人》(春花秋月)、《乌夜啼》(林花谢了)、《相见欢》(无言独上)、《子夜歌》(人生愁恨)为代表,情感越来越深厚,体现出一种蜕变。② 再如李清照词,总体婉约,但"由于她所处的时代和她自己的经历,使她的词的风格前后有所不同:前期较妍媚,后期较凄怨"③。可见,作者创作风格本身的形成和变化是和作者的性格和经历紧密联系的,亦和作品所要表达的内容相关。这种多元化主要来自内因。而作者风格的主次之分则多受创作环境和其他词人的影响,这种多元化主要来自外因。

第二是宋词风格的多元化。詹安泰追溯了词风多元化的源头,认为"从《敦煌曲》来看初期出现的词篇,就具有多种多样的艺术风格",这些风格在后来的宋词中都有表现;而"流传下来的宋词,一般都是文人的创作(个别民间词例外),主要是继承唐五代文

---

① 詹安泰《宋词风格流派略谈》,《宋词散论》,第52—53页。
② 参见詹安泰《李煜和他的词》,《宋词散论》,第145—178页。
③ 詹安泰《风格、流派及其承传关系》,汤擎民整理《詹安泰词学论稿》,第445页。

人词的传统的"①。唐五代文人词的两大基地是西蜀和南唐,分别以花间词和南唐君臣词为代表。就花间词的风格而言,詹安泰有与一般观点不同的看法。他在《风格、流派及其承传关系》中指出:"(孙光宪词)有一种特色,飘忽奇警,矫健爽朗,是温、韦所不能范围的。……写田家风物……也是'花间'词人所没有的。这种艺术风格,正可以和温、韦鼎足而三。"②这是值得我们注意的。他又对花间词和南唐词的总体风格进行了比较,对冯延巳和李煜的风格作了对比,还对宋初的晏殊、欧阳修、范仲淹、晏几道几位词人的风格作了分析,旨在说明词的风格从唐五代开始就是多样的,到了宋代更加多样,从而为提出他的风格划分法作了铺垫。

关于宋词风格的多元化,詹安泰最著名的是提出了宋词风格八分法。他在《宋词风格流派略谈》一文中,将宋词的风格分为八种,除了"婉约"和"豪放"之外,还衍生出另外六种,并对每一种风格举出了代表词人并略加说明:真率明朗,以柳永为代表;高旷清雄,以苏轼为代表;婉约清新,以秦观、李清照为代表;奇艳俊秀,以张先、贺铸为代表;典丽精工,以周邦彦为代表;豪迈奔放,以辛弃疾为代表;骚雅清劲,以姜夔为代表;密丽险涩,以吴文英为代表。③ 他又在《风格、流派及其承传关系》中作了更为详细的论述,除豪放外,其他七种风格都有分支:真率包括自然、森秀、高浑;疏快包括高旷、清雄、明丽;婉约包括和婉、清丽、清新;奇艳包括冶艳、秾丽、奇丽;典丽包括和雅、富艳、工巧、浑成;骚雅包括清空、精

---

① 詹安泰《风格、流派及其承传关系》,汤擎民整理《詹安泰词学论稿》,第 415—416 页。
② 詹安泰《风格、流派及其承传关系》,汤擎民整理《詹安泰词学论稿》,第 417 页。
③ 参见詹安泰《宋词风格流派略谈》,《宋词散论》,第 53—60 页。

妙、清劲、清刚、疏宕；密丽包括险涩、破碎、险丽、秾挚。①

　　詹安泰提出的八种宋词风格，其实就是八种宋词流派。每一种风格都是基于一两个代表词人的个体风格来谈的，所以宋词风格的多元化和作者个体风格的多元化是相互统一、相辅相成的关系。詹安泰在论述中强调每一种风格之所以能成派，也就是因为强调代表人物的创新点。他没有把晏殊、欧阳修、范仲淹、晏几道算成一派，就是因为这几人或多或少都有局限，创新不够。真率一派举出柳永，因为柳永继承民间词传统，在词的形式、内容和表现手法上都有开创，对宋代文人词多有启发和影响。疏快一派举出苏轼，因为苏轼扩大了词的领域，丰富了词的内容，"以诗为词"，为词的发展开辟了宽广的道路。婉约一派举出秦观和李清照而倾向于李清照，因为秦观词个性特征明显，但少独创，李清照在造句遣词、描写手法等方面都有新创，在词的婉约性上达到成熟。奇艳一派举出张先和贺铸，因为二人都"笔力精健，采藻艳逸"，"比起柳永、苏轼、秦观来，用笔比较着力，色彩比较秾丽"，而贺铸的"小部分雄奇俊伟之作，已经和张元干、张孝祥等一样开了南宋豪放派的先路"。典丽一派举出周邦彦，因为周邦彦词"虽然对民间词和文人词兼收并蓄，但文人词的因素已经掩盖了民间词的因素，所以和柳词不同"，重视诗歌传统，但是"'融化诗句'入词，而不是'以诗为词'，所以和苏词异趣"，艺术技巧很高，在当时就有不小的影响，对后来的南宋词更是影响广泛。豪放一派举出辛弃疾，因为辛弃疾"经、史、子、集，任意驱遣，自然合度，是英雄豪杰，'弓刀游侠'（谭献）"，其才大学博，经历丰富，情感深厚，创造性极强，不易学。骚

---

① 参见詹安泰《风格、流派及其承传关系》，汤擎民整理《詹安泰词学论稿》，第426—450页。

雅一派举出姜夔，因为姜夔词"极意清新，力扫浮滥，运质实于清空，以健笔写柔情，"在当时以至后代，都有较大的影响"。密丽一派举出吴文英，因为吴文英词"讲究字面，烹炼句法，极意雕琢，工巧丽密，时时陷于险涩。面貌略近诗中的李贺和李商隐而更为隐晦"，在受到常州词派力捧之后，时至今日还有一定影响。①

　　宋词是否可以用詹安泰划分的八种风格来囊括，尚可以进一步探讨，但从当时的词坛情况看，詹安泰的理论相对系统，亦结合具体作品，用比较的方法突出了每一种风格流派的特色，很有说服力，最为接近宋词创作的实际。

## 第二节　詹安泰宋词风格流派
## 理论的渊源与突破

　　詹安泰宋词风格流派理论并不是突发奇想，而是在前人理论的基础上发展而来。追溯其渊源，可以从诗、词两个方面考察。

　　从诗的角度看，在历史上，《二十四诗品》是一部较为系统的探讨诗歌创作，特别是诗歌美学风格问题的理论著作。司空图将诗歌分为雄浑、冲淡、纤秾、沉著、高古、典雅、洗练、劲健、绮丽、自然、含蓄、豪放、精神、缜密、疏野、清奇、委曲、实境、悲慨、形容、超诣、飘逸、旷达、流动这二十四种风格，并用诗歌的形式对每种风格作了形象化的解说。这种划分非常细致，便于后人品读与分析各种诗歌，但从另一角度看，也说明了诗歌风格的多元化，不能笼统地用一二种风格流派简单概括。《二十四诗品》对中国文学史和文学

---

① 以上参见詹安泰《风格、流派及其承传关系》，汤擎民整理《詹安泰词学论稿》，第446—451页。

批评史的影响巨大,这种影响不仅表现为对二十四种诗歌美学风格的区分与描述,更重要的是提供了一种思维方式,一种文学研究的范式。

从词的角度看,由于正变之争一直贯穿宋词研究的始终,婉约与豪放事实上成了最受关注的两种风格。明人张綖在《诗余图谱凡例》后的附识中说:"词体大略有二:一体婉约,一体豪放。婉约者,欲其词情蕴籍;豪放者,欲其气象恢宏。盖亦存乎其人,如秦少游之作,多是婉约;苏子瞻之作,多是豪放。"①这一论断影响甚大,使后来很多词论家形成思维定势。但尽管如此,还是有人对宋词作了一些更为细致的区分。

清初王士禛在《倚声初集序》中将词分为四类:"有诗人之词,唐蜀五代诸君子是也;有文人之词,晏、欧、秦、李诸君子是也;有词人之词,柳永、周美成、康与之属是也;有英雄之词,苏、陆、辛、刘之属是也。"②这种划分既考虑词的风格,又考虑词人的身份和词的内容,显得比较模糊,但相对婉约、豪放两分法来说,无疑是一种新的尝试。稍后顾仲清(咸三)在论及宋词风格时,于辛、苏之雄放豪宕与秦、柳之妩媚风流之外,另立姜夔、张炎的冲淡秀洁一派,并以为该派得词之中正。③顾仲清的说法固然受浙派影响,并有为浙派理论张目的意思,但从宋词风格的实际看,也有一定道理。

真正对宋词风格问题有研究,并比较系统地提出自己观点的是浙派中后期重要词家郭麐。他在《灵芬馆词话》中提出了四体

---

① 张綖《诗余图谱》,明嘉靖十五年(1536)刻本。
② 邹祗谟、王士禛编《倚声初集》,《续修四库全书》第 1735 册,上海古籍出版社,2002年,第 164 页。
③ 见高佑釲《迦陵词全集序》,陈维崧著,钟锦点校《迦陵词合校》,华东师范大学出版社,2023 年,第 1885 页。

说:"词之为体,大略有四:风流华美,浑然天成,如美人临妆,却扇一顾。《花间》诸人是也。晏元献、欧阳永叔诸人继之。施朱敷粉,学步习容,如宫女题红,含情幽艳,秦、周、贺、晁诸人是也。柳七则靡曼近俗矣。姜、张诸子一洗华靡,独标清绮,如瘦石孤花,清笙幽磬,入其境者,疑有仙灵;闻其声者,人人自远。梦窗、竹屋,或扬或沿,皆有新隽,词之能事备矣。至东坡以横绝一代之才,凌厉一世之气,间作倚声,意若不屑,雄词高唱,别为一宗。辛、刘则粗豪太甚矣。其余幺弦孤韵,时亦可喜。溯其派别,不出四者。"①此处将宋词的风格概括为四类,虽不能囊括全部宋词,但比起张绖的两分法,大大进了一步。同时与王士禛的四类说相比,完全是从词的风格与美学特质着眼,更加明晰与具体。除了四体说,郭麐还在《词品》中进一步将词分为十二品,分别是:幽秀、高超、雄放、委曲、清脆、神韵、感慨、奇丽、含蓄、逋峭、秾艳、名隽。此词品十二则就是模仿司空图的《诗品》二十四则,郭麐自云:"因弄墨余闲,仿表圣《诗品》,为之标举风华,发明逸态,以其途较隘,止得表圣之半。"②十二品的提法比四体说更为丰富与细致,但显然没有四体说具体可感,同时其中有些提法,如委曲、感慨、含蓄等,主要是词的技法与内容要素,不能视为风格特征。但无论如何,在宋词风格研究中,郭麐的四体说与十二品说都占有重要地位。

郭麐之后,分别有戈载、周济、谭献对宋词风格分类发表看法,但三人有一个共同点,均是在选词时对词家与词学风格做些分类,并非专门的宋词风格研究。戈载在《宋七家词选题辞》中提出七家说:"词学至宋,盛矣,备矣,然纯驳不一,优劣迥殊。欲求正轨以合

---

① 郭麐《灵芬馆词话》,张璋等编《历代词话》,河南教育出版社,2002 年,第 1275 页。以下所引《历代词话》均为此版本,不再注明。
② 郭麐《词品》,张璋等编《历代词话》,第 1303—1305 页。

雅音,惟周清真、史梅溪、姜白石、吴梦窗、周草窗、王碧山、张玉田七人允无遗憾。"①认为这七家的词风代表了宋词的最高水平。周济则在《宋四家词选目录序论》中提出四家说:"清真集大成者也。稼轩敛雄心,抗高调,变温婉,成悲凉。碧山餍心切理,言近指远,声容调度,一一可循。梦窗奇思壮采,腾天潜渊,返南宋之清泚,为北宋之秾挚。是为四家,领袖一代。"并从学词的角度,指出学四家词的途径与顺序,所谓"问涂碧山,历梦窗、稼轩,以还清真之浑化"②,认为周邦彦是最高境界。谭献在《箧中词叙》以词人的身份为出发点,也对宋词作了分类:"李白温岐,文士为之;昇元靖康,君王为之;将相大臣,范仲淹、辛弃疾为之;文学侍从,苏轼、周邦彦为之;志士遗民,王沂孙、唐珏之徒皆作者也。"③但这其实已经很少有风格分类的意思了。如果从宋词风格研究的角度看,比起郭麐,实际上是退了一步。

再次将宋词风格研究推进一步的是晚清的陈廷焯。他在《白雨斋词话》中把唐、五代和两宋词分为十四体:"唐宋名家,流派不同,本原则一。论其派别,大约温飞卿为一体(皇甫子奇、南唐二主附之),韦端己为一体(牛松卿附之),冯正中为一体(唐五代诸词人以暨北宋晏、欧、小山等附之),张子野为一体,秦淮海为一体(柳词高者附之),苏东坡为一体,贺方回为一体(毛泽民、晁具茨高者附之),周美成为一体(竹屋、草窗附之),辛稼轩为一体(张、陆、刘、蒋、陈、杜合者附之),姜白石为一体,史梅溪为一体,吴梦窗为一体,王碧山为一体(黄公度、陈西麓附之),张玉田为一体。"④这十

---

① 戈载《宋七家词选》,清光绪乙酉(1885)曼陀罗华阁重刊本。
② 周济《宋四家词选》,唐圭璋编《词话丛编》,第1643页。
③ 谭献《箧中词》,《续修四库全书》第1732册,上海古籍出版社,2002年,第616页。
④ 陈廷焯《白雨斋词话》,唐圭璋编《词话丛编》,第3962页。

四体又被统为八派:"其间惟飞卿、端己、正中、淮海、美成、梅溪、碧山七家,殊途同归,余则各树一帜,而皆不失其正,东坡、白石尤为矫矫。"①此处将飞卿、端己、正中、淮海、美成、梅溪、碧山七家合为一派,或许是受传统观点的影响,将花间词风视为正宗,但十四体、八派的提出,无疑将唐宋词风格作了细致的区分,而且相比郭麐十二品的提法,更加具体,更加清晰。

至近现代词坛,在唐宋词风格分类研究方面没有太大的进展,唯一值得一提的是龙榆生。龙榆生虽没有具体区分宋词风格,但他提出宋词"既非'婉约'、'豪放'二派之所能并包"②的观点,对后人也有一定启发。

从上面的梳理可以看出,宋词风格流派理论有一定的理论基础,有比较清晰的发展脉络,这些无疑是詹安泰的理论渊源。詹安泰在《宋词风格流派略谈》一文中曾对前人的研究作了大致梳理:"一般谈宋词的都概括为豪放和婉约两派。这是沿用明张綖(世文)评价东坡、少游的说法(见张刻《淮海集》),是论诗文的阳刚阴柔一套的翻板,任何文体都可以通用,当然没有什么不对。不过,真正要说明宋词的艺术风格,这种两派说就未免简单化。清初顾咸三(仲清)说:'宋名家词最盛,体非一格,辛、苏之雄放豪宕,秦、柳之妩媚风流,判然分途,各极其妙;而姜白石、张叔夏辈以冲淡秀洁,得词之中正。'(见高佑釲《迦陵词全集序》引)对姜、张的评价对不对是另一问题,但把他们划出豪放、婉约两派之外,则较为切合实际。此外如周济的四家说,戈载的七家说,郭麐的四体说,陈廷焯的十四体说(包括唐五代)等,各有所见,莫衷一是。"③这些"各

① 陈廷焯《白雨斋词话》,唐圭璋编《词话丛编》,第 3962 页。
② 龙榆生《两宋词风转变论》,《龙榆生词学论文集》,第 232 页。
③ 詹安泰《宋词风格流派略谈》,《宋词散论》,第 52 页。

有所见，莫衷一是"的观点为詹安泰的研究奠定了坚实的基础。

　　詹安泰的理论与前人的这些理论相比，有继承更有突破。《二十四诗品》给唐宋词风格分类研究提供了一种思维方式，对后人启发很大，郭麐的《词品》十二则就是完全相同的模式。詹安泰继承了这种高度归纳的方式，但不是抽象的描述，而是分别举出代表人物并结合具体作品进行说明，让我们有直观的把握。张綖的二分法只是说词体而非词派，婉约与豪放的含义也有限定，"婉约"指"词情蕴藉"，"豪放"指"气象恢宏"，就这种意义上来说，秦观和苏轼是可以代表的。后人对"婉约"的定义差别不大，对"豪放"的定义则很不同，一般是指豪迈奔放，一种英雄词的风格，应以辛弃疾词为代表，詹安泰的理论中的"豪放"就是这个意义。王士禛和谭献从作者身份、地位的角度切入，有理论上的创新，但王士禛所谓"诗人之词""文人之词""词人之词"的定义和区别不明，把苏轼词划入"英雄之词"也不恰当；谭献只是列出了几类，具体的风格特点也没有说明。周济的四家说和戈载的七家说都出于选本的需要，带有目的性，前者是为学词者指示门径，后者是宣扬所谓正轨雅音，都能自圆其说但未能客观全面。郭麐的四体说重点在后两体，即姜张体和东坡体，对柳永和辛弃疾是批判的态度，没有能够发现柳词和辛词的价值和意义，对其他词人的认识也不全面，有很大局限。陈廷焯的十四体说包括了唐五代词，只就宋词而言是十一体，派别仍然是八派：秦观、周邦彦、史达祖、王沂孙为一派，张先、苏轼、贺铸、辛弃疾、姜夔、吴文英、张炎各为一派。陈廷焯把李煜视为温庭筠的羽翼不很恰当，派别划分也只是一家之言，并不能被广泛认可。

　　可以说，前人的这些理论或多或少都有不完善之处，个别理论的主观色彩较浓，缺乏客观全面的观照。相比之下，詹安泰的宋词风格流派理论则较为系统与合理。如前文所述,他从作者个人风格的多样性与宋词整体风格的多样性两个层面入手,结合词人的个人经历、创作环境及具体作品,所归纳出的风格流派,既不笼统宽泛,也不过于琐碎。八分法可能直接受到陈廷焯八派说的启发,但与前人理论最大的不同,是以风格划分流派,它实际上是将雅与俗、密与疏、质实与清空、诗的写法和赋的写法这几种划分方法相结合,先定风格再选词家,而非直接以人定派,更非囿于阴柔、阳刚两种风格或婉约、豪放两种派别的框架。这种评论角度本身就是一种突破,是一种创新,摆脱了旧有模式的束缚,视野变得宽广,对宋词的整体把握也更加清晰。前面说到,詹安泰强调创新,但这种创新是在继承传统基础上的创新。这一点在詹安泰的理论中贯穿始终,可以说是他理论的核心,也是我们今天探讨它的价值和意义所在。

## 第三节 詹安泰宋词风格流派理论的词学史意义

詹安泰宋词风格流派理论的词学史意义必须放到"五四"以来中国词坛的大背景下来考察。"五四"以来,对宋词风格的讨论以婉约、豪放之争最有影响,延续时间也比较长。粗略划分,这场争论大致可分三个时段。

第一时段主要是二十世纪二三十年代,胡适等人大力推崇豪放派。胡适所编《词选》,多选苏辛一派,尤赞辛弃疾是"词中第一大家"[①]。其原因既有提倡新文化的社会因素,即强调词的社会功

---

① 胡适选注,刘石导读《词选》,第193页。

能,也有审美喜好等个性因素,因为胡适本人的爱好倾向于简洁明白、内容充实的作品。① 胡云翼对此持相同观点,他在《中国词史略》②和《中国词史大纲》③等著作中对胡适的观点作了发挥,将词分为女性的词和男性的词两种,并对应于凄婉绰约与豪放悲壮两类词风,认为豪放派高于婉约派。但需指出的是,胡适等人的观点主要在普及层面产生影响,而在专业词人层面并不被认可。且不说朱祖谋、吴梅等传统词学家,即便是新生代的词学家,如龙榆生等人也不赞同胡适的观点。龙榆生在《研究词学之商榷》《两宋词风转变论》《宋词发展的几个阶段》等词学论文中就对胡适过于注重词的社会性,一味否定南宋风雅词的观点提出异议,认为词学研究不能存门户之见,并表示反对以豪放、婉约分派,褒豪放、贬婉约的做法。④ 在当时的词学背景下,胡适等人普遍被认为是体制外词学家。因此这一时期虽然有推崇豪放派的词学观点,但并没有在词学界居于主流的地位。

　　第二时段主要是二十世纪五六十年代,其时无论是学界还是普及层面,都一面倒地褒扬豪放派,批判婉约派。形成此种局面的原因很显然是社会因素,但其中又可分为两种情况:一种是有的学者本来就持褒豪放派、贬婉约派的词学观,他们这时期的著作与他们一贯的观点相一致,表达的是一种正常的学术见解。但问题是在当时背景下,由于其他不同的学术观点被压制,他们的学术观点无形中被放大,成了唯一的一种声音。另一种则是有的学者本

---

① 参见朱惠国《论胡适对苏辛词的偏爱》,《中国韵文学刊》2005 年第 1 期。
② 胡云翼《中国词史略》,上海大陆书局,1933 年。
③ 胡云翼编《中国词史大纲》,上海北新书局,1933 年。
④ 参见龙榆生《研究词学之商榷》《两宋词风转变论》《宋词发展的几个阶段》,见《龙榆生词学论文集》。

来就没有独立的学术观点，人云亦云，并受当时社会思潮的影响过大。总体上看，这时段的词学研究难以正常展开，非学术的因素较多。

　　第三时段主要是二十世纪八十年代以后，学术界"拨乱反正"，主要对第二时段的一些观点与做法进行清算。学者们对以往婉约、豪放二分法进行反思，不但重新评价婉约派，甚至釜底抽薪，否认有豪放词派存在。如施蛰存在致周楞伽的书信中指出，不能以豪放、婉约将宋代词人"截然分为两派"。① 这几封书信后被加上"词的'派'与'体'之争"的标题，公开发表，产生较大的社会影响。随后谈文良在《宋人是否以婉约豪放分词派等三题》一文中重申施蛰存的观点并加以发挥，认为宋人并未以婉约、豪放分派，将雅派归入婉约派也不是宋人的意思。1949 年以后的词学界过分贬低婉约词，"给宋词研究工作带来诸多弊病"。他认为："施先生提出的不以婉约、豪放'截然分成二派'的意见，有利于我们今天更好地接受宋词这一珍贵的遗产，有利于今天文艺的'百花齐放'，促进多种多样风格的作品问世。"②更进一步的意见，则是质疑或完全否定有豪放派的存在，如吴世昌在《有关苏词的若干问题》中指出："苏词中'豪放'者其实极少。若因此而指苏东坡是豪放派的代表，或者说，苏词的特点就是'豪放'，那是以偏概全，不但不符合事实，而且是对苏词的歪曲，对作者也是不公正的。"他由此得出结论"北宋根本没有豪放派"③。此后，他又发表《宋词中的"豪放派"与"婉

---

① 　施蛰存、周楞伽《词的"派"与"体"之争》，《西北大学学报（社会科学版）》1980 年第 3 期。
② 　谈文良《宋人是否以婉约豪放分词派等三题》，《西北大学学报（社会科学版）》1981 年第 1 期。
③ 　吴世昌《有关苏词的若干问题》，《文学遗产》1983 年第 2 期。

约派"》一文,进一步表达了这个观点。① 在《词林新话》中,他再次指出:"词之形式,'豪放'、'婉约',乃由题材决定,非欲故意创某派、某风。……北宋无豪放派,只有少数豪放词。……苏辛有词,豪放无派;豪放有词,苏辛无派。……今世之论词者,多称东坡、稼轩为豪放派,其他北宋词家为婉约派,不知何所据而云然。……凡强分宋词为'豪放'、'婉约'两派者,乃欲放婉约之'郑声',定宋词于'豪放'之一尊耳。无奈北宋无此豪放一派耳。"②他还列举了反对将宋词分为豪放、婉约二派的十条理由,认为"机械的分派,堵塞了自由研究之路"。③ 应该说这时段的观点总体合理,但也有矫枉过正、意气用事的成分。

从上面的梳理来看,三个时段的讨论都不能做到完全客观,都有非学术的因素存在。而最核心的问题在于,一直囿于婉约、豪放二分法的狭小圈子,争来争去还是同一角度、同一模式、同一视野,不能从根本上解决矛盾。詹安泰的宋词风格流派理论在此背景下产生,就显得客观而尤为珍贵。他完全跳出二分法的圈子,正所谓旁观者清,还力求完备。从《宋词风格流派略谈》中简洁的大致划分,再到《风格、流派及其承传关系》中对各种风格分支的补充,可以看出,他在理论上做了进一步的思考和完善。随着宋词研究的深入,到目前为止,詹安泰所选出的十位代表词人与普遍认同的宋词名家基本上相一致,是可被广泛接受的;相对应的八种风格也个性鲜明,突出了之所以成派的特色,论述充分,令人信服;以强调创新作为理论核心,以独创性作为选择标准,比较客观地分析了各派

① 吴世昌《宋词中的"豪放派"与"婉约派"》,《文史知识》1983年第9期。
② 吴世昌著,吴令华辑注,施议对校《词林新话》,北京出版社,1991年,第10—18页。
③ 吴世昌著,吴令华辑注,施议对校《词林新话》,北京出版社,1991年,第10—18页。

词人的利弊得失，结论比较公允合理。詹安泰的宋词风格流派理论无疑给后来的词学研究者很多启发，从新世纪以来的词学研究情况看，大部分学者都倾向于用风格讨论代替词派之争，用多种风格并存的结论来代替独尊一家的做法，基本上是詹安泰的路子。因此，若论詹安泰宋词风格流派理论的价值与意义，这是最好的体现。

# 附录一
# 民国词研究的回顾与展望①

　　民国词与唐宋词、金元词、明清词一样，是中国千年词史的一部分，代表了一个历史阶段的创作风貌和创作成就。但由于习惯上以"五四"为界，将中国文学史划分为近代和现代两部分，传统的词学研究一般到王国维结束，而现代文学的研究又往往将旧体词创作归入传统文学的范围而不加关注，因此长期以来，民国词与民国词学事实上成了近代、现代文学都不管的研究盲点，大量留存的民国词以及词学资料也在一定程度上成了无人关注，更无人整理和研究的边缘化文学资料。这种状况直到二十世纪九十年代才开始有所改变。

## 一、民国词研究的现状与回顾

　　二十世纪九十年代中期开始，尤其是进入新世纪以来，随着传统文化的日益受到重视，也随着唐宋词研究呈现出相对饱和的状态，大量唐宋词家、词作被重复研究，出新越来越难，一些研究者逐渐眼光向下，到明清词以及民国词中寻找选题。民国词与民国词学开始受到关注，并有了一些初步的研究。综合来看，这些研究主

---

① 本文原发表于《清华大学学报(哲学社会科学版)》2010年第6期，《新华文摘》2011年第2期予以转载。2010年以后，民国词的研究发展很快，但为保持文章原貌，除个别文字外，不作补充与修改。

要集中在三方面：

一是基础性研究。这方面的研究主要以近现代词的资料整理以及词人生平考订为主。在此方面贡献较大，影响较著者是马兴荣先生和原苏州大学教授严迪昌先生。马兴荣先生是国内知名的老一辈词学专家，在词学界有很高的声望和学术地位。他近几年花了较多精力搜集、考订王鹏运、朱祖谋、郑文焯、况周颐的生平资料，在此基础上撰写了上述四大家的年谱。这些年谱近年来已陆续发表在《词学》等专业刊物上。晚清四大家中，除王鹏运以外，其余三家都由清入民国，并在民国时期延续了他们创作与研究，有的还十分活跃。如朱祖谋在民国前期词坛有相当大的影响力，可以说是当时的词坛领袖。他的弟子龙榆生创办了中国第一份词学专业期刊《词学季刊》，以后又主持《同声月刊》，在三四十年代的词坛影响甚大。师徒两人差不多影响了整个民国词坛。又如况周颐是常州派的后期代表性人物，在当时也有很大影响，同样，他的学生赵尊岳在民国词坛也很活跃。对四大家生平资料的整理事实上已经涉及了民国词的研究。

严迪昌先生对近、现代词的正式研究起始于二十世纪九十年代中期，他在完成《清词史》之后，着手编撰《近代词钞》（江苏古籍出版社，1996年）、《近现代词纪事会评》（黄山书社，1995年）两部著作。《近代词钞》虽然在时间段上标明是近代，但严先生自己也认为近代的上下时限本来就有争议，加之文学的发展不可能由于某一社会事件的发生而突然产生质变①，因此不少近代词人的创作都横跨晚清和民国，事实上已经模糊了近代与民国词的界限。

---

① 详见严迪昌《近代词钞·前言》，严迪昌编著《近代词钞》，江苏古籍出版社，1996年。

《近代词钞》入选"词人二百余家","长短各调之词五千五百余阕"①，其中一些作品创作于民国时期，当属于民国词范围。尽管近代词的总量很大，且许多词集尚未被整理和发掘，但《近代词钞》作为一部大型词选，首次对这一时期留存的词作进行较大规模的整理，其开创之功值得重视。《近现代词纪事会评》为"历代词纪事会评丛书"之一种。"所取上下时限大致为一百年左右，即自十九世纪四十年代至二十世纪的四十年代。"明确包括了民国词研究资料。该书总共"入录的有本事及品评之作的词家得127位，关涉到的词共559阕"②。保存了不少民国词研究史料。虽然纪事会评的形式有一定局限性，但这是学界迄今第一次对近现代的词学资料作系统搜集，依然有较高的学术价值。

除两位前辈学者外，近几年也有一些中青年学者开始涉及这一研究领域，出了一些有价值的成果，如朱德慈的《近代词人考录》和《近代词人行年考》（当代中国出版社，2004年）等。朱德慈较早开始这方面的研究，他在博士期间以及博士后的研习中，均以近代词为选题，其中又以近代词人生平事迹的梳理与考证用力最多。所著《近代词人考录》分"悉其生平，知其词集；悉其生平，未详词集；未详生平，悉其词集"三部分。所录词人"始自嘉、道交替之际，终于民国二十年"③，即从张惠言到朱祖谋，时间上包括了整个晚清和民国前期。作为基础性研究，该书对大部分近、现代词人的生平资料做了梳理与记录，不少地方有简明扼要的考证，纠正了

①　严迪昌《近代词钞·前言》，严迪昌编著《近代词钞》，江苏古籍出版社，1996年。

②　严迪昌《近现代词纪事会评·例言》，严迪昌编著《近现代词纪事会评》，黄山书社，1995年。

③　朱德慈《近代词人考录·自序》，朱德慈《近代词人考录》，中国社会科学出版社，2004年。

一些前人的错误。全书资料丰富而翔实,编排也简洁清晰,具有一定的工具性,为学界进一步研究近代词与词人提供了方便。另外他还有《常州词派通论》(中华书局,2006 年)一书,以论为主,不少篇幅涉及晚清四大家,事实上已经进入民国词研究的范围。

但这类基础性研究从总体上看,还存在两方面的问题:其一是总量比较少,除了上面提到的成果外,其余主要是一些零星的考证文章,大都缺少有系统、有计划的研究。其二是研究成果基本上都是以近代词的面目出现,缺少民国词研究的独立性。这种依附而生的特点,不仅使民国词研究本身难成气候,还直接导致了研究对象在布局上的严重失衡:现有的研究成果都集中在民国初期,而民国中期及后期则少有人问津,更不用说有分量的成果了。

二是民国词学理论研究。这是民国词研究领域唯一比较热闹,成果也相对较多的方面。但个人认为,这方面的研究之所以比较热闹,归根结底还是与清词研究的现状有关。一般认为,清词在创作上尽管也取得很高成就,但其历史地位还是与宋词无法相提并论;清人真正能与宋人比肩,并超过宋人的地方是词学理论。可以这样认为,最一流的词是宋词,而最一流的词学理论则是清代词论。因此现在对清代词学的研究也比较多地也集中在理论这一块上。由于清代词论,尤其是常州派词学理论的影响力一直延伸到民国,于是相应的研究也自然延伸到民国时期。当然,除此之外还有一个重要原因,就是清末民初词学现代化转型的问题。我们认为,在近代中国,由于西学东渐,中国传统文化受到了较为强烈的冲击。就词而言,虽然是中国传统文体中最为稳定的一种,并没有像小说、戏曲那样,受西方同类文体的影响而发生较大变化,但是

词学理论却明显受到了西学的影响,开始了现代化的转型。① 在
这过程中,王国维和梁启超是两个非常重要的人物,分别代表崇尚
纯文学和崇尚社会文化学的两个不同方向。由于王、梁两人的作
用和影响不仅是在词学,因此对他们的研究比较多,取得的成果也
相当多,这些成果中往往涉及到他们的词学理论。另外晚清民初
的况周颐虽说是传统词学家,并没有受到西学的影响,但由于是后
期常州词派的大家和理论总结者,其《蕙风词话》体大思精,可以说
代表了传统词话的最高成就,因此长期以来受人重视,也不乏研究
者与研究成果。这些都导致了这一时期词学理论研究成果比较多
的现象。

　　但是与民国词的基础研究一样,这方面的研究也同样有依附
于晚清或近代词学的特点,缺乏民国词学本身的系统性和完整性。
试举几个实例:朱惠国《中国近世词学思想研究》(上海古籍出版
社,2005 年)是第一次系统研究中国传统词学思想现代化转型的
学术专著,也是近年来涉及民国词学较多的一本学术专著。该书
以"转换"为线索,将十八世纪中叶到二十世纪三四十年代近二百
年的词学发展过程分为传统词学辉煌期、传统词学蜕变期和现代
词学确立期三个时期,勾画了中国传统词学向现代词学演化的轨
迹,并以此为视角,对近二百年的词学作了全景式的研究。虽然从
研究对象上看,已经包含了民国的前期和中期,但由于全书着眼于
中国传统词学向现代词学转型的全过程,不可能将民国这一块独
立出来单独加以阐述与评价。因此尽管该书对民国时期的词学作
了一定程度的梳理与分析,但并非,也不可能是专门论述民国词学

---

① 　关于这一问题可以参阅朱惠国《中国近世词学思想研究・前言》,朱惠国《中国近世
　　词学思想研究》,上海古籍出版社,2005 年。

的论著。又如杨柏岭《晚清民初词学思想建构》(安徽大学出版社，2004年)对晚清及民国初年的词学理论作了梳理和评价。虽然在时间上也包含了民国，但作者着眼于这一时期词学理论框架体系的构建，也不可能将民国词学作为一个完整、独立的对象来研究。此外如彭玉平《朱祖谋与晚清和民国时期的梦窗词研究》(载《词学(第十五辑)》，华东师范大学出版社，2004年)等论文，也对民国初期的重要词学思潮作了比较详细的介绍与评价，但由于论题的限制，同样难以将民国词学视为独立的研究对象来考虑。至于其他一些涉及民国词学研究的文章，则主要从微观层面评价清末民初的重要词学理论家或词学思想，更难以有整体意识。

三是民国词家的个体研究。这方面的研究以前较少，最近几年开始明显增多。其原因除民国词及词家的学术价值逐渐被发现和挖掘外，还与一些大学注重学术传统，阐扬校(系)史上著名学者、教授的学术成就有关，因为这些学者不少就是民国著名词学家。

与民国词的基础研究相比，民国词家个体研究的成果在数量上要多得多。其中较著名的有张宏生《龙榆生的词学成就及其特色》(《江西社会科学》2004年第3期)，曾大兴《胡云翼先生的词学贡献》(《文学遗产》2006年第2期)与《浦江清先生的词学贡献》(《清华大学学报(哲学社会科学版)》2006年第1期)等，这些论文分别阐述了龙榆生、胡云翼、浦江清等民国词家的词学活动和词学贡献，资料详实，评论也比较客观。彭玉平的詹安泰研究，陈水云的叶恭绰研究、刘永济研究、俞平伯家族研究，也分别就上述民国词人作了客观的介绍与评论。此外青年学者中，曹辛华的南社词人研究、民国词社研究，张晖的龙榆生研究、卢前研究等，也比较有特色。

这些成果基本上都属于点状的个案分析，它们为民国词的系统研究打下了一定的基础，但从宏观上看，还是缺乏整体性和协调性。值得注意的是张宏生《诗界革命：词体的缺席》(《南京大学学报(哲学·人文科学·社会科学版)》2006 年第 2 期)一文，该文开始对晚清民国词的发展作了整体性思考，非常富有启示意义。可惜这样的文章在目前还比较少见。另外施议对先生、胡明先生、刘梦芙先生的二十世纪百年词研究以个体研究为基点，也开始对民国词创作群体作整体性思考，非常值得关注与期待。

这三方面的研究是初步的，并且还存在一些问题，但从发展的眼光看，是民国词研究的起点与基础。

## 二、民国词研究亟待突破的学术瓶颈

根据民国词与词学研究现状及发展趋势，我们认为以下问题必须进一步突破。

第一，民国词的收集和整理。这是民国词研究最基础，也最根本的工作。如果不能对现存的民国词做一番比较全面的清查工作，连研究对象的基本情况都心中无数，那么民国词的研究永远都是空中楼阁，以虚对虚。这样的研究是毫无学术价值的。遗憾的是，迄今为止，数量十分庞大的民国词尚未被系统地收集和整理过，绝大部分民国词资料都处于一种原初的状态，且面临散佚危险而亟待抢救。

从我们先期所做的调查看，民国词大约有以下几种保存状态。

一是词集。由于民国时期新式的机器印刷术已经推广，加之出版机构较多，出版的门槛较低，词集的印刷与出版十分方便，因此留下的词集也比较多。这些词集现在大部分都保存在各大图书馆，查找应该比较方便。但在实际操作中也有一些困难：其一是这些词集收藏得比较分散，加之之前没有得到很好的整理与重视，要彻底查清这些词集的分布情况与收藏情况,编出一份相对齐全、清楚的知见目录,其工作量还是比较大的。至于要收集、整理并进一步出版民国词总集,则需相当的人力与财力。在目前似乎并不具备这方面的工作条件。其二是还有一些民国词集当时属于私人刻印,作者带有较强的自娱自乐性质,并没有打算公开传播与流传。这些词集当时的印量就比较小,加之主要在朋友、亲属、师生等小范围赠阅,流传范围比较狭小。这类词集比较复杂,有一些整体上没有什么价值,其最终结果是自生自灭;有一些总体水平不高,但个别作品有一定价值;还有一些作品本身没有什么文学价值,但由于作者有一定的知名度,作品具有一定的社会价值;另外还有一些作者没有什么名气,但实际创作水平不低,作品具有一定文学价值。这些词集由于流传不广,只被个别图书馆收藏,有的甚至未被收藏,收集起来就比较困难。其三是还有一些稿本,当时并没有刻印。这类稿本有些已经被一些图书馆收藏,查找起来还比较方便,有些则未被图书馆收藏,至今还保存在私人手里,要查找、收集就相当困难了。

二是发表在各种杂志上的单篇词作。这里又可分为两种情况:首先是发表在专门杂志上的词作,如二十世纪三十年代的《词学季刊》《青鹤》,四十年代的《同声月刊》等。这些杂志一般都辟有专门栏目,供词家发表词作,如《词学季刊》的“词录”、《青鹤》的“近人词钞”、《同声月刊》的“今词林”等。在上面发表词作的词人,既有像夏敬观、张尔田、龙榆生、邵瑞彭、俞陛云、夏孙桐等这些经常发表词作的名家和专业词人,也有偶尔在杂志上发表几首词作的业余作者。由于《词学季刊》等刊物出版的持续时间并非很长,总册数有限,要查找所刊登的词作并非十分困难。实际操作中真正困难的是对作者的辨别与考证。当时不少词人在发表词作时往往用别名,有的还不止一个别名。有的别名用得较多,容易辨别,有的则很偏,而且又是偶尔用一下,不大容易分辨。要梳理、考证这些别名需要花费不少时间,有的一时还难以确考。其次是发表在非专业杂志上的词作。民国时除了专业或半专业的词学杂志外,一些其他的文学类杂志也会刊登些旧体诗词,如《小说月报》《东方杂志》等,由于这些杂志的种类和数量比较多,刊登传统诗词的总体数量比较少,且不大有规律,因此除了对作者真实身份的考证外,查找、统计这些杂志所刊词作的工作量也比较大。

三是发表在各种报纸上的词作。由于旧体诗词在民国时期尚有一定社会基础与读者群体,民国时期的一些报纸也会不定期地发表一些词作。这些词作良莠不齐,加之总体数量不多,以前往往为人所忽视。但我们认为,这些词作客观上是民国词的一部分,加之报纸的受众多,传播广,有一定影响力,因此不能遗漏。但由于民国时期的报纸种类较多,又是不定期地刊登词作,查找,尤其是要收齐这些作品比较困难,工作量也相当大。有的报纸比较著名,如《中央日报》《大公报》《晨报》等,图书馆收藏相对较多,除了人工检索比较费时外,查找相对还是容易的;有的报纸则知名度不高,如《妇女时报》《神州女报》等,查找就相对困难,也容易疏漏。另外还有部分报纸存世时间非常短,却也刊载过一些词作,要查找、收集这些报纸上的词作就更加困难了。

以上两类词作与第一类有部分是重复的,即作者在刻印、出版个人词集时已经将零星发表在报纸杂志上的词作收入其中了,但还有相当一部分作者由于并没有刻印个人词集,报刊上发表的词作就是唯一存世形式了。

四是保存在私人手里的民国词。上述三种形态除部分稿本外,基本上都是公开出版物,属于社会文化遗产。尽管有的存世数量极少,查找不易,但民国毕竟距离现时不远,只要有线索,最终还是能够查找到的。但问题是还有一些民国词作由于作者生前没有整理,更没有结集,只以一种比较杂乱的原初形态保存在后代或朋友、学生的手里。这些词作的情况比较复杂,要收集、整理的难度也比较大。从我们前期的工作情况看,这部分词作又可分为几种情况:一种是保存完好,其后代近几年已作了整理,准备出版或者已经出版的,如近年出版的夏孙桐的词集就属于此种情况;还有一种因为后代不甚重视或者自身处境不佳,词的保存情况也比较糟,处于无人关心的境地;还有一种情况是作者的直系亲属早年移居海外,联系十分不便。从总体上看这部分词的保存情况都不太乐观,散佚比较严重。近几年随着民国词人子代、孙代亲属的相继去世,这种情况有进一步加剧的趋势。

第二,专门、系统的基础性研究,并在此基础上形成专门的学问,即民国词学。到目前为止,学术界对民国词还十分陌生,更缺乏系统的研究。这种局面的形成,主要是以往学科划分乃至割裂所造成。如上所述,中国古代、近代文学研究一般到"五四"结束,"五四"以降,全部划到中国现代文学的研究范围。而现代文学以白话文学为主流,传统诗词一般被排斥在视野之外。民国词长期得不到应有的关注与研究。近几年情况虽然有所改变,学术界有了一些关注与初步的研究,但这些关注与研究存在两方面的问题:一种是以古代文学的立场来研究民国词,其本质是将民国词,尤其是民国初期词作为晚清词的延伸来看待,并没有将它视作独立、完整的研究对象。这种情况最为常见。另一种情况正好相反,是从当代词研究的立场出发,追述民国时期的传统词创作,如刘梦芙《二十世纪名家词述评》等。这两种情况无论哪一种,都缺乏民国词专门研究的自觉意识。而这正是民国词研究在目前所面临的困境与尴尬。

由于民国词专门研究的自觉意识缺乏,直接导致了民国词研究系统性的缺失。反映在研究队伍上,就是到目前为止,全国词学界没有专门研究民国词的学者与专家,只有一些研究清词,包括近代词的学者兼而研究民国词。反映在研究状况上,除上述资料收集、整理的问题外,还有就是研究上的凌乱和无计划、无系统性。从研究成果看,民国词研究主要是一些单个词人的研究,学术论文有一些,但数量较少,影响不大,而且论文之间基本上没有内在联系,更谈不上构建完整的研究体系。至今没有一本真正意义上专门的民国词史或者专题性的民国词研究专著,甚至连一本起码的民国词选本都没有。这种状况很不利于民国词研究的系统化和深入化。

因此民国词研究最迫切要解决的问题是要在学术界,尤其是词学研究界形成民国词专门研究的自觉意识,将民国词视为一种完整、独立的研究对象。只有解决了这一问题,才有可能整体、系统地构建民国词学,使其成为一门专门的学问。

第三,研究思路与研究方法的改善。从现有的民国词研究情况看,主要存在两方面的问题:其一是民国词研究不仅数量少,而且大多集中在几个热门词家的个体研究上。点状的研究多,线状的研究少,不利于对民国词作全面的评价与把握。其二是在研究的重心上存在重理论研究轻词史研究的倾向。具体地说,现存大部分的论文主要集中在对朱祖谋、况周颐、龙榆生、詹安泰、叶恭绰、刘永济、胡适、胡云翼等词学家的研究上,同时对他们的研究也主要着眼于他们的词学思想与词学活动,主要介绍、评价他们的词学观点以及对当时词坛的影响。

我们认为,对这些词学家的研究是必要,也是必需的。因为这些词学家的观点与词学活动很大程度上影响了民国词坛的存在状况与发展方向,通过对他们的研究,可以从一个侧面考察民国词的一些基本特点,起到事半功倍、纲举目张的效果。但现在的问题是:如果民国词研究仅限于这些重点词人,弃绝大多数词人于不顾,就会出现只见几棵高大的树木而不见森林情况。即只有个案研究,缺乏整体把握。这样的民国词研究具有片面性,得出结论也不可能可靠。据我们初步掌握的材料,民国期间有词集的词人近千,有作品而没有词集(包括尚未发现词集)的词人更多。当务之急是对已知的全部词人作初步的梳理,并在此基础上考察和归纳民国词的整体状貌,揭示出民国词创作的本质特点。另外,民国词的发展是一个有内在联系的演化过程,上述一些大词家只是这个过程中几个的突出点。我们不但要研究这些突出点,通过这些突出点来发现和总结民国词在不同发展阶段的不同特点,更要研究这些不同特点的内在联系与演化过程,从中发现并揭示影响民国词发展的诸多外部因素和内在原因,总结出一些带有规律性的东西。也就是说,我们不仅要有点状研究,更要有线状研究,不仅要作现象的分析,更要着眼于规律的揭示。

另外,民国词学理论与民国词创作既有联系,又有区别。民国词学理论从本质上说,是从创作实践中提炼出来的一些规律,但这些规律一旦形成,又反过来影响民国词的创作实践。因此研究民国词学理论与研究民国词史其实并不矛盾,但现在的问题是存在重理论轻创作的倾向。从前面对民国词研究的回顾中就可发现,已有和目前正在进行的研究大致可分为三部分,除第一部分的资料收集、整理工作外(这部分工作在现有的民国词研究中所占比重较小),另两部分都偏向于词学理论研究。其中第二部分是纯粹的理论研究,第三部分虽说是词人个体研究,但侧重点都是他们的词学思想，如龙榆生研究、詹安泰研究、胡适研究、胡云翼研究等，都是如此。因此从大的范围上说，依然是一种民国词学理论研究。要改变这种情况，就必须在民国词史研究，尤其是民国词史资料研究上加大投入。另外，在研究方法上也要改变重理论阐述、轻资料发现的倾向，要倡导回归原初、侧重实证的研究风气，还民国词以本来面目。

### 三、民国词研究的趋势分析

由于民国距离当下很近，从历史的角度看，目前的民国词研究只是一个起始点，今后的路还很长。随着社会的不断发展变化，学术思潮、研究手段、研究视角也会不断更新，因此，目前很难对民国词研究的长期趋势做出精准的判断，只能根据学术研究的一般规律，对今后一段时间内民国词研究趋势作粗浅的分析。我们认为民国词研究有以下几方面将在今后数十年内得到越来越多的重视。

首先是事实还原与形态把握。就民国词的事实还原而言，主要包括两方面的工作：一是原始资料的收集与整理。此项工作的意义已在前两部分作了较多的分析，无须再赘言。但由于民国词资料数量十分庞大，收藏也十分散乱，因此资料的收集与整理将面临诸多困难。估计此项工作将延续较长一段时间。二是资料的辨析和事实的考证。民国词资料在收集过程中有许多辨析和考证工作要做。如许多民国词人在报纸杂志上发表词作往往用的是别名或者笔名。这些别名不仅数量相当多，而且使用也比较随意，一人多名或者两人甚至多人同名的现象也比较多。这就对词作者的认定产生一定的困难。如果作者有词集，且报刊上零星的词作被收入词集，这还好办，只要花时间，最终总能确定作品的真实作者。但如果作者没有词集，或者由于种种原因，没有将所有作品收入词集,这就对作者的认定带来困难。我们曾多次遇到这样的情况:报刊上的词作用别名发表,但这个别名曾有三个甚至四个民国人物用过。这些人物有的是词人,有的尽管不是,但也写有词作,这时就很难确定作者的真实身份。这种情况在民国词中并不少见。另外由于民国距离当下比较近,大部分词作无论优劣都保留了下来,其词人群体与古代相比显得更为庞大而芜杂。其中有相当一部分是没有什么社会地位的草根词人,他们的生平资料较少,需要做一些考证。至于一些重要词人,虽然生平资料较多,但一些具体词作的创作背景也需要进行考察,以便真实解读作品。这些考证的工作量较大,有的难度也较大。

至于民国词形态的把握,则必须建立在资料收集以及词人、词作真实性考证的基础之上。只有真实还原了民国词创作的诸要素,如作品总量的年代分布、词集的结集情况,题材内容的定性与定量分析,词人群体的成分构成与地域分布等,才能准确把握民国词的创作形态与基本特征。

其次是背景分析与流变研究。所谓背景分析,就是分析影响民国词创作的诸多外部要素,研究社会形态变化与民国词创作之间的相互关系。民国词与唐宋词、金元词、明清词相比,一个非常明显的区别就是创作背景上的差异。当然,就唐宋词、金元词、明清词本身而言,由于分属不同朝代,本身也有差异,但它们之间的差异与民国词相比,显然要小得多。唐宋金元明清虽然有政权更迭的过程、统治者种族的差异,但从社会形态上看,都属于封建时期。对内,无论是科学技术还是主流意识形态,都没有发生疾风暴雨式的骤变;对外,国与国之间的交流较少,各种文明之间的冲突也不多,中国处于自我为中心的相对封闭时期。民国时期则不同,从社会形态看,中国封建时代最后的王朝清朝已经灭亡,中国社会进入了一个全新的时代；从思想文化上看，由于科技的进步和西学的导入，人的眼界与思维方式均发生了革命性的变化。中国经历了一场翻天覆地般的巨变，这种巨变已经完全不同于以往一般意义上改朝换代。这种巨变直接影响了词的创作。尽管民国词创作与民国时期小说、诗歌、戏曲等其他文学形式相比，变化是最小的，如它依然保留着传统形式和传统的审美趣味，甚至连意象的选择和词语的运用都试图保持传统的习惯。这也是一些学者以为中国词从来没有传统与现代之分的主要依据。但如果从总体上阅读和分析民国词，依然能明显感受到时代气息的影响。无论是作者的精神风貌、情感特征还是描写对象、表达方式，都表现出一种时代的特点。其中民国初期驻外使节和留学生所写的一些"新潮词"，更是中国近千年词史上从未有过的特殊现象。此外，如新型知识分子的出现与词人身份的构成特点、中心城市的形成与词人地域分布的趋势、词社活动的方式以及词学传播媒介的组成等，都与唐宋金元明清时期有明显区别。这种以时代与词相互关系为特征的背景研究，将是民国词研究的一个重要特色，自然也是一个重要的组成部分。

　　当然，民国存在了近四十年，而这四十年又是中国历史上发生巨大变化的四十年。除社会政治、经济、法律、哲学上的变化外，文学形式本身也经历了从文言为主到白话为主的巨大变化。这些对民国词的创作同样有影响。因此民国初期词与后期词无论在创作风貌上还是作者构成上，本身也有一些差异。所谓民国词的流变研究，主要就是分析这种差异的形成过程与形成原因。可见，民国词的背景研究与流变研究是紧密联系在一起的。

　　再次是传播方式与文化研究。如果要说民国词与唐宋词、金元词、明清词的最大区别，大概就是传播方式了。在唐五代和北宋时期,除了纸质的传播媒介外,歌妓传播是一种重要方式。南宋情况有所不同,由于词的音乐性开始削弱,歌妓的作用也逐渐淡化,取而代之的是词社酬唱的传播方式,另外纸质词集的传播作用也更为突出。元明两朝的情况大致差不多,也以词集的传播为主,辅之以词社酬唱和师生、友朋间的小范围传播。清朝除元明两朝的传播方式外,以血缘、地缘为特征的家族性、乡土性传播显得更为频繁和明显。

　　民国词产生在中国社会现代化转型的重要时期,科技的进步和文人生活方式的转变都使其传播方式具有了与以往任何时期都不同的特点。从词集传播的传统方式看,由于机器印刷术的普及,词集的刻印和出版比以往更为快捷和方便,印刷成本也大大降低。因此从四十年这样一个大致的时间周期看,民国时期出版的词集平均数比宋元和明清时期多得多,单本词集的印刷量也比以前要大。加上交通的便利和书店发行渠道的拓展,词集流传范围和速度也远超以往。从词社酬唱活动的方式看,由于交通工具的改善,人们的空间距离大幅度缩短,文人间的交往更为频繁和便捷。这使词社酬唱这种中国文人传统的传播方式具有了新的特点:词社数量多,词社活动频繁,而且词人结集的规模空前。有的词社酬唱活动甚至达到一百多人的规模,这在文人居住相对分散,交通又不便的古代是很难想象的。这种频繁的大规模词社活动成为民国时期词传播的又一重要途径。而更为重要的是,一些大的词社往往有作品结集,如《瓯社词钞》《如社词钞》《午社词》等,甚至一些大的词社单次酬唱活动也会有词作结集。这显然与古代的词社酬唱活动不可同日而语,其传播范围和效率要大得多。至于以血缘、学缘为基础的亲朋、师生间的传播方式在民国依然存在,但也有一些不同特点:首先由于纸质媒体的发达,亲朋间的传播往往也会借助于词集或其他便利的刻印方式（古代也有，但不如民国时期方便），因此亲朋间的传播与社会性传播在界限上变得模糊起来。其次，师生间的传播由于现代学校尤其是高等学校的出现，使传播范围更大，也更为快捷。值得注意的是，民国时期，除一部分遗老外，相当一部分词学家都是高等学校的教授，如龙榆生、赵尊岳、卢前、吴梅等，学校课堂间的师生传播成为民国时期词以及词学传播的重要途径。

除了传统的传播方式外，民国词还有两种以往任何时期都未曾有过的传播新途径，即现代报刊与公共图书馆。首先是现代报刊的传播方式。民国时期的报刊数量与种类较多，除专业的词学刊物，如《词学季刊》《同声月刊》等，辟有专栏，定期刊登词家词作外，一些文艺类报刊，甚至非文艺类报刊也会不定期地发表一些词作。这些报刊事实上已经成为民国词传播的重要方式。与传统的传播方式比，具有周期短，受众面大的特点，传播效率成倍增加。除了传播效率，现代报刊还有一个非常重要的特点，就是以刊登单篇词作为主，篇幅和数量可大可小，十分自由灵活。这使单篇词作大规模、远距离的迅速传播成为一种可能，十分有利于鼓励一般作者的创作热情，形成群体性的创作风气。其次是公共图书馆的传播。民国时期的公共图书馆与中国古代藏书楼有本质不同，古代藏书楼属于私人藏书场所，从功能上看，主要以收藏、鉴赏为主；阅读者非常有限，因此几乎不具有传播的功能。民国时期的公共图书馆则不同，不管是公立图书馆还是私立图书馆，基本上都面向民众，具有公益性质；从功能上看，虽然也有收藏的功能，但主要还是以提供公众阅览为主，具有现代传播功能。

传播方式是民国词研究的重要构成因素，而之前很少被关注。

因此可以预见,传播方式的研究将会成为今后民国词研究的一个热点。民国词的文化研究与传播研究有一定联系,但又有所不同。说有联系,传播本身就是一种文化行为,其中诸如词集的出版方式、稿酬制度,词社的人员组成、活动方式等,都与文化研究有紧密联系。说不同,是因为文化研究的范围比传播要大,除了词的社会传播外,还要研究词学活动与社会文化的关系。比如社会思潮与民国词的关系,社会经济与民国词的关系,文化消费行为与民国词的关系等。而在这些问题中,我们认为文人精神生活与民国词的关系最值得研究。众所周知,民国时期,由于新文学运动的节节胜利,传统诗词已经退出主流学样式之列,逐渐成为一种边缘化的文学样式,词的创作也更多地演绎为一种私人化行为。从某种意义上说,词的创作、鉴赏、结集,以及社词酬唱活动等,已不再是一种单纯的文学活动,而是一种生活方式,具有文化消费的特征。当然上述行为在古代也可以看作是一种生活方式,但所不同的是,词在古代是主流文学样式之一,其创作主要是一种文学行为,具有比较明显的社会属性。因此从民国文人文化生活的角度研究民国词,也有可能成为今后民国词研究的热点之一。

最后是历史定位与模型化分析。所谓历史定位,就是从千年词史的角度对民国词作一个宏观的评价,看一看,民国词在词的发展历程中处于什么位置,具有怎样的词学史意义。从研究类型上看,这属于基础研究。此项研究建立在对民国词真实、整体的把握之上,强调资料的原初性和构架的系统性,并要求以古今贯通的视野,突出对民国词总貌特征、继承发展、演化规律等问题的整体性把握。历史定位是民国词研究的最终目标之一,迟早会成为民国词研究的核心课题。因为只有完成了此项工作,才能使民国词研究落到实处,形成结论性意见,并最终使中国千年词史的研究更加完整与成熟。

　　所谓模型化分析，就是以民国词为样本，通过对它的剖析，考察社会转型时期中国传统文学样式的困境与出路，并从文学发展的角度总结其经验与教训。从研究类型上看，这偏向于应用研究。之所以预测这项研究，主要基于两方面考虑：首先从研究的目的来说，仅仅还原民国词的真实面貌，并给予适当评价，这还不是全部。词作为一种中国传统的文学样式，在民国期间总体上走的是一条逐渐式微的道路。其原因固然有多种，诸如西学的日益兴盛、社会现代化进程的加快、现代文学样式的占据主流地位等，但除了这些，中国传统文学样式本身有没有问题？这很需要我们去考虑与研究。从社会发展的趋势看，在世界经济一体化的背景下，民族文化，包括传统文学样式今后的路应该怎样走才合适？这是一个需要长期研究的课题。因此以民国词为模型，探讨这一问题，具有一定的现实意义和社会价值。其次从样本的选择来看，民国词比其他传统文学样式更具有典型性，适合于做模型。中国的传统文学样式种类比较多，但到晚清时，最主要的是诗、词、文和小说、戏曲。由于西方文学观念以及文学作品的导入，诗文和小说、戏曲都开始了一场西化的蜕变。桐城派散文在新文化运动中被指为"谬种"，取而代之的是白话文章；诗歌则由句式、韵律自由的白话诗取代；小说、戏曲更是直接以西方小说、戏曲为范本，进行十分彻底的革命。只有词，因为在西方文学中找不到对应物，依然保持着传统的形式。因此研究词在这一时期的真实状况与演化过程，并借此考察中国传统文学样式在西学冲击下的困境与出路，是十分合适的。

　　总之，民国词研究现在才刚刚起步，虽然有距离近，资料散失不多，收集与考辨相对容易等优势，但也有因为距离近反而看不清晰的劣势。文学史的经验告诉我们：许多文学家、文学作品、文学现象都要经过时间的发酵才能显示其独特魅力，其文学价值才能被认可。从这一角度看，我们目前最要做的工作是基础性的资料收集与考辨，而研究仅是一种初步的探索而已，并不能以我之看法而为是。

# 附录二
# 论黄咏雩抗战时期的词

　　黄咏雩,字肇沂,号芋园,广东南海横江人,生于 1902 年,卒于 1975 年;出身于广东的富商家庭,其父黄显芝,为广州著名粮商。黄咏雩从小酷爱文学,二十世纪二三十年代,以诗词闻名于岭南文坛,与黄祝渠、黄任恒、黄慈博被誉为南粤四黄。有《天蠁词》四卷,存词 190 余首。从创作年份看,主要集中在二十世纪二十年代至四十年代,其中尤以抗战时期的作品为多,创作特色以及创作成就也比较鲜明。

　　本文拟就这一时期的词作进行粗浅的梳理与考察,以对黄咏雩词的情感色彩、社会价值与艺术特点作一些粗浅的探讨。

## 一、词人心灵的真实记录

　　黄咏雩抗战时期的词作真实地记录了作者在当时的真实心态与思想情感,具有较高的认识价值与一定的社会历史价值,对于研究作者这一时期的创作经历、思想状况,乃至当时社会整个知识阶层的思想状况和精神面貌都起一定的参考作用。

　　1938 年 10 月,日军占领广州。黄咏雩举家移居香港,以避兵祸。在此期间,黄氏将精力更多地放在了参与爱国救亡活动和诗词创作上。1938 年寓居香港之初,黄咏雩填了一首《菩萨蛮·香港寓楼》:

鬟云黛敛烟蛾瘦。沧波照影明寒玉。日暝莫凭栏。愁心千叠
山。　　　惊鸦辞落木。雨毗灯花绿。海气入楼寒。家山梦
里看。①

词人拟女子之口吻，采用比兴之法，抒写登临怀乡之感。作者以
"惊鸦"自况，写其真实心态，并用"千叠山"来比喻内心的愁绪。我
们可以感受到，黄氏的这些愁绪，不仅仅包含了对于国破家亡，流
落他乡的愁闷，更包含了对于神州陆沉，日本帝国主义践踏我华夏
的愤恨。尤其需要指出的是，黄咏雩在词中表现出来的情感，在当
时离乡避祸的社会人士中具有一定代表性，反映了整个社会的普
遍情绪。短短一阕《菩萨蛮》，放置在历史的背景下，有着深厚的内
涵和韵味。

1938 年除夕之时，词人作了一首《念奴娇·九龙除夕》：

灯前卖懒，正嘻嘻、儿女团圞今夕。醿粉缃桃娇欲笑，也作媚
人春色。刚卯新镌，屠苏熟酿，世味椒盘辣。浮生如寄，可堪
重念畴昔。　　　谁省往事都非，眼中双日月，僚丸轻掷。徙倚
高楼天五尺，那辨浮云西北。抱朴移居，浣花避乱，我亦飘零
客。东风驱腊，几时归燕相识。

词的上阕由新年除夕儿女们灯前欢愉的情形，引发出对人生的感
慨。词人时年仅 37 岁，正是人生壮年，本不该有"浮生如寄"的感
叹。但是，作者一度因正直敢言，反苛捐杂税，为民请命，不容于当

---

① 本文所引例词全出自中国艺术出版社 2007 年出版的黄咏雩《天蠁词》，个别句读有
　调整，以下不再说明。

时掌权者,以致一度身陷囚牢。而眼下又因躲避战争而住在九龙,岁月匆匆,人生如寄,内心烦闷可以想见。下阕先用宜僚的典故,表达自己的无奈与感慨,接着连用葛洪和杜甫两典,表现自己的处境与心情。词人避居异乡,自然联想到两位同样为避战乱而移居的先贤,一种兵燹离乱的家国之思油然涌现。歇拍扣住除夕的节令特点落笔,表面上是写渴望春风驱走腊月的严寒,其实是盼望将日寇赶出神州大地,自己能够回到故土和旧友亲朋团聚。

以上两首词,都是黄咏雩1938年刚移居香港时所作,风格沉郁而饱含情思,与他青年时期的词作相比,风格有明显的不同,表现出思想的成熟与创作技法的日趋老到。

黄咏雩1938年寓居香港之初的词作,除了抒发对日寇肆虐我神州大地的愤慨之外,还有强烈的怀才不遇的感伤。韩愈在《送孟东野序》中说"不平则鸣",词人这些怀才不遇之叹,也是有其背景的。自"九一八事变"爆发至日军占领广州,黄咏雩担任过"救国筹款委员会"主席、"广东全省商会联合会"主席等职,但从相关资料看,黄咏雩当时的工作并不顺利。1932年,他在广州市郊龙眼洞筑生圹以明不畏死之志,言曰:"军兴以还,豪奸大猾,夤缘窃发,苛捐杂税,纷然毕举,蠹国病民,莫此为甚;予嫉之如仇寇。"①1933年底至1934年,黄咏雩一度身陷囹圄。在这期间,他写了一阕《翠楼吟·咏蝉》,借咏蝉以明志:

> 薄鬓花薰,清音柳曳,也应有人猜妒。南柯幽梦醒,忽撩起、别愁离绪。凄凉如许。正树碧无情,暗惊春去。闲延伫。曲阑干外,洒离支雨。　　谁语。响为风沉,我谓风多好,响因风

---

① 黄咏雩《天籁词》,中国艺术出版社,2007年,第687页。

度。仙虫新社,只恐多事儿童黏取。泥他轻悔。且别抱高枝,
嘲烟延露。还相顾。莺鸠无力,抢榆枋树。

词人以蝉自喻,因其"清音柳曳"从而遭妒忌,暗指自己品质高尚,
却遭到了一部分人的妒忌和打击报复。"南柯幽梦醒"化用南柯一
梦的典故,作者经过图圄之灾,把先前的人生理想比作南柯梦,更
加体现了所受到的精神压迫,也透露出对当权者的失望。然而,虽
然遭到了诬陷,词人仍然保持着他的本色,"莺鸠无力,抢榆枋树",
化用《庄子·逍遥游》中的典故,把那些构陷自己的小人比作莺鸠,
不屑与之并论。结合这首词,我们不难想见词人在日寇侵华的大
时代背景下怀才不遇的感伤。也正是这种人生经历,词人避居香
港时的词作,才饱含了深刻的怀才不遇的内涵。

1939 年,词人在香港,协助叶恭绰先生举办广东文物展览会,
号召保护华夏文物在抗战期间不流失国外。在举办展览会期间,
词人写了一首情辞铿锵的咏物词《黄钟乐·铜鼓》:

苔花青涩怒蛙喑。横海登坛谁在,珠薏恨难任。分付马流人
惜取,金钗敲唱武溪深。    铜柱而今都陆沉。愁绝鼓鼙声
死,天地久萧森。呼起云雷寒碧动,夔龙醒也夜沉吟。

这不仅仅是一首咏物词,同时也是一首抒发作者情怀的爱国词。
词以"苔花青涩怒蛙喑"作为开端,描写铜鼓上的花纹和图案,接着
笔锋转向现实,联想到日寇在神州大陆上横行肆虐。词人连续使
用"铜柱陆沉""鼓鼙声死""天地萧森"等极富感情色彩的词语描述
了华夏大地遭到日本侵略的惨状。面对国家的前途,词人充满了
担忧。词的结尾用了"云雷""夔龙"等典故,希望中华儿女能够团

结起来,消灭敌寇,还我华夏一片清明。如果说黄咏雩在 1938 年避居香港之初的词作,还是以含蓄婉约风格为主的话,那么这一阕《黄钟乐》则有着几分豪放的气息。不过,总体而言,黄咏雩的词风,还是以含蓄婉约的成分居多,像《黄钟乐》这类词在《天蠁词》中也并不多见。词人同样写于 1939 年的另一词《月中行·晚景拟韩涧泉体》,风格就含蓄婉约不少:

> 入江回照化残霞。一时红更多。江山沉醉付莺花。王孙何处家。　　伏枕秋声无可避,零蓬饥羽各天涯。黄叶依风自舞,争枝喧暝鸦。

韩涧泉即南宋韩淲,涧泉是其号。韩淲的父亲是韩元吉,和南宋爱国志士陆游、辛弃疾、陈亮等都有交往。可惜的是,我们无法考证,词人拟韩涧泉体,本身是否有所寄托。词上阕描写江面夕照的晚景,"入江回照化残霞"一句,画面疏阔远大,空间感极强。下两句由山河之美联想到当前的时局和自己避居香港的处境,生发出"王孙何处家"的感叹。下片"零蓬饥羽各天涯"的描写感情色彩极浓,当含有自己的内心感受。尾句把笔端拉回到晚景的描写,然而"喧暝鸦"三字却又暗中寄托对现实的感慨,再一次流露出对那些置国家命运于不顾的政客的谴责。

1940 年,抗日战争进入了更加艰难的时期,词人写了一首《霓裳中序第一·庚辰秋日,吴亮侪招饮九龙山馆,为谱白石此调》,感情更加深沉。词曰:

> 虫沙化古碧。水冷鱼龙寒寂寂。秋入怒笳怨笛。正孤鹜落霞,栖鸦斜日。浓愁似织。溅露葵、铅泪犹滴。家何处,暮云

合沓,梦去也无隙。　　消息。了无寻觅。更盼断、天涯草色。青山看尽过客。落落松篁,悄悄泉石。有人来画壁。便好对、歌鬟按拍。浑相笑,江湖樽酒,一呴涸鱼湿。

这首词,严格说来算是酬唱之作。但与我们一般所见的酬唱之作不同。作者开篇即化用《抱朴子》中的典故,"虫沙化古碧"一语,表现对在抗日战争中牺牲的军民的深切同情。"水冷鱼龙寒寂寂"既是对天气已入秋的描写,更是暗指抗日战争的形势正如这秋日一样,进入了寒秋般艰难的时刻。接下几句,词人渲染感伤的心绪,以"孤鹜""落霞""栖鸦""斜日"等意象的描写,以及"铅泪犹滴""呴涸鱼湿"等典故的运用,表达自己沉重的心情和艰难的处境,其中"家何处"三字,道出词人寓居香港,因战争流离失所的哀痛心绪,也道出了词人对于日寇侵华的愤恨。通观整首词,词人将思乡爱国之情,嵌入到了酬唱之作当中,饮而无欢,更见其爱国之切。

## 二、战乱中的历史图景

抗战时期,山河破碎,人民流离。日寇铁蹄所到之处,一片惨状。这些均在黄咏雩的词中得以反映。

1941年冬,日军占领香港,在香港大肆破坏。词人在日军的轰炸中受伤,填了一首《凄凉犯》。词有小序:"辛巳一九四一年,予避兵海上四年矣,辛巳十月廿四日,日本飞机侵袭九龙,投掷炸弹,予受伤。夜半,日兵闯入。炮火中,倚声记事。用白石体。"对填词的环境和起因作了说明。在国家备受践踏,人民遭到奴役,自己也流落他乡的情况下,词人此时的心情,其沉痛可以想见:

辞枝噤蛰。苔衣槁、凄凉卧掩霜叶。足踆绝岛,神游故国,雾山一发。饥鹘啄月。縠波起、银蟾影没。倒苍天、天沉海立,

> 人在梦中活。　　无那沧江夜，水击鹏风，血吹鲸渤。小楼伏
> 枕，飒商飙、压衾如铁。角惨灯昏，倍愁我、伤鳞响沫。对哀
> 蛩、有语欲说，不敢说。

词虚实结合，生动地描写了日寇在香港各处践踏的情境。"苔衣
槁""凄凉卧"是词人避居香港也未能获得安宁的真实境况的写照。
虽然日寇占领了香港，词人仍然坚信华夏民族终将把日寇赶出神
州。他"足登绝岛"，神游故国，把一片忧思寄往故土。词人把日寇
的行径比作愚蠢的"饥鹢啄月"，讽刺其最终将无法取得任何胜利。
然而，日寇侵华，毕竟给华夏人民带来了巨大的痛苦，"倒苍天、天
沉海立，人在梦中活"正是词人对民族危难的描摹。下阕描写血腥
染遍的沧江夜色，并用白描的手法勾勒了词人蛰居小楼，在凄风愁
雨中养伤的情形。在日寇铁蹄的淫威之下，词人心中有万分的愤
慨却不得言说，感情十分沉痛。

同年词人填了一阕悲秋词《水龙吟·秋日落叶，和心叔、瞿
禅》，表现战争惨状，并抒发家国之思，深沉而感人：

> 萧条树树秋声，故家门巷人烟少。空山行迹，相寻风雨，荒芜
> 谁扫。委地哀蝉，离巢冻雀，露迷衰草。总音尘盼断，天涯漂
> 泊，无可语、青蝇吊。　　漫说花魂未歇，挽西风、柔柯重绕。
> 乌飞惊夜，蛩啼怨曙，阴燐凝照。古社芜城，槐薪空仰，更何人
> 到。试停车凭晚，酣霜红脸，乍如花好。

此词是一首唱和之作，瞿禅即夏承焘，瞿禅为其字，心叔即夏氏在
浙江之江大学的同事，如皋人任铭善，心叔为其字。任氏通小学与
经学，亦能词。当时作者与主流词坛的词家已经有所交往，仅从

《天蠁词》中的作品看,三十年代与之往来的成名词家有叶恭绰、杨铁夫、夏承焘等。其中叶恭绰、杨铁夫与作者同为岭南词家,而夏承焘则为浙人,表明黄咏雩的词学活动开始走向更为广阔的舞台,并产生一定影响。夏黄两人的交往与酬唱活动持续了相当一段时间,直到二十世纪五十年代,犹有和作。以后黄咏雩先生的创作渐少,再未见两人的唱和之作,这是十分可惜的。需要指出的是,夏承焘先生是一个十分重视民族气节的词人,抗战爆发后,一度回乡避居,以后又到已迁于上海租界的之江大学任教,租界被日本人占领后,再回到家乡的浙江大学龙泉分校教书,与黄咏雩先生的经历有些相似。两人情趣相投,诗词唱和。此词虽为和作,但主要描写日寇铁蹄下岭南大地凄凉的境况和民众惊恐、悲凉的心态。词以铺叙手法入笔,"萧条树树秋声"六字,渲染了一幅深秋萧森的场景。"人烟少""空山""风雨""荒芜""哀蝉"都是对于日寇侵略中华,导致神州大地一片凄惨荒凉景象的真实描写。"音尘盼断""天涯漂泊"则是词人向同样因战争而飘零的朋友任心叔、夏瞿禅寄去的思念和关怀。下阕描写萧瑟秋风下花枝枯萎,乌惊夜飞的场景,用秋风肆虐比喻日寇的侵略。"阴燐凝照",暗用《淮南子·氾论训》"老槐生火,久血为燐"的旧典,而森森磷火,更是对于日寇戕害我华夏儿女的真实写照。"古社芜城",化用自鲍照《芜城赋》,表达了词人对于日寇发起侵华战争的无限愤慨。

1942年初,因为香港也被日寇占领,词人举家搬回老家南海县横江,出任横江小学校长。其间,词人每周组织学生升国旗,唱国歌,恭读孙中山先生遗嘱,以爱国思想教育学子。[1] 在随后的几年时光里,世界反法西斯形势日益好转。黄咏雩词作的总体数量

---

① 参见黄咏雩《天蠁词》,中国艺术出版社,2007年,第705页。

较寓居香港期间有所减少，但其中也不乏佳作。如《木兰花慢·问仙人去后》一阕。该词有小序，交代了词的创作背景："冬日，与玉蕊登五仙观通明阁，虫叶低人，蝙砂扑地，苔荒草瘁，雾悄风唏，纤瞩交寒，遐思怨古，怆然倚声，不觉有星移世换之感。"五仙观为广州城著名的道观建筑，多次损毁与重建，一度为广州府城八景之第二景，也比较繁华。晚清民国时期，五仙观虽不复以往的繁华与热闹，但仍为广州城市文化的象征之一。但战乱之际，道观残破，更加荒凉。作者于1943年冬日与友人来到此地，见"蝙砂扑地，苔荒草瘁"，抚今追昔，不禁有星移世换之感，词曰：

> 问仙人去后，沧溪路、几扬尘。奈石兽眠苔，铜龙啮锁，门掩斜曛。逡巡。摸碑读罢，听霜钟、敲断古今魂。落叶漫寻行迹，半林鸦影黄昏。　　花身。不掩啼痕。襟袖冷、惜愁薰。念绿章夜奏，海棠乞护，执礼瑶真。芳春。甚时暗换，望关河、秋色怨寒云。十国春秋如梦，百蛮烟水含颦。

词的上片从五仙的传说入手，以实写为主，景中含情。其中"石兽眠苔，铜龙啮锁，门掩斜曛"的画面，真切地摹画出道观的残破与零落。歇拍"落叶漫寻行迹，半林鸦影黄昏"两句，由近而远，进一步烘染气氛。下片重点写人的感受，虚中有实。既有当年海棠、青词的遥想，又有如今芳草、关河的怅惘。而秋色、寒云的实景，倒逼出"十国春秋如梦"的感叹。全词以虚景收束，韵味深永。此外，作于1942年的《蝶恋花》组词，也同样深刻地描绘了现实的残酷和词人心中的愁绪与悲凉。其中"碧尽寒云凝不动"一首，既有"碧尽寒云凝不动，雨压浓愁"的景物描写，又有"家山更坠虫沙梦"的感伤，写得十分凝重。"故国春心怜杜宇"一首，则借"饥鸟寒虫，总是伤心语"的想象,表现作者自己望断"绿暗天涯烟雨路""闲愁自诉闲弦柱"的哀愁,也十分沉痛。而《琴调相思引》一词,更是直笔描绘"故国江山妖蜃气,高楼风雨乱鸦啼"的景象,令人动容。作者另有两首唱和词,也对沦陷区的生活以及人的心态有真切的描写。两首均作于 1943 年,第一首《摸鱼子·初冬,六禾邀同慈博,过泮塘茗话,雨窗倚此》:

> 甚西风、做将新冷,红香啼损娇妩。燕支泪浣芙蓉面,滴碎半襟愁雨。村店暮。便悄立痴人,似共栖鸦语。丛祠古树。看败叶僵蝉,残柯聚蚁,零落竟如许。　　亭皋外、流水斜阳满坞。天涯芳草何处。烟花正作江山梦,梦也只应无据。游子路。君试看、寒芜极目遮人住。荒城戍鼓。正菰米波漂,黑云催暝,容我几延伫。

第二首《秋霁·和慈博市桥候潮,用梅溪韵》:

> 结梦桐阴,又叶瘁云寒,渐老秋色。苇折鸠移,柳枯蝉噤,薄寒中人犹力。故山倦翼。海天南尽伤心碧。渺讯息。谁念、白头多病茂陵客。　　听说夜语,几度潮生,半江鱼龙,依旧岑寂。夜何其、鸡鸣未已,潇潇风雨此何夕。蕙怅芰裳应记得。说与猿鹤,遮莫为我惊疑,露驰烟驿。

这两首无论是"村店暮。……看败叶僵蝉,残柯聚蚁,零落竟如许"的近景描写,还是"亭皋外、流水斜阳满坞。天涯芳草何处"的远景描写,都充满"烟花正作江山梦,梦也只应无据"的感伤,以致发出"夜何其、鸡鸣未已,潇潇风雨此何夕"的浩叹。两词均形象地表现出日寇统治时期广东一带的残破情况与沦陷区人民的普遍心态。
至于"寒芜极目遮人住。芜城戍鼓。正菰米波漂,黑云催暝"几句,
则远近转化,声色结合,多层次、多角度地渲染了战争的残酷与人
民的悲怨,体现出较高的艺术技巧,表明作者在这一时期,创作手
法已日趋成熟。

1945 年,抗日战争取得了最终的胜利,噩梦终于结束,黄咏雩
填了一阕《破阵乐·邻寇降伏,跐跃歌舞,不可无词,因抚乐章斯
调,以鸣欢臆》:

> 血沟激撸,硝烟泼墨,雷动风扫。见说虾夷挠败,便转瞬、如摧枯
> 槁。豚犬笼东,貔狮逐北,破巢直捣。似当时、帝子高阳战,笑共
> 工,头撼不周山倒。更问麻姑,海桑几度,扬尘蓬岛。　　谁道跋
> 扈修鳞,跳梁捷足,偏好勇、长可保。自古穷兵原是祸,覆辙有
> 人还蹈。叹兴亡、犹朝暮,天荒地老。且看旌旗霞蔚,破阵铙
> 歌,还京鼓乐,欢声腾沸,若个降表先修,又烦李昊。

词表达喜讯传来的欣喜,也表现对抗战胜利的歌颂和对侵略者的
蔑视,风格也显得比较宏大与热烈,与作者当时的心情相一致。

### 三、苍凉的词风及其成因

整体而言,黄咏雩在抗日战争期间的词作,风格比较悲凉,这
在上述所引词作中就可以明显感受到。这种悲凉的风格形成,其
原因是多方面的,但我们认为,最主要的是两个方面。第一,自然
是日寇侵华的时代大背景。战争导致了神州大地一片凄凉的惨
状,黄咏雩的词作真实记录了这段历史,这是悲凉的风格的最根本
原因。第二,则要从黄氏词作本身的特点去分析。

以下试就黄咏雩词作的一些特点分别述之。

　　首先是意象的使用。意象融合情感与物象,是构成诗词的主要材料,同时也是形成诗词风格、情调的最重要因素。黄咏雩在这一阶段创作的词,受到实景与心绪的双重制约,总体上偏向于使用一些清寒、萧疏的意象,并带上一定感情色彩,形成一种哀怨、衰飒的气象,如"空山""哀蝉""衰草""栖鸦""风雨",等等。其实自然景物作为意象,在诗词中本来随处可见,这些景观本身并不具备感情的特征,但是正如王国维所言,"以我观物,故物皆著我之色彩"。黄咏雩这些词作中的意象,往往结合形容词搭配,通过形容词所能起到的效果,渲染出意象相对悲凉的情状,继而通过意象,对词的风格产生影响。通过对黄咏雩这一时期词作意象使用情况的简单分析,可以发现作者比较喜欢偏正结构的意象,往往用带有感情色彩的词语来修饰实词,使客观之景带上强烈的感情色彩。如:寒玉、惊鸦、落木、归燕、残霞、秋声、零蓬、饥羽、黄叶、暮禽、旧巢、怒笳、怨笛、孤鹜、落霞、栖鸦、暮云、霜叶、哀蛩、芜城,等等。如果细分,大致又可分为三类:第一类是形容词加名词,如空山、哀蝉、寒玉、惊鸦、残霞、零蓬、怒笳、怨笛等,由于这类形容词本身的感情色彩很浓,其艺术效果十分明显。第二类是名词加名词,其中前一名词起装饰作用,如秋声、暮禽、霜叶、黄叶、暮云等,由于秋、暮、霜、黄、暮这些词语本身的物性特点,使声、禽、叶、云这些本身中性的词语也带上哀怨的气息。第三类是动词加名词,如落木、归燕、落霞等,其作用与第二类相似,也有特定的艺术效果。

　　其次是声响与色彩的使用。在这一时期的词作中,黄咏雩对于色彩的描绘和声音的独特把握,也导致了其词风格上的悲凉感。在黄咏雩的词作当中,常常会使用一些描写颜色的词语,其中又可分为两种情况:一种是直接出现色彩的,如灯花绿(此处绿为墨绿色)、阴燐、黄叶、青蝇吊等。还有一类是隐含色彩的,如寒玉、落木、霜叶、残霞等,但不管是哪种情况,这类色彩整体上都以冷色调为主。在阅读过程中,冷色调能够对人的视觉感官造成冲击,从而引发情绪上偏向低沉的反应。同时,这类色调也造成了词作文字层面上的整体性偏冷,这种风格更进一步,结合相对沉重的思想内涵,就转化为词风上的悲凉了。在描写声音方面,黄咏雩主要结合词的特定意象来进行,如寒夜闻檐马、萧条树树秋声,以及蛩啼、怒笳、怨笛等。秋声、笛声、蛩啼这一类意象本身就约定俗成,有一种思乡、怀人、抒发忧思之情等内涵,具有相对深沉悲凉的感情色彩。为了增强悲凉的词风,黄咏雩在词作中还往往把这些声音置于黑夜之中。夜本是安静之极的,而这些声音的出现,打破了夜的宁静,陡生一种凄凉之态。加之笛声、蛩啼本身又凄恻哀怨,这更加影响了深夜不眠的词人的情绪,也渲染了词作的悲凉之气。有时作者还将声响与色彩合在一起,如上引"荒城戍鼓。正菰米波漂,黑云催暝"等句,就同时调动视觉与听觉,声色渲染,具有强烈的艺术效果。

　　再次是典故的合理使用。与其他民国词人一样,黄咏雩在词中也比较多地使用典故,这些典故不仅意蕴丰厚,使词具有更大的感情容量,而且还在一定程度上影响了词的情感色彩。在黄咏雩这一时期词中,有几个经常使用的典故是很值得关注的。一个是"虫沙"的典故。该典出自葛洪《抱朴子》:"周穆王南征,一军尽化。君子为猿为鹤,小人为虫为沙。"黄咏雩多次使用这一典故,一方面比较切合当时艰苦卓绝的抗战,表现出对抗日将士以及苦难人民的同情与体恤,另一方面也使词带上了悲凉的色彩。一个是"铅泪犹滴"的典故。此典出自李贺《金铜仙人辞汉歌》:"空将汉月出宫门,忆君清泪如铅水。"李诗有序:"魏明帝青龙元年八月,诏宫官牵车西取汉孝武捧露盘仙人,欲立置前殿。宫官既拆盘,仙人临载,乃潸然泪下。"以后此典常被用来抒发兴亡之感、家国之痛,如宋朝王沂孙《齐天乐·蝉》:"铜仙铅泪似洗,叹携盘去远,难贮零露。"黄咏雩有感于抗战时期山河破碎,家乡沦落的惨状,内心伤痛,多次使用此典,渲染的自然也是家国之痛与兴亡之感。还有就是"相濡相呴"的典故。此典出自《庄子·大宗师》,原文为:"泉涸,鱼相与处于陆,相呴以湿,相濡以沫,不如相忘于江湖。"作者用此典故,既有自身的感叹,也有对日寇铁蹄下民众守望相助,共度时艰的期许,客观上也使词具有一种无奈与低沉的感情色彩。此类典故还可以列出一些。总体上看,这些典故本身的故事,就带着凄惨的韵味,无论是穆王南征,还是金铜仙人辞汉,还是涸泉之鱼的相濡以沫,都极具江河日下的悲凉之气。黄咏雩在日寇侵华的时代背景下,把这些典故用在了词作上,从内容和思想上,都极大地增进了其词的悲凉之气。

**四、词学渊源与词史定位**

黄咏雩抗战时期词表现了丰富的时代内涵与较高的艺术性,随着《天蠁词》的传播相信会进一步得到词学界的认同。至于《天蠁词》的风格特征和词学渊源,已经有先贤发表了很好的看法,兹不赘言。此就黄咏雩抗战时期词作谈点看法。

从民国词坛的创作实际看,有三种词风比较受到重视,并产生较大的影响。其一是周邦彦清真词风,其二是吴文英梦窗词风,其三是姜夔白石词风。从晚清至民国长盛不衰的常州词派的词学追求看,前两家明显得到重视,尤其是到朱祖谋手里,对这两家的推崇与研究已经达到无以复加的地步,以致有梦窗热、清真教的说法。至于姜白石一家,曾是浙西词派最为推崇的,但常州词派兴起之后,地位明显下降。周济列出四家,以为领袖一代,分别是王沂孙、吴文英、辛弃疾、周邦彦,并无姜夔。但这些都是理论倡导层面,至于晚清创作实际,则姜白石词风照样大行其道。<sup>①</sup> 而从三家的关系来说,周清真是本源,姜、吴两家均受其影响,并分别向密丽与清空两个方向发展,表现出两种截然不同的美学倾向。从黄咏雩抗战时期词作看,无论是偏向于冷色调的词面,还是意象安排的疏淡,以及偶然表现出的清刚、豪迈之气,无疑都更加接近于姜白石一路。可是姜夔虽也有类似《扬州慢》一类表现战乱的词作,但毕竟未曾有身处沦陷之地的切身体验,在词情的表达上没有一种凄厉、凄幽的感觉,这点无论是现实环境还是词的情感内涵上,都与黄咏雩的创作有些不同。倒是王沂孙、张炎、蒋捷、周密等所谓"宋末四大家",由于亲身经历战乱之苦,尤其是宋末江山易主的巨大变化,词情相当凄苦,其后期词作,时时有一种悲凉之气充斥其间,更能使黄咏雩产生一种心心相印的体悟。事实上,黄咏雩这一时期的词作也同样有一种溢于纸面的悲凉之气,在情感特征上与他们十分相近。因此说,黄咏雩这一时期的词,在艺术风格上颇受姜夔的影响,而在感情内涵以及词的情调上,更加接近张炎、王沂孙的词风。

如果从晚清词风的承续上说,黄咏雩这一时期的词风很接近一个词家,那就是与纳兰性德、项鸿祚并称清代三大词人的蒋春霖。其创作于太平天国动荡时期的《水云楼词》,擅长表达深沉的离乱之情而又不失清虚含蓄的韵味,而因为日寇侵华,神州陆沉,黄咏雩抗战时期的词作也有同样的神韵。谭献评蒋春霖:"咸丰兵事,天挺此才,为倚声家杜老。"<sup>②</sup>"倚声家杜老"的评价似有溢美之嫌,但"咸丰兵事,天挺此才"的分析则别具只眼,也符合实际。同

---

① 详见朱惠国《中国近世词学思想研究》第六章"'常''浙'两派的融合与传统词学的终结",上海古籍出版社,2005 年。

② 谭献《复堂词话》,唐圭璋编《词话丛编》,第 4013 页。

样道理,抗日战争给社会以及黄咏雩个人带来灾难与动荡,但另一方面也成就了他的诗词创作。

　　总之,黄咏雩的词,无疑是文质相依的,在词的艺术技法上,达到了一定的水平,更为可贵的是在词的内容和思想主题方面,悲凉而不沮丧,沉痛而不丧失希望。他的这些词由于传播的原因,尚未被大家所熟知,但客观来看,确实是民国词中的优秀之作,值得关注与研究。

# 参考文献

**一、诗词文集类**

陈乃乾辑《清名家词》，上海书店，1982 年影印本。

曹辛华、钟振振选编《清末民国旧体诗词结社文献续编》，国家图书馆出版社，2015 年。

胡适选注，刘石导读《词选》，中华书局，2007 年。

林葆恒编，张璋整理《词综补遗》，上海古籍出版社，2005 年。

刘梦芙编选《二十世纪中华词选》，黄山书社，2008 年。

柳亚子《南社丛刻》，江苏广陵古籍刻印社，1996 年影印本。

龙榆生编选《近三百年名家词选》，上海古籍出版社，2014 年。

南江涛选编《清末民国旧体诗词结社文献汇编》，国家图书馆出版社，2013 年。

钱仲联主编《中国近代文学大系·诗词集》，上海书店出版社，1991 年。

施议对编纂《当代词综》，海峡文艺出版社，2002 年。

谭献编《箧中词》，《续修四库全书》本，上海古籍出版社，2002 年。

徐燕婷、吴平编著《民国闺秀集》，上海古籍出版社，2019 年。

严迪昌编著《近代词钞》，江苏古籍出版社，1996 年。

杨公庶、乐曼雍编《雍园词钞》，民国三十五年（1946）铅印本。

叶恭绰编《全清词钞》，中华书局，1982 年。

叶恭绰选辑，傅宇斌点校《广箧中词》，人民文学出版社，2011年。

朱惠国、吴平编《民国名家词集选刊》，国家图书馆出版社，2015年。

朱惠国主编《现代(1912—1949)古体文学大系·词集》，东方出版中心，2021年。

朱孝臧辑校编撰《彊村丛书·附遗书》，上海古籍出版社，1989年影印本。

## 二、诗词文评类

蔡嵩云《柯亭词论》，《词话丛编》本，中华书局，1986年。

冯乾编校《清词序跋汇编》，凤凰出版社，2013年。

郭绍虞、罗根泽编《中国近代文论选》，人民文学出版社，1959年。

郭则沄《清词玉屑》，《词话丛编续编》本，人民文学出版社，2010年。

况周颐、王国维《蕙风词话 人间词话》，人民文学出版社，1960年。

梁启超《饮冰室诗话》，人民文学出版社，1959年。

刘梦芙编校《近现代词话丛编》，黄山书社，2009年。

潘飞声著，谢永芳、林传滨校笺《在山泉诗话校笺》，人民文学出版社，2016年。

孙克强、杨传庆、和希林编《民国词话丛编》，社会科学文献出版社，2020年。

谭献《复堂词话》，《词话丛编》本，中华书局，1986年。

王季友《芝园词话》，中华书局(香港)有限公司，1979年。

夏敬观《蕙风词话诠评》，《词话丛编》本，中华书局，1986年。

夏敬观《映庵词评》，《词话丛编补编》本，中华书局，2013年。

夏敬观《忍古楼词话》，《词话丛编》本，中华书局，1986年。

徐珂《近词丛话》，《词话丛编》本，中华书局，1986年。

张尔田《近代词人轶事》，《词话丛编》本，中华书局，1986年。

张惠言《张惠言论词》，《词话丛编》本，中华书局，1986年。

张寅彭主编《民国诗话丛编》,上海书店出版社,2002年。

郑文焯《与夏映庵书二十四则》,《词话丛编》本,中华书局,1986年。

周济《介存斋论词杂著》,《词话丛编》本,中华书局,1986年。

朱庸斋《分春馆词话》,广东人民出版社,1989年。

朱祖谋撰,龙榆生辑《彊村老人评词》,《词话丛编》本,中华书局,
　1986年。

### 三、论著、论文类

### (一)论著类

陈水云《中国词学的现代转型》,社会科学文献出版社,2013年。

陈旭麓《近代中国社会的新陈代谢》,上海人民出版社,1992年。

冯契《中国近代哲学的革命进程》,上海人民出版社,1989年。

傅宇斌《现代词学的建立——〈词学季刊〉与20世纪三四十年代的
　词学》,商务印书馆,2013年。

费正清、费维恺编《剑桥中华民国史》,中国社会科学出版社,
　1994年。

巩本栋编《程千帆沈祖棻学记》,贵州人民出版社,1997年。

高瑞泉主编《中国近代社会思潮》,上海人民出版社,2007年。

关爱和《中国近代文学论集》,中华书局,2006年。

郭延礼《中西文化碰撞与中国近代文学》,山东教育出版社,1999年。

胡可先主编《夏承焘学案》,浙江大学出版社,2018年。

胡适《胡适古典文学研究论集》,上海古籍出版社,1988年。

胡迎建《民国旧体诗史稿》,江西人民出版社,2005年。

黄坤尧《香港诗词论稿》,香港当代文艺出版社,2004年。

黄霖《近代文学批评史》,上海古籍出版社,1993年。

凌独见《新著国语文学史》,商务印书馆,1923年。

罗芳洲编《词学研究》,中国文化服务社,1937年。

李剑亮《民国词的多元解读》,浙江大学出版社,2012年。

李剑亮《民国教授与民国词坛》,浙江大学出版社,2017年。

李康化《近代上海文人词曲研究》,上海人民出版社,2009年。

李遇春主编《中国现代旧体诗词编年史(第一辑)》,人民出版社,
　2021年。

李泽厚《中国近代思想史论》,人民出版社,1979年。

林立《沧海遗音——民国时期清遗民词研究》,香港中文大学出版
　社,2012年。

林玫仪主编《词学研讨会论文集》,台北"中研院"文哲研究所筹备
　处,1996年。

林志宏《民国乃敌国也:政治文化转型下的清遗民》,台北联经出
　版事业股份有限公司,2009年。

龙榆生《龙榆生词学论文集》,上海古籍出版社,1997年。

马大勇《二十世纪诗词史论》,时代文艺出版社,2014年。

马大勇《晚清民国词史稿》,华中师范大学出版社,2016年。

马亚中编《学海图南录——文学史家钱仲联》,南京大学出版社,
　2000年。

冒广生著,冒怀辛整理《冒鹤亭词曲论文集》,上海古籍出版社,
　1992年。

莫立民《近代词史》,人民文学出版社,2010年。

彭玉平《王国维词学与学缘研究》,中华书局,2015年。

彭玉平《况周颐与晚清民国词学》,中华书局,2021年。

钱仲联《当代学者自选文库·钱仲联卷》,安徽教育出版社,1999年。

钱仲联《梦苕庵清代文学论集》,齐鲁书社,1983年。

桑兵《清末新知识界的社团与活动》,生活·读书·新知三联书店,
　1995年。

沙先一《清代吴中词派研究》，人民文学出版社，2004 年。

施议对《今词达变：施议对词学论集》，澳门大学出版中心，1999 年。

施议对《学苑效芹：施议对演讲集录》，上海古籍出版社，2015 年。

施议对《民国四大词人》，中华书局，2016 年。

孙之梅《南社研究》，人民文学出版社，2003 年。

汤擎民整理《詹安泰词学论稿》，广东人民出版社，1984 年。

唐圭璋《词学论丛》，上海古籍出版社，1986 年。

汪梦川《南社词人研究》，上海古籍出版社，2015 年。

王韶生《怀冰室文学论集》，香港志文出版社，1981 年。

魏泉《士林交游与风气变迁——19 世纪宣南的文人群体研究》，北
　京大学出版社，2008 年。

吴宏一《清代诗学初探（修订本）》，台湾学生书局，1986 年。

吴梅《词学通论》，复旦大学出版社，2005 年。

吴世昌著，吴令华辑注，施议对校《词林新话》，北京出版社，1991 年。

夏承焘《夏承焘集》，浙江古籍出版社、浙江教育出版社，1997 年。

谢桃坊《中国词学史》，巴蜀书社，1993 年。

谢永芳《广东近世词坛研究》，上海古籍出版社，2008 年。

熊月之《西学东渐与晚清社会》，上海人民出版社，1994 年。

徐玮《世变、抒情与晚清词之书写》，中华书局（香港）有限公司，
　2018 年。

徐燕婷《民国女性词人与词集研究》，华东师范大学出版社，2021 年。

杨柏岭《晚清民初词学思想建构》，安徽大学出版社，2004 年。

杨柏岭编著《近代上海词学系年初编》，上海教育出版社，2003 年。

叶嘉莹《中国词学的现代观》，岳麓书社，1992 年。

尹奇岭《民国南京旧体诗人雅集与结社研究》，中国社会科学出版
　社，2011 年。

袁进《近代文学的突围》,上海人民出版社,2001 年。

袁志成《晚清民国词人结社与词风演变》,湖南师范大学出版社,
　2015 年。

昝圣骞《晚清民初词体声律学研究》,社会科学文献出版社,2017 年。

曾大兴《20 世纪词学名家研究》,中华书局,2011 年。

张宏生《清代词学的建构》,江苏古籍出版社,1998 年。

张晖编《忍寒庐学记:龙榆生的生平与学术》,生活·读书·新知
　三联书店,2014 年。

张晖《晚清民国词学研究》,南京大学出版社,2014 年。

郑炜明《况周颐研究论集》,齐鲁书社,2011 年。

郑炜明、陈玉莹《况周颐研究二集》,齐鲁书社,2016 年。

朱惠国《中国近世词学思想研究》,上海古籍出版社,2005 年。

朱惠国、余意、欧阳明亮《民国词集研究》,中华书局,2022 年。

朱联保编撰《近现代上海出版业印象记》,学林出版社,1993 年。

周葱秀、涂明《中国近现代文化期刊史》,山西教育出版社,1999 年。

周锡山编校《王国维文学美学论著集》,北岳文艺出版社,1987 年。

(二) 论文类

崔金丽《彊村授砚正源刍论》,《文学评论》2016 年第 6 期。

曹济平《唐圭璋先生对词学的卓越贡献》,《南京师大学报(社会科
　学版)》1992 年第 3 期。

陈铭《晚清词论转变的核心:以诗衡词》,《浙江学刊》1993 年第
　3 期。

程千帆《论瞿髯词学》,载《词学(第六辑)》,华东师范大学出版社,
　1988 年。

关爱和、袁凯声《论中国文学的近代转型》,《文艺研究》2013 年第
　11 期。

关爱和《中国文学的"世纪之变"——以严复、梁启超、王国维为中心》,《文学评论》2016 年第 4 期。

胡明《一百年来的词学研究:诠释与思考》,《文学遗产》1998 年第 2 期。

金迪、邱少英《寒鸦悲鸣正秋时——记抗战前夕苏州六一消夏词社》,《江苏地方志》2009 年第 1 期。

刘扬忠《二十世纪中国词学学术史论纲(上篇)》,《暨南学报(哲学社会科学)》2000 年第 6 期。

罗忼烈《忆廖恩焘·谈〈嬉笑集〉》,《海洋文艺》1979 年第 6 卷第 3 期。

马大勇《20 世纪旧体诗词研究的回望与前瞻》,《文学评论》2011 年第 6 期。

马大勇《近百年词社考论》,《文艺争鸣》2012 年第 5 期。

马强《沤社研究》,华东师范大学博士学位论文,2014 年。

马卫中《〈中国近代文学论文集·诗词卷(1980—2017)〉前言》,《汉语言文学研究》2018 年第 4 期。

彭玉平《民国时期的词体观念》,《文学遗产》2007 年第 5 期。

彭玉平《朱祖谋与晚清和民国时期的梦窗词研究》,载《词学(第十五辑)》,华东师范大学出版社,2004 年。

钱志熙《夏承焘词史观与词史建构评述》,《文艺理论研究》2016 年第 3 期。

孙克强《试论郑振铎的词学研究》,《求是学刊》2011 年第 5 期。

施议对《百年词学通论》,《文学评论》2009 年第 2 期。

施议对《夏承焘与中国当代词学》,《文学遗产》1992 年第 4 期。

施蛰存、周楞伽《词的"派"与"体"之争》,《西北大学学报(社会科学版)》1980 年第 3 期。

孙之梅《〈中国近代文学研究论文集·概论、文论卷(1980—2017)〉前言》,《汉语言文学研究》2019 年第 1 期。

孙之梅《新南社:文学转型的青果》,《求是学刊》2008 年第 1 期。

唐圭璋、金启华《历代词学研究述略》,载《词学(第一辑)》,华东师范大学出版社,1981 年。

汪梦川《〈春音词社考略〉补正》,载《词学(第二十六辑)》,华东师范大学出版社,2011 年。

王达敏《40 年来中国近代文学研究的挖潜与突围》,《社会科学辑刊》2019 年第 1 期。

吴晗《春音词社研究》,华东师范大学博士学位论文,2017 年。

魏泉《〈青鹤〉研究——三十年代上海旧式文人的生存和创作空间》,《中国现代文学研究丛刊》2002 年第 1 期。

夏志颖《论"填词图"及其词学史意义》,《文学遗产》2009 年第 5 期。

解志熙《视野·文献·问题·方法——关于中国现代诗学研究的一点感想》,《河南大学学报(社会科学版)》2005 年第 1 期。

严迪昌《吴瞿安先生的词与词学观》,载《词学(第十六辑)》,华东师范大学出版社,2006 年。

杨柏岭《春音词社考略》,载《词学(第十八辑)》,华东师范大学出版社,2007 年。

杨传庆《清遗民词社——须社》,《北京社会科学》2015 年第 2 期。

杨海明《词学理论和词学批评的"现代化"进程》,《文学评论》1996 年第 6 期。

周笃文《奇逸高健的〈天风阁词〉》,载《词学(第二十四辑)》,华东师范大学出版社,2010 年。

查紫阳《民国词社知见考略》,《长春工业大学学报(社会科学版)》

2014 年第 6 期。

张晖《世变中的一代词宗——论报刊所载之彊村诗词》,《武汉大学
　　学报(人文科学版)》2012 年第 6 期。

张宏生《龙榆生的词学成就及其特色》,《江西社会科学》2004 年第
　　3 期。

张宏生《诗界革命:词体的"缺席"》,《南京大学学报(哲学·人文
　　科学·社会科学)》2006 年第 2 期。

朱惠国《词学刊物与现代词学研究格局的构建——以〈词学季刊〉
　　"词坛消息"栏目为例》,《社会科学战线》2016 年第 2 期。

朱惠国《社会形态变化与民国词集作者群体的构成》,《吉林大学社
　　会科学学报》2016 年第 3 期。

朱惠国《晚清、民国词风演进历程及其反思》,《武汉大学学报(人文
　　科学版)》2011 年第 1 期。

朱惠国《周济词学论著考略》,载《词学(第十六辑)》,华东师范大学
　　出版社,2006 年。

## 四、传记、年谱、史料类

卞孝萱、唐文权编《民国人物碑传集》,团结出版社,1995 年。

卞孝萱、唐文权编《辛亥人物碑传集》,团结出版社,1991 年。

曹辛华、钟振振主编《民国诗词学文献珍本整理与研究》,河南文艺
　　出版社,2013—2016 年。

陈谊《夏敬观年谱》,黄山书社,2007 年。

程翔章、程祖灏《樊增祥年谱》,华中师范大学出版社,2017 年。

杜春和、韩荣芳、耿来金编《胡适论学往来书信选》,河北人民出版
　　社,1998 年。

大陆杂志社编辑《中国近代学人象传初辑》,台北大陆杂志社,1971 年。

北京图书馆《文献》丛刊编辑部、吉林省图书馆学会会刊编辑部编

《中国当代社会科学家(第五辑)》,书目文献出版社,1983 年。

丁文江、赵丰田编《梁启超年谱长编》,上海人民出版社,1983 年。

钱伯城、郭群一整理,顾廷龙校阅《艺风堂友朋书札》,上海人民出版社,2018 年。

国家图书馆编《地方志人物传记资料丛刊》,国家图书馆出版社,2001 年起陆续出版。

胡适《胡适日记全集》,台北联经出版事业股份有限公司,2004 年。

胡颂平编《胡适之先生晚年谈话录》,中国友谊出版公司,1993 年。

胡宗刚《胡先骕先生年谱长编》,江西教育出版社,2008 年。

劳德祖整理《郑孝胥日记》,中华书局,1993 年。

李剑亮《夏承焘年谱》,光明日报出版社,2011 年。

李永翘《张大千年谱》,四川省社会科学院出版社,1987 年。

刘承幹著,陈谊整理《嘉业堂藏书日记抄》,凤凰出版社,2016 年。

柳无忌、殷安如编《南社人物传》,社会科学文献出版社,2002 年。

柳无忌编《南社纪略》,上海人民出版社,1983 年。

冒怀苏编著《冒鹤亭先生年谱》,学林出版社,1998 年。

闵军《顾随年谱》,中华书局,2006 年。

皮名振编著《清皮鹿门先生锡瑞年谱》,台湾商务印书馆,1981 年。

潘景郑《著砚楼读书记》,辽宁教育出版社,2002 年。

秦惠民、施议对辑《唐圭璋论词书札》,《文学遗产》2006 年第 3 期。

钱仪吉等《清碑传合集》,上海书店,1988 年影印本。

沈云龙编《近代中国史料丛刊》,台北文海出版社,1966 年。

沈云龙编《近代中国史料丛刊续编》,台北文海出版社,1966 年。

沈云龙编《近代中国史料丛刊第三编》,台北文海出版社,1966 年。

孙克强、和希林主编《民国词学史著集成》,南开大学出版社,2016 年。

孙克强、和希林主编《民国词学史著集成补编》,南开大学出版社,

2018 年。

谭献著，范旭仑、牟晓朋整理《复堂日记》，河北教育出版社，
　2001 年。

汪辟疆《光宣以来诗坛旁记》，辽宁教育出版社，1998 年。

王卫民《吴梅年谱（修订稿）》，马以君主编《南社研究（第 3 辑）》，中
　山大学出版社，1992 年。

吴梅著，王卫民编校《吴梅全集·日记卷》，河北教育出版社，2002 年。

夏承焘著，吴蓓主编《夏承焘日记全编》，浙江古籍出版社，2021 年。

夏仁虎《枝巢四述·旧京琐记》，辽宁教育出版社，1998 年。

徐珂《康居笔记汇函》，山西古籍出版社，1997 年。

杨传庆编著《词学书札萃编》，南开大学出版社，2015 年。

杨树达《积微翁回忆录》，北京大学出版社，2007 年。

杨天石主编《钱玄同日记（整理本）》，北京大学出版社，2014 年。

叶嘉莹主编，陈斐执行主编《民国诗学论著丛刊》，文化艺术出版
　社，2018 年。

严迪昌编著《近现代词纪事会评》，黄山书社，1995 年。

袁克文《辛丙秘苑·寒云日记》，山西古籍出版社、山西教育出版
　社，1999 年。

余意整理《陈洵致朱祖谋书廿一则》，载《词学（第二十六辑）》，华东
　师范大学出版社，2011 年。

张伯驹主编·编著《春游社琐谈·素月楼联语》，北京出版社，
　1998 年。

朱德慈编《近代词人考录》，中国社会科学出版社，2004 年。

张晖《龙榆生先生年谱》，学林出版社，2001 年。

张寿平辑释，林玫仪校读《近代词人手札墨迹》，台北"中研院"文哲
　研究所，2005 年。

张友坤、钱进主编《张学良年谱》,社会科学文献出版社,1996 年。

郑炜明、陈玉莹《况周颐年谱》,齐鲁书社,2015 年。

郑逸梅编著《南社丛谈》,上海人民出版社,1981 年。

钟振振编《词学的辉煌——文学文献学家唐圭璋》,南京大学出版社,2001 年。

## 五、期刊、集刊类

《东方杂志》,1904—1937 年,上海。

《小说月报》,1910—1932 年,上海。

《南社》,1910—1923 年,上海。

《同南》,1915—1921 年,江苏。

《南社湘集》,1924—1937 年,长沙。

《词学季刊》,1931—1936 年,上海。

《青鹤》,1932—1937 年,上海。

《同声月刊》,1940—1945 年,南京。

《词学》,1981 年至今,上海,华东师范大学出版社。

## 六、目录、工具书及其他

北京图书馆编《民国时期总书目》,书目文献出版社,1992—1995 年。

蔡鸿源主编《民国人物别名索引》,吉林人民出版社,2001 年。

陈玉堂编著《中国近现代人物名号大辞典》,浙江古籍出版社,2005 年。

复旦大学历史系资料室编《辛亥以来人物传记资料索引》,上海辞书出版社,1990 年。

刘洪权编《民国时期出版书目汇编》,国家图书馆出版社,2010 年。

黄文吉主编《词学研究书目(1912—1992)》,台北文津出版社,1993 年。

龙向洋编《美国哈佛大学哈佛燕京图书馆藏民国时期图书总目》，
　　广西师范大学出版社，2010年。

马兴荣、吴熊和、曹济平主编《中国词学大辞典》，浙江教育出版社，
　　1996年。

商务印书馆编《商务印书馆图书目录1897—1949》，商务印书馆，
　　1981年。

上海师范大学图书馆编《上海师范大学图书馆民国文献珍本图
　　录》，国家图书馆出版社，2016年。

上海图书馆编《中国近代现代丛书目录》，上海图书馆，1979年。

王晋光等编著《1919—1949旧体诗文集叙录》，江苏教育出版社，
　　1998年。

吴熊和、严迪昌、林玫仪合编《清词别集知见目录汇编》，台北"中研
　　院"文哲研究所筹备处，1997年。

吴永贵选编《民国时期公藏书目汇编》，国家图书馆出版社，
　　2015年。

向辉主编《近代专题文献目录汇刊》，凤凰出版社，2014年。

徐友春主编《民国人物大辞典》，河北人民出版社，1991年。

张静庐辑注《中国现代出版史料》，中华书局，1954—1957年。

张宪文、方庆秋、黄美真主编《中华民国史大辞典》，江苏古籍出版
　　社，2001年。

中华书局编辑部编《中华书局图书总目（1912—1949）》，中华书局，
　　1987年。

周家珍编著《20世纪中华人物名字号辞典》，法律出版社，2000年。

邹颖文编《香港古典诗文集经眼录》，中华书局（香港）有限公司，
　　2011年。

# 后　记

　　写作本书的想法，很早就有了。2005 年我的《中国近世词学思想研究》出版，由于该书重点写晚清，写常州词派，对于现代词学就涉及不是太多。当时有朋友给我出主意，说有机会的话，可以将书修订一下，增加现代词学的内容。但我考虑到书刚出版不久，短期内修订的机会不是太大，于是就产生了干脆专门就现代词学再写一本的想法。以后几年，我相继申请到了上海市和教育部的两个研究课题，都是关于晚清民国词学的，一个偏向于民国词的创作研究，一个偏向于词与近现代社会的关系研究。由于两个项目在研究对象方面有一定程度的重叠，我就将两者的资料收集工作整合在一起，这节约了不少时间与精力，同时两个课题在研究过程中无论是材料还是思路，也都可以相互印证和相互启发。两个项目的研究总体上比较顺利，都按时结了项。两个结项材料，一个就是本书的雏形，另一个则为以后的民国词集研究打下了基础。2013年我申请到了国家社科基金重点项目"民国词集专题研究"，以后几年基本上就将时间与精力都放到这个项目上了，这样本书的写作计划就暂时被搁置起来。由于民国词集研究的内容比较多，需要投入的工作量较大，我联合了余意教授、欧阳明亮教授等一起参与项目的研究。我们从基础做起，在华东师范大学图书馆原古籍部主任吴平研究员的支持下，搜集了大量民国词集，编出目录，并撰写了提要。2015 年,项目中期成果《民国名家词集选刊》在国家图书馆出版社出版。这是国内较早对民国词集进行的有规模的搜集和影印,为以后的民国词集研究,乃至民国词与词史研究提供了文献上的便利。2018 年底,项目顺利结题,结题成果《民国词集研究》也于 2022 年在中华书局出版。该项目从立项到结项成果正式出版,前后差不多有九年时间。这一方面导致本书的写作被推迟,另一方面又使本书有更多机会获得新的材料,可谓是利弊参半。

　　本书的框架是一开始就确定的,这次没有太大的改动。按照原定计划,下篇重点写七位词学家,分别是朱祖谋、吴梅、夏承焘、唐圭璋、龙榆生、詹安泰和胡适。这七人中,除了胡适属于新派词学家外,其余六人都与传统词学有比较密切的联系,而且从晚清民国词学演化的视角看,他们六人大致勾画出了中国近现代词学的发展轨迹,具有一定的典型性。但由于我在《民国词集研究》中,从词集序跋的角度专门写了朱祖谋的词学活动与词学观念,为避免重复,本书就没有再将朱祖谋列入。龙榆生是现代词学三大家之一,也是民国时期最具理论色彩的词学家,本打算作重点研究,但由于之前已经有学者对其作了比较深入的研究,一时未能找到新的突破口,踌躇再三,还是暂付阙如,这无疑是一个很大的遗憾。好在上篇在讨论词的传习方式、民国词社活动,尤其是现代词学刊物时都谈到了龙榆生的词学观念与对现代词学的贡献,也算是一种小小的弥补吧。

　　如上所述,本书的基本框架与写作计划早就有了,后来由于致力于民国词集项目,被耽搁了多年;但其间也有进展,主要是个别章节有学生参与进来,他们有的与我合作写文章,有的为我搜集材料。本书上篇第三章和下篇第六章主要是博士生张文昌和曲晟畅执笔写的,这两部分与我一起署名,均单独发表过。下篇第十一章和附录二,原是我在詹安泰、黄咏雩研讨会上的发言,后由桂珊、徐承志分别补充后写成完整的文章,也单独发表过。黄咏雩一篇发表时标题被改为《黄咏雩爱国词浅析》,这次改了回来。另外,潘梦秋同学为上篇第二章提供资料,并参与了该部分初稿的写作。本书出版前,硕士生傅祎、张子越、李多多核对了全书的引文。

感谢华东师范大学人文与社会科学研究院,将本书列入"华东师范大学文化传承创新研究专项项目",给予大力支持;感谢华东师范大学出版社,在本书出版过程中提供多方面的支持。尤其要感谢责编时润民博士。润民与我是老朋友了,他在华东师大中文系攻读博士学位时我们就认识,后来他移职华东师范大学出版社工作,我们的联系就更多了,我主编的"词谱要籍整理与汇编"丛书也由他担任责编。他古代文学功底好,为人温和,乐意帮助人,往往将别人的事当成自己的事来做,这在当下是十分难得的。

我从前几年开始,学术兴趣已经渐渐地转到了明清词谱方面,本书就作为我晚清民国词学研究的一个小小总结吧。

朱惠国

2023 年 10 月于上海